U0360601

美国文学之父 · 欧文作品系列

# WASHINGTON IRVING
# BRACEBRIDGE
# HALL

# 布雷斯布里奇庄园

〔美〕华盛顿·欧文 著　刘荣跃 译

清华大学出版社
北京

## 内 容 简 介

  本书是美国文学之父华盛顿·欧文的又一部优秀见闻录，堪称是其代表作《见闻札记》的姊妹篇。作品保持了《见闻札记》的风格特征，用散文随笔和小说故事的形式，描写了作者当年拜访颇具英国特色的布雷斯布里奇庄园的种种见闻。在本书中，一个个看似严肃的英国人表现出了幽默、诙谐甚至滑稽的特性，在欧文眼里他们都是些"幽默的人"。书中包含的优秀散文随笔《林木》《白嘴鸦》和小说故事《安妮特·德拉伯尔》等，让读者再次欣赏到这位大家特有的创作风采与魅力。在描写刻画人物与社会风貌、了解研究英国民族和写作散文随笔等方面，本书不愧为一部经典杰作。作者的观察之深入、描写之细致、想象和感情之丰富，颇能让读者洞悉英伦所具有的文化特质，作品也因此让作者在欧洲乃至世界的声誉得到进一步巩固。

**图书在版编目（CIP）数据**

布雷斯布里奇庄园 /（美）华盛顿·欧文著；刘荣跃译 . —北京：清华大学出版社，2021.8
（美国文学之父·欧文作品系列）
ISBN 978-7-302-51466-4

Ⅰ.①布…　Ⅱ.①华…②刘…　Ⅲ.①游记 – 作品集 – 美国 – 近代　Ⅳ.①I712.64

中国版本图书馆 CIP 数据核字（2018）第 256823 号

责任编辑：纪海虹
封面设计：万墨轩图书·夏玮玮
责任校对：王凤芝
责任印制：杨　艳

出版发行：清华大学出版社
    网　　　址：http://www.tup.com.cn，http://www.wqbook.com
    地　　　址：北京清华大学学研大厦 A 座　邮　　编：100084
    社 总 机：010-62770175　　　　　邮　　购：010-62786544
    投稿与读者服务：010-62776969，c-service@tup.tsinghua.edu.cn
    质量反馈：010-62772015，zhiliang@tup.tsinghua.edu.cn

印 装 者：三河市东方印刷有限公司
经　　销：全国新华书店
开　　本：145mm×210mm　　印　张：13.5　　字　数：306 千字
版　　次：2021 年 9 月第 1 版　　　　　印　次：2021 年 9 月第 1 次印刷
定　　价：84.00 元

产品编号：075716-01

# "美国文学之父·欧文作品系列"翻译说明

早在 19 世纪初，曾有一部叫作《见闻札记》（*The Sketch Book*）的书在英国出版并引起轰动，被誉为美国第一部真正富有想象力的杰作，"组成了它所属的那个民族文学的新时代"。该书中《瑞普·凡·温克尔》等篇章已成为不朽的杰作。作者因此成为第一个获得国际声誉的美国作家，美国文学的奠基人，被誉为"美国文学之父"。英国著名作家萨克雷称他为"新世界文坛送往旧世界的第一位使节"。美国人民为了怀念这位做出突出贡献的作家，在他去世后甚至在纽约下半旗志哀，使他享受到了罕有的荣誉。这位大作家的名字叫华盛顿·欧文。

然而对于这样一位著名作家，过去国内的译介、研究却"不够充分"（参见《中国翻译词典》第 520 页，湖北教育出版社 2005 年版）。就其作品的翻译而论主要集中在代表作《见闻札记》上，只偶尔有其他作品出版。有鉴于此，笔者近几年专门从事欧文作品的译介工作，并获得了一定突破。除笔者翻译的《见闻札记》多次重印、再版外，拙译《征服格拉纳达》和《欧美见闻录》也首次在国内出版。

然而，对于这样一位大家，仅仅翻译、出版他的几部作品显然是不够的，满足不了广大读者和研究者的需求。几年前就曾有欧文的研究者苦于找不到《纽约外史》的译著，向笔者求得电子版译稿从事研究！这位研究者坦言，欧文的文字十分古雅，有些地方甚至比较深奥，不是人人都能轻易把原文读透、读懂的。如果难以洞悉作品字里行间的韵味和意味，怎么能很好地认识欧文、研究欧文呢？因此系列翻译、出版欧文的作品就有了必要。

本系列第一辑包括《见闻札记》《纽约外史》《美国见闻录》和《美国文学之父的故事——华盛顿·欧文传》四部，其中后三部除《美国见闻录》中的《大草原之旅》外，均为在国内首次翻译出版。特别是此次出版的作者的成名作《纽约外史》，颇有阅读和研究价值。这是一部非常具有民族特色的作品，能够让我们更加全面、深入地认识欧文。他二十多岁就写下这部不乏诙谐讽刺和历史知识的书，拥有那么非凡的思考与想象，不能不令人赞叹！《美国见闻录》中的第一部《大草原之旅》，栩栩如生地讲述了欧文随狩猎队员去美国西部探险的情景，颇有情趣。第二部《美国纪事及其他》让我们再次欣喜地读到类似于，同时也并不逊色于《见闻札记》中的优美文章，如《睡谷重游》《春鸟》。作者的文采又一次从这些篇章中充分焕发出来。我们在文章中读到的是美感，是浪漫，是情趣，是梦幻，是对原始朴素之物的依恋。《美国文学之父的故事——华盛顿·欧文传》则让读者从另一个方面了解到欧文的人生经历，其中包含了某些鲜为人知或者不是十分了解的东西。不过本书比较侧重于介绍欧文的生活情况，对于他的重要作品的分析似乎薄弱一些，为此笔者在"附录"里补充了介绍作家作品的相关文章，或许在一定程度上弥补了书中的不足。此书虽然不是欧文的作品，但它是专门介绍欧文生活与创作的作品，所以此次也纳入了本系列。

读者也许要问：我们可以从欧文的作品中读到什么呢？个人觉得，一是他和他作品特有的个性，二是他那独特的创作艺术。我把欧文及其作品所具有的特性称为"欧文元素"，并概括为富有文采、不乏幽默、抒情味浓、充满传奇、追求古朴、勇于探索、富于同情几个方面，在本系列的相关文章中对此作了阐述。就创作艺术而论，欧文无疑是一位值得学习的大作家。他在散文随笔的创作上尤其出类拔萃，独树一帜。基于大量翻译欧文作品的实践，我还认为他堪称游记大师，其众多的游记作品艺术高超，十分耐读，这在世界文学作品中是不多见的。

目前，笔者已翻译《布雷斯布里奇庄园》，拟与《欧美见闻录》《征服格拉纳达》和《阿尔罕布拉宫的故事》组成第二辑出版，以便为改变国内对欧文的译介、研究不够充分的局面做出一定贡献。

刘荣跃

2019 年 5 月于四川简阳

# 英国庄园里的故事——关于《布雷斯布里奇庄园》

## （译本序）

刘荣跃

## 1

我用这样的标题，来概括自己对本书的认识。是的，它所讲述的就是作者当年应朋友邀请，去一座称为布雷斯布里奇庄园的地方拜访，在那里生活一段时间后写下的又一本"见闻录"。我们可以看出，欧文的一系列包括散文随笔和小说故事的见闻录，已经形成了他的一个特有的品牌，在世界上产生了广泛而深远的影响。首先使他成名的，自然是1820年汇集出版的《见闻札记》，当时即在英国引起轰动，流传甚广，使他成为第一个获得国际声誉的美国作家，被誉为"美国文学之父"。司各特和拜伦等人成为他的知交，萨克雷称其为"新世界文坛送往旧世界的第一位使节"。本书被誉为美国富有想象力的第一部真正杰作，"组成了它所属的那个民族文学的新时代"。

紧接着，作者又在1821年写下了这本《布雷斯布里奇庄园》，并于1822年以杰弗里·克雷恩的笔名出版。它堪称是《见闻札记》的姊妹篇或续集，其形式和风格大体与《见闻札记》一致，只是内容不同。相比之下，本书各个篇章彼此联系得更加紧密，因为它们主要讲述发生在庄园里的一个个故事。由于庄园主的儿子将与美丽的朱莉娅·坦普尔顿举行婚礼，所以亲朋好友们相聚在庄园里，于是欧文看到了种种不乏英国特色的情景，并以他特有的视角记录下来。作为近些年来翻译了欧文不少作品的译者，我欣喜地看到本书中确实包含了一些非常优秀的篇章。不可否认，《见闻札记》成为名著有其历史的原因，它一炮打响之后，仿佛把作者后来的作品给掩盖了，而实际上欧文以后出版的作品中也有不少闪光的杰作。我以为，《见闻札记》虽然影响深远，但其中的作品并非篇篇精彩，比如，《罗斯科》和《波卡罗克特的菲利普》等；而他的其余著作尽管名气上不如《见闻札记》，但我们仍然可以读到一些优秀耐读的篇章，比如，本书中的散文《林木》和《白嘴鸦》，小说《安妮特·德拉伯尔》和《萨拉曼卡的学生》等。所以，只有更多地阅读欧文的作品，而不仅仅局限于《见闻札记》，我们才能对这位大家有更加全面、深入的了解。而这也是笔者愿意多年专攻欧文译介、在翻译上寻求突破的一个重要原因。尽管有评论者认为《布雷斯布里奇庄园》是对《见闻札记》的模仿，但它却受到读者和评论家的欢迎。其实我并不认为那是模仿，因为作家写作通常会保持自己前后一致的风格，形成特有的个性。欧文的这两本书和其他一些著作，就是颇具欧文元素的"见闻录"系列。"本书令我们大为欣喜，"评论家弗朗西斯·杰弗里[1]在《爱丁堡评论》中写道："我们因此想到对作者满怀感激……并予以公开承认。"欧文为作品受到欢迎感到欣慰，这使他的声誉在欧洲读者中得以巩固。我很赞同外国媒体中所用的"巩固"（cement）这个词，的确，本书对于进一步提升欧

---

1　弗朗西斯·杰弗里（1773—1850），苏格兰文学评论家、法官。

文的声誉是不无作用的。

既然作品讲述作者在庄园里的所见所闻，必然就少不了一个个人物。于是我们看到庄园主布雷斯布里奇先生，即那位坚守英国古老风俗习惯的乡绅。他想"实现他最喜爱的目标——恢复古老的英国习俗与特性"，建议所有古老的节日都应庆祝。乡绅的这种追求传统习俗与古朴风格的个性，无不体现在他的言谈举止中。总管家西蒙大人是庄园的一个重要人物，他诙谐幽默，活泼欢快，还是个多才多艺的奇人。"他显然是家中才子，玩笑巧妙，含沙射影，使女士们大为开心。"可以说庄园因为有了他的存在而充满生气。乡绅的姐姐莉莉克拉夫特夫人有点贵妇人的味道，她曾经"是城里的大美人，因其美貌而颇为傲气，在两个社交季节里风光无比"。后来她不幸患上天花，又做了寡妇，最喜欢回忆自己有着青春之美的时期，其表面悠然的生活中必然带着一些忧愁。猎人克里斯蒂是庄园最老的仆人，他在庄园里生活了大半个世纪，对于这里的大小事情都十分清楚。他技艺高超，年轻人都称他为"马术教授"。不过，他是个固执己见的人，脾气暴躁，"容易像毛发直立的豪猪一样发怒"。哈博特尔将军是个老单身汉、老帅哥，他特别爱向女人献殷勤。同时，他还喜欢夸夸其谈，尽管自己以前很少打仗，却大肆批评欧洲大陆的所有战役，谈论指挥官们的功过。他自从升为将军后即被搁置起来，过着悠然自得的生活，其"战役主要局限于一处处疗养地，他在那儿喝矿泉水进行治疗"。约翰·杰克则是一个身体强壮、比较殷实的自耕农，他也是某个最古老正统的家族的代表。他约莫五六十岁，面相像狮子似的严肃。尽管他节俭，但对生活中的娱乐消遣从来不拒绝，因为他的座右铭是"努力工作的人玩得起"。由于他比较有钱，从不欠账，所以人们都称他"现付杰克"。

以上便是本书中的一些主要人物。此外还有乡绅的儿子弗兰克·布雷斯布里奇，一个牛津大学学生；乡绅的另一个儿子盖伊，他是个正在服役的年轻上尉；少言寡语但无可争辩地统管着仆人们的女管家，以及她的侄女菲比·威尔金斯；莉莉克拉夫特夫人的贴身女仆和克里斯蒂先生的情人汉娜夫人；乡村牧师，一位博学的古籍研究者；制造商凡迪先生，他也是个激进分子……在欧文笔下，一个个人物十分鲜活地呈现出来，构成了一部长篇小说所展现出的画面。与通常的长篇小说相比，我觉得本书有异曲同工之妙，我们从中读到了欧文特有的风格与文采，读到了英国人特有的幽默诙谐，读到了19世纪的英国人与英国社会栩栩如生的面貌，也读到了英国民族特有的属性。总之，我觉得如果细细品味而非匆忙浏览本书，读者是不难发现其中的魅力的。现今社会生活节奏越来越快，所以，如果能够时时放慢脚步，品味一下这位大家的作品，必然能使身心得到有益的舒展，获得一种可贵的情趣。

## 2

在欧文看来，生活在庄园里的人是幽默的、诙谐的，甚至是滑稽的。我们通常认为英国人严肃矜持，但如果深入接触他们就会发现并非如此。笔者翻译本书，也确实时时感受和发现英国人风趣幽默的特性，这些特性或表现自然而然地显现于字里行间，形成了本书的一大特点。

你看那位将军，"在餐桌上，随着第二瓶酒下肚，他的忠诚变得极其强烈起来，《天佑国王》这首歌使他狂喜不已"，其虚假伪善的表现跃然纸上。他"虽然是个老兵，但他实际上很少打仗，只参加过攻占塞林伽巴丹，这在他的历史上构成了一个新纪元"。作为一名将军却只参加过一次战役，并且它还构成了他人生中的新纪元！"他在胸口上戴着一只很大的绿宝石，手指上戴着钻戒，它们是他在那次战斗中获得的。"为参加过的仅有一次战斗沾沾自喜，炫耀卖弄，真是可笑！对于他戴着的绿宝石或钻戒，"无论谁如果很不幸注意到其中之一，必定会让自己卷入那场包围的整个过程"，就是说一旦你注意到他在那次战斗中获得的奖品，他就会滔滔不绝地向你讲述起来，以此让你看到他多么了不起。他升为将军后被悄然搁置起来，"从那以后，他的战役主要局限于一处处疗养地，他在那儿喝矿泉水进行治疗，因为在印度时肝脏患了点小毛病。"就因为肝脏患了小毛病！你看那个女管家，虽然门第并不古老，但因为发展得较快，所以她"在庄园和村民中间，一直习惯高昂着头"，以致"一个小农的老婆哪怕有一丁点指望与她家联姻，她身上那件褪色的锦缎衣服好像都会气愤地发出沙沙声"。连衣服都好像会气愤地表示出不满，真是滑稽啊！由于门第不相称的问题，两家的子女便被禁止有谈情说爱的想法，但太深陷于爱情的小杰克"甘愿将杰克家的全部尊严奉献给自己强烈的感情"。以上只是举出了一些典型的例子，类似表现人物性格的幽默语言在书中比比皆是。是的，那一个个人物是幽默的，他们的举止行为是幽默或滑稽的，这正是欧文访问布雷斯布里奇庄园后，对于那些颇具代表性的英国人所留下的一个深刻印象。

## 3

本书除了作者在庄园里亲眼看到的具有英国特色的真实故事外，

另有他从庄园里的人们那里听到的故事，真正体现了欧文式的"见闻录"风格。这主要有《萨拉曼卡的学生》《安妮特·德拉伯尔》和《道尔夫·海利格》等。

《萨拉曼卡的学生》是一部包含传奇与爱情故事的中篇杰作。主人公炼金术士是个潜心研究神秘科学的老者，他希望通过自己的研究给人类带来更加美好的生活。他有一个年轻美丽、天真纯洁的女儿，名叫伊内兹。在他从事炼金术的研究中，有两个男子喜欢上伊内兹：一个是他的弟子、萨拉曼卡的学生安东尼奥；另一个是名叫安布罗西的骑士。两个情敌之间不断发生冲突。后来有一天安东尼奥神秘失踪，老者也被一些武装男人弄走关进地牢，因为他受到施行巫术的指控。宗教法庭对他进行了审判，判他死刑，尽管没有任何证据。就在执行死刑前，骑士安布罗西出现了，他对伊内兹软硬兼施，希望她同意嫁给他，这样他就可以救她父亲。但伊内兹坚贞不屈，尽管她为父亲将被执行火刑万分痛苦。行刑那天学生和骑士均出现了，两人展开搏斗，骑士安布罗西身负重伤。学生在关键时刻救了炼金术士，证明老者是无辜的。原来安东尼奥是一名很有势力的贵族，为了追求伊内兹而装扮成穷学生。骑士安布罗西也为自己无耻的行为忏悔，证明炼金术士被判处有罪都是他一手造成的。最后，安东尼奥如愿以偿娶了炼金术士的女儿，一家人过着幸福美满的生活。小说情节曲折，富有传奇色彩，这是欧文不少小说的一个特色。其实，这篇小说展现了一个重要主题，就是对宗教法庭无中生有、荒诞无耻的迫害给予了巨大的讽刺和谴责。

《安妮特·德拉伯尔》是一篇相当不错的中篇小说。作品讲述一对青年男女从小相爱，后来男青年尤金被征去当兵，两人不得不分别。

这样过去了多年，追求姑娘安妮特的人不少，但她都拒绝了。尤金也一直爱着她，战争结束后他回到村里。但是安妮特有任性、虚荣的弱点，她本来很爱尤金，却让别的追求者献殷勤，使他难过。两人因此产生误解，安妮特后悔自己行为轻率，想与尤金和好，可他一气之下已轻率离开去当了水手。安妮特感到很后悔，经常陪伴在他母亲身边，想以此弥补自己的过失。尤金为了母亲决定返回，但不幸遭遇风暴，迟迟未归。安妮特一天天焦虑地期盼着，失事的船只终于回来了，但却始终没有尤金的身影。她得知情人在风暴中被大浪冲走，生死未卜，因此身心受到巨大打击，天天盼望着他归来，以致精神失常！幸运的是，尤金在风暴中抓住了一根帆桅，被一艘船上的人救起。可人们不敢把这意外的好消息告诉安妮特，怕她受不了。尤金回到了村里，责备自己离开得太仓促草率。后来医生借助她的幻觉神奇地让她迎接了尤金，她的身心奇迹般地康复，两人终成眷属，过上了幸福的生活。小说可读性强，它告诉人们要珍惜爱情，不要把它视同儿戏，拿它开玩笑，否则后果不堪设想。作品生动感人，催人泪下，发人深思，不失为欧文写的一篇颇有魅力的优秀中篇小说。

《道尔夫·海利格》则是一篇讲述主人公冒险奇遇的故事。尽管道尔夫调皮捣蛋，但母亲仍然爱他。他去给医生当学徒后，住进了一座可怕的鬼屋。夜里幽灵般的人影使他百思不解。他以为是梦，但出现的情景又使他无法相信。后来他上了一只船，见到的情景与梦中的十分相似。之后，他意外地掉进河里，遇到种种险情，在原始的荒野见到四处打猎的印第安人，等等。故事将现实与梦幻交织在一起，充满了神秘、恐怖的气氛。作品不乏诗情画意、富于浪漫的描写，并对荷兰移民的伪善迷信、冷酷无情和趋炎附势进行了欧文式的讽刺。

# 4

虽然本书讲述的是庄园里的故事，但作品仍然是散文随笔和小说故事的合集，而且非虚构的、讲述真人真事的散文随笔占了大多数。欧文是写作散文随笔的大家，尤其是在游记方面堪称大师。在写作小说故事方面，他也是比较出色的，尤其以《瑞普·凡·温克尔》等闻名于世。不过我认为，相对而言，他的散文随笔更胜一筹。比如，本书中的《林木》就写得相当不错："宏伟的树林像高塔和金字塔似的耸立在其父辈的土地上；我注意到，有着仁慈性格和高贵感情的英国绅士凝望它们时显露出喜爱与自豪，我对此不能不赞美。在万物之间，无论是否有生命都存在相似之处：橡树骄傲而健壮地生长着，在我看来它与狮子和鹰同属一类，以其非凡的属性而与勇敢、智慧的人有着类似的地方。它那大柱一般的树干直耸天空，将自己如叶子般繁茂的荣耀从世间的杂质中托起，让它们高高地置身于自由的天空和灿烂的阳光里，这正象征着一位真正的贵族应该是怎样的人……"林木在作者的眼中仿佛具有了灵性一般。作品十分耐读，它表现了对古老树林的关爱，包含着深刻的思想，内涵极其丰富。

在《白嘴鸦》这篇散文中我们读到，"白嘴鸦受到乡绅尊敬，他认为它们有着非常古老体面的贵族血统，颇有贵族的头脑，喜欢乡间宅第，依附于教堂和庄严的地方。它们在高处筑巢，生活于大小教堂附近以及古堡和庄园那些悠久的树林中间，便足以表明这一点。乡绅对它们所表现出的好感，使我更加仔细观察这些颇受尊敬的鸟儿……"作品以特有的视角，让读者看到白嘴鸦这种动物的种种习性，给人以难得的情趣。

《农舍》描写了作者拜访一家英国农舍的情形，让人看到主人朴素而富足的生活，"现付杰克"诚实勤劳的形象再次显现出来；《马术》表现出了英国民族的另一特性，让人看到该民族对于骑马的偏爱，看到在这方面所具有的悠久传统和独特的马术文化；《驯鹰术》和《带鹰出猎》颇能反映出当时英国人生活的一个侧面，让人看到英国人对待鹰的特殊习惯；《贵族气质》对于英国人的教养和英国绅士做了独特的阐述，使人看到颇富有民族性的东西。其余的散文随笔也从不同方面介绍了英国民族所具有的属性与特性。

总之，本书给笔者留下了一个总的印象，即它用散文和故事营造了一部长篇小说所表现的画面和氛围，与小说相比具有异曲同工之妙。

## 5

欧文为什么要写这样一本书？或者说他写这本书的意义何在？如果仅从各个篇章来看，他好像只是在写英国庄园里的故事，在描写、刻画英国人与英国社会的风貌与特性。他确实这样做了，也让我们看到了英国这样一个与众不同、有着特有个性的民族。可他为什么要这样通过深入的观察详细地进行描写呢？读了《作者告别的话》后，我们似乎才恍然大悟，并真正找到了答案！原来英美两个有密切关系的同宗国家，多年来存在着分歧，人们相互之间产生了一些误解，这对于两国的友好发展是不利的。欧文说："在我所有自由开明的同胞当中，在所有最终对于民族的主张起到促进作用的人当中，存在着一种保持礼貌友好关系的诚恳的渴望。但同时就在那些人的头脑中，对于英国的友善也存在着不信任。"欧文看到了这一点，他之所以写出那些文章，就是要让英美两国人民彼此有更多的了解，而只要了解深入了，误解、分歧必然就会相应减少。所以，欧文实际上在起着一座桥梁的作用，其心愿和所做的工作难能可贵！在这篇文章中作者还说道："但是对于英国，我们怀有一种温暖的、同宗的情感，这情感仍然流淌在我们的血液中。我们可以撇开利益，忘记过去的分歧，伸出往日的友好关系之手。我们只要求别彼此疏远，别破坏古老的血缘纽带，别让嘲笑者和诽谤者把一个同宗的国家赶走。我们乐意做朋友，不要迫使我们成为敌人。"如果此文之前的所有文章都是在间接地、潜移默化地表达作者的意向，那么作者在文中便站了出来，直截了当地表达自己的心声。这么看来，本文在让美国人民和世界人民认识英国这样一个民族方面，起到了十分有益的作用。

作者除了在此文中涉及英、美两国关系的情况外，在《见闻札记》的《英国作家论美国》一文中也谈到这个问题，就英国人对美国的歧视和偏狭作了评述。他说："我满怀遗憾，注意到英美文化上的敌意与日俱增。近日，人们对美国好奇有加，伦敦已出版大量关于我们这个共和政体的游记；可是其文章似乎意欲传播错误而非知识。此类游记影响甚大。虽然两国交往频繁，但尚无一个民族像美国一样被英国人妄加报道，深受误解。"欧文一方面，希望美国人民正确看待英国人的一些偏见与误解；另一方面，指出"让我们不受愤怒情绪的影响，以免对其真正优秀可贵的品性熟视无睹"。他甚至直言不讳地写道："美国是年轻的民族，必须善于学习效仿，必须尽力以欧洲现今民族为榜样典范。而最值得我们学习研究的莫过于英国，其精神素质与我们最为相似。英国人在风俗习惯、文化事业、言论自由、对个人最可贵的利益、最神圣的慈善行为上的思维方式，与美国人极为相投，事实上本身即杰出非凡：因为英国繁荣的深厚根基，正建立于人民美好的道德情感之上。"而他写作本书，正是为了让人们更加全面、深入地了解英国这样一个有特殊品性与气质的民族，从而增进感情，友好交往、共同发展。欧文可贵的用心由此可见！所以我认为他是一座文化的桥梁，是文化的优秀使者，是一位值得尊敬的作家。

## 6

近些年来，笔者一直潜心于对这位大作家的译介，先后翻译出版了《见闻札记》《征服格拉纳达》《欧美见闻录》《纽约外史》《美国见闻录》和《美国文学之父的故事——华盛顿·欧文传》等作品，应该说，对于欧文的作品在国内相对译介得多一些。通过笔者和其他译者的努力，过去对这位美国文学之父译介研究"不够充分"的局面有了一定改观，获得了一些显著的突破，从而为读者、研究者认识和研究欧文提供了更好的条件，这不能不令人欣慰。

就本书而论，笔者凭借多年译介欧文的作品，对该作家有更多了解的条件，力求打造出一个最全面、完整的译本，或者说相对更完整、独特的译本。这种完整性与独特性，一是表现在对原著进行了忠实、完整的翻译，没有一篇删减，没有一篇节译，完全按照作者成文、成书的原貌予以翻译和再现。二是注释尽量详细、具体，以便给读者提供更多的参考。这里不妨举几个例子：比如，书中提到"曼哈托斯"，由于笔者翻译过欧文年轻时的成名作《纽约外史》，所以对这个名称比较了解，于是加注："原文为 Manhattoes，人们对曼哈顿最初的一种叫法。在《纽约外史》中，其他叫法还有蒙哈托斯（Monhattoes）

和芒哈托斯（Munhatos）。"又比如，在本书《史学家》一文中，作者提到"尼克博克先生着手写一部关于自己出生城市的史书"，熟悉欧文及其作品的人不难知道他指什么，于是笔者这样加注："指欧文的成名作《纽约外史》，此书 2015 年 12 月由清华大学出版社收入'美国文学之父·欧文作品系列'第一辑出版，刘荣跃译。"又比如，《情人》（又译《恋人》）一文开头的那段文字，出自《圣经·旧约·雅歌》第 2 章第 10~12 节，按照惯例应该引用《圣经》的"原文"而非由译者翻译。于是笔者如实引用"我的佳偶，我的美人，起来，与我同去！……"并加注。作者标明的也是出自《雅歌》，而非有的译本说的《所罗门之歌》！再比如，《林木》的开头引用了这样一句话："那是一片老树组成的活柱廊。"虽然作者未标明出处，但笔者查到它引自英国诗人埃德蒙·沃勒（1606—1687）与约翰·德纳姆爵士（1614—1669）合著的《诗集》，因此也加了注（凡是未标明"原注"的均为译者注）。对于注释，读者可看可不看，但笔者认为能尽量提供是必要的、有益的，这也是完整性的一个方面。三是这篇近万字的译序，或许也是表现完整性与独特性的另一个方面，对于欧文的这本书而言，至少我个人尚未见到更多中文介绍的文字。笔者写出此文，不外乎想为读者提供更多关于欧文及其作品的情况，以求对本书的解读获得更多立体的认识。无论作用如何，至少我是这样努力的。对于译序这样的文字，读者完全有看和不看的自由；而对于想多了解作者和作品的读者，它便在一定程度上提供了或许有益的参考。

关于对本书的定位，我个人觉得，除了它是名著《见闻札记》的姊妹篇和英国庄园里的故事外，还可从以下几方面去认识和解读它：（1）它是描写刻画人与社会风貌的经典杰作，这从上面的分析中不难看出。一个个人物和情景在欧文笔下栩栩如生地再现出来，让读者充分看到了作家描写刻画人物的功力与风采。(2) 它是了解研究英国民族的优秀读物。英国民族有其特有的民族性，而欧文的这两本风格类似、内容不同的"见闻录"的确是我们认识 19 世纪英国不可多得的作品。作者的观察之深入、描写之细致，颇能让我们洞悉英伦特有的文化。(3) 它是散文随笔创作的典范。翻译了欧文那么多书（并且还将在未来几年里继续译介下去），欧文在我眼里始终是一位写作散文随笔的大家，甚至堪称游记大师！如本书中的《林木》和《白嘴鸦》，如《见闻札记》中的《作者自述》《航程》和《威斯敏斯特教堂》等优秀篇章，难道不是散文随笔创作的楷模吗？

本书根据 The Project Gutenberg EBook 中的 *BRACEBRIDGE HALL OR THE HUMORISTS* 翻译。尽管笔者尽了努力，但因知识水平有限，书中的错误和不足在所难免，诚恳希望读者提出宝贵意见，以便在修订中不断完善。

**2019 年 5 月于天府雄州·四川简阳**

# 作 者 前 言

尊敬的读者：

　　当再次拿起笔开始写作时，我意欲在此讲几句话，以便让人们对我有个恰当的了解。我已经出版的著作受到了极大欢迎，远远超过我最为乐观的期待。我愿意把这归功于它们本身的价值。不过尽管笔者有此虚荣，我却不得不意识到，它们的成功在很大程度上是由于某种不太讨人喜欢的原因。在我的欧洲读者们看来，一个来自美洲荒野的人竟然能够用尚可的英语表达自己，真是奇迹。在文学上我曾被看作某种新奇的东西，某种半野蛮人，手里拿着羽毛，而不是戴在头上。人们有一种好奇，要听听这样一个生物对于文明社会有什么话可说。

　　那种新奇如今已过去，而它所带来的宽容的感情当然也不复存在。我现在必须准备承受批评及更为严厉的审查，让人用与当代作家相同的标准进行衡量。甚至人们对以前的著作所表示的赞赏，都将让本书中的篇章受到更加苛刻的对待，因为这世界易于给予一个曾经得到过高赞赏的人以最严厉的惩罚。所以，在这方面我希望预先告诉读者，不要因为人们赞赏我时说过许多不够慎重的话，就认为我是比较糟糕的。

　　我意识到，自己经常行进在人们不断走过的地方，谈及已被更有才能的作家讨论过的问题。确实，人们提到我有各种各样的作家为榜样，而假如我自认为与他们有丝毫相似之处，我都会觉得是荣幸。但事实上，我并没有按照所知道的任何榜样写作，我写作也根本没想到要去模仿或与谁一比高下。偶尔，我冒险涉及某些几乎为英国作家所穷尽的话题时，并非要放肆地去挑战，要与谁相比，而是希望由一位外国作家谈论这样的话题，有可能引起人们新的兴趣。

因此，假如人们发现在读者眼里都是些老生常谈的平庸话题，我却喜欢详加叙述，那么我恳请记住我写作时所处的环境。我虽然在一个新的国家出生、长大，但我从小在一个古老国家的文学中受到教育，我的头脑里早早地充满了历史的和诗意的联想，它们与欧洲的一个个地方和一种种风俗习惯联系起来，却很难与美国的联系起来。所以，当一个头脑如此特别的人到达欧洲时，即便极其普通的事物和场景，也会让他觉得不乏新奇有趣之处。在一个美国人看来，英国是具有古典传统的地方，正如意大利在一个英国人看来一样。古老的伦敦让人充满历史的联想，也正如强大的罗马一样。

的确，我一旦登上陆地，置身于英国的一个个场景，便会满脑子产生奇异的思想，要将它们加以描述并非易事。我第一次看到我在人生每个阶段都读到并思考的世界。幼年、青年和成年时有过的回忆，在幼儿园、学校和书斋里有过的回忆，同时向我蜂拥而来。大大小小的事物引起了我的注意，也许，每一件事物都让我有了一系列同样可喜的回忆。

但格外引起我注意的是那些奇特非凡的东西，它们将一个古老的国家及其社会状态与一个新的国家及其社会状态区分开来。对于旧时代一座座破碎的纪念碑，我从未觉得司空见惯，从未丧失我最初见到它们时怀有的强烈兴趣。我总是习惯于这样的场面：历史在某种意义上是可预期的；艺术上的一切都是新鲜先进的，它们指向未来而非过去；总之在那儿的场面中，人们在作品里只考虑到年轻人的生活以及未来的发展。[1] 所以，当面对一座座庞大的建筑——它们因古老而变得灰暗，日益腐朽——我便感到其中包含某种无法形容的动人之处。我曾怀着难以言表的深厚情感，凝视像丁登寺那样庞大的寺庙遗址，它掩埋在静静的山谷深处，与世隔绝，仿佛只为自己而存在；或者凝视着像康威城堡那种纪念勇士的古建筑，它独自坚定地矗立在众多岩石的高处，仅仅成了昔日的权威、空洞、吓人的幻影。它们给这片景色笼罩上庄严雄伟、让人可悲、在我看来也是非同寻常的魅力。我第一次注意到一个古老民族的标志，一个帝国的衰败，以及在不断生长、复苏的富饶的大自然中艺术由短暂荣耀走向衰退的种种证据。

不过事实上，在我看来，所有东西都充满了意味：历史的足迹处处可寻，整个大地上散发出诗意，因而变得神圣起来。我有过孩子那种令人愉快的新鲜感，眼里一切都是新鲜的。我看到的每一处——从高贵宁静之处的贵族宅邸，到附带的小园子和培育忍冬植物的茅草屋——都让自己想象着一群居住在里面的人以及他们的生活方式。英国的大地上如此完美地覆盖着青翠的色彩，在这儿，空气无不弥漫着草地和忍冬树篱的芳香。对于这样一个散发出美妙清新气息的国家，我想我是决不会厌倦的。我在开花的山楂、雏菊、驴蹄草或什么其他平常的物体上面，不断产生某种小小的诗意，缪斯女神[2] 让它们具有了神奇的意义。我第一次听见夜莺的鸣声，让我陶醉的与其说是它悦耳的音调，不如说是我所产生的许多美好联想；最初看见云雀几乎从

---

1　指的是美国的情形。

2　给予诗人灵感的女神。本书除标明原注外，均为译注。

脚下飞起来并发出悦耳的声音飞向破晓的天空时，那种充满狂喜的激动令我永生难忘。

我就这样穿行于英国，像个成熟的孩子，所有大大小小的东西都让我高兴。我显露出某种令人惊奇的无知和天真的享乐，让那些更加明智老练的旅行同胞经常注视我并露出微笑。我初次到达伦敦时，这也使我在种种联想中产生出奇异的困惑。我当初怀着一些希望，其中之一就是要看看这座大都市。我在幼年时最初得到的书中，读到过不少关于它的情况。我也从周围来自"古老国家"的人那里，听到过许多关于它的事情。我是先熟悉了伦敦的街道、广场和公共场所的名字后，才知道了故乡城市那些地方的名字。在我看来伦敦似乎是世界的巨大中心，一切好像都围绕它旋转。我记起自己小时候，曾满怀渴望凝视着微不足道地印在旧杂志封面上的泰晤士河、伦敦桥和圣保罗教堂，以及挂在我寝室里的一幅肯辛顿花园的绘画——绅士们头戴三角帽，衣服下摆宽大；女士们则穿着里层有圈环衬托的裙子，戴着耳坠。即便珍贵的圣约翰之门[1]的插图——它很久以前曾印在《绅士杂志》的封面——对于我也不无魅力。我羡慕那些模样奇特、身材小巧的男人，他们似乎在拱门周围悠然漫步。威斯敏斯特教堂的高塔耸立于圣詹姆斯公园茂盛的树林中，其灰暗的塔尖四周笼罩着蓝色的薄雾；当高塔赫然显现在我眼前时，我是多么激动啊！我看见这座在祖先的历史上极其显赫的庞大建筑，不能不感到热血澎湃。我多么热切地想探索这座都市的每个地方！富有学问的旅行者在其庄重的研究中所列入的东西，我并不满足。我乐于唤起小时候的所有情感，寻求我幼年时

---

1 伦敦的一座古迹，始建于 1504 年。

感到惊奇的东西。在儿歌里非常有名的伦敦桥、闻名遐迩的伦敦大火纪念塔、高格和马高格[1]、塔中狮，这一切让我经常回忆起幼年时的欢乐，回忆起已故的善良老人，他们对我聊起过那些地方，让我听得不无惊讶。圣保罗教堂院成为文学的源泉，我第一次看到其中的纽伯里先生的工作场地时，又产生了孩子般的兴趣。在我幼小的头脑中，纽伯里先生首先让我想到一位伟大善良的男人，他出版了当时所有的画册。由于对孩子们怀有大爱，所以他不收取纸张和印刷的任何费用，只收取一个半便士的装订费！

尊敬的读者，我提到上述情况，意在向你表明我所产生的许多稀奇古怪的联想，它们易于在我的头脑中与英国的各种场景融合在一起。假如人们发现我对陈腐琐碎的话题喋喋不休，或者对任何古老过时的东西过分迷恋，那么希望这些情况在一定程度上可以表达我的歉意。我知道，不加节制地唠叨旧的时代、旧的书籍、旧的风俗和旧的建筑，是滑稽可笑的，虽然不能说这是当今的套话。尽管我本人已染上这种习惯，但我的感情是真实的。在一个来自年轻国家的人看来，一切旧的东西在某种程度上都是新鲜的。他对于种种古物、古迹有点好奇当然也情有可原，因为不幸的是，他甚至无法吹嘘自己的故土有那么一处。

我也是在相对简单的合众国里长大的，所以伴随于贵族社会状态中的那些普通情况，甚至都易于打动我。不管怎样，如果我任何时候指出某些奇特的现象，以及后者某些富有诗意的特性，以此自娱，那么请不要理解为我试图确定其政治价值。我唯一的目的是描绘各种人

---

1　伦敦市政厅门前的两个木雕巨像，相传 Gog 是以前的君主，Magog 是一位英雄。

物与风俗习惯。我不是政治家，我越是想到政治学就越发现它颇让人困惑。正如我在宗教信仰上一样，我满足于从小到大所怀有的信念，并根据其准则规范自己的行为，而把转变信仰的任务留给更有才能的人去做。

所以，我将沿着至此追寻的道路走下去，从诗情画意上而非政治属性上看待事物；我会如实地描写它们，而非试图指出它们应该怎样；在条件许可的情况下，尽量从愉快的角度看待世界。

我总认为，让人们彼此和睦相处是大为有益的。我的这一人生观也许不对，但我会继续实践它，直到确信它是错误的为止。当我发现世界完全是轻蔑的玩世不恭者和牢骚满腹的诗人所描述的情形，我也会转而谩骂它。与此同时，尊敬的读者，我希望你不要小看我，因为我不能相信这是一个非常糟糕的世界，就像有人描写的那样。

**你真诚的**

**杰弗里·克雷恩**[1]

---

1　华盛顿·欧文的笔名。

# 主要人物表

布雷斯布里奇先生，庄园主，常称乡绅。

弗兰克·布雷斯布里奇，乡绅的长子，牛津大学学生。

西蒙·布雷斯布里奇，又称西蒙大人，总管家，一个老单身汉。

莉莉克拉夫特夫人，乡绅的姐姐。

盖伊，乡绅的次子，年轻上尉，与父亲的受监护人、美丽的朱莉娅·坦普尔顿结婚。

克里斯蒂，庄园里最老的仆人，脾气暴躁的猎人。

女管家，一个少言寡语却无可争辩地统管着仆人们的女人。

菲比·威尔金斯，女管家的侄女，朱莉娅的侍从。

哈博特尔将军，莉莉克拉夫特夫人早年的一名追求者。

汉娜夫人，莉莉克拉夫特夫人的贴身女仆，克里斯蒂先生的情人。

约翰·杰克，即"现付杰克"，一个殷实的自耕农。

小"现付杰克"，约翰·杰克的儿子，菲比·威尔金斯的追求者。

牧师，博学的古籍研究者。

凡迪先生，制造商，激进分子。

斯林斯比，乡村教师。

　　我漫步在这片云彩之下，先生们，请原谅我贸然打扰。我是一个旅行者，已经去过地球上许多角落考察，现在到达这里，想要仔细看看这个小小的地方。

——《圣诞常规》[1]

---

1　原文为 *CHRISTMAS ORDINARY*。

# 目 录

## 卷一

## 卷二

卷一

# 庄园

这座古老的庄园，在本郡或下一个郡均管理最佳。尽管主人把自

己描述为乡绅，

但我知道他是个独一无二的庄主。

——《欢乐的乞丐》[1]

假如你仔细读过《见闻札记》，那么你大概记得布雷斯布里奇家的某种情况，我曾同这家人度过一个圣诞节。我现在正要再去拜访那座庄园，这之前已应邀参加即将举行的婚礼。乡绅的次子名叫盖伊，他是军队里一个活泼优秀的年轻上尉，将要和父亲的受监护人即美丽的朱莉娅·坦普尔顿结婚。为了举行这个令人喜悦的仪式，亲友们已开始聚集到一起，因为老先生不喜欢冷清私密的婚礼。他说："什么也不如让一对小夫妻快乐启航，从岸边向他们欢呼。好的开端等于完成了一半航程。"

在继续讲下去前，我请求别把这位乡绅与人们常描述的那类猎狐时马不离身的绅士混为一谈，事实上那类人在英国几乎已不存在。我使用这个有乡土味的头衔，部分原因是因为整个附近的人都这样称呼

---

1 又称《欢乐的人》，英国戏剧家理查德·布罗姆（1590？—1653）创作的舞台剧。

他，部分原因是因为这让我不用经常重复他的名字，那可是一个并不顺耳的古老的英国名字，法国人对其大叫失望。

实际上，这位乡绅属于古老的英国乡绅的残余。他差不多完全生活在自己的庄园，变得有点土气，因而有了几分幽默家的味道，因为英国人一旦有机会照自己方式生活时便易于如此。不过他现在的癖好是不错的，让我喜欢，那便是执着地坚守于英国古老的风俗习惯。这与我的性情有点吻合，因为对于"祖先的土地"上各种古老地道的特性，我至今有着十分强烈但又无法满足的好奇。

乡绅的家庭有一些特性，在我看来它们也是英国民族所具有的。这是一个古老的贵族之家，我相信这样的家庭为英国所特有，若在其他国家则几乎让人难以理解。就是说，它们属于旧式的贵族家庭，尽管已丧失了头衔，但仍然保持祖先高贵的傲然之气。他们鄙视所有新近产生的贵族，认为将自己家族神圣庄严的名望与现代头衔混在一起有失尊严。

他们居住于世代相传的土地上，享受着这一重要地位，从而大为助长了上述情绪。其家宅是一座年代久远的庄园宅第，矗立在约克郡[1]一个僻静美丽的地方。在周围人的眼里，居住于庄园里的人总被视为"世上大大有名的人"[2]。庄园附近那座小村庄的人，也几乎带着封建式的崇敬仰视乡绅。如今，已难得遇到这类古老的庄园宅第和家庭了。大概正是由于乡绅有着自己的怪癖，已经隐退的英国家庭管理

---

1　英格兰东北的一个郡。

2　引自《圣经·旧约·撒母耳记下》第 7 章第 9 节。

模式才得以保留，差不多具有了真正的古风。

我仍然住宿于宅第古老的耳房那间饰有护壁板的屋里。不过，窗外的景色与我冬天去拜访时已大不一样。虽然时值4月初，然而，几天暖和晴朗的日子已让春天的美景显露出来，我想它们最初展现出来时是最为迷人的。老式花园里的一片片花圃开着花儿，鲜艳耀眼。花匠取出从外面带来的植物，将它们种植在石栏边上。树木上长出不少绿芽和嫩叶。我推开吱嘎作响的窗户时，闻到木樨草的气味，听见蜜蜂从阳光照耀的墙上的鲜花处传来的嗡嗡声、画眉鸟各种不同的鸣啭和小鹪鹩欢快悦耳的叫声。

我逗留在这座老式古堡期间，意欲对眼前的场景与人物时时作些描写。然而我请读者明白，我不是在写一部长篇小说，根本没有复杂的情节或惊人的冒险故事许诺给你。我所谈及的这座庄园，据我所知，既无活板门和滑动饰板，又无内堡，确实看起来没有任何秘密。这个家庭是可敬的、善意的，从我一天的工作开始到结束，很可能都会按时吃喝、睡觉、起床。乡绅是一位非常善良的老先生，我看他根本不可能让即将举行的婚礼有任何麻烦。一句话，在我逗留于庄园整个期间，我预料不到会发生一件不同寻常的事。

我真诚地把这告诉你——读者，以免你觉得我每天漫不经心地闲荡于英国的种种场景中时，匆匆地往前赶去，是希望见到前面什么奇妙的冒险场面。相反，我邀请你和我一起缓缓漫游，闲逛到外面的田野里，时而停下来采摘一朵鲜花，或者倾听一只鸟儿的欢叫，或者欣赏一番眼前的景色，而不是急于到达终点。不过，在我游荡于这座古宅第周围时，如果我看到或听见任何令人好奇、可以给单调的日常生活增添趣味的事，那么我一定会予以描述，以供消遣：

> 即便最不知疲倦的智者，我知道经过短暂时间
> 也会对任何书籍生厌，无论它始终多么重要；
> 除非它有着奇异的东西，滑稽而新鲜，
> 有欢乐耀眼的光彩，还有增添趣味的谎言。[1]

---

1　引自《官员的镜子》，这是一部英国都铎时期由多位作者创作的诗集，重述了一些历史人物的生活与悲剧。

# 忙碌的人

他是一位没落的绅士，大多时候自得其乐，靠主人资助生活，由此大受其益。他确实用一些故事、歌曲和花招，以及你会赞美的技艺和吉格舞[1]，牢牢吸引着主人——此时他正与主人一起。

——《欢乐的乞丐》

最衷心地欢迎我回到庄园的人，莫过于西蒙·布雷斯布里奇先生，或者如乡绅最常称为的"西蒙大人"。我刚进入庄园就遇见他，他正在那儿驯一只猎犬。他极其热情、真诚地[2]接待了我，就像一个人欢迎朋友到他家的人一样。我已经向读者介绍过他[3]，说他是个看起来像老单身汉的、活泼矮小的男人。他是大家庭中的才子和旧时的情郎，也是乡绅的家务总管。我发现他像往常一样十分忙碌，有许多琐事要做，还有很多人要照料；他说话尖声尖气，性情不错，恐怕比一个忙碌的闲人——一个总是无事忙的人——更快乐的人寥寥无几。

我在到达的上午便去登门拜访他，他的房间在宅第远处一角，他说他喜欢独处，谁都不妨碍。他按照自己的趣味布置屋子，完全表现

---

1　一种轻快的三拍快步舞。

2　乡绅这样称有幽默诙谐的味道。

3　作者在《见闻札记》的《圣诞夜》一文中描述过他。

出一个老单身汉对于什么是便利与房屋布置的看法。家具用从宅第各处搬来的零星物件组成，是按照符合他的意愿或者适合他房间的某一角选择出来的。他颇善于称赞古老的扶手椅，并趁机转而指责现代椅，说它们没有了高背古代椅的那种尊贵与舒适。

与此屋毗连的是一间小室，他称为书房。这里有一些他自己搭起来的悬挂式吊架，上面放着几本关于带鹰出猎、一般狩猎和蹄铁术的书，另有一两本伊丽莎白统治时期的诗歌集，他出于对乡绅的敬意而研读它们。此外还有《小说家杂志》《运动杂志》和《赛马年鉴》，以及一两册《纽盖特[1]年鉴》、一本讲贵族的书、一本讲徽章的书。

他的运动服挂在一个小壁橱的木钉上，房间四周的墙上有些挂渔具、鞭子、马刺和一个他特别喜爱的猎枪的钩子，枪的锻造和镶嵌都很精巧，是从他祖父那里继承下来的。他还有一对老式单音笛，和一把他自己反复修补的小提琴，他断言那是名副其实的克雷莫纳小提琴[2]，不过他拉出的所有音调都会让我吓一大跳。

在宁静的正午，常会从这小小的安乐窝里传出他的小提琴声，像拉锯似的拉出某支久被遗忘的曲子，让人昏昏欲睡。他自豪于珍藏着一些杰出古老的英国乐曲，而与现代作曲家们几乎毫不相关。然而他的音乐才能最有用的时候，是偶尔在某个晚上，此刻他一边为大厅里跳舞的孩子们拉琴伴奏，一边在他们和仆人当中穿来穿去，像个十足的俄耳甫斯[3]。

这小屋也表明了他的种种嗜好：有一些抄完一半的乐谱、刺绣的

---

1　又译"新门"，伦敦西门的著名监狱。

2　16—18 世纪在意大利北部城市克雷莫纳制造的名牌优质小提琴。

3　希腊神话人物，诗人和音乐家。

各种图案、漫不经心地画出的风景素描、一个投影描绘器、一只幻灯——他正努力为它画些幻灯片。总之，这是一个多才多艺的男人的房间，他什么都懂一点，但什么都做得不是很好。

我在他屋里待了一会儿，赞美他那些有独创性的小发明，之后他便带我去庄园四处转转，参观马厩、狗窝和其他附属建筑。他看起来像一位巡视营地各处的将军，他在庄园时乡绅就把所有这些事交给他管理。他查看马的情况，仔细检查它们的脚，为某一匹马灌一剂药，为另一匹马放血。然后，他带我去看自己的马，并对它的优点大谈特谈，我发现它在马厩里享受着最好的畜栏。这之后他带我去看自己和乡绅的一个新玩意，他称为驯鹰术，那儿关着几只闷闷不乐、正在完成训练的鹰。其中有一只优良的猎鹰，西蒙大人对它进行了特别训练，他说过几天他会让我看看某种旧时那种优秀罕有的打猎游戏。我们四处走动时我注意到，马夫、猎场看守、猎犬管理员和其他家臣与西蒙大人的关系似乎都有点亲近，他们喜欢同他开玩笑，但在涉及自己的职责时他们都很尊重他的意见。

然而，有个暴躁的老猎人却是例外，他的脾气就像黑胡椒一样火辣。他是个瘦长结实的老人，戴一顶已经磨破的丝绒骑士帽，穿一条皮革马裤——由于经常磨损使其变得发亮，好像被涂过漆似的。他很喜欢反驳，十分独断，时时与西蒙大人产生分歧，但纯粹是为了挑剔一番。在对待猎鹰方面尤其如此，老人好像特别关照它，但在西蒙大人看来那样很可能会把它给毁了：后者在放鹰、羽毛移植、发微光、拆缝和喂鹰小石[1]这些事上颇有发言权，但这位叫老克里斯

---

1　指驯鹰用的一种小石子。前面所讲的也是些有关训练和喂养鹰之类的情况。

蒂的猎人对于它们则一窍不通。可是他仍然固执己见，似乎对这种技艺不屑一顾。

西蒙大人总是乐滋滋地面对他的反驳，这让我意外，直到他后来向我作了解释。原来老克里斯蒂是庄园最年老的仆人，他在狗和马当中生活了大半个世纪，一直侍候布雷斯布里奇先生的父亲。他知道这里每匹马的来源，它们多数的高祖先他都骑过。他能讲出近六七十年来每次猎狐的细节，对于庄园里每个牡鹿头的来历，以及钉在狗窝门上的每个狩猎战利品的来历，他无不清楚。

所有眼前的动物都是在他眼皮底下长大的，这使他在年老时感到满足。有一次他陪乡绅去牛津大学，当时乡绅在那里读书，他用自己的狩猎知识让整个大学开了眼。这一切足以让老人自以为是，他发现在所有这些最重要的事情上，他比世人都懂得多。确实，西蒙大人曾经是老人的门生，他承认自己最初的狩猎知识来自老人的调教——我颇为怀疑老人现在可能还把他视为一名生手呢。

返回途中，在穿过宅第前面的草坪时我们听见从门房传来铃声，不久某种队伍便缓缓沿着小道向我们靠近。看见这支队伍时同伴停下来，想了片刻，然后忽地喊叫起来，急忙跑去迎接。等队伍靠近后，我看出有一位皮肤白皙、气色不错、上了年纪的夫人，她身穿老式骑行服，头戴白色的宽边獭皮帽，这种帽可见于雷诺兹[1]的画中。她骑一匹光滑的白色小马，后面跟着一个身穿富贵号衣的男仆，这位男仆骑一匹喂养过度的猎马。相距不远，跟随着一辆老式笨重、由两匹非常肥胖的马拉着的两轮马车，赶车的是个同样肥胖的马车夫，他旁边

---

1　雷诺兹（1723—1792），英国肖像画家和艺术理论家。

坐着一个身穿奇特的绿色号衣的侍从。马车内有个显得刻板拘谨的人，那模样有点介于夫人的陪伴和侍女之间。另有两只十分受宠、显得丑陋的杂种狗，它们从每个窗口朝外面吠叫。

庄园里的人都出动了，来迎接这位新到的客人。乡绅扶她下了马车，亲切地向她致意。美丽的朱莉娅扑向她怀里，她俩像寄宿学校的朋友那样浪漫热情地拥抱。朱莉娅的情人把夫人护送进宅第，她显然对他表现出好感。一排老仆已经聚集在房子里，她经过时他们深深地鞠躬。

我注意到，西蒙大人极其殷勤、真诚地照护着夫人。他陪伴在她的小马旁边，沿着小道朝前走去。趁家中其余的人向她致意时，他去关照一下肥胖的马车夫，拍拍皮毛光滑的挽车马，尤其是对夫人的侍女——即马车里那个显得拘谨木讷的贞女——说一句礼貌的话。

这天上午其余的时间西蒙大人没再陪我，而是被卷入夫人到达之后产生的旋涡里。有一次他匆忙赶去为可敬的夫人跑什么差事时，确实停留了片刻。他对我说那是乡绅的姐姐莉莉克拉夫特夫人，她拥有将会由上尉继承的巨额财产，这笔财产在全英国最爱好狩猎运动的一个郡里。

# 家仆

老仆们的确是良好家政的保障。他们像宅第里的老鼠或奶酪内的蛆虫，表明了住处的古老与庞大一样。

我时而写点庄园的逸闻趣事，也许常常由于受到吸引，对于那些普通平凡的情况详加描述，因为在我眼里它们显示出了真正的民族性。乡绅对他认为是英国习俗的古老标志的东西，似乎尽可能地予以探究。仆人们对他的行为举止无不明白，大多从小习以为常。所以总体而言，在如今可见到的少数尚可的家庭中，他的这个家便是其中之一，它是一位老派英国乡绅的安居之所。

顺便说一下，仆人们并非是这个家最缺乏特性的成员：比如女管家吧，她在庄园里出生、长大，从来没离开它 20 英里远；但是她却有着端庄的仪表，伊丽莎白女王宫廷的某位贵妇人也不会因她而丢脸。

我认为，她可能是由于长期生活在那一幅幅古老的家族肖像中间而受到感染。不过，也可能由于她意识到，自己一直生活的这个地方不无重要。她在邻近的村子里、在农民的老婆们当中大受尊敬，在这个大家庭里也颇有权威——她虽然少言寡语，但却无可争辩地统管着仆人们。

她是个瘦小的老夫人，长着蓝蓝的眼睛、突出的鼻子和下巴。她的衣着就样式而论总是相同：她穿戴一副浆硬的小绉领，一只有花边的兜包，一条宽大的衬裙和一件前面敞开、用花彩装饰的长袍——在特别的场合长袍则是古丝绸的，系这家某个以前的夫人遗传下来的，或者是从她母亲那里继承的，她母亲先前也是管家。我对这些古服饰怀有敬意，毫不怀疑它们很久以前曾出现在这些房间，惹人注目，将家中某个无与伦比的美人的妩媚衬托出来。我有时瞧瞧这位年老的女管家，又瞧瞧周围的画像，看是否能从某位身材苗条的夫人——她们从墙上朝我微笑呢——的服饰上，认出她那身旧时的锦缎来。她头发很白，前面卷曲，戴一顶小帽；头发辫得不错，一直伸到下巴下面。她的举止习惯简单自然，由于带着与身份相当的尊严而有点与众不同。

这座庄园就是她的世界，除了她在《圣经》中读到的历史故事外，这个家族的历史就是她唯一知道的历史。她能讲出画廊里每幅肖像的来历，使其成了一部完整的家族编年史。

乡绅对她相当关照。确实，西蒙大人告诉我，在仆人中间流传一种传说的秘闻，即乡绅曾在画廊里亲吻过她，那时他俩都年轻。然而由于没有进一步发现他们之间的事情，所以这一情况也没引起任何大的绯闻，只是人们注意到不久后她喜欢读《帕梅拉》[1]了，并且拒绝村客栈老板的求婚，虽然她先前赞许他。

那个以前是男仆的老管家——也是个被拒绝的追求者——偶尔在

---

1 英国作家塞缪尔·理查森（1689—1761）写的一部爱情小说。帕梅拉是英国文学史上第一个重要的女仆女主角。

一个个小圈子里讲出这一逸闻。即便最守规矩的仆人，也会时时形成这种小圈子，因为，受管理者通常都有说管理者坏话的倾向。不过近年来他已得到提升，不再那样做了，而且有人提到此事时他会责备地摇摇头。

无疑，老夫人对乡绅在大学念书时的年轻外表至今喋喋不休，她坚持认为他的儿子当中，没一个能与自己同龄时的父亲相比。他那时穿着一身鲜红色的套装，头戴三角帽，打过粉的头发卷曲起来。

她有个丧失双亲的侄女，那是个漂亮心软的女子，名叫菲比·威尔金斯，一两年内她被迁移到了庄园，几乎在任何生活环境里都给宠坏了。她是美丽的朱莉娅的某种侍从和陪伴，由于经常待在小姐的屋里消磨时间，读一点小说，得到一些旧衣服，所以，她变得有点介于侍女和穿着不够严谨的娴雅女子之间。

她在仆人们当中被视为某种继承人，因为姑母所有的财产都将由她继承。如果所说是真实的，那将是可观的一大笔上等金币，那可是两位女管家积蓄下来的财富。至于珍藏在她们房间里的遗传的衣柜、许多小贵重物品和小装饰品，就更不用说了。的确，在仆人和村民中这位老管家被视为是富裕的，拥有了有钱人的名声，在她的房间里有一个带抽屉的柜子和一个用铁加固的大保险箱，女仆认为里面放有财宝。

老夫人是西蒙大人的好朋友，他确实对她有点奉承，就像对待一位颇有权威的人一样。他们在家族史的问题上经常讨论，尽管他见多识广，有引以为豪的知识，但他通常承认她所知道的更加准确。他去拜访这个家族其他分支的人以后，回到庄园时差不多总会从他逗留的那个家的女士们那儿给威尔金斯夫人带回某种纪念品。

甚至家里所有的孩子都习惯地尊敬、喜欢她，她好像几乎把他们当成了自己的孩子，因为他们都在她的眼皮底下长大。而牛津大学学生最受她喜欢，大概由于他年龄最小，虽然他最调皮淘气，从小就经常对她搞恶作剧。

我禁不住提一下某个小小的礼节，我认为它是这座庄园所特有的：在用餐时桌布被拿开后，老管家便步态优雅地走进屋里，站在乡绅的椅子后面；他亲手为她斟上一杯酒，接着她十分恭敬端庄地为大家的健康祝酒干杯，然后退了出去。乡绅是从父亲那里接受这一习俗的，一直遵守至今。

古老的英国家族主要居住在乡村，其仆人有着特殊的品性。他们履行各自的职责时安静、有序和恭敬，总是外表整洁，穿着得体而且专业——如果我可以用这个词的话。他们在房子里走动时既不匆忙又不嘈杂，工作时既无喧闹又无发号施令的声音，那种冒失的、让人难受的家务管理根本不存在。一切工作都能完成，并且干得很好。家中的工作好像借助了魔力一样，不过那是体系的魔力。没有任何事做得毫无规律或不合时宜。一切都像很好地上过油的钟表，在运转过程中没有任何嘈杂声或刺耳声。

一般而论，英国的仆人并不会受到太多迁就，也不会受到很多赞扬，因为英国人对仆人说话简洁含蓄。不过这儿的男主人或女主人赞许地点点头，便相当于其他国家的人所给予的极大称赞或特权了。仆人对主人也不会经常有生动活泼的喜欢表示，不过虽然他们不动声色，但却非常忠诚。主仆之间的相互尊重尽管没有热切地表达出来，但在古老的英国家族中却是恒久不变的。

在世界各地，"古老家族的仆人"这一称号附带着无数亲切友善的联想。对于家中培养起来的爱心而言，最为诱人的莫过于称自己"出生在这个家"。你通常能看见这类头发灰白的仆人，他们依附于某个"老派"英国家族，直到死的那一天，在这当中享受着稳定、真挚的仁爱，同时忠诚而严格地履行职责。我想，他们这种相互依存的例子很好地证明了主仆关系，而仆人经常表现出的忠诚也对民族性作了极佳的证明。

然而，上述所言只适用于我提及的那类家庭，它们多少已经隐退，家里的人多半在乡下度过时光。

至于时髦的城市住宅里众多打扮修饰的仆人，他们同样反映了所属家庭的特性。就我所知，那里最集中体现了不无放纵的冷漠，以及过分娇惯后表现出的徒劳无益的举动。

可是，优秀的"古老家族的仆人"就不同了！他们在思想上总与我们心中的家园相联系。他们在我们咿咿呀呀地说话的幼年，领着我们去上学；他们曾是我们小时候的知己，我们会把自己的烦恼、阴谋和计划透露给他；放假回家时他们向我们欢呼，并且所有的假日游戏都是他们主动提出的；我们长大成人后，离开家出去浪迹四方，只是间或回去一下，这时他们会欢迎我们，其心中的喜悦仅仅比做父母的差一点儿；如今他们因年老头发已经变白，身体衰弱，但他们仍然在我们祖先的家里蹒跚走动，仍然痴情而忠诚地侍候着主人，他们在某种程度上把我们称作他们的孩子。用餐时，他们急着要比同胞更先一步侍候我们用餐；晚上，我们回到仍然是自己名下的房间休息时，他们还会在屋里逗留一会儿，再可亲地看一眼，然后再高兴地说说往日的时光——对于这样一些人，谁没有感受到那种近于孝敬的爱呢?

　　我在这种可贵的仆人的墓碑上见到过几例碑文,其记录里包含着纯朴真实的自然情感。此刻我面前即有两篇碑文,一篇抄自沃里克郡的教堂墓地的一块墓碑:

　　此处安息着约瑟夫·巴特,他是海姆斯特德庄园的乔治·伯奇先生可信的仆人。身为朋友的主人对他心怀感激,为他在此刻下碑文,以纪念这位明智、忠诚、勤奋和自制的人。他享年八十四岁(单身),在这个家生活四十四年之久。

　　下一篇抄自埃尔特姆墓地的一座墓碑:

　　此处安息着詹姆斯·塔皮的遗体,他在这个家庭忠诚效劳六十年后,于1818年9月8日离世,享年八十四岁。他在所生活的家中受到每个人尊敬,死时仅有唯一的幸存者为之哀悼。

　　很少有墓碑——甚至那些著名显赫的——给予了我在埃尔特姆墓地抄写这份真诚的碑文时所感到的暖意。我同情此家庭中那位"唯一的幸存者",他曾在家族忠诚的追随者的墓旁哀悼。毫无疑问,他是已消失的岁月与朋友的活纪念碑。考虑到所记录的那长久而忠诚的侍候,我想起《皆大欢喜》[1]中老亚当蹒跚地跟在老主人年轻的儿子后面

---

1　莎士比亚创作的一出戏剧。如下引自第二幕第三场。

时所说的感人话语：[1]

> 主人，去吧，我会怀着爱与忠诚
>
> 跟随你到生命最后一息！

---

1　我禁不住要提一下在温莎堡的小教堂某处看见的一座碑，它系已故的乔治三世
　　为纪念一名家仆而竖立，该家仆曾是国王可悲的女儿阿梅莉亚公主忠诚的侍从。
　　乔治三世颇有英国老乡绅的那种强烈的家庭情感。一位君王为某个仆人所具有
　　的谦卑美德树碑立传，这是墓碑史上的一件奇事，对于人类之心是值得称道
　　的。——原注

# 寡妇

她是那么仁慈和同情，
假如看见一只老鼠落入陷阱、死掉或流血，
她便会哭泣。
她有一些小狗，
她用烤肉、牛奶或精美的白面包喂养。
假如它们哪只死了或者被人用棍棒猛打，
她便会伤心地哭泣。

——乔叟[1]

尽管莉莉克拉夫特夫人到达时展现出奇特的盛况，但她丝毫不像我想象的那样带着小小的威严。相反，她在一定程度上显得自然纯朴——如果我可以这样说——这与其旧式的举止习惯和并无害处的炫耀很好地融为一体。她身材苗条，穿着富贵的绸衣。她搽着浓浓的胭脂，几乎变白的头发卷曲着，用饰针别起来。她因患过天花脸上留下麻子，不过那张清秀的面容表明她也许曾经是长得漂亮的。她的手和胳膊十

---

1 杰弗雷·乔叟（1343—1400），英国文学之父，被公认为中世纪最伟大的英国诗人。所引用的诗出自其名著《坎特伯雷故事集》

分白皙好看，倘若我没弄错的话，这位可敬的夫人为此有点自负呢。

我心怀好奇，收集了一点关于她的细节。三四十年前，她一度是城里的大美人，因其美貌而颇为傲气，在两个社交季节里风光无比，有几名出类拔萃的求婚者也都被她拒绝了。只可惜她患上天花，她的魅力和情人统统被夺走了。她随即退隐到乡下，在那里不久继承了一份财产，她也嫁给一个从男爵。先前，他是追求者之一，正如他所说"总是爱着她的灵魂而非肉体"。

可是从男爵享有她的灵魂和财富不到半年，就对她非常厌倦了，不久他在一次猎狐中折断脖子，让她成为一个自由富裕但郁郁寡欢的人。她从此待在乡下的住处，从来没表露出回到城里重访故地的愿望，早年她曾在那里获得成功并患上致命的疾病。然而她所有最喜欢的回忆，都集中于自己有着青春之美的短暂时期。她只是想象着城市当年的情景，始终忘记了经过近半个世纪之后，那个地方和那里的人一定发生了巨大变化。她会经常谈到当时颇受敬仰的人，好像他们仍然红火似的。甚至直到最近她还经常高兴地谈到皇室家族，以及年轻的王子和公主们的美貌。你让她想一下现在的国王，她便只会把他想成是一位高雅年轻的男人，他非常狂放，不过小步舞跳得相当好。在他登上王位以前，她会经常说他是"讨人喜欢的年轻王子"。

她还谈到在肯辛顿花园散步的情景：绅士们穿着饰有金边的衣服，头戴三角帽；女士们则穿着里层有圈环衬托的裙子，颇为得意地沿着两边长满绿草的林荫道飘然而过。她想，女士们放弃有衬垫的头饰和高跟鞋时，会不无尊严地感到失望忧伤。对于那一长串追求者当中的军官们，她也很有话说。她还亲切地说到许多狂热的年轻公子，他们也许如今正拄着拐杖、穿着痛风患者的专用鞋子，在疗养地蹒跚而行呢。

这位可敬的夫人所体验到的婚姻是否让她灰心丧气，我无法确定。不过，虽然她的长处和财富吸引了许多求婚者，但她再没受到诱惑冒险步入那幸福的境地。这也是不同寻常的，因为她似乎有一颗温柔多情的心，总是谈论爱情与婚姻幸福，始终赞成旧时男士对女士的殷勤好意、满怀深情和忠贞不渝。然而，她却按照自己的趣味生活。我听说，她的房子建造、装饰于《查尔斯·格兰迪森爵士》[1]出版前后：它无不多少显得正规庄重，但也并不那么刻板，而是在某种程度上给人带来感官享受，这也体现了一位非常温和浪漫、喜欢自个安闲的老夫人所具有的特性。那些大扶手椅的靠垫和宽大的沙发，坐上去时几乎把你给掩埋了。在房间四处和一些漆过的小架子上，摆放着极其珍贵雅致的鲜花，桌子和壁炉台旁放着香袋。房子里有不少宠物狗、安哥拉猫和鸣禽，它们像她本人一样都得到了小心照料。

她生活讲究，有点美食家的味道，以白肉[2]和小巧雅致的菜肴为食，而她的仆人们则吃那种实在的旧时英国人的食物，正如他们的外表所表明的那样。他们确实很受纵容，以致无不给宠坏。他们一旦失去现在的位置，就什么都不适合做了。夫人是一位性情温和的女人，这样的人总是注定会大受喜欢，但却得不到仆人很好的服侍，还会受到所有世人的欺骗。

不少时候她都在读小说，她有相当多这类藏书，城里的出版商也经常向她供应。她在文学方面学识广博，半个世纪来与出版界保持一致。她的头脑充满各种爱情故事，从具有骑士精神的旧书里那些

---

1　塞缪尔·理查森写的一部小说，1753 年出版。

2　指牛肉、猪肉、鸡胸肉等。

高贵的恋情，到最近笼罩着忧郁色彩的浪漫——它们从出版界散发出来——应有尽有。不过她显然更喜欢自己年轻时出版的小说，那时她刚坠入爱河。她认为，如今写的小说没有一本能比得上《帕梅拉》和《查尔斯·格兰迪森爵士》。她将《奥特兰托城堡》[1]放在所有浪漫小说之首。

她在附近一带做了许多善事，郡里的乞丐无不向她讨要东西。她是自家邻近一座村子的恩人，对它所有恋爱方面的事特别关注。她知道每一个正在进行的求婚；每个失恋的少女都会发现，她是一位耐心的倾听者和明智的顾问。她竭尽全力调解恋爱中发生的争吵，假如某个不忠的情郎始终朝三暮四，那么他必然遭到这位可敬的夫人极大的愤慨。

我所获悉的这些细节一部分来自弗兰克·布雷斯布里奇，另一部分来自西蒙大人。我现在能够理解后者为何对夫人那么殷勤关照了。她的家是他最喜欢去的地方之一，在那里他成了重要人物。他每年正式去拜访她一次，了解她的一切情况，而由于她不善管理，所以容易陷入困惑之中。他会查看监工的账簿，去住处附近打猎。他说猎物不少，尽管周围所有的流浪汉都要去那儿偷猎。

正如我前面所提示的，人们认为他这位上尉将会继承夫人的大部分财产，因为他一直是最讨她喜欢的人。事实上她是对穿红色制服[2]的人有偏爱。眼下她来到庄园参加他的婚礼——对于一切有关爱情与婚姻的事她都颇感兴趣。

---

1　英国作家霍拉斯·沃尔浦尔（1813—1894）写的一部小说。

2　当时英国军队穿的制服。

# 情人

我的佳偶，我的美人，起来，与我同去！因为冬天已往，雨水止住过去了。地上百花开放、百鸟鸣叫的时候已经来到，斑鸠的声音在我们境内也听见了。

——《雅歌》[1]

对于一个男人——他有点哲学家的味道，而且是个单身汉[2]；他凭借生活中的蠢行所获得的某些经验，开始用一种富有见地的眼光看待男人和女人的行为方式——瞧，对于这样一个男人，当他注意到一对年轻情人的举动时，会感到某种颇为令人愉快的东西。对此所作的研究，也许不如喜爱植物所作的研究那么认真系统，但无疑是同样有趣的。

因此我到达庄园后，颇为高兴地观察到美丽的朱莉娅和她的情人。她有着天真单纯的姑娘所具有的一切可爱、害羞的特点，对于向自己初次征服的男人卖弄风情之事毫无经验。上尉对她既喜爱又得意，一个年轻的情郎即易于这样看待赏赐给自己的美人。

---

1　引自《圣经·旧约·雅歌》第2章，第10~12节。
2　欧文终身未婚。

　　昨日我观察到他俩在花园里，沿着一条僻静的小路漫步走去。阳光令人暖和惬意地照耀着，让大地呈现出大片大片的鲜绿和深蓝色的阴影。远处微微传来"春天的先驱"布谷鸟的叫声，画眉在山楂树上鸣啭，黄蝴蝶在空中嬉戏、玩耍和调情。

　　美丽的朱莉娅靠在情人的胳膊上，她倾听着他说话，两眼向下，脸颊微微发红，嘴唇带着淡淡的笑意。另一只不经意地搁在身旁的手则拿着一束花。他们就这样悠然地漫步向前。我凝视着他们及其所处的景色，不禁想到季节终将变化，年轻的人们年龄终将变大，花儿终将结果，情人们终将结婚！

　　我从收集到的家族逸事中，得知美丽的朱莉娅的父亲是乡绅大学里的朋友，乡绅特别喜欢他。他离开牛津大学后参了军，去印度服役多年，在一次与当地人的小规模战斗中受了重伤。他在生命最后一刻用颤抖的笔留下遗言，将妻子和女儿敬托给自己早年的朋友。

　　寡妇带着孩子无助地、几乎绝望地回到英国。布雷斯布里奇先生得到消息后，很快赶去安慰她们。他到达时正好赶上孩子母亲的临终时刻——她已患上肺痨，奄奄一息——他让她放心，保证她的孩子永远会受到保护。

　　可敬的乡绅带着托付给他的、牙牙学语的孩子回到庄园，以纯真的父爱把她抚养大。他花费心血关照她的教育，培养她的兴趣，所以她长大后有了不少他的思想观念。她认为他是最聪明的、也是最优秀的男人。她很多时候也同莉莉克拉夫特夫人一起度过，后者用老派的礼仪习惯指导她，用各种小说和浪漫故事丰富她的头脑。确实，在促成朱莉娅和上尉走到一起这事上夫人起了很大作用，她一旦发现他俩产生了恋情，就在乡下的住宅把他们安排到一块儿。这位可敬的夫人最快乐的莫过于有一对画眉在她身边咕咕地叫着。

我曾高兴地看见，庄园的老仆们不无欢喜地注视美丽的朱莉娅。她从小受到他们宠爱，对于她的教育每个人似乎都有过贡献，难怪她如此多才多艺。园丁教她养花，她对此极为喜欢；每当她走近时，固执己见的猎人老克里斯蒂就变得温和起来，她轻盈、优雅地坐在马鞍上时，他便声称是自己教会了她骑马；而差不多把她视为女儿的女管家，则暗示是她第一次让朱莉娅看到了梳妆打扮的奥秘，因为她年轻时就是已故布雷斯布里奇夫人的梳妆女。我倾向于相信最后这个说法，注意到小姐的服饰具有老派的风度，虽然带着本地的品位，她的头发也颇按照画廊里彼得·莱利爵士[1]画的那些肖像的风格盘起来。

甚至她在音乐上的造诣也带有老派特征，她所唱的歌，如今现代的演奏者弹奏钢琴时是不会弹奏的。然而，尽管我见过很多现代时尚、现代才艺和现代时髦女子，但我欣赏一个如此年轻可爱的姑娘身上所具有的老式风格与气息。我听到她用柔和的颤音唱出赫里克、卡鲁或萨克林[2]写的古歌，这些歌适于配上某种简朴古老的旋律。我听它们时所得到的喜悦，并不亚于听到一位业余女歌手时起时伏地演唱罗西尼[3]或莫扎特最美妙的乐曲。我们间或在晚上听到她和上尉唱出优美的歌，西蒙大人时而用小提琴有些迟疑地伴奏。他很容易跑调，会比他们唱得慢一两拍。有时他甚至在钢琴上胡乱弹一下，加入到三重唱

---

1 彼得·莱利爵士（1618—1680），荷兰血统的英国画家。

2 罗伯特·赫里克（1591—1674），英国牧师、诗人；托马斯·卡鲁（1595—1640），英国骑士派诗人；约翰·萨克林（1609—1642），英国骑士派诗人和戏剧家。

3 罗西尼（1792—1868），意大利作曲家，以其歌剧著称。

当中，他的声音通常能辨别出来，因为他带着某种颤音，还时而唱出错误的音符。

美丽的朱莉娅唱完一支歌后，我正向西蒙大人称赞她唱得不错时，却发现他把她培养起的音乐品位的功劳全部归功于自己。的确，他以自己精明的方式概括了她的一切特性后，补充说："她是个非常好的姑娘，没有任何冒失轻浮的行为。"

# 家族遗物

我不幸的面庞，她的眉毛，她的眼睛，

她脸颊上的酒窝：如此美妙的技能

从巧妙工匠的铅笔下飞出，

嘴唇像她本身一样富有生气。

虚假颜色超过真正颜色的寿命。

移植到她脸颊上的所有玫瑰色彩，

她的眼里闪现出来的所有魅力，

她的舌头上凝结的所有音乐，

在她洁白的胸怀，那超越女人之美的一切：

瞧，一只画板

将全部包括在其中！

——德克[1]

　　一座古老的英国宅第就是一个丰富的研究课题。它有许多往日的
例证，可以从中追寻到一代又一代的趣味、脾性和习惯。在不同的建
筑风格上所产生的变化与扩建，家具、盘碟、画像和挂帘，以及各个

---

1　托马斯·德克（1572？—1632？），英国剧作家和散文家。

时代不乏想象的武器和运动器具,这一切无不为人们提供了奇妙而有趣的思考。由于乡绅颇为细心地收藏、保存着所有的家族遗物,所以宅第内到处是这类纪念品。我环顾这座建筑,能够想象到在这个家族史上的各个时代所盛行过的品质特征与风俗习惯。先前,我曾提到悬挂于宅第里的十字军战士的盔甲。此外有几双长筒靴,它们有相当厚的鞋底和很高的鞋跟,是一队骑士留下来的。在"国民誓约派成员"[1]时期,骑士们的各种武器的声音曾回响于宅第。有许多古式大酒器、威尼斯大酒杯,以及有使徒浮雕的绿色霍克酒[2]杯,至今仍然是一两代艰苦努力的人留下的纪念物,他们曾经过着喧闹狂欢的生活,第一次把痛风带进了这个家族[3]。

乡绅的前辈还表现出更多这类一时的趣味,我将把它们忽略。但我不得不提及大厅里的一对鹿角,它们是昔日一位马不离身的乡绅获得的战利品,他是这一带的"宁录"[4]。关于他在打猎方面具有的绝妙技能,仍然留存着许多传说,讲述它们的是老猎人克里斯蒂,而假如那些传说受到丝毫怀疑他便大为恼怒。的确,离庄园几英里远有一条可怕的深坑,名叫"乡绅跃",因为他在满怀热切地追猎时开辟出它。这件事不容置疑——老克里斯蒂甚至让人们看到了深坑两边留下的马蹄印。

---

1　基督教苏格兰长老会中的一派。17 世纪他们多次在危难局势下表示拥护 1638 年和 1643 年的民族誓约等各项庄严誓约。

2　又称莱茵河白葡萄酒。

3　英语有"rich man's gout"(富人的痛风)一说,酗酒是原因之一。而"poor man's gout"(穷人的痛风)则因营养不良引起。

4　指"英勇的猎手",参见《圣经·旧约·创世记》第 10 章,第 8~10 节。

西蒙大人无比崇敬地回忆起那位乡绅，并且有许多关于他的离奇故事，凡是在狩猎用餐时他都会重复讲述。我听说随着那些故事越来越成为过去，它们也变得越来越奇妙起来。西蒙大人还有一双属于这个昔日大猎人的里彭马刺[1]，他只在特殊场合才穿一下。

然而，昔日的纪念物最多的地方是画廊。长排长排的肖像构成了大部分收藏品，你凝视它们时会感到什么东西出奇地讨人喜欢，尽管也让人忧愁。它们为这个家族那些杰出人士的生活提供了某种故事，在可敬的女管家——她犹如这个家族的编年史者——的帮助下，偶尔在西蒙大人的提示下，我便能够读出一个个故事来。比如，从各种各样的肖像画上，反映出一位漂亮女子的变化过程。在一幅肖像上她还是个小姑娘，身材苗条，穿着里层有圈环衬托的裙子；她抱着一只小猫，从眼角向旁观的人做媚眼，仿佛她不能掉过头似的；在另一幅肖像中，我们发现她充满青春之美，富有活力，而且变得铁石心肠，因为她使几位不幸的绅士陷入绝望，写出拙劣的情诗；在又一幅画里她被描绘成一位庄严的夫人，有着成熟的魅力，旁边是她丈夫的肖像，他是一位勇敢的陆军上校，戴着长可及肩的假发和金边帽，他丧生于国外；最后一幅画是她在教堂里的纪念碑，其碑顶可从窗口看见。她的雕像用大理石刻成，表明她是一位 76 岁的可敬的夫人。

同样，通过一系列画像我也跟踪看到了这个家族的一些要人，他们从幼年时代一直到穿上尊贵的长袍，或者到掌握权杖的时期。于是渐渐地，最后他们都集中到了共同的地方——邻近的教堂。

有几个人特别让我感兴趣。她们是四姐妹，几乎同龄，大约 100

---

1　英国约克郡里彭制作的马刺相当不错。

年前处于全盛阶段，从肖像上看她们相当漂亮。我能想象到，这座古老的宅第一定有过多么欢乐浪漫的场面，那时她们充满了魅力。那时她们像美丽的幻影一样穿过一座座大厅，或者优雅地合着音乐的节拍在雪松走廊里狂欢跳舞，或者在天鹅绒一般的绿草坪上留下细微的脚印。年老的家仆们一定怀着爱心、骄傲和尊重，对她们多么敬仰。一个个情敌的眼里充满渴望，他们一定几乎带着痛苦的爱慕追求她们！那些庭院里一定传出过悦耳的旋律、歌声和柔和的小夜曲，其回声似乎在向着悠然漫步的情人们低语！甚至一座座从树林里显现出来的角楼，也一定曾让初次从远处发现它们的年轻、勇敢的人激动，他们想象着一个个美人就像装在盒里的宝石，深藏在四墙内！的确，关于此种全盛时期的爱情与浪漫，我在这里发现几个隐隐约约的记录，那时庄园变成了某种"美人园"。

书房里有几本昔日的浪漫故事，其一处处旁注表达了同情与赞美之心，那些长长的言辞或称颂小姐们的魅力，或表明永恒的幸福，或哀叹某个专横美人的残酷行为。在温柔情郎们会面、表白和离别的地方，也留下了常有人读过的印迹，其中有赞赏的批注，还有写在边上的姓名的首字母。这些旁注大多附有某年某月某日。也有人用金刚石在几扇窗上面刻了几首诗，它们出自美丽的菲利普斯夫人[1]的作品，她曾经是有名的奥林达[2]。有些似乎是由情郎们刻下的，另一些笔迹纤细，不够稳定，拼写也有点错误，显然是小姐们自己刻写的，或者是来庄园拜访的女性朋友刻写的。菲利普斯夫人似乎是她们特别喜爱的

---

1  原文为 Mrs.Philips。

2  原文为 Orinda。

作家，她们将她那些男女主人公的名字在密友圈里彼此相传。有时，某个男子刻下的诗悲叹着美的残酷，以及永久的爱所带来的痛苦；而某个女子刻下的诗，则拘谨地局限于哀叹女性朋友们的分别。在我的寝室——它无疑曾经住过一位这样的美人——的弓形窗上，就有几处这些刻写的文字。此刻我眼前就有一处，名为《卡米拉告别莉奥诺拉》：

> 往日的欢乐已经枯萎，
> 如今的欢乐多么不够稳定！
> 你能得到什么巨大、持久的安慰
> ——当这欢乐已经不见踪影。

另有一首诗紧挨着此诗，它也许是某个大胆的情郎写的，小姐离开房间时他偷偷进了屋子：

**特奥多修斯致卡米拉**

> 我宁愿生活在你的爱里，
> 也不愿享有永久的名誉；
> 幸福所能赐赠的东西
> 远非名誉所能给予。

特奥多修斯，1700

我看着这些不乏殷勤与温柔的模糊记录，凝视一个个美丽姑娘渐渐褪色的肖像，也想到她们很久以前多么富有青春活力，处在鼎盛时期，然后变老、死亡、消失，随之而去的还有她们所有的妩媚、成功、竞争对手和爱慕者——她们曾经统治着的整个爱与欢乐的帝国，"一切都死亡，一切都埋葬，一切都遗忘"——这时，我便发现身边所见到的种种欢乐悄然笼罩着愁云。就在这天早上，我于沉思默想中凝视那位小姐的肖像——她的丈夫丧生于国外——忽然美丽的朱莉娅靠着上尉的胳膊走进画廊。她走过时，阳光透过一排排窗户照在她身上，她似乎总是面带喜色走入明亮地方，再进入暗处，直至画廊底部的门在她身后关上。我悲哀地想到这就是她命运的象征：用不了多久，这有阳光与阴暗的岁月，这一切生活、美好与享乐都将终止，除了增加的一幅易于腐坏的肖像外，不会留下任何纪念这位美人的东西。那肖像也许会引起未来某个像我这样的闲人作老套的思考，而我和我所涂写的东西也将会短暂地存在，然后被忘却。

# 一个老兵

我身穿某件皮衣到了国外，叫一两个异教徒出来。我让这把宝剑染上异教徒的黑血，又用它迫使几个异教徒皈依——不过对此暂且别管。

——《普通人》[1]

几天前哈博特尔将军到来，使庄园出现某种小小的骚动。大家已期待他多日，有几个人相当焦急地盼望着他。西蒙大人保证我会非常喜欢这位将军，因为他是老派剑手，也是一位极好的同桌共餐的人。在将军到达那天早上莉莉克拉夫特夫人也有些坐立不安——他曾经是她早年的一名追求者，她记忆中，他只是个刚到城里、风度翩翩的年轻少尉。实际上她多用了一个小时打扮，出来时头发罕见地卷曲起来，也罕见地打了粉，胭脂也涂抹得更浓。所以，当发现以前那个敏捷轻快、精神抖擞的少尉变成一个身体肥胖、长着双下巴的老将军时，她显然有点意外和吃惊。我看见他们相互致意，她恭敬优雅地向他行屈膝礼，将军带着老派的那种神态脱帽，把它拿在手里轻轻摆动，并且低下打了粉的头向她鞠躬，这真是一幅完美的画面。

---

1 原文为 *The Ordinary*。

　　这一切忙乱和期待，使我比通常情况下稍微多一点关注起将军来。我想，我已经在庄园里度过了几天，所以能够较好地让读者知道他是个什么样的人了。

　　正如西蒙大人所称，他是一个老派的军人，头上打了粉，两边蓄着几绺头发，还扎着辫子。他的脸像荷兰军舰的末端，顶部狭小底部宽大，面颊丰满红润，长着双下巴。所以用当今的话说，就是他进食的器官相当发达。

　　将军虽然是个老兵，但他实际上很少打仗，只参加过攻占塞林伽巴丹[1]，这在他的历史上构成了一个新纪元。他在胸口上戴着一只很大的绿宝石，手指上戴着钻戒，它们是他在那次战斗中获得的。无论谁如果很不幸注意到其中之一，必定会让自己卷入到那场包围的整个过程。根据将军的谈话来判断，攻占塞林伽巴丹成了上世纪发生的最重要的事件。

　　在欧洲大陆战时临近之际他很快被提升，以便给更年轻的优秀军官让出位置，一直到他升为将军，才被悄然搁置起来。从那以后，他的战役主要局限于一处处疗养地，他在那儿喝矿泉水进行治疗，因为在印度时肝脏患了点小毛病。他与老贵妇们玩惠斯特牌，年轻时他曾与她们卖弄风情。他的确谈论过前五十年里所有的漂亮女人，根据他时时作出的暗示，他曾经享有过她们许多人投来的特殊微笑。

　　他在驻地值过很多勤，几乎能谈及每一处因优良而出名的营房，在那儿当地居民为他们提供不错的伙食。在城里时他是个一流的食客，

---

1　印度卡纳塔克邦南部城镇，1799 年被英国攻占。

时常被邀请到某个地方吃饭。他还曾出现在另一个地方，同样被邀请到附近的乡间宅第。这个王国里一半的乡间宅第他都能描述出来，因为他实际观察过它们。对于宫廷里的传闻，以及贵族们的家系与联姻，他也比任何人精通。

由于将军是个老单身汉、老帅哥，并且庄园里又有几位女士，尤其是他的老相好乔斯琳女士，所以他特别爱献殷勤。因而他的时间通常花在穿着打扮上，每天早晨晚些时候他都会到田野去散步，头发经过了修饰，还打了粉，钮孔上别着一束玫瑰花。用完早餐，他便在平台上踱来踱去，沐浴在阳光下，哼着一支曲子，每唱一节都清清嗓子。他把一只手放在背后，另一只手挂着拐杖，然后将它举到肩头上。在上午这样的散步中，假如他遇见家里某个年长的女士，正如他经常遇见莉莉克拉夫特夫人一样，那么他会马上脱帽，把帽子拿在手里，这足以让人想到温莎公园或肯辛顿花园的老图片里一群群彬彬有礼的女士和先生。

他经常谈论"服役"的事，喜欢哼这支老歌：

为什么，士兵们，为什么，
我们竟要忧伤，小伙子们？
为什么，士兵们，为什么，
我们的使命就是去献身！

然而，除了将军有一次患中风或消化不良外，我没发现他曾得过什么危及生命的大病。他批评欧洲大陆的所有战役，谈论指挥官们的功过，而且最终一定会把话题转到提普·苏丹[1]和塞林伽巴丹。我得知在最近的战争中，将军成了客厅里、海滨散步场所和疗养地的佼佼者，许多老妇人在遭受拿破仑将入侵的恐惧时，都不无希望和信任地指望着他。

他相当忠诚，在城里时准时参加早朝。他珍藏了很多已故国王的名言，特别是在某个重要活动日国王对他说过的话、称赞他的马如何优秀不凡。他也对整个王室加以赞扬，尤其是对现任国王，断言国王是欧洲最完美的绅士和玩惠斯特牌的高手。将军诅咒发誓的方式早已过时，但在老派的人中间当年却很流行。不过在宗教问题上他极为严格，是个坚定不移的教徒。他在教堂里一次次对祈祷文用很高的声音应答，在为国王和王室祈祷时还加重了语气。

在餐桌上，随着第二瓶酒下肚，他的忠诚变得极其强烈起来，《天佑国王》[2]这首歌使他狂喜不已。他对现状感到满意，对关于国家毁灭和农业困境的任何谈话容易变得有点不耐烦，这颇令人惊讶。他说他曾游历全国各地，没有任何人比他走的地方更多，而他所见到的只有繁荣昌盛。老实说，他的大部分时间都用来拜访一座又一座乡间宅第，在朋友们的巨大园林里骑马游玩。"他们谈论公众的困境，"将军今天用餐时对我说，津津有味地喝着一杯醇香的勃艮第葡萄酒，瞥一眼丰盛的菜肴，"他们谈论公众的困境，可是我们在哪里看见了呢，先生？我根本看不到。我不明白为什么有人要抱怨。相信我的话吧，先生，这种关于公众困境的谈论全是胡说八道！"

---

1　提普·苏丹（约 1749/1753—1799），印度迈索尔的统治者，在 1792 年缔结的《塞林伽巴丹条约》上被迫割让一半领土给英军。

2　英国国歌。

# 寡妇的随从

小狗和其余一切！

——《李尔王》[1]


在前面讲述莉莉克拉夫特夫人到达庄园的情景时，我还应提及目睹人们从她的马车上卸下货物、安排随从的过程中所感受到的乐趣。众多人为的必需品，大量假想的便利品——实际上它们都是累赘，奢侈的人们易于因此给自己增加负担——这些东西真是分外有趣。如此行为并没什么意义，但对于其中表现出的无常怪异的忙乱与炫耀，我倒喜欢观察一番。许多身强力壮的男仆和各种随从显得忙前忙后，个个无比严肃、自大的样子，实际上又几乎啥也没做成。属于夫人的沉重箱子、包裹和硬纸盒不少，夫人的侍女对某一只显得奇怪的简陋盒子显得担忧。车厢里堆满了垫子，以便让软和的座位更加软和，避免可能会有的可怕颠簸。还有那些嗅盐瓶、饮品和一篮篮饼干与水果、新的出版物，所有这些都是用来预防挨饿、疲乏或厌倦的。那些备用马是用来让旅行方式不至于单调乏味。也许这一切准备和炫耀，就是为了在地球上一个小小的地方感动某位极

---

1　莎士比亚写的四大悲剧之一。

其无用的人物吧!

我无意将后面观察到的情况都用来谈说莉莉克拉夫特夫人,对于她纯朴的善意我颇为尊敬,她的确是一位和蔼可敬的人。然而,我不得不提及她随身带来的各种随从,他们确实证明了她有着无比善良的本性,而如此本性需要她周围有不少人和动物,以便她将善良慷慨地施与到他们身上。

首先,夫人有一个过分娇惯的马车夫,他面容红红的,脸长得像垂肉一样。就那些肥壮的马而言,他在夫人面前显然有点自行其是。他只在自己认为合适的时候才赶它们出来,此时他认为会"对牲口有益"。

夫人有个特别喜欢的男侍伺候她,那是个约莫12岁的英俊少年,也是个淘气的小家伙,他被大大地宠坏了,很可能会变得一无是处。他穿着绿色的号衣,衣服上有不少金带和金纽扣。夫人身边总有一两个这样的侍从,一旦他们长到14岁就让其他人取代了。她还从家里喂养的许多宠物中随身带来两只狗。一只是肥胖的西班牙猎犬,名叫"西风"——不过上天保佑我躲开这样一只西风吧!它被喂养得奇形怪状,并不安逸舒服。它的眼睛变形得几乎要掉出脑袋,它肥胖得呼哧呼哧地喘气,走路总是相当吃力。另一只狗是个口鼻呈灰色、个头矮小的老家伙,它露出不如意的眼光,你只要看它,它的眼睛就会像燃烧的煤炭一般。它的鼻子翘起来,嘴巴皱起,露出牙齿。总之,它完全有一副十分厌恶人类的狗的面容,对于这个世界极不喜欢。它走路时尾巴卷得很紧,好像要把脚从地上抬起来似的。它用腿很少同时超过3只,总是让另一只的腿收起来保留着。这只狗被叫作"美女"。

　　这些狗浑身都是为普通狗所没有的娇贵毛病，是因受到莉莉克拉夫特夫人极其温柔的宠爱与照料。它们的同胞奴才，即那个男侍，也用美味佳肴让它们吃得过多，但是它们的胃常常虚弱出现问题，所以它们吃不下东西。不过夫人不在的时候，我时而看见男侍恶意地拧它们一下，或者用力打它们的头。它们有趴在火炉前用的专用垫子，但是稍微有一点风它们就容易哆嗦，发出呜呜声。任何人进入屋内，它们就会发出震耳欲聋、极其凶暴的吠叫。它们对庄园里所有其他的狗傲慢无礼。有一只深受乡绅喜爱的上等的狩鹿猎犬，它享有进入客厅的特权，可是只要它一出现，那些闯入者们就会狂怒地向它扑去。它似乎带着至高无上的冷漠与蔑视，俯视着微不足道的攻击者们，我对此不无赞美。夫人驾车外出时，这些狗通常也被带去兜风，它们从马车的每扇窗口向外望着，朝那些普通平凡的狗嗥叫。它们不断给这个家带来麻烦，总是碍手碍脚，不时让自己的脚趾给踩着了，然后嗷嗷地叫起来，夫人为之大声悲叹，使屋子变得一片喧闹混乱。

　　最后，女主人的贴身女仆汉娜夫人，她是个古板独断的老处女，是世上有过的最无法忍受的处女之一。她一直守着贞操，直到变得让人失望，这时她的每句话、每个表情都带有尖酸刻薄的味道。她与女主人截然相反：对于整个人类，一个憎恨，另一个热爱。她俩当初是如何走到一起的，我无法想象。不过她们已经一起生活了多年，使女性情尖刻、得寸进尺，而女主人则性情随和，善于忍让。前者完全占了上风，私下欺压可敬的夫人。

　　时而，莉莉克拉夫特夫人极其信任地向朋友们抱怨此事，但假如汉娜夫人出现了她便马上打住。确实，女主人已非常习惯让汉娜照顾，心想没有她不行。不过她生活中一个努力的重要目标，就是用一些小小的礼物和善意的举动，让汉娜夫人保持好的心情。

对于这个老姑娘，西蒙大人打心里讨厌，其中也包含着敬畏。不久前的某一天，他悄悄对我说，她是个可憎的悍妇——事实上他还补充了一个绰号，我无论如何都不会再说出来。不管怎样，我已注意到，他俩见面时他始终对她礼貌有加。

# 现付杰克 [1]

> 我的钱包就是我私密的老婆，
> 这支歌我敢唱也敢说，
> 在每个人为自己付钱的时候，
> 它让男人们摆脱剧烈的争吵。
> 我身穿富贵衣裳骑上马儿，
> 因为财富金银人们让我享有盛名，
> 但是此事我真的敢这样讲：
> 每一声赞叹都是因为我的钱包。
>
> ——《狩猎之书》

　　在邻近村子的边缘住着一个人，他像是某种小小的君主，就我所知也是如今某个最古老正统的家族的代表，因为他所统治的这个帝国属于自己很久以前的家族。他的领域内有相当多优良肥沃的土地。他那权力的宝座就在一座老农舍里，在那儿，他安安静静地享受着祖先留下的、十分结实的橡木椅。我提到的这人物是个身体强壮的老自耕

---

1　本书有时用名杰克，有时又有姓蒂贝茨，为避免混淆，未用全称时译文均用名杰克。

农，名叫约翰·杰克，或不如说叫"现付杰克·蒂贝茨"，整个邻近一带的人都这样叫他。

他吸引我注意的第一个地方，是礼拜天在教堂墓地里。他做完礼拜后坐在一块墓石上，帽子稍微斜向一边，面对围着的一小群听众滔滔不绝地说话。我推测他在讲述法律和先知们吧，直到我再靠近一点后，才发现他只是详细说着某匹棕色马的优点。他非常真实地体现出一个殷实的英国自耕农的形象，这样的人在书中常有描写。他还穿着某种小巧特别的服饰，所以更加显眼，我因此不得不注意到他的整个外表。

他约莫五六十岁，身强体壮，至少有 6 英尺[1]高，面相像狮子一样严肃，短而卷曲的头发呈铁灰色。他的衬衫领翻下来，脖子露出，上面的头发同样呈铁灰色，短而卷曲。他戴一条彩色的丝绸围巾，松松地系着，被塞进胸口里，在打结处别了一根绿色的人造宝石胸针。他的衣服面料是深绿色的，纽扣是银色，每个扣子上都刻了一只牡鹿，下面是他的名字约翰·杰克。他里层穿了一件有图案的印花布马甲，在马甲和外套之间还穿了一件深红色布料的衣服，扣子解开。他穿一条马裤，膝部也没有扣上，不是因为他懒散马虎，而是要显露出一双宽大的深红色吊袜带。他的长袜是蓝色的，上面有白色花边。银色的鞋扣很大，帽子饰带上的人造宝石扣子也不小。他的袖扣是金色的，每只 7 先令。他还用两三几尼[2]作为装饰悬挂在表链上。

我打听了一下他的情况，得知他出身于农民家庭，一直生活在同

---

1　一英尺为 12 英寸，等于 30.48 厘米。
2　1663 年英国发行的一种金币，等于 21 先令，于 1813 年停止流通。

样的地方，拥有同样的财产，而且有一半的教堂墓地都让他家族的人占用了。他一生都是这里的重要人物。年轻时，他是邻近最活跃的人之一，在摔跤、投球、棍术和其他体育运动方面没人比得过。他像"韦克菲尔德的平纳"[1]一样，成了村里的冠军，在所有的集会上把奖品夺走，并且还向周围的乡村挑战。即便今天，老人们也在谈论他如何技能超凡，相比之下，对一切后来的村庄草坪广场上的英雄予以轻视。他们甚至说，即使"现付杰克"现在上阵比赛，也没有人能够向他迎战。

杰克的父亲去世后邻居们摇着头，预料年轻有望的人不久会把古老的家园处理掉了。但杰克用行动证明，他们的所有预料都是错误的。他继承父亲的农田后就以新的面貌出现。他娶了老婆，毅然照料起自己的事务，成为一个勤劳节俭的农民。除家产外他还继承了一套古老的家训，坚定不移地遵守着。他亲自照管每一件事，亲手耕地，辛勤劳动着，吃得香、睡得好，所有东西他都付现钱，从来不跳舞——除非用自己两个衣兜里的钱支付音乐费伴奏。他身上随时带着一两百英镑金币，从来不欠账。他因而获得了现在这个名字，顺便提一句，他对此还有点得意呢。全村的人都把他看成是个很富裕的人。

但是尽管他节俭，生活中的娱乐消遣他从来不拒绝，而是积极参与到每一次进行的娱乐活动中。他的座右铭是："努力工作的人玩得起。"因此所有的乡村集市和欢庆他都要参加，在本郡每个村庄广场上凭借其力量和超凡技能大显身手。他经常出现在赛马场上，每次花费半个几尼甚至一个几尼。他养了一匹好马供自己骑用，至今喜欢骑马纵犬打猎，通常要亲眼看见把猎物打死。他保持着乡村的狂欢喜庆

---

1 《韦克菲尔德的平纳》是一首关于绿林好汉罗宾汉的儿歌。

和殷勤好客的习俗，其父辈的农舍总是以此闻名。在收获季节他举办很多的欢庆和跳舞，尤其是在圣诞节庆祝人们所知的"欢乐夜晚"[1]。然而，尽管杰克非常喜欢娱乐，但他绝非是个嘻嘻哈哈的同伴。即便高兴的时候人们也知道他很少笑出来，而是保持着同样严肃的、狮子般的表情。对于某个笑话他领悟很慢，经常坐在那儿给弄得迷惑不解，而其余的人则哈哈大笑。或许，随着声望越来越高他也变得更加严肃起来，因为在本地他渐渐有了族长般的尊严。虽然他不再参加体育运动，但他总要主持，在一切场合大家都要求他做裁判。节假日举行游戏时他在村庄广场上维护秩序，如果有人不听招呼他就抓住对方的领子狠狠地摇，以此平息所有争吵。没有任何人试图反抗他，或者反对他的决定。对于他高超的技艺，年轻人从小到大都通常感到敬畏，他们把他视为村庄广场上的冠军和泰斗，绝对服从他。

他是村客栈的常客，老板娘是他早年的心上人，他和她的关系始终保持良好。然而除了要一份啤酒外他任何东西都不喝。他抽烟斗，离开酒吧前会把账结清。他在这儿"颁发小小的元老院法"[2]。他对赌博作出判决，大家通常求助于他，请他评定马的特色和品质。的确，在处理邻居间的小争论时他时而扮演法官角色，否则那些争论在乡村律师们的操纵下，或许已进入还算过得去的诉讼了。杰克在判决中相当率直公正，但是他没有长时间争论的头脑，如果辩护太多会让他不

---

1 圣诞节时在农舍里举行的一种乡村欢庆活动，常见于约克郡的某些地方。有很多家常食物、茶点、蛋糕、水果和啤酒，还有各种机敏的技艺表演、有趣的游戏、嬉闹、跳舞和亲吻。通常半夜结束。——原注

2 英国诗人亚历山大·蒲柏（1688—1744）指古罗马政治家加图（公元前234—前149）时的用语。

知所措，失去耐心。他通常会高声打破争论，宣告他所谓的"事情的要点在于"，或换句话就是"总而言之"，以此把事情作了总结。

许多年后杰克去过一次伦敦，从此便有了各种各样的话题。他在温莎堡的平台上看见了老国王，国王曾停下来对一个公主指着他，大概是被杰克那副地道的自耕农模样吸引住了。这是他特别喜欢的一件趣闻，无疑从此在使他成为一名最忠实的臣民方面影响巨大，尽管他既要交普通税又要交穷人的地方税。他还去了巴塞罗缪集市，在那儿让人把身上一半的纽扣给剪走了。有一伙扒手注意到他外表有钱的样子，经常在他专注地观看某个表演时极力去挤他。但有一次他们发现碰上了一个不好对付的人，因为杰克在这伙人当中采取了令人大为惊讶的举动，就像力士参孙[1]在菲力士人当中那样。有个陪同他去城里的邻居也在集市上，他回去后向大家描述了杰克的英勇壮举，使得全村的人为之骄傲。他们认为自己的勇士征服了整个伦敦，让"塔克修士"[2]或者甚至著名的罗宾汉本人的丰功伟绩也黯然失色。

近年来，这位老人开始从容自在地面对这个世界。他的活儿干得更少了，享受更多的悠闲，因为儿子已经长大成人，无论地里的劳动还是村庄广场上的英勇壮举，儿子都继承下来。然而像所有名人的儿子一样，父亲的声望对于他是一个不利，他无法达到公众的期待。虽然他是个 23 岁的好小伙子，十分活跃，完全成为"有威望的领导人"，但老人们说他一点不像"现付杰克"年轻时那样。小伙子自己也承认不如父亲，他对父亲大为称赞，后者确实把所有体育技能教给了他，

---

1　以色列士师，以其力大无穷而著称（见《圣经·旧约·士师记》13~16）。

2　绿林好汉罗宾汉传说中的人物，是罗宾汉的牧师兼管家。

并且有力地支配着他。即使今天，我也听说，假如他违抗父亲的管理，父亲也会毫不犹豫地把他控制住。

乡绅非常尊敬杰克，把他作为古老英国"勇敢坚强的人"的代表介绍给所有客人。乡绅经常登门拜访，品尝他家酿的好酒。他送了一本老塔瑟[1]著的《优良管理五百题》给杰克，使之从此有了读物，它成了他的教科书和一切关于农业与家庭事务的手册。他把最喜欢的段落折起来，把许多富有诗意的箴言铭记在心。

杰克虽然不是个能让有地位的熟人威吓或奉承的人，虽然他的精神和行为都有坚定的独立性，但乡绅的关照显然还是让他得到满足。他少年时就认识乡绅，声称后者"完完全全是一位真正的绅士"。他与西蒙大人的关系也非常好，西蒙是杰克家的某种私人顾问。不过杰克最喜欢的还是牛津大学学生，他小时候就教对方摔跤、玩铁头木棒，如今他仍然认为乡绅当时是这整个地方最有希望的年轻绅士。

---

1　托马斯·塔瑟（1524—1580），英国诗人，农民，以本书闻名。

# 单身汉

这个单身汉无比开心，

他愉快地走过一座座山谷，

他总是一个不错的同伴，

与人保持着美好的友情。

——埃文作《古谣》

在人生的喜剧中，最难扮演好的莫过于老单身汉的角色。因此，当一位单身先生到了关键时期——此时他开始想到别人询问自己的年龄是不礼貌的——我愿意告诫他可要留意了。的确，对于有些男人而言这个时期远远来得晚些。我不止一次目睹这样的两个布满皱纹的老者碰见，他们已有几年没见面了。对于彼此的外表，他们像通常情况下那样互相友善地说着恭维话，让我觉得有趣。单身汉们总会这样说道："唔，上帝保佑！你看起来比我上次见到时更年轻了！"任何时候朋友开始称赞某人显得年轻了，他便可以肯定他们认为他在变老了。

我说出这番话来，是因为已成为好朋友的西蒙大人和将军所表现出的行为。前者小许多岁，所以将军认为他是个相当年轻的人，还把他看作是个颇有智慧、才能非凡的男人。我已提示过，西蒙大人是个家中的情郎，被亲属中所有的年长女人视为年轻家伙。因为一个老单身汉在古老的家族中，有点像一般戏剧组中的一名演员，似乎"青春不朽"，在半个世纪里会不断地扮演罗密欧和流浪者。

西蒙大人也有点像变色龙似的，面对不同的同伴表现出不同的样子。他对莉莉克拉夫特夫人十分关心、殷勤，还有点感情用事。他为她抄写伤感的小调和情歌，为她画箭、鸽子、镖和丘比特[1]，把它们绘制在她小手绢的角处。然而，他对待这个家其他已婚女士却相当自由，经常向她们窃窃私语，开些诡秘的玩笑，惹得她们发出可疑的笑声，用扇子拍打他一下。但是，他在当年还是年轻的同伴当中时，即弗兰克·布雷斯布里奇和将军，他便成了一个极其风趣的人，完全用单身汉那样的语气谈论起女性来。

在这方面将军为他树立了榜样，使他受到鼓舞。他尊敬将军，把对方视为一个见过世面的男人。事实上，大家用完餐女士们都离开后，将军会讲一些骇人听闻的故事，那是他精选出来、会在"咖喱肉汤俱乐部"讲述的故事，俱乐部由伦敦的一群好友组成。他还复述关于老少校彭德格斯特的那些丰富的笑话，后者是俱乐部的才子。不过将军重新讲述它们时很难把大家逗笑，而总是让布雷斯布里奇先生现出严肃的样子，因为后者对于不得体的笑话大为反感。总之，将军是从享乐生活走向衰退的一个十足的例子，欢快的年轻人因此易于丧失热情，变成让人讨厌的老绅。

一两个晚上后，我看见他和西蒙大人在草地上同一个体态丰满的挤奶女工谈话。他俩时而用肘推对方，将军抖动一下肩，脸颊涨红的样子，控制不住发出短暂的笑声，我据此毫不迟疑他俩正在对姑娘恶

---

1 罗马神话中的爱神。

作剧。

　　我透过一片树篱看着他们，不禁想到他们可以为现代画《苏珊娜
与两个长者》[1] 构成不错的一组人物。的确，姑娘似乎毫不为对方的力
量感到惊恐。我怀疑，假如他们是单独的，她是否会比他俩更大胆地
相遇[2]。他俩这么喜欢喧闹作乐的老手，一起时都是胆大风趣的人，会
用玩笑让任何女人脸红。可一旦单独落入某个漂亮女人之手，他们就
变得像羔羊一样安静了。

　　尽管将军有了现在的年龄，但他显然对自己的外表有点自负，雄
心勃勃地要博得女人欢心。礼拜天，我在教堂里曾注意到他极其可疑
地盯着乡村姑娘，我看见他显然多情地在向她们送秋波——即便他穿
过教堂院子时，也一直在无比客套地向莉莉克拉夫特夫人献殷勤。事
实上，将军在效劳于丘比特而非玛尔斯[3]方面是个老手，他在所有的
驻防城市和乡下营地都表现突出，并且在英国的每座舞厅里跳过舞。
只要是有名的美人他都曾努力追求。如果相信他的话，认为在某事上
没有男人容易做到非常诚实，那么他在美人方面取得的成功是难以置
信的。[4]眼下他像个已经退役的、精疲力竭的勇士，但仍然以军人的
神气高高地戴着大礼帽，一旦嗅到火药味就坚强有力地谈起战斗来。

　　对于上尉娶妻时有过的愚蠢行为，我曾听见他一边喝酒一边相当
直率地说出想法，他认为一个年轻士兵只应关心自己"瓶里的酒和慈
善的女房东"。可事实上，他说在欧洲大陆服役对小伙子们产生了不

---

1　意大利画家圭多·雷尼（1575—1642）创作的名画。

2　意即她会更敢于同某一个人相遇。

3　罗马神话中的战神，即希腊神话中的阿瑞斯。

4　即他以其不诚实赢得了美人。

良影响，他们让低度葡萄酒和法国的四对方舞给毁了。"过去服役中的那种烈酒，"他说，"他们根本喝不到啦。能喝六瓶酒的人如今一个也没有，他们当年可是军人食堂里的灵魂人物，常在女人当中把事情搞糟。"

就一个单身汉而言，将军声称自己是个自由安闲的人，没有任何行李，只需照看好一口皮箱就行了。可是一个已婚的男人，有老婆缠住胳膊，总让他想到房间里始终附着熄烛器的烛台。如果只局限于将军个人，我不会介意这一切。可是我恐怕他会把我的朋友西蒙大人给毁了，后者已开始重复他的邪说，以见过世面、依附于城市生活的绅士的格调说话。的确，将军似乎已把西蒙大人控制在手里，他谈到进城时会带西蒙去看狮子，把西蒙介绍给"咖喱肉汤俱乐部"的一群精英。我得知其组成人员有老地方长官，有受雇于中央情报局的官员，以及在东方服役过的"印度的人"——他们回到国内时身体让咖喱给损坏了，染上肝病。他们有自己正式的俱乐部，在那儿喝咖喱肉汤，抽水烟袋，谈论提普苏丹、塞林伽巴丹和猎虎。他们彼此为伴，和蔼可亲得令人生厌。

# 妻子

相信我，老兄，最大的欢乐
莫过于看到爱妻露出恬静安然的喜悦；
无论谁缺少它都会丧失一半自我。
她是不会变心的朋友，没有争吵的玩伴，
是不让你厌倦的食物，给你忠告并不自负，
这可比我们的单身生活美妙很多。

——菲利普·西德尼爵士 [1]

为了一件临近的大事我们聚集在庄园里，由于此事的缘故，身边的人都大谈婚姻。我承认自己也少有地思考起这个问题来。的确，庄园里所有的单身汉似乎都在经过某种火一般的考验，因为莉莉克拉夫特夫人是个温和的老派妇女，她读了不少浪漫小说，满脑子是烈火与爱情之箭，嘴里说出的只有忠贞不渝与婚姻生活。她总是沉浸在对感情的关注之中，用诗的语言说，就是全然被"爱的紫光"包围。连将军仿佛都受到这种情感氛围的影响，在靠近她的时候便被软化了，一时忘记了所有关于婚姻和女性的邪说。

---

1　菲利普·西德尼爵士（1554—1586），英国诗人、廷臣。

可敬的夫人身边通常有些表现她一般情趣的东西：有温情的小说、小巧精美的诗集——里面全是十四行诗和爱情故事，散发出玫瑰花瓣的香味。她手里总有一本这样的书，她说都是朋友们送的。某一天我查看新近布置的书房时，发现一些乡绅的笔迹摘录的诗，大概是他以前意欲向受监护的人示意婚姻留下的。有几首诗很打动我，我于是擅自抄写下来。它们出自托马斯·达文波特 1661 年出版的旧戏，名为《城市睡帽》，其中阿布斯特米亚作为榜样扮演了一位富有耐心、十分忠诚的妻子，我想她的品质并不比著名的格里泽尔达[1] 逊色。

戏剧和小说总是以婚礼结束，而不再多演一场、多出一本，以便让我们知道男女主人公婚后的表现，我常想到这真是遗憾。它们的主要目的，似乎只是告诫年轻的小姐如何得到丈夫，而不是如何留住他们。我说到后者时颇不自信，觉得它是现代婚姻生活中急需考虑的问题。浪漫的爱情之火即将燃尽，或者在婚姻生活中熄灭，昔日热情满怀、富有诗意的情郎怎样可悲地变成冷淡无味的丈夫，见此情景尚未冒险步入神圣婚姻的人不无震惊。我很倾向于把这归因于刚才提到的戏剧和小说的不足，而这两者成了年轻小姐们一个重要的研究对象，它们本该教会小姐们如何成为女主角，但结果却让她们身为人妻后完全不知所措。不过有一出戏对于此番话是个例外，我下面所引用的内容即出自其中。为了有益于读者，也为了对一位老作家表示敬意（他大胆地试图唤起人们对戏剧的兴趣，以此对一个甚至已婚的女人表示赞赏），我不能不在这里引用一些，以此为乐。

如下是阿布斯特米亚丈夫洛伦佐对她的赞扬：

---

1　中世纪许多故事中的女主人公，以温顺、能长期耐受苦难著称。

她谦逊，喜欢沉默，但并不沉闷；
并非她缺乏恰当的言语（因为她说话时，
会奇异地点燃爱情），而是由于
她把明智的沉默称为心灵的和谐。
她确实纯洁，但极力反对矜持，
最贫穷的人说她讲礼，这一点相当出色，
（虽然美丽又年轻）她却避开陌生的眼睛，
不让它们去评定。
除了有你相伴，
她很少或者根本不出门。
然后她又如此腼腆，好像
她在破裂的冰上冒险，乐于
踏上你留下的脚印，
处处跟随着你；于是她用美好的品格
将沉闷从时光里驱除。

尽管阿布斯特米亚具有这一切美德，但她不幸遭到丈夫不应有的嫉妒。然而，她并没大声叫嚷谴责他，没采取激烈的方式反对他（以这种方式，愤怒的火花经常变成熊熊大火），没以此对他那么严厉地对待自己表示不满，而是有意耐心、温和地予以忍受，并使一个目睹她长期受苦的朋友受到极好的感染：

难道你没有看见我
忍受着他带来的一切伤痛，正如大海忍受着

厉声的怒叱穿过它的胸膛。
但是它目前十分平静，眼睛
觉察不到那宽大的伤口。

　　洛伦佐由于受到她表现出的假象影响，最终声明与她断绝关系。然而，直到最后她都保持着富有耐性的温和态度，保持着对他的爱，尽管他对她残酷。她哀叹他的错误甚至胜于他的刻薄。他的迷惑让自己的感情变成怨恨的根源。他们离婚后，她在给洛伦佐的离别书中有一段哀婉动人的话：

　　别了，洛伦佐，
　　我心里确实爱你：如果你再婚，
　　愿你遇上一个好妻子，
　　好得你不会怀疑她，她也
　　不值得你怀疑；如果你今后听说
　　我死了，只需询问我的遗言，
　　你会知道我直到最后都爱你。
　　当你同第二任妻子漫步向前，
　　走入令人愉快的田野，并偶然谈到我，
　　那么想象你看见了我，瘦弱而苍白，
　　我正在为你们的道路撒满鲜花。
　　但是愿她千万不要为我偿还债务：（哭泣）
　　如果她在思想上冤枉了你，
　　那么愿她在想到这样的伤害中死去。

请用一个吻让我变得富有：别了，先生——
当你想起我是无辜的时候，
不要为之悲伤，也不要将它忘记，
虽然无辜在这儿受苦、叹息和呻吟：
它穿过一片片荆棘，去寻找一个宝座。

不久后洛伦佐发现自己的错误，以及无辜的妻子所受到的伤害。他为此大感后悔，回想起了她那女性的一切美德，她在感到冤屈与悲哀时表现出的温和忍耐，以及所具有的女人气质的坚毅：

啊，阿布斯特米亚！
你现在显得多么可爱！仿佛
比端庄的黎明更加纯洁，
黎明泛着红晕升起来，
西风在其胸膛里轻轻哭泣；我此刻记起
她坐在餐桌边时，那温顺的目光
如何与我的目光相遇，似乎它不爽，
除非它看着我看的地方：她为了讨我欢喜，
在身上画十字时多么自豪！
可是这位美丽的人儿此时在哪里？
她像一片银色的云，
恐怕哭泣着掉入了死海，
从此再也无法找到。

读者如果通过上述摘录对阿布斯特米亚的命运感兴趣，那么这样说是没错的：她由于那颗善良的心所怀有的善意而重新回到丈夫的怀抱，获得了他的爱，并且变得更加温柔。他再次对她产生深厚的爱情，从而弥补了过去对她的不公：

> 珍贵的你胜过所有的王国；我如今
> 确信没有了一切怀疑；你用你的真诚
> 远比用花环为死神装饰的祭品可爱。
> 从海岸吹来的印度风让水手欢喜，
> 尽管它包含着美妙的香气，
> 但缺少了你身上令人惬意的芬芳。

这幅戏剧性的小画面，比许多流行的爱情故事更让我感动，也更引起我的兴趣。虽然如前所说，我并不认为，无论阿布斯特米亚还是富有耐性的格里泽尔达有多少可能被视为模范。我还喜欢看到，诗歌时时将其视野扩展到婚礼日以外，并告诫小姐甚至婚后让自己也不乏魅力。我们并不特别需要强迫一个未婚小姐非得讨人喜欢，一个青春丽人身上也没有必不可少、使人喜欢的高超本领。大自然已经使她身上的魅力倍增。青春本身就充满了魅力。蓓蕾初放的那种清新的美无须任何外力衬托，它讨人喜欢仅仅因为它是清新的、含苞待放的、美丽漂亮的。可是婚后的女人最需要引导，在这当中她最应该小心留意，以便保持她讨人喜欢的魅力。要完全成为丈夫还是个情郎时把她想象成的样子，没有任何女人能够指望做到。男人总是注定要受骗——与其说是被女人的手段欺骗，不如说是被他们自己的想象欺骗。她们始终是被求爱的女神，只嫁给普通凡人。因此一个女人应该弄清，当她还是个姑娘时是什么使自己如此有魅力，并在身为人妻后努力保持下去。重要的一点无疑是她本人和她的行为都要慎重，一个未婚女性始终都予以奉行。她在外表和习惯上都应保持同样的可爱与严谨，还要努力在丈夫的眼里充满生气，并保持纯洁的优雅举止。她应该记住女人的本分是让人求爱而不是去求爱，是让人爱抚而不是去爱抚。男人在爱情上是忘恩负义的，对他慷慨大方会失去他，而不是赢得他。女人魅力的秘密与其说在于给予，不如说在于保留。

一个女人甚至会为丈夫付出太多。她必须通过许多准确无误的小举动保持激情，让自己避免危险的放肆言行，避免彻底显露那些伴随婚姻而来的弱点与毛病。由此她会仍然保持自己的魅力——尽管她已以身相许——即使在蜜月之后她也可能继续享受爱的浪漫。

"有一个明智丈夫的女人，"杰里米·泰勒[1]说，"一定要用谦逊质朴的面纱、纯洁庄重的长袍、亲切柔和的装饰和忠实宽厚的宝石，使他永远满怀深情。她无须涂脂抹粉，只要脸上泛出红晕。她的聪颖敏锐一定是纯粹的，她以其温和友善光彩照人。她活着时讨人喜欢，离世后也让人怀念。"

我对于一个老套的话题漫无边际地议论了一番，而单身汉要掺和进去是危险的。然而，我似乎不会把自己的看法完全局限于妻子，所以我将引用杰里米·泰勒的另一段话结束此文，其中提到夫妻双方的职责（我也愿意把他关于婚姻的宣讲推荐给所有的人——他们比我更

---

1　杰里米·泰勒（1613—1667），英国基督教圣公会教士，以所著《圣洁生活的规则和习惯》《圣洁死亡的规则和习尚》闻名。

明智，将要步入幸福的婚姻殿堂）[1]。

"几乎所有职责之事都关系到两个人，只是名称有别而已，在不同环境和暂时的偶然情况下表现出多样化：在一方被称为爱，在另一方则被称为尊敬；在妻子那里是顺从，在丈夫那里则是职责。他提供东西，她则予以分配；他发出指令，她则据此管理；他通过权力支配她，她则通过爱支配他；她无论如何应让他高兴，他则千万不要惹她生气。"

---

1 欧文因钟情于一个不幸夭折的女子终身未婚，所以有此言。

# 讲故事

在庄园里，大家晚上特别喜欢的消遣是讲故事，这也是可敬的乡绅乐于提倡的，正如他所说，那是"炉火旁的一种老式的美好娱乐"。的确，我认为他之所以提倡，主要因为那是昔日最好的娱乐之一，当时女士、先生们还不太习惯读书。即便如此，乡绅也会经常在晚餐桌上，在谈话缺少了热情时便让在场的某人讲个故事，就像以前人们习惯让人唱支歌那样。慈善的乡绅会坐在那儿，倾听着某个他至少听了一百遍的平凡故事。看见他那具有模范意义的耐心甚至满足，真是让人受益。

有一天晚上，大家讲的奇闻故事涉及了一些神秘人物，他们曾出现在不同时期，让世界充满了疑惑与推测。比如有《流浪的犹太人》、让整个欧洲饱受好奇之苦的《铁面人》《隐形女侠》，以及最后的但并非最不重要的《猪面小姐》。

最后，大家让一个人讲故事，从面相上看，他是我见过的最无希望讲故事的人。他瘦小苍白，面容干瘪，非常紧张。他坐在桌子的一角，身子蜷缩起来似的，几乎全部掩盖在大衣的披肩里，就像乌龟躲在壳里一样。

就连大家的要求似乎都让他紧张不安起来，然而他没有拒绝。他把头从壳里伸出来，做了几个怪相和奇特的姿势，然后恢复一下肌肉，或调整一下声音，接着他讲了个神秘的人的故事。他最近在旅行途中曾遇见此人，他认为这个人完全有资格与"铁面人"归入一类。

他把故事讲述得非同一般，给我留下深刻印象，因此我尽量根据自己的记忆写下来，以博得读者一乐。我想，现今人们热切追求的神秘浪漫故事的一切要素它都有了。

# 壮实的先生

## 驿站马车站里的传奇故事

*我会予以阻止，尽管这会把我毁了！*

——《哈姆雷特》

时值阴郁的 11 月一个下雨的星期天。我在旅行途中因为身体略有不适留了下来，此时正在恢复当中。不过我仍然发烧，不得不整天待在德比小镇一家客栈的屋内。这是乡村客栈里一个阴雨的星期天！——无论谁只有有幸经历过这样的日子，才能对我的处境作出判断。

雨水吧嗒吧嗒地打在窗扉上。教堂做礼拜的钟声敲响了，声音令人忧愁。我走到窗边，想寻求什么赏心悦目的东西，可是好像我被置于与一切乐趣不沾边的地方。我卧室的窗口面朝一片片瓦屋顶和一根根烟囱，而起居室的窗口则将下面的马厩院尽收眼底。我知道最适合让人厌恶这个世界的，莫过于阴雨天的马厩院。那里到处散落着打湿的稻草，它们被旅行者和马夫踢来踢去。有个角落成了一潭死水，把一堆像岛似的粪肥围在中间。几只一半身子浸在水里的家禽挤在一辆马车下面，其中有一只垂头丧气的公鸡，它浑身湿透了，全然没有了生气，无精打采的样子。它的尾巴耷拉着纠缠在一起，好像变成了一根羽毛，雨水从背上沿着它流淌下去。马车旁有一头似睡非睡的母牛，它正嚼着反刍食物，平静地站在那儿任雨水淋着，从它那散发臭味的牛皮上冒出一圈圈热气。一匹白星眼的马对寂寞的马厩厌倦了，正把幽灵般的头伸出窗口，任雨水从屋檐上滴到身上。一只不幸的狗被拴在近旁的狗窝里，它时时发出吠叫和尖叫声。有个邋遢的帮厨女仆穿着木套鞋在院里走来走去，就像天气本身一样阴沉。总之一切都是让人不舒服的、愁苦的，只有一群喝酒成瘾似的鸭子除外，它们像好朋友一样围着一潭水，面对美酒发出极其欢快的叫声。

　　我感到寂寞倦怠，想消遣一下。屋子不久变得难以忍受，我便走出去，找到严格说来被称为"旅行者之屋"的房间。这是一个公共房间，多数客栈会留出来供作旅行者或骑手的一类人住，他们是某种从事商业活动的游侠骑士，驾马车、骑马或者乘坐驿站马车不停地奔驰在王国里。据我所知，如今他们是昔日的游侠骑士唯一的继承者。他们过着同样的游动冒险的生活，只是把长矛换成了马鞭，把小圆盾换成了样品卡，把甲胄换成了本杰明外套。他们不是为了维护绝世佳人的魅力，而是四处游动，对某位殷实的商人或制造商的名望与声誉予以宣传，随时以其名义讨价还价。因为如今人们时兴相互做买卖而不是打仗。客栈的这个房间在很久以前的战斗岁月里，夜晚四周挂满了旅途疲劳的武士护身用品，如甲胄、刀剑和张着大嘴似的钢盔。如今的"旅行者之屋"则饰以继承者们的挽具、大衣、各种鞭子、马刺、长筒靴和油布帽。

　　我希望找到某个这样的人士谈谈，但是失望了。屋子里确实有3个人，可我无法从他们身上获得任何情况。有个人正在吃早餐，对自己的面包和黄油不满，朝侍者发怒；另一人在扣着一双长筒靴，大肆咒骂布茨没把他的鞋擦干净；第三个人坐在那儿用手指敲打桌子，看着雨水从窗玻璃上流淌下去。他们看起来无不受到天气的影响，彼此谁也不说一声就一个个消失了。

我漫步走到窗边，站在那儿注视着小心翼翼前往教堂的女人，她们把裙子提到半腿高，打着湿淋淋的雨伞。教堂的钟声停止了，街道变得寂静起来。然后我观察对面某商人的几个女儿，以此自娱。她们担心打湿身上的礼拜服，只好待在房子里，同时在前窗炫耀自己的妩媚，让客栈里那些偶然的房客着迷。最后她们被一个显得富有活力、十分机警的母亲叫走了，外面再也没有让我觉得有趣的东西了。

我如何消磨这漫长的日子呢？我寂寞不安得难受。客栈里的一切似乎要让本来乏味的日子再乏味十倍。旧的报纸散发出啤酒和烟叶气味，这些废物我已读过六遍了，它们比雨天更糟糕。一本旧的《女士杂志》使我厌烦到极点。我仔细看着试图炫耀的旅行者们那一切平淡无奇的名字，它们被胡乱地涂写在窗格玻璃上。有始终不变的史密斯、布朗、杰克逊和约翰逊家族的人，以及所有其他人的后代。我还辨认出几首让人读着费力的、涂写在客栈窗户上的诗，这样的诗我在世界各地都见到过。

这天持续昏暗阴郁，显得懒散、参差不齐、似海绵状的云块阴沉沉地飘过。甚至雨水也千篇一律：总是单调乏味、持久不断地发出吧嗒——吧嗒——吧嗒声，只偶尔哗哗地落到经过的雨伞上，让我想到那令人爽快的淋浴，这才使我又有了生气。

上午有一只喇叭忽然吹响，一辆驿站马车从街上疾驰而过，路人全都因此停下来缩在布伞下面，大家骚动起来，身上散发出打湿了的大衣和本杰明外套的热气，此情此景颇让人精神为之一振（如果我可以用当时的一句常用语来说）。

喇叭声把一群流浪的男孩、流浪狗和头像胡萝卜似的马夫，以及难以形容、像动物一样发出尖叫的布茨，还有出没于客栈附近的其他流浪家伙，从各自潜伏的地点引了出来。不过这种骚动是暂时的。马车再次疾驰而去，男孩和狗、马夫及布茨，一切又悄然缩回到自己狭小的地方。街上复归于寂静，雨继续下着。实际上根本没有希望放晴，晴雨表指向雨季。女房东的花斑猫蹲在炉火旁用爪子擦脸、搔耳朵。我察看一下历书，发现这一页从头到尾整月的预测都让人可怕："预计——此段时间——有大量雨水。"

这让我沮丧到极点。时间好像爬行不动似的，就连钟的嘀嗒声也变得令人厌烦。终于一阵铃声打破房子里的寂静，不久我听见了侍者从柜台传来的声音："13 号房壮实的先生要早餐。茶点、面包和黄油，还有火腿和蛋，蛋不要煮得太老。"

在我这样的处境里，每一件小事都是重要的。

这是一个供我推测的问题，可以使我产生丰富的想象。我易于给自己描绘出一个个画面，此时我便有了创作的材料。假如楼上的客人被提及为史密斯先生，或布朗先生，或杰克逊先生，或约翰逊先生，或只是"13 号房的先生"，那么对于我全然是个空白，我会什么也想象不出。但是"壮实的先生！"——仅仅这个名字就包含了某种栩栩如生的东西。它立即表明了那人的身材，并将他的模样呈现在我的眼前，其余的就让我去想象了。

他是壮实的，或者如某些人说是肥大的。所以他很可能上了年纪，因为有的人逐渐变老后会发胖。他用早餐的时间很晚，而且在自己房间里，据此他一定是个习惯于过悠闲生活的人，不必早早起床。他无疑是个身体丰满、面容红润、显得壮实的老先生。

这时又传来一阵剧烈的铃声，壮实的先生早餐等得不耐烦了。他显然是个重要人物，"在世上过着小康生活"，习惯于马上有人服侍，胃口相当好，饿的时候有点暴躁。"或许，"我想，"他是某位伦敦议员，或者是国会议员，谁知道呢？"

有人把早餐送上了楼，短时间内安静下来。无疑他正在沏茶。不久又传来一阵剧烈的铃声，没等到谁回应又是一阵更加剧烈的铃声。"我的天哪！他是怎样一个暴躁的老先生！"侍者生气地走下楼。黄油不新鲜、鸡蛋煮得过久、火腿太咸——壮实的先生显然吃东西挑剔，是个边吃边抱怨的人，以致使侍者忙个不停，他好像与这座房子里的人很好斗似的。

女老板火了。我得说她是个敏捷风骚的女人，有点像个悍妇，还有点放荡，不过也很漂亮。她有个傻子丈夫，正如悍妇们通常那样。她狠狠责骂仆人们粗心大意，把如此糟糕的早餐送上去，可是她对壮实的先生却毫无怨言。我由此清楚地感到他一定是个重要人物，有资格吵闹、给一家乡村客栈添麻烦。于是，侍者另外把鸡蛋、火腿、面包和黄油送了上去，他似乎宽容地接受了，至少再没有抱怨。

我还没在"旅行者之屋"里待多久，又传来一阵铃声。很快房子里骚动起来，有人在询问。是壮实的先生想要《泰晤士报》或《纪事报》。我因此认为他是个辉格党[1]人，或更确切地说，从他随时会显得

---

1　今英国自由党的前身。

专断和高傲上看，我猜想他是个激进分子。我曾听说亨特是个大人物。"谁知道呢，"我想，"也许他就是亨特本人！"

我开始产生了好奇。我问侍者那个如此骚动不安的壮实的先生是谁，可我得不到任何信息，好像谁都不知道他的名字。那些熙攘的客栈的房东很少费心去了解过客们的名字或职业。他们衣服的颜色、身材的形状或大小，足以表示旅行者的名字。要么是高大的先生，要么是矮小的先生，要么是穿黑衣的先生，要么是穿黄褐色衣的先生，或者以眼前为例——壮实的先生。这类名称一下就回答了所有问题，省去再问了。下雨——下雨——下雨！无情地、不断地下雨！根本不可能出门，室内也没有任何消遣或娱乐的活动。不久我听见头顶上有人在走动，是在壮实的先生的房间里。他的脚步重重的，他显然是个大块头。他脚上的鞋底吱咯吱咯地响，由此判断他是个老人。"无疑，"我想，"他是某个古板有钱的老人，生活习惯有规律，此刻用过早餐后正在做运动。"

壁炉周围贴着关于马车和旅店的广告，我这时把它们看了个遍。《女士杂志》已经让我反感，它就像这天一样乏味。我游荡出屋子，不知道做什么好，又爬上楼回到自己房间。我没在那儿待多久，忽然从近旁的卧房传来一声尖叫。一扇门打开后又猛烈地关上。有个我先前看见、面容红润、显得乐观的女仆十分慌张地走下楼来，因为壮实的先生粗鲁地对待她。

这使得我许多的推断顿时见鬼去了。这个陌生的人不会是老先生，老先生不容易对女仆吵闹。他也不会是年轻先生，年轻先生不容易引起这样的愤怒。他一定是个中年人，而且非常令人讨厌，否则姑娘不会如此气愤。我觉得大惑不解。

几分钟后,我听见女房东的声音。我瞥见她拖着脚步爬上楼,面容发光,帽子显得花哨,她一路喋喋不休。"我不允许在自己客栈有这样的行为,我保证!难道先生们花钱大方就没有规矩了吗。我不允许让自己的女仆干活时受到那样的对待,这是不允许的!"我讨厌争吵,特别是与女人争吵,而首先是与漂亮女人争吵,所以我悄然回到自己房间,把门半掩着。我产生了太大的好奇,不得不倾听。女房东英勇无畏地奔向敌人的堡垒,猛攻进去:门在她身后关上。我听见她猛烈地叫嚷了一阵子,然后声音像阁楼里的一阵风渐渐平息。接着传来笑声,然后什么也听不见了。

片刻后女房东走出来,脸上带着奇异的微笑,她调整一下有点歪斜的帽子。她下楼时我听见房东问她怎么回事,她说:"没什么,只是那女子是个傻瓜。"我比先前更迷惑了,搞不懂那个莫名其妙的人,他可以让温厚的女仆勃然大怒,也可以让暴躁的女房东带着微笑离开。他不可能很老,不可能脾气不好,也不可能长得难看。

我又不得不想象起他的形象来,对他进行截然不同的描绘。现在,我把他想象成一个人们经常遇见的那种壮实的先生,他们通常在乡村客栈的门口附近大摇大摆地走着。他们是伤感滑稽的家伙,戴着彩色围巾,大块的身躯有点需要麦芽酒支撑;他们是些见过世面的人,在海格特公墓受到诅咒[1];他们习惯于客栈的生活,足以应对酒保的一切把戏,了解可耻的酒店老板的种种手段。他们在小范围内属于讲究吃喝的人,在不超过一几尼之内十分慷慨;他们骂所有的侍者,找女仆

---

1 该公墓位于伦敦北郊,其中有马克思及其家人的坟墓。此处大概比喻这些人年纪大,但马克思不见他们。

的麻烦，在柜台与女房东闲聊，吃过饭后一边喝一品脱波尔图葡萄酒或一杯尼格斯酒[1]，一边单调乏味地讲话。

我在这些类似的推测中把上午消磨掉。我刚把信念的体系编织起来，某种未知的动向就彻底把它推翻，使我的一切思想再次陷入混乱。这便是一个极度兴奋的人独自的心理活动。正如我所说，我极其不安。我不断思考那个隐身人的情况，这样的思考开始产生了影响：我变得心神不安起来。

午餐时间到了，我希望壮实的先生会到"旅行者之屋"来用餐，那样我最终可以看到他本人。可是不——他让人把午餐给他端到房间里。这样的隐居与神秘是啥意思呢？他不可能是激进分子。他如此把自己与其余世人隔离开，整个下雨天都沉闷无趣地独处一旁，这当中颇有点贵族气息。然后，他又过得太舒适了，不可能是个不满的政客。他似乎仔细品味着各种菜肴，像个讲究吃喝的快乐朋友坐在那儿喝美酒一样。的确，我在这方面的疑虑不久没有了，因为他刚喝完第一瓶酒我就隐约听见他哼出一支小曲。我仔细倾听，发现他哼的是《天佑国王》。曲调是朴实的，那么他绝不是激进分子，而是一个忠诚的国民，一个有酒就变得忠心耿耿的人，在他什么都无法支持的情况下可以时刻准备支持国王和《宪法》。可他会是谁呢？我的猜想变得漫无边际。难道他不是某个有名望的人，某个隐姓埋名的旅行者？"天知道！"我想，"他也许是某个王室的人吧，因为他们都是些壮实的先生！"

雨继续下着。神秘的陌生人一直待在房间里，据我判断他始终没

---

1 由葡萄酒、热水、糖、肉豆蔻和柠檬汁混合而成。

离开椅子，因为我没听见他走动。与此同时这天慢慢过去，"旅行者之屋"时时有人出入了。有些刚到的人穿着扣好的大衣走进屋，另一些分散到城里各处的人也回来了。有的人在用餐，有的在喝茶。假如我是另外一种心情，我会仔细观察这类奇特的男人，从中得到乐趣。尤其是其中有两个人，他们是旅途中通常爱说笑打趣的人，旅行者们所有惯常的笑话他们都会说。他们有许多诡秘的话对叫作路易莎、埃塞琳达和一些其他好名字（每次都不同）的侍女说，使她们为自己的笑话令人惊讶地发出咯咯的笑声。然而，我完全被壮实的先生吸引住了。在漫长的日子里壮实的先生始终让我追踪着想象，所以我现在要继续追踪下去。

傍晚渐渐过去。旅行者们把报纸读了两三遍，有些人围着炉火，讲述关于他们的马匹、冒险、马车倾覆和出故障的长长的故事。他们谈论不同商人和不同客栈的信誉。那两个爱说笑、打趣的人，讲了几个有关漂亮女仆和友善的女房东很好的趣闻。在这一切过程中他们静静地喝着所谓的睡前酒，即一杯杯烈性的白兰地加水和糖混合成的饮料，或某种其他类似的混合品。随后他们一个接一个按铃叫布茨和女仆，穿着用旧鞋剪成的让人颇不舒服的拖鞋睡觉去了。

这时只留下了一个男人，他腿短身长，是个多血症的人，头很大，头发呈黄红色。他独自坐在那儿，面前放着一杯波尔图葡萄酒或尼格斯酒和一只匙子。他一边啜酒一边搅动，一边沉思一边啜酒，直到只剩下匙子。他逐渐笔挺地在椅子上睡着了，面前放着空空的酒杯。蜡烛好像也睡着了似的，因为灯芯拉长了、变黑了、末端卷了起来，屋子里的微光更暗了。此时笼罩着房间的阴暗使人的情绪也受到影响。四周挂着离去的旅行者的大衣，它们并不成形，几乎像幽灵一般，而旅行者们早已沉睡。我只听见嘀嗒嘀嗒的钟声，沉睡的酒徒们深长的呼吸声，以及雨水从屋檐上不断滴落下来的声音。教堂的钟敲响午夜时刻。忽然壮实的先生开始在头顶上走动起来，缓慢地来回移动。这一切包含着某种极其可怕的东西，尤其对于处在我这种神经状态的人。瞧着那些阴森森的大衣，听着那些带着喉音的呼吸，以及那个神秘的人咯吱咯吱的脚步声。他的脚步声越来越微弱，最后消失。我再也忍受不下去了，陷入浪漫英雄的绝望之中。"不管他是谁或做什么的，"我心想，"我都要看一眼他！"我抓起一支室内的蜡烛，急忙赶到13号房间。门开着，我迟疑一下走了进去，但屋里已没有人了。桌子旁有一把平底的大扶手椅，桌上放着一只空酒杯和一份《泰晤士报》，屋里散发出浓烈的斯提耳顿奶酪[1]气味。

神秘的陌生人显然刚去就寝。我大为失望地返回自己房间。我沿走廊走去时，看见一双大靴放在一间寝室的门口，靴子顶端很脏，上过蜡。它无疑属于那个陌生人的，但我不能去一个如此令人敬畏的人的屋里打扰他。他也许会朝我的脑袋开枪，或投射来什么更糟糕的东西。我只好上床睡觉，半夜都醒着，处于极度紧张不安的状态。即使我睡着后也老梦见壮实的先生和他那双顶端上过蜡的鞋。次日早晨我起得很晚，是被房子里的骚动和喧闹吵醒了，最初我不明白是怎么回事，直到我更清醒一些后发现有一辆邮政马车准备从门口出发。突然从下面传来叫喊："先生忘了雨伞！快去13号房找先生的雨伞！"我听到有个女仆立即沿走廊跑过去，一边跑一边尖声地回应："在这里！先生的雨伞在这里！"

---

1　世界三大蓝纹奶酪之一。

　　这么说神秘的陌生人正要离开，这可是我唯一认识他的机会。我一下跳下床，冲到窗口，扯开窗帘，刚好瞥见有个钻进马车门的人的背影。他那褐色外套的下摆从后面分开，让我完全看到他又大又圆的臀部。随即门关上了。"好啦！"那人说，然后马车迅速离开：这便是我所看到的壮实的先生！

# 林木

那是一片老树组成的活柱廊。[1]

乡绅最喜欢谈论的一个话题，便是他庄园里那些宏伟的林木，就我在英国所见，它们当中确实有些树无比优良。一棵棵高大壮观的橡树形成巨大的林荫道，显得雄伟庄严，其树枝在高空聚合到一起，似乎让下面行走的人仅仅缩小成了侏儒。"由橡树或榆树构成的林荫道，"乡绅说，"是通向绅士宅第的柱廊。至于石头和大理石，任何人都可以马上建造起来，因为它们是现今的产物。但我更喜欢这些与家族一道变得古老非凡的柱廊，它们以其宏伟壮观讲述着家族悠久的历史。"

乡绅对于某些古老的树极其敬重，它们因长着苔藓显得灰暗，他将其视为自己领地上的年老贵族。有一棵被毁损的巨大橡树遭到岁月和风暴的剧烈打击，几乎彻底死亡。不过他说，克里斯蒂回忆他小时候这棵树非常健壮，滋养丰富，直到它被闪电击中。现在它只剩下一根树干，有一根扭曲的大树枝伸向空中，末端留下一根小绿枝。乡绅对这棵遭到毁坏、勇敢坚强的树很珍视，将它称为自己的旗手，并比

---

1　引自英国诗人埃德蒙·沃勒（1606—1687）与约翰·德纳姆爵士（1614—1669）合著的《诗集》。

喻为在战斗中被打倒但仍然坚持把旗扛到最后的老兵。实际上他已给它搭建了一个围栏，尽可能防止它再受到损害。

在乡绅的庄园里，要让他砍掉任何一棵树都很难。他对某些树怀着敬意，因为它们是他的祖先种下的；对另一些树他则怀着父亲般的爱，因为它们是他亲手种下的。一棵需要几百年才能长大的树用不了几斧子就砍倒了，他对此感到有点敬畏。我承认自己在某种程度上，就此对可敬的乡绅不能不予以赞美。虽然我在一个森林众多的国家长大——在那儿树木容易被视为仅仅是累赘——会被毫不犹豫或毫不后悔地砍倒——但我从未看到一棵优良的树被伐时人们毫无顾虑。诗人天生是爱树的，他们对一切美的东西有着天生的爱。他们把树描写成森林之神的住所，甚至每棵重要的树都有自己的守护精灵或女神，一旦树死了它们也不复存在，由此巧妙地唤起了人们对树的极大关爱。伊夫林[1]在他的《森林志》中，几次讨人喜欢、富有想象地提到如下迷信："每一棵十分古老的橡树倒下时，都会发出雷鸣般的爆裂声，常常在很远的地方都能听见。虽然我时常被迫不无厌恶地砍倒它们，但我任何时候都会记起听见那些森林女神呻吟时（她们为自己古老的住处被剥夺而悲伤），自己总是情绪激动，心怀怜悯。"另外，在提到把林地摧毁的那场暴风时他说："我想自己还听见——无疑也感到——我们的林子发出哀嚎。不久前那场可怕的飓风将数千棵优良的橡树彻底破坏，一棵棵树倒下了，留下的惨状犹如战斗中被征服者的剑砍倒的整个兵团。根据政府的测算，"他补充说，"仅仅在迪恩森林一个地方就有至少3000棵勇敢的橡树被刮倒。"

---

1　伊夫林（1620—1706）。

　　我曾不止一次逗留于美洲荒原，注视着遭遇过风暴袭击的痕迹，那种风暴似乎从天而降，直冲而下，从一片片林地中间撕裂过去；一棵棵粗壮的树被连根拔起，它们哆嗦着裂开，致使一长片林地变得荒凉。巨大的植物遭到严重浩劫，颇有点令人可怕。它们被粗暴地撕开，遭到彻底毁损，倒在本土上过早死亡，留下极其壮观的残骸。考虑到这些，我便意识到了伊夫林由衷地表达的某种深厚同情。我还回忆起曾听到某个富有诗人气质的旅行者，表明他注视着密苏里河岸时所感到的恐怖：有一棵庞大的橡树，在某种程度上被巨大的野葡萄藤制服了。葡萄藤将大橡树干紧紧抱住，并由此把每根大小树枝缠绕起来，直到庞大的橡树在葡萄藤的怀抱中枯萎。这就像拉奥孔 [1] 在怪兽巨蟒可怕的缠绕中，徒劳无益地挣扎一样；这也犹如林木之狮毁灭于蟒蛇般的植物的缠绕之中。

　　我喜欢倾听英国绅士谈论乡村事务，喜欢注意他们带着怎样的品位与辨别力，以及怎样强烈自然的兴趣谈论着各种话题。而在其他国家，这些话题只是留给了樵夫或种庄稼的乡下人。我听过一位高贵的伯爵凭借画家的知识与情感评论园林和森林景观，他详细地描述着自己庄园里某些特别的树的形状与美丽，充满骄傲，技艺上也十分精准，好像他在讨论收藏的雕塑的优点似的。我发现他甚至到很远的地方去查看那些在乡村业余爱好者当中受到赞美的树，因为树也像马一样有其确定的长处。在英国有些树因品种极佳，而在"树木发烧友" [2] 当中颇为有名。

---

1　在希腊神话中，拉奥孔指特洛伊城的阿波罗神祭师，因警告特洛伊人提防木马计而触怒天神，后与两个儿子被雅典娜派来的巨蟒缠死。

2　原文为 tree-fanciers，"发烧友"就是 fanciers（爱好者，追星族）的衍生词。

在这样的情趣中有某种高尚朴实、十分纯洁的东西：对于植物之美有着强烈的喜爱，对于那些勇敢而荣耀的森林之子如此友善，我想它表明了一种亲切、宽厚的天性。与这部分乡村经济联系在一起的是崇高的思想，这好比农业中具有的英雄气概的血统——如果我可以这样比喻的话。它值得自由、慷慨、富有抱负的男人们拥有。种下一棵橡树的人期待着未来的岁月，他是为子孙后代而种下的。这是最无私的表现，他没指望坐在树荫下享受庇护。不过，很久以后自己虽然不再行走于父辈的土地上，但埋进土里的橡子会变成参天大树，不断繁茂长大造福人类，想到这他就欢欣鼓舞。确实，正是这样的日常劳作，让人们的思想超越了纯粹的世俗之心。据说树叶把空气中一切有害的东西吸收，然后散发出更加纯洁的气体，所以我觉得它们仿佛将一切肮脏愤怒的情绪吸收，并将平静与博爱散发出来。在林地的景色中有一种不无安宁与持重的庄严，它融入人的心灵，使其得到拓展和提升，也使其充满崇高的意向。一片片世代相传的古老树林将英国岛覆盖，它们大多有许多故事。昔日一位位伟大不凡的人物经常回忆起它们，那些人要么置身于它们中间，让身心得以放松，远离枪炮声或国家纷争，要么在它们的树荫下追求缪斯女神[1]。勇敢、亲切而高雅的菲利普·西德尼爵士曾在宏伟的彭斯赫斯特林度过童年，漫步其中谁能无动于衷呢？或者，目睹据说在他出生之日种下的那棵树下而不喜爱呢？或者游走于一流的海格利树荫里，逗留在温莎林的幽静之处，看着周围一棵棵像古塔似的巨大、灰暗、悠久的橡树，而不感到自己仿佛被众多有着不朽荣耀的碑林包围？当从这一角度去看时，那些种植

---

1　给予诗人灵感的女神。

的树林、宏伟的林荫道和栽培的园林，就比纯粹自然生长、更加茂盛的美丽植物更具优势：因为它们富于道德上的联想，始终不乏人生的有趣故事。

于是，凭着一个古老民族仁慈、崇高的精神，珍爱祖辈留下的宅子周围那些神圣的树林，让它们永远传给后代，就成为义不容辞的责任了。我生来是个共和党人，在共和政体的原则与习惯行为中成长，所以对于授予的爵位丝毫感觉不到那种不无奴性的崇敬，就因为它是授予的。但我相信，我在信仰上既非粗俗的人也非偏执的人。我能看到和感受到，当世袭的荣誉降临到一位慷慨仁慈的人的命运中，它会怎样使他的精神变得真正高尚起来。世袭的头衔这样有幸地继承下来时，其作用之一便是它使得责任倍增，也可以说是延长了拥有者的生命。他并不觉得自己只是爵位封授中的个别环节，只为自己短暂的生命期负责，他在引以为荣的回忆中让生命回到过去，又在值得称颂的期待中让生命延伸到未来。他与祖先生活在一起，也与子孙生活在一起，他认为自己对两者都承担着极大的责任。他从先辈们那里继承了不少东西，所以感到一定要将很多东西也遗传给后人。他的家族事业，似乎比普通人承担的有着更长的生命力。最倾向于为未来几百年种植、建设的人，莫过于那些有着崇高精神的人，他们从以往的时代接受了自己的传统。

宏伟的树林像高塔和金字塔似的耸立在其父辈的土地上。我注意到，有着仁慈性格和高贵感情的英国绅士凝望它们时显露出喜爱与自豪，我对此不能不赞美。在万物之间，无论是否有生命都存在相似之处：橡树骄傲而健壮地生长着，在我看来它与狮子和鹰同属一类，以其非凡的属性而与勇敢、智慧的人有着类似的地方。它那大柱一般的树干直耸天空，将自己如叶子般繁茂的荣耀从世间的杂质中托起，让它们高高地置身于自由的天空和灿烂的阳光里，这正象征着一位真正的贵族应该是怎样的人。它是弱者的避难所，是受压迫者的藏身地，并为无防备的人提供保护。它为他们阻挡风暴的袭击，或强权那灼热的强光。这样的人会给祖国增光添彩，带来福气。否则他就会滥用自己显著的优势，滥用他从祖国的胸怀中获得的显赫与繁荣。假如风暴四起，他被刮倒，谁会为他哀悼？假如他被压迫者的强权之手击败，谁会为他的命运低声抱怨？"何必白占土地呢？"[1]

---

1 · 引自《圣经·新约·路加福音》第13章第7节。

# 博学的古籍研究者

印刷之书为他所轻视，因为它们是后世的新奇产物。但对于手稿他却久久地陷入沉思，尤其是假如封面全部被虫蛀，字里行间布满了灰尘。

——《微观宇宙学》[1]，1638

乡绅不无思古幽情，对此牧师极其赞同和支持，后者我先前拜访庄园时曾提及过，他担当着某种家庭牧师的角色。自从他俩在牛津大学成为校友后，乡绅对牧师的关爱就几乎从未中断。因为那些卓越的大学所具有的特殊优势之一，便是通过早期真诚的友情将贫穷的学者和富裕的牧师联系起来。他们的友情会持续终生，而没有通常那些由于依靠和赞助所产生的羞辱。因此在乡绅的关照爱护下，身材小巧的牧师平静地从事着研究。他差不多完全生活在书堆里，而且是古书，所以对人世间全然不知。他的头脑像庄园里的花园一样古老，其中的花儿无不培植在符合传统方式的花坛里，一棵棵紫杉树被修剪成一只只瓮和孔雀的样子。

---

1　英国圣公会牧师约翰·厄尔（1601—1665）写的有名的书，是一本描写人物的优秀著作。经查时间应为 1628 年而非 1638 年。

　　他对于古籍研究的喜爱最初产生于牛津大学图书馆，他当时还是个学生，长时间地在一部部旧书稿中搜寻。从此以后，他在不同时期去了英国大多数奇妙的图书馆，并且寻遍了许多教堂里收藏的东西。他尽管不无稀奇深奥的学问，但一点不自大或迂腐，而是有着似乎为古籍研究者所具备的自然真诚与朴实厚道。

　　他是个沉闷乏味、身材小巧的男人，举止平淡无奇，但一说到最喜欢的话题他就会激动起来，有时讲话甚至意味深长。我曾看见这位可敬的牧师叙述自己如何搜寻一份珍奇的文献，他从一个图书馆追寻到另一个图书馆，直至在一座教堂落满灰尘的牧师会礼堂把它彻底挖掘出来。任何猎狐者在讲述自己最后一天狩猎的情形时，也不会比他更欢快激动。再者，他描述某一份珍贵的手稿——其中有丰富的阐释，厚厚的奶油色牛皮纸，富有光泽的墨迹，还似乎散发出修道院的气味——这个时候他所表现出的热情，并不亚于巴黎的美食家详述佩里戈尔[1]馅饼或斯特拉斯堡[2]肉酱的好处时所表现出的那样。

　　他的那个大脑，似乎全然为害相思病似的梦见奇妙的古书迷住了，那些书"有着丝绸裱背、三重金帖带、彩色牛皮，它们被锁在金属丝盒里，以免被纯粹的读者一双双普通的手碰着"。再用一位有独创性的作家巧妙的话说，就是"像东方的美女透过其妒羡凝视时，显得那么耀眼夺目"[3]。

　　不过，他颇愿意在古老的图书馆和牧师会礼堂阅读这类著作，它

1　法国历史和文化大区，包括法国南部多尔多涅省和洛特－加龙省的一部分。

2　法国东北部城市。

3　艾萨克·迪斯雷利著《文学奇闻录》。——原注
　　艾萨克·迪斯雷利（1766—1848），英国作家、学者。此书也译为《文苑搜奇》。

们属于那里。那儿的房间历史悠久，光线极力穿过灰尘覆盖的尖头窗和彩色玻璃，他认为在其中一间屋里阅读黑花体字的书效果才最佳。而假如离开了那些橡木书架和哥特式书桌，那么书就会丧失一半趣味。在他的建议下，乡绅已将书房装饰得具有了古雅品位，并且装上几扇彩色玻璃，它们将柔和的光线照射到所喜爱的昔日作家的书页上面。

据悉，牧师有一段时间曾考虑对斯特拉特、布兰德和杜斯[1]予以评论，他意欲在大众游戏与迷信方面进行探索，发现他们各种危险的错误。乡绅怀着极大的兴趣期待着这篇文章。牧师还偶尔向《绅士杂志》投稿——它历史悠久，是民族习俗与古代文化的知识库——他也时而对某种过时习俗或稀有传说进行考查。不仅如此，据说他有几封通信相当长。他经常收到马车从王国各地送来的包裹，里面有一本本霉味的书籍和一部部几乎辨认不清的手稿。非常奇特的是，因为在古籍研究者当中保持着频繁的通信，所以某本刚从图书馆的废物中被发现的、有名的稀有著作或珍本，很快会在他们当中传开。眼下牧师比平常更忙了，有一部著作的宣传使他有点不安，据说该书是关于中世纪神话的，正准备出版。这位身材小巧的男人早就在尽可能地收集所有的鬼怪故事，并对过去的迷信有所说明。牧师极为不安，担心那个可怕的对手会抢先一步。

我到达庄园后不久，就在布雷斯布里奇先生和将军的陪伴下去牧师住所登门拜访。他已有几天没露面，这有些让人意外，因为他差不多每天都要来庄园造访。我们发现他在书房里。那是一间暗淡的小屋，光线从面向教堂院子的一扇花格窗照进去，一棵紫杉树为它遮着阴凉。

---

1  原文为 Strutt, Brand, Douce。

他椅子周围的地板上堆满了对开本书和四开本书，书桌上也堆满各种书籍和手稿。他之所以近日未露面，是由于最近收到一部著作，他因此无比喜悦地从世间隐退，将自己封闭起来，以便安安静静地度一次文学蜜月。任何寄宿学校的女孩贪婪地阅读一部言情小说或富有骑士精神的《堂·吉诃德》[1]时，所产生的喜悦，也没有这位身材小巧的男人享用此部饶有兴味的著作时的喜悦强烈。那便是迪布丁[2]的《书目之旅》，人们认为此书对于古籍研究者的想象有令人陶醉的影响。这正如圆桌骑士的英雄们的冒险经历对于一切真正骑士所产生的影响一样，或者早期的美洲航海家的故事对于当时热情满怀的人们所产生的影响一样，那些人于是对墨西哥和秘鲁的矿藏以及"黄金国"[3]充满了种种梦想。

虔诚的牧师早就期待着这本书，他认为这比去非洲或北极旅行更重要。他怀着怎样的渴望利用着如此复杂、艰巨的历史记录！他怀着怎样的兴趣跟随令人可敬的目录学家及其形象鲜明的侍从去冒险，穿行于一座座诺曼城堡、大教堂、法国图书馆、德国修道院和各个大学，深入到堆满牛皮纸手稿和被巧妙地照射着的放置弥撒书的密室内，将它们美的东西揭示给世人！

这是一部非常稀奇有趣的著作，牧师兴高采烈地对它赞美了一番，然后从一个小抽屉里取得一部手稿，那是最近有个与他通信的人寄来的，遗憾的是此稿让他感到困惑。它是用诺曼法语[4]写的，文字极其

---

1　西班牙作家塞万提斯写的一部著名小说。

2　迪布丁（1776—1847），英国目录学者。

3　指早期西班牙探险家想象中存在于南美洲的理想中的黄金国。

4　中世纪诺曼底及英国使用的法语。

古老，并且褪色、腐坏得严重，几乎辨认不清。它显然是一首古老的诺曼酒歌，有可能是"征服者威廉"[1]的一个喜欢饮酒的随从带来的。笔迹足以让敏锐的古物追寻者进行疑虑重重的追寻，在这儿那儿彻底失去线索，然后几个写得清楚明白的文字又使他重新获得线索。他就这样被引导着行进了一整天，直到发现自己好像完全丧失了嗅迹。

乡绅极力帮助他，但是同样弄得困惑不解。老将军听他们谈论了一会儿，然后问牧师是否读过莫里斯船长、乔治·史蒂文森[2]或阿拉克里翁·穆尔[3]的酒神节之歌。见对方回答没有，将军精明地点一下头说："哦，那么，假如你想要一首酒歌，我可以把最新收集到的提供给你——我先前不知你对这类东西感兴趣。我还可以把《智慧百科》借给你，旅行时我总是带着它们，在客栈里读读很不错的。"

牧师听到这个提议时露出吃惊、困惑的奇异模样，那种表情难以形容。乡绅极力让将军明白，虽然如今一首快乐的歌在睿智者听来不过是愚蠢声音，不会引起学者注意，但一首酒徒几百年前写的轮唱歌曲是值得做极其严肃、认真研究的，它足以让所有的大学争论不休。这一点乡绅并不容易让将军明白，而此种情形也难以形容。

我后来对此问题反复思考，我想象着，如今流行的文学被未来的古物研究者从时代的废物中逐个重新获得时，其命运会如何？比如，在严肃庄重的神学家和枯燥乏味的经院哲学家当中，穆尔会变成怎样一个马格鲁斯·阿波罗[4]！即便他那些喜庆的、恋爱的歌曲——

---

1  英国国王威廉一世。

2  原文为 Captain Morris、George Stevens。

3  即托马斯·穆尔（1779—1852），爱尔兰诗人、讽刺作家和音乐家。

4  原文为 Magnus Apollo。

它们如今纯粹是社交时活跃气氛的东西，或者是客厅里令人欢快的东西——将来也会变成人们艰苦研究和费力校勘的对象，有多少严肃认真的教授会挑灯夜读，浪费灯油，或者在漫长的上午绞尽脑汁，竭力让纯文本得以还原，或者对"来吧，告诉我，罗莎说，吻与被吻"[1]所包含的有关个人身世的暗示予以阐明？有多少像身材小巧的可敬牧师那样沉闷无趣的老书虫，在徒劳地努力填补《蒂莫尔的法尼》某些重要的遗漏后，会绝望地放弃！

不仅仅是像穆尔这样高雅的作家，注定要消耗掉未来的古籍研究者们的灯油。许多现在显然被糕饼师和干酪商漠视的可怜的小文人，将来也会在碎纸残片中再次崛起，在不朽的学术中兴旺起来。

我想，毕竟时光不像人们所描写的那样始终是破坏者。假如它摧毁什么，它同样会建立起什么；假如它让一个人贫穷，它也会让另一个人富有。就连它毁坏的东西都给人们提供了辩论的新课题，它所产生的锈迹比最昂贵的镀金更珍贵。在它那可塑的大手之下，琐碎的事情变得重要起来。一个时代的废话变成另一个时候的智慧。智者轻率的言辞变成书呆子的学问，一块古老的法新[2]腐朽之后，变得比一块现代几尼更有价值。

---

1 引自托马斯·穆尔写的一首诗。如下《蒂莫尔的法尼》也为该诗人所写。

2 1961年以前的英国铜币，等于四分之一便士。

# 农舍

> 爱与树篱被密集种下，但长出时却满是蓟花。
>
> ——博蒙特与弗莱彻[1]

我对听到过的"现付杰克"的逸闻趣事颇为喜欢，因此一两天后我让西蒙大人带我去他家。那是一座砖砌的老式农舍，一根根烟囱奇特地扭曲着。它离大路有点距离，坐北朝南，面向一片柔和、倾斜的绿草地。前面有个小花园，一排蜂房在芬芳的花草中发出嗡嗡的声音。一只只擦洗得很干净的奶桶挂在花园的桩子上，上面的铜环十分明亮。经过培植的果树与农舍相互衬托，窗台上放着一盆盆鲜花。一只老迈肥胖的獒犬趴在门口的阳光下，有一只皮毛光滑的猫静静地睡在它的对面。

我们串门时杰克先生不在家，不过他妻子热情友好地欢迎我们。她是个善于持家、富有母爱的女人，是妻子们完美的典范。据西蒙大人说，她从来不与诚实的杰克对着干，然而却能设法按照自己的方式行事，在一切事情上让杰克听她的。

她在房子的主室内接待我们，那便是某种客厅或厅堂，上面有一

---

1 博蒙特（1584—1616），英国剧作家，与剧作家弗莱彻（1579—1625）密切合作。

些褐色的大横梁，杰克先生经常极其得意地提到这点，说人们如今不在房子里用这样的木料了。家具是老式的，牢固结实，而且十分光亮。墙上挂着一些关于"回头浪子"[1]的故事的彩画，在画里他身穿一件红外衣和一条皮马裤。壁炉上挂着一支老式大口径短枪，以及"现付杰克"面容严厉的画像，是他年轻时由那位画酒馆招牌的画家画的。杰克的母亲认为，他也像庄园里的人一样有权拥有一些家庭肖像画。

热情的夫人极力让我们吃些点心，用各种家中的美味食物使我们受到诱惑，于是我们乐于从命，品尝了一点她自家酿的葡萄酒。我们在那儿时，她的儿子——法定继承人回来了。他是个英俊的小伙子，有点儿乡村公子的模样。他带我们去房子周围走走，让我们见到了整个房屋。总体看来虽然朴实平凡，但却显得殷实富足。一切用的都是最好的材料，状态颇佳，没有格格不入的，或制作拙劣的。你处处看到这样的迹象：一个男人务必要让花的钱值得，他不在时家里人同样有钱支付。

农家院子也储备完好。有个棚下面放着一辆整洁的免税马车，"现付杰克"就是用它带着老婆去乡村各处的。他那匹营养充足的马从马厩里发出嘶叫，在被牵出到院里时，用小杰克的话说就是"它像瓶子一样光亮"。他说老父亲规定，家中的一切生物都要像他本人一样过得好。

小伙子似乎为父亲感到骄傲，见此情形我不无喜悦。他告诉我们关于父亲的习惯的几个细节，与我已提到的大意差不多。他一生从来不让欠账，买任何东西总要先付钱，并尽可能付金币和银币。他很不

---

1　源自《圣经·新约·路加福音》第 15 章第 11~32 节。

喜欢纸币，不随身带够相当数量的金币是难得出门的。我说他从未被伏击和抢劫过真是奇迹，小伙子听到后，对别人竟有冒险采取那种壮举的念头一笑置之——我相信他认为，老头子甚至敌得过绿林好汉罗宾汉及其一帮人。

我已发现西蒙大人只要走进任何一个家庭，十有八九都会与其中的谁私下长谈一番，因为他是某些人共同的顾问与密友。我们到达这个农家不久，老夫人就把他带到客厅一角，他俩在那儿长时间窃窃私语。他耸耸肩，我看出他们在谈论什么不确定的事。他又时时点头，由此看出她说的什么他都同意。

我们走出房子后，小伙子送了不远，然后把西蒙大人拉到一旁长有绿草的小路上，边走边谈了近半小时。西蒙大人有着密友们通常的习性，爱把一切透露给下一个遇见的朋友，因此他让我知道了所谈论的是一件风流韵事：小伙子被庄园女管家的漂亮侄女菲比·威尔金斯的魅力给迷住了。像其他的恋爱之事一样，这也带来了麻烦和困惑。虽然杰克夫人早就与女管家关系密切，两人爱私下耳语，后者也经常到她的农舍串门，但当邻居们对她说，有可能她儿子和菲比·威尔金斯会配成一对时，她甚至对这个念头加以嘲笑，大声说"想要结婚呀！"。那姑娘是个侍女，这是不及杰克家的门第的，杰克一家很久以前就靠自己的土地谋生，虽然别人尊敬、感谢他们，但他们并不欠任何人的情，用不着让自己的法定继承人娶个仆人！

这些自我吹嘘的话，被两家的一个朋友如实传到女管家耳里。老女管家的门第如果说没有杰克夫人的古老，但也发展得一样快。她在庄园和村民们中间，一直习惯地高昂着头。一个小农的老婆哪怕有一丁点指望与她家联姻，她身上那件褪色的锦缎衣服好像都会气愤地发出沙沙声。她坚持认为自己的侄女是小姐们的陪伴而非侍女。"谢天谢地，她并非不得不为了生活去工作，她就像这里的任何小姐一样悠闲。某人去世后，她会得到值得引起某些人注意的东西，尽管他们拥有那一切现款。"

于是两个可敬的夫人之间就产生了严重争执，两个年轻人也被禁止对彼此有想法。至于小杰克，他太深陷于爱情中，对此事无法做出理性的分析。他还有点昏昏然，并不怎么敬畏母亲，所以甘愿将杰克家的全部尊严奉献给自己强烈的感情。然而，最近由于他的恋人某种卖弄风情的行为，他俩有过一次激烈的争吵，眼下，他变得冷淡起来。精明的母亲利用她所有的机智，要让偶然出现的裂痕变得更大。但正如最常见的那样，她越掺和到儿子违反常情的恋情中，它就越强烈。与此同时"现付杰克"完全蒙在鼓里，对于他会如何看待这事，双方都感到担忧和不确定，害怕把这头睡狮惊醒。但在父子之间可敬的杰克夫人有很多事要做，而且她也没了辙。的确，假如不去打扰诚实的"现付杰克"，那么不太会有他发现此事的危险，因为他是个毫无猜疑的人，对事情的理解也绝非很快。可是每天都有引他注意的危险，不知疲倦的老婆总在他眼皮下编织着一个个圈套。

这便是"现付杰克"的家庭帝国中使人心烦的政治状态，它只是表明：管理最好的政府易于陷入错综复杂的事务和内在的危险。母子俩置身于这些令人困惑的事务中，于是都向西蒙大人寻求建议。后者尽管有参与别人事务的一切经验，但他发现要扮演好这一角色，且双方都不反对，是相当困难的，因为他们的观点和愿望简直大相径庭。

# 马术

在那些日子一辆四轮大马车是个怪物，其模样让马和人都惊奇。

有人说它是从中国带去的大蟹壳，有人把它想象成一座异教寺庙，食人族在里面崇拜着魔鬼。

——泰勒，水上诗人 [1]

我不止一次偶然提到乡绅的一个年老家臣，即猎人老克里斯蒂。我发现他那暴躁的性情倒给这个家庭的年轻人带来不少乐趣。尤其是做过牛津大学学生的乡绅，他时而恶作剧地寻欢作乐，狡诈地惹得老人不高兴，然后再让他平息下去，因为老人容易像毛发直立的豪猪一样发怒。他骑一匹叫作"辣椒"的珍贵猎马，它和他极其般配，是一匹任性的动物，烦躁时简直会发疯，又咬又踢，什么样的坏把戏都干得出来。它像骑自己的人一样坚忍顽强，也差不多一样老。他很久以前就开始骑它了，确实是唯一能够和它一起干点什么的人。然而，有时他俩会变得极不和睦，一定要压倒对方才行，于是我就听说看见他俩变得愤怒起来，并且随即发生执迷不悟的较量，几乎就像在演一出闹剧似的。因为他俩都太了解对方的习惯，太知道如何逗弄对方，使

---

1　指约翰·泰勒（1580—1653），英国小册子作家和记者，人称"水上诗人"。

其烦恼不安。但尽管有这些坚决无畏的争执，最快能把老克里斯蒂惹怒的，莫过于对这匹马的优点提出质疑。他会坚定不移地挺它，犹如忠诚的丈夫维护自己悍妇老婆的优点一样——在他的生活中，她每晚都要对他进行一番枕边训话。

年轻人把老克里斯蒂称为他们的"马术教授"。为了说明这一称呼，他们告诉了我乡绅如何把孩子抚养成人的一些细节。在我可敬的主人的所有观念中，怪癖与智慧奇异地融合在一起。他的头脑就像现代哥特式建筑，朴素简单的砖结构用尖顶拱门和精巧的窗饰衬托出来。他的观念的主体基础不错，但他也有从旧书里得来的许多小主张，它们出奇地显现于其思想的表面。

因此，为了教育儿子们，他选择了皮查姆[1]、马卡姆[2]等古代英国作家的书作为指南。他早期时就把儿子们从老婆手里接管过去，因为她像其他母亲们一样，意欲让他们成为规矩优秀的孩子，不要去日晒雨淋，一定不要把手弄脏了，也不要把衣服撕破了。

取而代之的是，乡绅完全放任他们，让他们自由随意地去宅第周围奔跑，管它有没有风，天气怎样。他也尤其留意把他们培养成勇敢、熟练的骑手。在那些日子，猎人老克里斯蒂享有非常重要的地位，因为孩子们要在他的看护下练习跃过横杆，他们骑马奔跑时他需要密切注意。

乡绅过去始终反对他们乘任何类型的马车，如今仍然对此有点固执。他经常抱怨马车被普遍使用，并就此引用真诚的纳什[3]所说的话。

---

1　皮查姆（1576—1643），英国作家，以作品《地道绅士》出名。

2　马卡姆（1568—1637），英国作家，以《英国主妇》闻名。

3　纳什（1567—1601？），英国小册子作者、诗人、剧作家。

"一位年轻绅士，"纳什在自己的《四元数》中说："在青壮年时就钻进一辆马车，以免风吹雨打，这被视为一种错误，有柔弱娇气的意味；而骑在一匹骏马上，勇敢地面对狂暴的风神，会让我们感到莫大喜悦。将我们武装起来，准备好与马尔斯战神和司战女神贝娄娜奔赴战场，成为我们的娱乐与消遣。我们把四轮大马车和豪华马车留给当初为其发明的人，留给女士、先生们，以及年老虚弱的人。"

乡绅坚持认为，自从引进马车后英国绅士的坚忍不拔与男子气概已丧失不少。他会说："昔日的时髦绅士总是骑在马背上，他们穿着带马刺的靴子，个个风尘仆仆，但是他们慷慨坦率，强壮豪侠。而现今的时髦绅士则充满了娇气与柔弱，他们坐在舒适的车辆里行驶在收费公路上，比较一下两者吧。那时的年轻人几乎身不离马鞍，让口吐白沫的骏马'像身下汹涌的大海'[1]。骑上一匹骏马，"他补充说，"让人产生某种超凡的感觉。他似乎让自己所具有的性格倍增，将身下骏马的力量、速度与威严加入到自己的勇气与智慧中。"

"一位年轻绅士凭借其声音、骑杆和马刺，"老纳什说，"展现出巧妙的马术。他比力大无比的麦洛[2]更善于驾驭自己勇猛的坐骑。他让马行走、慢跑、穿过圆圈。你一次次看见他让马后腿完全直立起来。他的头保持平稳状态。他全速向前飞奔，突然轻松地停下。不久又见他让马前进、急跃、折身，转向一侧，勇敢地飞奔而过，还要进行跳跃和直立腾跃——目睹这一切令人大为开心。"为了与这些意象保持一致，乡绅让所有人早早地就开始骑马，让他们飞奔于乡村，面对树

---

1 　引自莎士比亚的戏剧《两个高贵的亲戚》。

2 　公元前 6 世纪的希腊摔跤能手。其名字已成为力量的代名词。

篱、沟渠或石墙无所畏惧，不怕眼前有折断脖子的危险。

　　甚至美丽的朱莉娅也多少被纳入这样的培养体系，她在老克里斯蒂的指导下成为英国最优秀的女骑手之一。乡绅说这胜过所有发明的化妆品和空气清新剂。他赞美从前女士的马术，那时伊丽莎白女王几乎不会因为下雨而停止惯常的骑马。"于是想想吧，"他会说，"那会使她们变得多么高贵、可爱。一方面，是欢快活泼的夫人，她经常锻炼，身体健康、容光焕发，在风儿的吹拂下精神饱满，高高地、优雅地坐在马鞍上，头上插着羽毛，手上托着一只鹰；另一方面，是她如今的后代，他成了盛大宴会和舞厅的牺牲品，变得苍白无力，萎靡不振地待在使人衰弱的马车一角——这两者的身心状况必定截然不同。"

　　乡绅施行的马术体系大获成功，因为他的儿子们通过了所有的指导，但并没有折断脖子或手脚，如今变得健康、勇敢、活跃，有着英国人对马的真正喜爱。如果有人赞美他们的男子气概和坦率真诚，让做父亲的听见了，他便会引用波斯人的古训，说他一直教他们"骑马、射击和讲真话"。

　　的确，现在这个牛津大学学生时而把老先生的教导实践得过分了点儿。他曾是个欢快活泼的青年，喜欢自己的马胜过书本，有点花花公子的味道。不过小姐们都声称他是个"出类拔萃的人"。第一年他被送到牛津大学时，曾指派了一名导师监管他，因为他是大学里一块"干木屑"[1]。放假后，他回到家里时乡绅问了他许多情况，比如学校、学习和导师怎样。

　　"哦，关于我的导师，爸，我已离开他一段时间了。"

---

1　喻指无价值的东西。

"是吗！请问，为啥？"

"唔，爸，打猎在我们学校是最流行的，而我又有点缺钱，所以就把导师辞了，弄到一匹马，你知道的。"

"啊，我可不知道这个，汤姆。"乡绅说。

等汤姆返回学校后，他的生活费增加了一倍，这样马和导师他都可以有了。

## 爱的迹象

> 我现在要开始叹息，读诗，面色苍白，穿着整洁，很显然我坠入了爱河。
>
> ——马斯顿[1]

假如在庄园里另有一对情人，我是不会吃惊的，因为西蒙大人极其隐秘地向我透露说，他怀疑将军对易动感情的莉莉克拉夫特夫人有点意思。我确实注意到，那个情场老手对夫人越来越礼貌殷勤。同她在一起时他变得非常温和，餐桌上坐在她旁边，给她讲些关于塞林伽巴丹的长长的故事，以及"咖喱肉汤俱乐部"那些令人开心的逸闻趣事。我甚至看见他送了她一朵盛开的玫瑰花，是从温室里弄去的。他那殷勤的举止颇有吸引力，夫人也十分温柔优雅地接受了鲜花，对于男性所表示的敬意与殷勤她是乐于接受的。

的确，在她美丽迷人的短暂时期，将军是最早追求她的爱慕者之一。大约三四十年前，他们在伦敦，在半个社交季节的时间里曾相互卖弄风情。最近谈到从前的日子时，她让他想起他经常骑着一匹白马，在海德公园里极尽殷勤地慢跑在她的马车旁。于是我发觉，这个情场

---

1　约翰·马斯顿（1576—1634），英国戏剧家，讽刺作家。

老手从此在她骑马出去时便经常护送她。我怀疑他差不多让自己相信，他的外表看起来像年轻时一样有魅力。

假如这一爱情的火花潜伏如此长的时间后，在两颗心几近熄灭的灰烬中竟然再次被燃成熊熊大火，那么，关于丘比特的记载里将有个值得纪念的有趣故事。这也将成为一个持久忠诚的实例，值得与记录于乡绅最喜爱的著作之一里的实例相提并论，那些著作让人牢记着古时有过的坚定不移的爱情。我们知道，"男人和女人能够相爱七年，而彼此没有任何借酒催生的欲望，他们只知相爱、真诚和忠心。在亚瑟王时代人们的爱情也同样如此"[1]。

但是，这仍然不过是一点点老套的逢场作戏而已，因为将军是个追逐女人的老手，而可敬的夫人也习惯于接受这样的殷勤。另外，西蒙大人觉得将军用一个老手谨慎的目光察看着周围。既然已日落西山，他便渴望钻进温暖的冬季营房[2]。但在这个问题上，一定要给西蒙大人所感到的不安给予体谅，因为他将莉莉克拉夫特夫人的住所视为自己的一座堡垒，而他是那里的首座星。虽然他对将军十分钦佩，但我很怀疑他是否会把将军看作是夫人及其住所的君主[3]。

尽管如此，也有某些其他迹象很可能表明西蒙大人在暗示什么。比如，我已注意到将军对夫人的狗非常热情，有几次为了拍拍"美女"的头把手伸过去，面临被咬的危险。真希望他向情人所献的殷勤会被更好地接受，因为虽然他去爱抚狗时极力显得友好，但那只讨厌的小

---

1 　引自《亚塞王之死》。——原注
　　此书为 15 世纪的英国作家托马斯·马罗爵士编纂的作品。

2 　此处是比喻，因将军是个军人。

3 　"君主"和前面的"堡垒""首座星"都是比喻。

杂狗总是带着警惕的目光盯住他，并发出恶狠狠的噑叫。

此外，他对夫人的女仆——即十分纯洁的汉娜夫人——也彬彬有礼，他经常谈到她的那种方式我无意提及。她是否与西蒙大人有同样的猜疑，我不能确定，但对于他礼貌的表现，她并不比难以调和的"美女"更友好。她噘起一张嘴，露出极其尖酸的微笑，好像会从他身上咬下一块肉来。总之，可怜的将军似乎需要对付一个个强大的敌人，正如古代童话里的英雄那样，他不得不与各种凶恶的怪物搏斗，战胜某种火龙带来的巨大恐惧，一路打到被施了魔法的公主身边。

还有一种情况，让我有意对西蒙大人的猜疑颇为相信。莉莉克拉夫特夫人很喜欢引用诗，谈话也经常转到这上面，此时将军便完全成了局外人。碰巧有一天上午大部分时间都在谈斯宾塞[1]的《仙后》，可怜的将军只好一声不响地坐在那儿。不久后我发现他在书房里，鼻子上架着眼镜，手里拿着一本书睡得正香呢。我走近时他醒了，很快把眼镜塞进衣袋，开始极其专注地读起来。片刻后他将一片纸放在读的地方，把书搁到一边，我发现是《仙后》。我感到好奇，想看看他的诗歌研究进行得怎样了。可是我虽然时常看见他手里拿着书，却发现那片纸仅仅向前移动了三四页而已。将军读书的时候是极容易睡着的。

---

1　斯宾塞（1552—1599），英国诗人，以长篇寓言诗《仙后》著称于世。

# 驯鹰术

鹰没有在栖木上展翅伸腿，
它要么飞得很低，要么飞得很高，
但我一直把它的踪迹跟随，
它的一切猎物和食物我都知道。

——斯宾塞

社会的发展与知识所带来的令人痛苦的进步成为让可敬的乡绅悲哀的一些主要根源，我想其中最使他经常感到遗憾的，莫过于不幸发明了火药。他不断追寻某种颇受喜爱的习俗衰落的痕迹，确实，一切富有骑士与浪漫精神的习俗都在普遍衰落着。"英国士兵，"他说，"已不再是使用石弓和长弓时代的士兵了。那时他们靠的是手臂力量，箭手可以把一支大弓的箭杆拉到尽头。那时，在克雷西、普瓦捷和阿金库尔战役中，英国弓箭手大败法国骑士。英国的义勇骑兵队也不再像从前，当时他们在和平时期经常练习使用弓箭，射箭成为节日最受喜爱的一项娱乐活动。"

继火药这种致命的发明物之后，另有一些其他的不幸，乡绅将高贵的驯鹰术的彻底衰落归入其中。"用枪射击，"他说，"相比之下是一种隐藏、奸诈、独自的狩猎。而带鹰出猎则是一种勇敢、公开、阳光的娱乐活动，它是天空之下豪爽高洁的狩猎。"

"此外，"他接着说，"按照布雷思韦特[1]的观点，这是马背上的人们高贵的娱乐方式。正如威尔士的古谚语所肯定的：'根据鹰、马和猎狗即可知一位绅士。'的确，你很少看见一位骑士外出时拳头上没有一只鹰。甚至一位贵妇人骑马外出时，如果娇美的手上没有用脚带系着一只驯鹰，那么她都不认为自己的装备是完美的。根据一位昔日的作家[2]所言，在那些极其美好的日子，人们认为'贵族吹响号角，带着美丽的鹰出猎已足够了，学习、学问之事留给平民的孩子好啦'。"

因此，知道可敬的乡绅有这种嗜好后，我对所发现的情况就不以为奇了：从前有各种娱乐方式，他努力在自己统治的小小世界里让它们复活，这当中他对于高贵的驯鹰术极其关注。当然，在这方面他得到了富有耐性的西蒙大人的支持。甚至牧师也用在古英语著作里见到的有关此问题的提示，给他们的工作提供了很好的知识。至于那位著名的夫人朱莉安娜·巴恩斯[3]珍贵的作品和马卡姆的《绅士学问》，以及其他成为古时猎人的指南的有名专著，他们都已了如指掌。不过，他们对宅第里的某幅织锦旧挂毯尤其做了仔细研究，那上面描绘的是一队骑士和贵妇人，他们穿着紧身衣服，头戴帽子，饰以飘舞的羽毛。他们骑在马上，侍从们则步行跟随，所有人都兴致勃勃地在追踪猎物。

乡绅不允许在庄园附近杀死任何鹰，谁要是给他带回活鹰都会得到不少奖金，所以庄园里有很多各种这样的猛禽。他和西蒙大人在它

---

1　布雷思韦特（1900—　），英国哲学家，以其自然科学哲学和道德与宗教哲学的理论而闻名。

2　指约瑟夫·斯特拉特（1749—1802），英国艺术家、古物研究家、作家。

3　朱莉安娜·巴恩斯（活动时期 15 世纪），《圣奥尔本斯书》中一篇狩猎作品的作者。

们身上耗尽了耐性与智慧，正如所说的极力"驯服"它们，要把它们训练来打猎，不过他们却一次次遇到挫折而失望。原来这些有羽毛的一类动物是最难管教、最不知礼的学生，而他们训练家臣遇到的麻烦也并非最少——家臣要在他们的指导下担当起引导员的角色，直接负责管理那些不听话的猛禽。有一段时间，老克里斯蒂和猎场看守对整个训练计划坚决反对。克里斯蒂听到他所谓的将猎大雁与猎狐相提并论，变得恼怒起来。而猎场看守也总习惯把鹰视为彻头彻尾的偷猎者，他有责任击落它们，再作为警告将它们钉在外屋上面。

克里斯蒂最后接手了此事，但他的参与却带来更多麻烦。他在这事上既过分自信又刚愎自用，正如他在狩猎上一样。在对鹰的喂养和训练方面西蒙大人与他争执不断，前者从我提到的古代作家的书中，把长段长段的话念给他听。但是不读书的克里斯蒂对一切书本知识极度轻视，他坚持按照自己的想法训练鹰，而那些想法来自他年轻时从培养斗鸡中获得的经验。

结果是，这些可怜的鹰夹在相互冲突的训练方式中，感到十分难受，大为不快。克里斯蒂饲养它们，西蒙大人再给它们服药，使得它们不少都成了牺牲品。因为后者是科学地[1]进行工作，他根据书中所说让它们把吃的全部吐出来，再将肠胃清洗干净。以前从来没有可怜的鹰是这样喂养和服药的。另有一些鹰，由于只是半"驯服"或半驯养而丢失了，它们被带到野外后，到远远听不到人呼唤的地方"搜索"去了，从此再没回到它们这个群体中。

这一切失望虽然都是琐碎的，然而让乡绅非常不满，使他对成功

---

1　原文为拉丁语。

丧失了勇气。不过，他最近得到一只优良的威尔士猎鹰，西蒙大人称它是富有抱负的高贵鸟儿。那是乡绅的朋友沃尔金·威廉·韦恩爵士送的礼物，它无疑是威尔士的空中王子某个古老家族的后代，它们从高高的温斯特庄园甚至到斯诺登峰[1]或彭曼马尔的哨壁顶端，早就称霸于白云中的王国了。

自从乡绅得到这个珍贵的礼物后，他就急不可待地要出去检验它，就像堂·吉诃德[2]急于检验他的那身盔甲一样。对于这只鸟是否健康良好或者是否训练恰当的问题有过一些异议，但它们被玩一种新玩具的强烈愿望驳回。无论对错，无论是否合时宜，最后决定次日要带鹰出猎一天。

像往常一样，每当乡绅要为自己的嗜好采取新的行动时，庄园里无不为之兴奋起来。朱莉娅从小到大对自己监护人的所有念头都给予尊重，因此她提出要参加。莉莉克拉夫特夫人也谈到要骑马去现场观看。这让老先生大为满足。他为此欢呼，把这视为驯鹰术复活的好兆头，相信这样的时刻会到来：一位高雅女士会再次骄傲地带着一只高贵的猎鹰，它胜过一只鹦鹉或供玩赏的小狗。

西蒙大人是个闲不住的人，他忙乱地准备着，而那个真正的"急性子之子"——就是老克里斯蒂——又不断从中作梗，我真是觉得有趣。对于如何把鹰准备好以便早上出去打猎，他们询问了许多问题。老宁录像往常一样总要带上一只宠物，西蒙大人对此无一例外地发表看法，他用愉快的语气说道："唔，唔，随你的便吧，克里斯蒂，只是别发火好啦。"而这样的回答，又总让老人更加恼火十倍。

---

1　在威尔士西北部。

2　西班牙作家塞万提斯所著同名小说及其主人公。

# 带鹰出猎

翔翔的鹰从放鹰人的拳头上飞起，
一段时间他的确只是走动于附近，
以便把它再次找到。
假如借助铃子的模样或声音，
他又看见了自己的猎鹰，
哇呀！他会叫起来，声音欢快——
他成了一个最快乐的男人。

      ——《一些快乐的事情》[1]

  一大早，庄园就开始为这天出去打猎忙碌起来。我听见西蒙大人日出时在窗下又是吹口哨又是哼歌儿，同时准备着系鹰的脚带，我时时听出一节他最喜欢的古老小调：

在收获豆荚的时光，猎犬发出嗥叫，
示意雄鹿已被杀死了；
小男孩拿着一根玉米秆，

---

1　克莱门特·鲁滨孙（Clement Robinson）等人 1584 年出版的一部歌谣。

正在田野里把绵羊照料……

　　大堂里准备着丰盛的早餐，其中有不少冷盘。所有家臣和食客都行动起来，还增加了一些从村里自愿赶来的闲人。一匹匹马被牵着在门前来回走动。人人都有话说、有事做，他们匆匆地忙来忙去。一只只狗发出狂叫，那些随我们一起走的狗急着出发，而留在家里的则被用鞭子打回窝去。总之，至少这一次，可敬的乡绅的宅第可被视为在美好古老的封建时代那些热闹宅第的一个很好的样本。

　　用完早餐后，庄园的骑手们便准备上阵了。美丽的朱莉娅也加入其中，她穿一身猎服，骑行帽上插着一根轻盈的羽毛。她骑着最喜爱的盖勒韦小马，我高兴地注意到老克里斯蒂忘记了自己平常的执拗，急忙跑去帮她调整好马鞍和缰绳。她朝他微笑，感谢他，他轻轻触碰一下帽子。然后，他看看周围其余的侍者，会意地点点头，我看出他为自己这个弟子迷人的模样感到骄傲和喜悦。

　　莉莉克拉夫特夫人也决定要目睹打猎的场面。她戴着宽大的白色海狸皮毛，在下巴上把它系好，身上穿一件上世纪的骑行服。她骑一匹皮毛光滑、行进缓慢的小型马，像坐在一把摇椅里那么舒适。将军则殷勤地护送着她，他就像布伦海姆[1]战役的老图片中某个勇敢的英雄。牧师伴随在她的另一边，因为这是一个富有学问的娱乐，他对此颇感兴趣。确实，他根据从旧习俗得来的知识提出了很多建议。

　　终于一切都安排好了，于是我们从庄园出发。骑在马背上会让一个人精神高涨，那场面真是欢快活泼。家里的小伙子们陪伴着朱莉娅，

---

1　德国巴伐利亚州西部的村庄。

她轻盈而优雅地骑在马背上，羽毛在空中飘舞。打猎的队伍在树林里时隐时现，一路缓缓向前，涌动着青春的活力，显得迷人可爱。乡绅和西蒙大人骑着马并肩向前，老克里斯蒂骑着"辣椒"伴随在一旁，他的拳头上有一只鹰，他坚持认为它最习惯让自己带着出猎。有一群步行的下层民众，他们由庄园的家臣和村里来的一些闲人组成。另有两三只西班牙猎犬，专门用来惊出猎物。

某种预备队静静地跟在后面，它由莉莉克拉夫特夫人、哈博特尔将军、牧师和一个肥胖的男仆组成。夫人骑着小马缓步向前，而将军则骑着一头高大的猎马，他用颇有保护意味的殷勤神态低头看着她。

就我而言，由于我不是猎人，所以我与最后这组人一起，或更确切地说落在后面，从而将整个场面尽收眼底。牧师时而放慢步子，同我一起缓缓前进。

这支打猎队伍离开了庄园，大家行进在柔软的草地上，草地呈现出春天那种湿润碧绿的色彩。一条小溪从中穿过，两岸是早早长出嫩叶的杨柳。打猎的人们搜寻着苍鹭，据说它们就在这条溪水附近。

打猎的领头者们已经有了一些争论。乡绅、西蒙大人和老克里斯蒂时时停下，像部队里的战地军官似的商量着。根据克里斯蒂头部的某种动作，我看出他像个刚愎自用的德国老指挥官那样固执。

我们骑着马欢快地穿过宁静的草地，所发出的一切声音都会从溪水对岸一座老建筑阳光照耀的墙上传来清晰的回音。我停下来倾听这"声音的精灵"，它似乎喜欢这种宁静美丽的地方。牧师告诉我这是一个古老田庄的遗址，乡下人认为某个"多比"——像好人罗宾[1]那样

---

1　英格兰民间故事中的顽皮小妖。

的乡村精灵——经常出没于此。他们常常想象着，那回音就是"多比"回答他们的声音，天黑后他们非常害怕打扰它。他补充说，由于有与遗址相关的迷信，所以乡绅小心翼翼地对待它。我把这座当地的老宅视为"虚无缥缈"[1]的东西，因而想起了韦伯斯特的《马尔非公爵夫人》[2]里对于回音的很好描写：

> 在河那边有一堵墙，
>
> 那是修道院的一部分，
>
> 我认为它发出你听到过的最好回音：
>
> 说出的话多么清楚明白，
>
> 让很多人猜想，
>
> 作出回应的是一位精灵。

从前的犹太人给回音起了一个让人喜欢、富于想象的名称，他们称之为"巴斯-科尔"，即"声音的女儿"的意思。牧师接着对此进行评述。犹太人把回音视为神谕，它为第二圣殿提供乌陵和土明之需，而乌陵和土明则用来敬献给第一圣殿。[3]身材小巧的牧师正极其充分、富有学问地阐述这个问题，此时一阵大喊和狗叫忽然让我们吃了一惊。原来有一群乌鸦因为我们这支队伍走近被惊动，突然从草地上飞起。那些步行的下层民众叫喊起来："瞧，克里斯蒂！看你的啦，克里斯

---

1 语出莎士比亚的戏剧《仲夏夜之梦》。

2 英国戏剧家约翰·韦伯斯特（1580—1634）创作的一部戏剧。

3 贝克著《迷人的世界》。——原注（乌陵和土明是古代犹太教大祭司装在胸牌内用作占卜的宗教物品，见《圣约·旧约·出埃及记》第28章第30节。

蒂！"乡绅和西蒙大人正沿着河岸寻找一只苍鹭，他们急切地叫克里斯蒂安静。老人让各种声音弄得烦恼困惑，完全不知所措。他慌忙脱掉风帽，放飞猎鹰，乌鸦们马上飞走了，猎鹰也高高地飞向空中。

我在一个高处停下，这儿离莉莉克拉夫特夫人和护送她的人很近，我由此清楚地看到打猎的场面。草地里这队人马的样子让我觉得有趣，他们骑着马朝鹰飞的方向奔去。他们观察猎物时，一张张容光焕发的脸转向明亮的天空。步行的随从一路小跑，他们仰望着大声喊叫。那些狗也一边奔跑一边吠叫，带着同样的情绪吵吵嚷嚷。

猎鹰从食腐鸦中挑出一只猎物。两只鸟极力超越对方，一只要给予致命的袭击，另一只努力躲避，此情此景令人好奇。它们时而飞过明亮轻盈的云块，时而衬托在清晰的蓝天下。我承认，自己不是个猎人，对竭力逃命的可怜鸟儿比对扮演雇佣兵的猎鹰更关心。最后鹰占了上风，朝着猎物猛扑过去，但后者突然向下俯冲，再向上迅速飞去，躲过了鹰的攻击。它发出尖叫，全力朝邻近一座山上的峭壁顶端的一棵枯树飞去。鹰为没能攻击到猎物而失望，它再次向天空翱翔而去，好像"一掠而过"似的。老克里斯蒂叫它，朝它吹口哨，极力引它下来，但是毫无用处。它对他置之不理，并且，他的叫声确实被淹没在跟随到野外来的队伍的喊声与吠叫之中。

就在此时莉莉克拉夫特夫人发出一声惊叫，我掉过头去。我注意到，下面小溪谷里的猎人们陷入一片混乱，他们正朝着岸边飞奔。我看见朱莉娅的马四处乱跑，马背上没有了主人。我骑着马奔向其他人匆忙赶去的地方，到达几乎悬伸在溪水上方的岸边后，我在脚底看见了美丽的朱莉娅。她脸色苍白，身上流着血，显然没有了生气，那个急得发狂的情人把她抱在怀里。

原来她往前骑马时没留神，眼睛只顾望着上面，不小心离岸边太近了，以致那个地方带着她一起陷下去，她和马一下跌到了溪水的卵石边缘。

我从没见过如此惊恐的场面。上尉心烦意乱，莉莉克拉夫特夫人晕过去，乡绅感到沮丧，西蒙大人无计可施。过了一会儿，美丽的人儿终于又显示出了生命的迹象。她睁开眼睛，看看周围焦急的人们，立刻明白了是怎么回事。她露出甜美的微笑，把手放到情人的手上，微微说道："我伤得不重，盖伊！"就因为这一句话我都会喜欢上她。

确实，大家发现她几乎奇迹般地脱离险情，只是头被撞伤，脚踝扭伤，另有些轻微的擦伤。把伤口止住血后，她被抬到附近一处村舍，直到叫来一辆马车送她回家。马车到达后，这支高高兴兴出来打猎冒险的队伍便缓缓地、愁闷地返回庄园了。

这个年轻女子所表现出的慷慨大方把我吸引住了，她虽然身处痛苦与危险，但却一心去减轻周围那些人的担忧。我们回去时家臣们无不表示关心，这让我欣慰。他们沿着大道跑过来，每个人都急于提供帮助：男管家站在那儿，准备好了某种奇特精制的兴奋剂；老女管家准备了根据家传配方亲手准备的成药；而朱莉娅的侄女，即那个动人的菲比，由于没有任何办法帮助，只好站在那儿难过地绞着手，放声哭泣。

这次意外之后，可能出现的最有实质性的影响，便是推迟即将举行的婚礼。虽然我对上尉因此产生的烦躁感到同情，但我对这个延期并不遗憾，因为我将有更好的机会仔细观察集聚在这儿的各种人物，我对他们越来越感兴趣。

我不能不注意到可敬的乡绅十分不安，因为他带鹰出猎的结果是不幸的，而且他赞美女性马术的例证也不成功。老克里斯蒂的心情也非常不好，西蒙大人大肆嘲笑他让猎鹰攻击食腐鸦。至于那只鹰，由于美丽的朱莉娅的不幸造成混乱，大家把它给彻底忘了。我毫不怀疑，它已竭尽全力飞回到沃尔金·威廉·韦恩爵士那座热情的庄园，很可能在我写作本文时，它正在韦恩爵士庄园内和风吹拂的树荫里用嘴拨弄着翅膀呢。

# 圣马克前夜 [1]

啊，不复存在，或者之后四处游荡，

是一件多么可怕的事情！

整天像幽灵一样行走在丛林里，

当夜晚来临，便悄然走上通向坟墓的小径。

在静静的墓穴内，放着你白色的寿衣，

你徘徊在旁边，

试图进入你受禁的尸体。

——德莱顿 [2]

这天晚餐桌上大家的谈话奇特地转移了，谈到迷信问题，以前在这一带非常普遍，它涉及每年这个晚上，即圣马克前夜。牧师告诉我们，假如任何人连续三年这晚在教堂的门廊里从晚 11 点到凌晨 1 点都在那儿观察，他便会在第三年时看见教区里本年将死者的影子穿着平常的衣服经过他进入教堂。

虽然这样的情景令人可怕，但他让我们确信，以前人们做必要的

---

1　指福音传教士圣马克斋日（4 月 25 日）的前一天。

2　德莱顿（1631—1700），英国桂冠诗人、剧作家、批评家。

守夜是常见的事。牧师一生中知道的实例不止一个。有个声称见过那种幽灵队伍的老妇，在随后整整一年里都使人们对她大为敬畏，造成巨大的不安与恐怖。如果她神秘地对某人摇摇头，那就像一张死刑执行令。她曾经悲伤地往一扇窗口里看去，差点要了一个病人的命。

几年以前，还有一个性情忧郁愁闷的老头，他守了两个晚上的夜，开始在村里引起某种谈话，然后在第三次守夜后不久忽然死去，大家有幸获得了安慰。很可能是他患了感冒吧，因为夜里刮起狂风。不过，村里传说他看见自己的幽灵从自己身边经过，进入了教堂。

这就使大家提到另一个同样奇特、让人悲哀的迷信，不过它主要限于威尔士。这迷信是关于所谓的"鬼火"的，就是四处游动的淡蓝色的小火光，它们像小蜡烛似的在户外移动，被认为是在为某具尸体引路。有个火光深夜出现在拉尼勒尔，它沿着伊斯特威士河岸徘徊，邻近的人观察着，直到他们困倦得都去睡了。不久以后从蒙哥马利郡来了一个清秀的乡村少女，她要去看望住在河对岸的朋友们。她想就从最初看见火光的地方涉水过河，但由于河水不浅有人劝阻。她沿着岸边踯躅，就在小火光移动过的地方等待着河水减退。最后她试图过去，但是可怜的姑娘却被淹死了。[1]

这个关于乡村迷信的小奇闻有些令人惋惜，它似乎影响着所有听的人。的确，这类谈话完全吸引住了在场的人，使他们无论怎样欢天喜地都会变得严肃起来，见此情景让人不无好奇。渐渐地我注意到每个人都从桌子上探过身去，眼睛认真地盯住牧师。在提到有个婚礼前

---

1  奥布里著《杂录》。——原注（奥布里，1626—1679，英国文物研究家、作家。——译注）

夜死去的小姐的房间附近出现过鬼火时，莉莉克拉夫特夫人顿时脸色发白。

　　我曾目睹在晚上各种各样的圈子里，人们讲起类似的故事。他们常常以玩笑开始，听的人面带微笑。但即便最乐观或最开明的听众，假如这样的谈话持续一段时间后，竟然对讲故事的人郑重其事的样子完全不感兴趣——这样的人我还从没见过。我认为，每个人的头脑中都潜伏着一定迷信。假如任何人彻底检查一下自己所有的隐秘想法和一时的念头，而又没发现其中的迷信——或许它甚至不让他本人看见——我对此是怀疑的。事实上，迷信似乎成了我们生命的一部分，就像动物的本能一样，它是独立于理性之外的。它常常被发现存在于高级生命机体里，尤其是那些充满诗意与志向的生命机体里。当今的一位伟大不凡的诗人——他的人生及其作品给人们的内心带来了巨大喜悦——据说就相信预兆和暗示。众所周知，恺撒深受这种信念的影响。拿破仑有过正与邪的日子，也有过主导一切的命运之星。

　　至于可敬的牧师，我毫不怀疑他颇倾向于有迷信。他对什么都天生轻信，用大量时间搜集民间传说和神奇故事，大概使自己的头脑受到了它们的感染。他最近沉浸于尼古拉斯·雷米吉乌斯[1]的《鬼魔崇拜》中——它涉及洛林[2]的种种超自然现象——以及约阿希姆斯·卡梅里乌斯[3]的作品，福西厄斯[4]称之为《德国的长生鸟》。他用其中的故事使女士们得到消遣，使她们夜里几乎害怕睡觉。他还从布勒弗克纽斯、

---

1　原文为 Nicholas Remigus。

2　法国东北部的一个地区。

3　原文为 Joachimus Camerius。

4　福西厄斯（1577—1649），荷兰人文主义神学家。

斯海弗 [1] 和其他人狂热的小小迷信中予以引证，比如，拉普兰 [2] 人关于家中精灵的迷信，那些精灵夜晚把他们弄醒，叫他们去捕鱼。还有关于托尔 [3] 的迷信，他是雷神，掌握着生与死、健康与疾病的大权，他用彩虹将自己武装起来，把箭射向住在岩石和大山顶上、出没于湖泊的恶魔。还有关于朱布勒斯或朱拉弗克特 [4] 的迷信，它们是一群群四处流浪的精灵，漫游于空中，往返于森林和大山，以及月光照耀的山腰——这些迷信有的把我给吸引住了。

牧师从不公开承认他相信幽灵，但我发觉他有一种可疑的方式，即用那些伟大的名字为超自然学说辩护，让哲学家和圣人们为他而战。他对古代哲学家关于"拉弗斯"或称夜晚幽灵的观点详加细述：它们是邪恶的精灵，像流放者一样在世间四处流浪。他也对哲学家关于居住于空中的精灵详加细述，它们偶尔降临世间，加入到凡人当中，成为诸神的使者。牧师还引用斐洛 [5] 法师的高论，他是使徒的同代人，据某些人的看法他还是圣保罗 [6] 的朋友。斐洛声称空中有许多不同等级的精灵，有的注定要以凡体肉身存在一段时间，在获得自由后便作为替神效劳的代理或使者往返于天地之间。

而这位小巧可敬的男人在引用早期基督教著作家的话时，语气更为有力大胆。比如圣杰罗姆说所有神学家都认为空中充满了彼此抗衡

---

1　原文为 Blefkénius 和 Scheffer。

2　北欧一地区。

3　北欧神话中司雷、战争及农业的神。

4　原文为 Jubles 和 Juhlafolket。

5　古犹太神秘主义哲学家。

6　指基督教圣人保罗，亦称使徒保罗。

的势力；比如拉克坦修斯，他说那些堕落危险的精灵游荡于世间，它们企图毁灭人类，以此为自己落入人世寻求自我安慰；又如克莱门斯·亚历山德里纽斯，他认为那些神圣的人犹如天使一般，懂得人们当中发生的种种事情。

我此刻独自在房间里，不过这些问题使我产生了想象，我难以入眠。我坐在屋内，屋子正适合有这样一种心境。墙上挂着织锦，上面的图形已褪色，像虚幻的形体在逐渐消失。壁炉上方有一幅贵妇画像，根据女管家的口传，她由于在"布伦汉姆战役"中失去情人而郁郁而终。她的面容极其苍白哀伤，一双眼睛似乎悲痛地盯着我。这个家庭的人早已休息，我听到他们的脚步声渐渐消失，远处的一扇扇门也被随手关上，再也听不见他们持续的低语和远处的欢笑。教堂——以前有许多住在这座房子里的人被埋葬在那儿——敲响了午夜的钟声，令人敬畏。

我坐在窗旁，一边面对昏暗的景色陷入沉思，一边观察着灯光从远处的村子里一一消失。月亮庄严地静静升起来，给整个天空染上一片银色，蔚为壮观。我凝视宁静的树林和阴影中的草坪，它们也都笼罩在银辉之中，被弥漫着露水的月光照得若隐若现。此时，我头脑里充满了关于精灵"不断涌现的想象"[1]，它们

隐着身子行走在世间，无论我们醒着还是睡去。[2]

---

1　语出莎士比亚的戏剧《麦克白》第五场。
2　引自英国诗人约翰·密尔顿（1608—1674）的《失乐园》。

　　这样的精灵真有吗？难道在我们与神之间存在无数不同等级的精灵，它们形成了人的灵魂与神的完美之间的不同层次，正如我们看见普遍存在于人类与最低级的昆虫之间的不同层次？早期的神学家们反复灌输说，一个个守护天使被指派去守护城市与国家，注意让善者获得幸福，看好并引导无助小孩的脚步，这是一个崇高而美妙的学说。"最让人想到我们的崇高灵魂的，"圣杰罗姆说，"莫过于上帝在我们出生之际，便给每人指派了一位看护灵魂的天使。"

　　亡灵会重访在其肉身存在期间的珍贵场面与生灵，即便它们的学说本身也是非常庄严崇高的，但因为掺杂着平民百姓荒诞的迷信而被贬低。

　　无论迷信受到怎样轻蔑的嘲笑，一旦它成为认真讨论的主题，人们就会不自觉地对它引起关注。它在所有时代和国家，甚至在新近发现的国家——它们先前与世界上其他地方毫无思想上的交流——都普遍存在，这证明迷信成为一个秘密几乎也是一个本能所相信的东西，假如听任自便，我们就会自然而然倾向于迷信。

　　尽管有一切令人骄傲的理性与哲学，但某种隐约模糊的疑惑仍然潜藏于人的头脑，也许永远无法彻底根除。因为这涉及一个不可能给予确切证明的东西。所有与我们的精神特质有关的东西都充满了疑惑和难题。"我们受造奇妙可畏。"[1]我们置身于神秘事物中间，甚至成为自己的神秘之物。谁曾能够理解和描述灵魂的性质、它与肉体的联系，或者它在躯体中什么地方？我们只知道它确实存在，但是它来自哪里，何时进入我们的身体，怎样存在下去，它的位子在何处，它如何

---

1　语出《圣经·诗篇》第 139 章第 14 节："因我受造奇妙可畏。"

发挥作用？对于这一切都仅仅成了推测，并且各种意见相互矛盾。那
么，假如我们对这种精神特质一无所知——即便它构成我们身上的一
部分，不断出现在我们的意识里——在它摆脱束缚自己的肉身时，我
们又怎能试图肯定或否定它的力量与作用呢？因此，迷信之所以受到
轻蔑，与其说在于它内在的荒谬，不如说在于人们贬低它的习惯。将
迷信置于它被用到的无聊意图之上，让它摆脱置身其中的阴郁与恐怖，
那么在整个虚幻的信念中，就再没有比它更能可喜地提升想象，或者
更能温和地感动人心的了。人在临死之际迷信会带来巨大安慰。我们
为离开人世感到痛苦，流下难过的眼泪，而迷信却可以给予抚慰。我
们曾经所爱的人的灵魂，可以回来护卫我们的幸福。我们睡着时，那
些充满深情的守护精灵会坐在我们的枕头旁边，在我们极其无助时替
我们守夜。那个美丽纯真、憔悴致死的人还隐着身子，微笑着守候在
我们周围，显现于被神赐福的梦里——我们在其中又获得了往日充满
爱意的时光——还有什么比这样的想法更让人安慰呢？我想，这样的
信念会给人的德行带来新的激励，使我们即便在最隐秘之时也变得谨
慎小心，因为我们想到：自己爱过和尊敬过的人就是我们一切行为无
形的证人。

迷信也会消除孤独与寂寞——我们在这个茫茫世界中如朝圣般地
穿行时，会越来越产生这种感觉。我们发现那些与自己一同亲切而欢
快地开始人生旅途的人，一个个从我们身边离开。以这种眼光看待迷
信，我承认自己乐于相信它。我根本看不到其中有任何东西与我们温
和仁慈的宗教互不相容，或者与我们心中的希望和感情相对立。

有一些我爱过的已故的人，在这个世上我再也无法爱他们了；也
有一些爱过我的已故的人，我再也得不到他们的爱了！假如这样的人

确实在其神赐之地保持着在世间感受到的爱，假如他们关心短暂的凡人生活中存在的可怜忧虑，并且可以与自己在世间爱过的人做心灵的交流，那么我现在就觉得，在这深夜时刻，在这寂静孤独之中，我能够怀着最庄严纯洁的喜悦迎接他们前来探访。

　　的确，对于这世界而言，如此探访太令人高兴了，这些探访与我们这个并不完美的生存状态互不相容。我们在这儿只是受到精神束缚与限制。我们的灵魂被封闭起来，受到种种界限和障碍的制约。它们被人世的弱点戴上枷锁，面临一切恶劣的阻挡。它们要想独立于肉体之外，彼此融合于精神交往之中，却徒劳无益，它们只能通过肉体器官行动。它们在世间的爱只是一些短暂的拥抱和长久的分离。即便最亲密的友谊，也仅仅存在短暂而零散的时光！我们牵着彼此的手，善意地交换几句话、几个表情，在短短的时间里共同度过快乐时光，然后是数天、数月、数年看不到对方，彼此一无所知。或者，假定我们终生一起住在世间，但坟墓不久就在我们之间关上大门，于是我们的灵魂注定会分离，犹如守寡孀居一般，直至它们在更加完美的生存状态相遇；在那儿灵魂与灵魂住在一起，相互愉快地交流，那儿没有死亡和缺席，也没有任何东西妨碍我们的幸福。

＊　＊　＊　＊　＊

　　在上文里，我提到昔日某些犹太法师的著作，其中充满了狂热的理论。不过它们当中有许多确实迸发出诗意的想象，其观点常常表达得相当美妙。它们对于天使本性的推测奇特罕见，虽然与古代哲学家们的学说颇为相似。在以利亚撒[1]法师的著作中，讲述了人类始祖所

---

1　古代的一位教士。

受到的诱惑和天使的降临，牧师向我指出说，大概它为《失乐园》提供了某些素材。

按照以利亚撒的著述，救死扶伤的天使对上帝说："人有什么，你让他变得如此重要？他除了是个无用的东西外还会是什么呢？对于陆地上的事他几乎不能做出一点理性分析。"上帝回答道："你们以为，我只为这上面的你们感到得意和荣耀吗？我在这儿和在下面都一样[1]。你们当中有谁能叫出所有生灵的名字？"天使当中没发现谁能做到。这时亚当站起身，叫出了所有生灵的名字。见此情景，救死扶伤的天使相互说道："咱们共同商议一下如何让亚当违背上帝的旨意吧，否则他必然会成为我们的主子。"

撒母耳是天上的大王子，他也同第一级圣徒和六队六翼天使在这个议事会上。撒母尔从十二级圣徒中挑选了几位陪同自己下凡，以便拜访上帝创造的所有生灵。他发现最狡猾、最适合作恶的莫过于蛇。

法师然后论及人类的诱惑与堕落，论及恶魔随之而来的堕落，以及上帝对亚当、夏娃和蛇进行的惩罚。"他把他们都叫到面前，对亚当和夏娃发出了九项诅咒，判他们死刑。然后他将撒母耳及其整个一帮生灵猛然从天上抛向世间。他砍断了蛇的脚（蛇以前像骆驼一样，撒母耳曾骑在它上面），并在所有的野兽畜生当中诅咒它"。

---

1　意指对上面和下面的生灵都一视同仁。

# 贵族气质

真正的教养在于富有美德的生活，而不在于肉体之中；

血缘可以结合，但教养却是天赐。

——《地方长官之镜》[1]


乡绅在教育儿子方面，我曾提到他的一些奇特做法，不过我无意让人认为他的教导主要是为了获得个人成就。他还煞费苦心地塑造他们的思想，向他们反复灌输他所谓的美好而古老的英国原则，正如皮查姆及其同代人的著作中所描写的那样。有一位作家，他一说到就气愤，一定是切斯特菲尔德[2]。他断言说，切斯特菲尔德一段时间对英国真正的民族性造成了极大伤害，所引入的不是公开坦率、富有男子气概的真诚，而是虚伪不忠的宫廷气派。"他的那些箴言，"乡绅确定地说，"被视为降低了年轻人欢快的热情，让他们为那种浪漫——慷慨大方的男子气概的开端——感到害臊，并向他们传授一种毫无热情打磨出来的优雅，以及某种早熟的世俗之气。

"切斯特菲尔德勋爵的许多箴言，让一个年轻人仅仅成为追求享

---

1 英国都铎时期一些作家创作的诗集。

2 切斯特菲尔德（1694—1773），英国政治家和外交家，其《致儿家书》很有名。

乐的男人，但是一位英国绅士不应该仅仅如此。他的安逸、悠闲与富足成了对国家欠下的债务，他必须始终准备好偿还。他应该在各个方面成为一个男子汉，纯朴、坦然、礼貌、智慧、有才艺、见多识广；他应该正直、勇敢、无私，能够与公民融为一体，能够应对不同政客，能够拥护国家及其权利，无论在国内还是国外。在英国这样的国家，你可以极其自由无限地发挥自己的才智，在这里，观点和榜样给人们带来不小影响，因此每一位既有钱又有闲的绅士都应该感到，自己有义务以某种方式为提升民族的繁荣或荣耀而尽力。在一个才智和行为受到束缚和制约的国家，拥有地位和财富的人会变得游手好闲、举止随便，而毫不受到惩罚。但一个英国的花花公子是不可原谅的。这或许就是他成为世上最为无礼讨厌、不可忍受的花花公子的原因。"

　　弗兰克·布雷斯布里奇告诉我，乡绅在儿子们离开家时常这样滔滔不绝地对他们讲，他们中一个要出国、一个去参军、一个上大学。他通常和他们待在书房里，这儿挂着锡德尼、萨里、罗利、怀亚特[1]和其他人的肖像。"看看那些真正的英国绅士的榜样，儿子们，"他满怀热情地说，"正是这些男人，将最为雅致、富有教养的品位给军人坚定的美德编织上优美的花环。他们将温和与优雅、坚强与男子气概融合在一起。他们拥有真正的骑士精神，这是男子气概珍贵的本质。他们是一盏盏明灯，英国的年轻人应借助这些灯光装饰自己。在国内，他们是国家树立的模范和人们崇拜的对象；在国外，

---

1　锡德尼（1554—1586），英国诗人、廷臣、军人；萨里（1517—1547），英国廷臣、诗人；罗利（1554？—1618），英国探险家、作家；怀亚特（1503—1542），英国诗人、外交官。

他们又作为一个个实例体现着国家的尊严。'萨里,'卡姆登[1]说,'是第一位用知识之美展示高贵出身的贵族。他被公认是当时最有骑士风度的男人,最谦恭优雅的情人,最完美的绅士。'至于怀亚特,朋友萨里对他做了极其友善的证明,称他的外表庄重漂亮,面容'既严肃又温和'。他唱歌,琵琶弹得美妙无比。他讲外语优雅流畅,并拥有无尽的智慧。看看人们对这两位杰出的朋友给予了怎样崇高的赞美:'他们是两位领头人,旅行去了意大利,在那里品味到意大利诗歌美妙庄重的手法与风格,并将我们本土的诗歌从先前粗糙平凡的创作方式中大力进行修饰改进,他们因此被公正地称为英国诗歌及其风格的改革家。'而菲利普·锡德尼爵士呢,他给我们留下了富有高雅思想和宽厚情感、具有永久价值的作品,他在这一领域如此荣耀地展示了他的骑士精神。沃尔特·罗利爵士则是一位高雅的廷臣、无畏的军人、有进取心的发现者、开明的哲学家以及心地善良的殉道者。这些便是英国绅士学习的榜样。而切斯特菲尔德则会以他那些温文尔雅、缺乏热情的箴言,让这样的精神变得冷漠枯竭起来。照那样,锡德尼绝不会写出《阿卡迪亚》,萨里也不会为辩护他的《杰拉尔丁》之美向世界挑战。"之后乡绅继续说,"儿子们,这些男人显示出我们民族所具有的强有力的品质经过适当培养与改进后可能会受到赞扬的东西。最牢固、可靠的身体,能够受到最高级的打造修饰。只有真正的英国绅士的品质,才能被打造得最为精致高雅,纯洁光彩。"

---

1　卡姆登(1551—1623),英国古物收藏家、历史研究法的先驱人物。

当盖伊要离开家前往部队时，乡绅又把他领到一旁，做了一番长久的告诫。他让儿子要防止染上漠不关心、做作、虚假的习气，他听说那些年轻的英国军官就养成了此种习气，在他们当中会让一位纯粹的时尚男人"成为堕落的军人"。"一位军人，"他说，"如果对自己的职业没有自豪与热情，他就仅仅成了一个血腥残暴的雇佣兵。只有爱国精神或对于荣誉的渴望，才能把他与唯利是图的亡命徒区别开来。儿子，"他接着说，"如今嘲笑骑士精神成了时尚。当这种精神真的不存在时，军人的职业就仅仅成了杀人的职业。"他让儿子以黑太子爱德华[1]的品行为榜样，因为这位太子成了他骑士精神的一面镜子，表现得勇敢慷慨、友善仁慈，在战场上十分英勇。当老先生详细地说到太子礼貌地对待俘获的法国国王时，他的眼里满含激动的泪水：他说太子如何在自己帐篷里接待法国国王，把对方当作征服者而非俘虏；他在餐桌上把国王像自己的亲信一样照顾；他骑马与国王一起进入伦敦时还脱帽致敬；他自己骑的是一匹普通驯马，却让法国国王庄重地骑着一匹威武的白色骏马。

最后，在分别之时，正直可敬的乡绅把一本手册放在儿子手里，那是他最喜爱的一本旧书，即戈德弗罗[2]写的《骑士巴亚德传》。在书的一页空白里他从《亚瑟王之死》中摘录了一段，其中有埃克特爵士在兰斯洛特爵士的遗体旁作的颂词，乡绅认为它包含了一位真正的军人的各种美德："啊，兰斯洛特爵士！你是所有基督骑士的领头人。此刻你躺在那儿——世间没有一位骑士能和你相比。你是曾经佩盾上

---

1 指英王爱德华三世的长子（1330—1376）。

2 原文为 Godefroy。但据查作者应为威廉·吉摩尔·西姆斯（William Gilmore Simms）。

阵的最坚强的骑士；你是骑过马的情人最真诚的朋友；你是某个爱过女人的罪人的真正'情人'；你是曾经用剑搏击的最亲切友善的男人；你是骑士们当中最为优秀杰出的男人；你是曾经在庄园宅第、在女士们当中用过餐的最温和优雅的男人；你是放下长矛的死敌最为严厉的骑士。"

# 算命

每座城市、镇子和村庄呀，

都给我们提供救济或劫来之物啦。

假如天气阴凉寒冷，

我们就在谷仓的稻草堆上翻滚。

不管怎样，如果天气晴朗温暖，

我们可以去田野的树篱或草堆上耍玩。

——《欢乐的乞丐》

一天傍晚，我同牛津大学学生、西蒙大人及将军在离村子不远的草地上散步，这时我们听见刺耳的小提琴声，于是朝那边看去，发现一缕青烟袅袅地从树林中升起。音乐的声音总是吸引人的，因为哪里有音乐，哪里就有欢快或友善。我们沿着一条小径走过去，透过树篱的裂缝探看那边拉小提琴的人和他的同伴，这时牛津大学学生朝我们眨一下眼，说我们如果跟随他去会感到有趣的。

原来是一个吉卜赛人的营地，它有三四间小屋或帐篷，是用毯子和帆布覆盖在固定于地里的箍搭起来的。营地在一条绿草小径一边，就在一片山楂树篱下面，再上面是一棵宽阔的山毛榉。一条小溪潺潺地从旁边流去，穿过像地毯一般的清新的草地。

一只茶壶悬挂在一根弯曲的铁棍上，下面用干树枝和枯叶生着火。两个年老的吉卜赛人穿着红色大衣蹲在草地上，一边喝夜茶一边闲聊。这些人尽管生活在户外，但他们也懂得享受炉火边的舒适安逸。两三个孩子睡在乱放着帐篷的稻草堆上。两头驴在绿草小径上吃草，一只看起来贼头贼脑的狗躺在火堆前。一些年轻的吉卜赛人伴随着小提琴的音乐跳舞，拉琴的人是个身材苗条的小伙子，他穿一件旧大衣，帽带上插着一根孔雀羽毛。

我们靠近后，一个长着漂亮而淘气的眼睛的吉卜赛姑娘走上来，像通常那样主动要给我们算命。这是个活泼调皮的女子，在某种程度上我不得不赞叹她那邋遢中包含着的优雅。她黑色柔软的长发被奇特地辫成许多小辫子，再随意往上盘成很别致的样式，即使一位画家也会为设计出此种样式感到自豪。

她的衣服是印花布的，十分粗糙，不太干净，但是各种颜色却非常协调，因为这些人对颜色有着特别好的眼光。她把草帽拿在手里，一件红色大衣搭在胳膊上。

牛津大学学生立即提出给自己算命，姑娘便以其种族通常说话的方式说起来。不过他把她拉到一边，那儿离树篱不远，他说不想让自己的秘密被别人听到。我看出是他在对她说话，而不是她对他说话。他时时朝我们瞥一眼，据此我明白他在给姑娘某些暗示。待两人回到我们身边时，他的神态非常严肃。"咄！"[1]他说，"这些人获得知识的方法真是太让人惊奇啦。姑娘告诉我的某些情况，我想只有我自己才知道！"此时姑娘向将军发起进攻，说："嗨，阁下，我从你的面容

---

1　表示愤怒或惊讶。

上看出你是个幸运的男人。但你心里并不快乐,确实不快乐,先生。发发善心吧,给我一块纯正的银币,我给你算个好命。"

对于她的一切亲近表示将军开着玩笑予以应对,让她握住自己的手。但是提到一块银币时他哼了一声,显得严肃起来,转身问我们是否继续散步为宜。"嗨,先生,"姑娘狡狯地说,"有个漂亮的女士对你有意思,要是你知道我能告诉你关于她的一切,你就不会这样匆忙走啦。瞧,先生,老来的恋情燃烧猛烈。许多女人去见证婚礼,离开后自己却成了新娘。"这时姑娘对将军低声耳语了什么,他脸红了,有点不安的样子,让她把自己拉到旁边的树篱下,好像极其认真地听她说话,最后给了她半克朗[1],那神态像个感到并没有花冤枉钱的男人。姑娘接着向西蒙大人发起进攻,然而他这只鸟太老练了,难以捉住。他明白最终自己的钱包是要受到进攻的,所以对其有点敏感。不过,由于他颇愿意把自己视为一个爱寻欢作乐的男人,所以他轻轻抚弄着姑娘的下巴,和她开相当粗俗的玩笑,露出某种放肆的神态,那模样,我们时时看见有些悲愁的老派绅士在舞台上表现出来。"嗳,阁下,"姑娘蓄意抛着媚眼说,"去年你的脾气可没这么坏呀,当时我对你讲了那个寡妇,你明白是谁。可要是你听从了一个朋友的建议,你就绝不会在离开唐卡斯特赛马会时听到刺耳的话!"这话暗中带来刺痛,似乎很让西蒙大人困窘。他一气之下猛地拉开手,狠狠抽一下马鞭,朝狗吹口哨,提醒说该回去了。然而,姑娘决意不要失去自己的收获。她这时转向我,由于我在面对一张漂亮脸蛋时心会变软,所以不久她就用甜言蜜语把我的钱哄骗到手,作为回报,她为我算了命。如果这

---

[1] 英国旧币制的五先令硬币。

命证明不假——我是决定相信它的——那么我将成为关于丘比特的记载里最幸运的男人之一。

我看到牛津大学学生是这一切秘密的根源，他有意拿将军让自己开心，后者对寡妇温和亲近的表示引起了这个爱说笑打趣的人的注意。不过我有点儿好奇，想知道突然使西蒙大人不安的暗示是什么。在返回的路上，我趁机与牛津大学学生落在后面，这时他对我提出的问题笑了起来，并提供了不少信息。

事情的真相是，自从我圣诞节拜访这座庄园后，西蒙大人曾可悲地遭到女方拒绝。他经常让人拿某个寡妇开玩笑，正如他私下说的，那是个美丽时髦的女人。我曾猜想他在这些场合之所以显得快乐，是因为老单身汉们在结婚、调情、负心和虚假方面喜欢让人取笑。然而，我确信西蒙大人真的以为寡妇对他有好感，因此他不惜在新衣服上面花大钱，实际上还让弗兰克·布雷斯布里奇从斯图尔兹为他订购了一件外套。对于一个男人在变老前让自己安定下来的重要性，他开始给出一些暗示。只要在同一句话里提到寡妇和婚姻，他就会显得严肃起来，并就谨慎地娶一个虽然遗产不少但却有几个孩子的寡妇的问题，私下征求过乡绅和牧师的意见。

一个大家庭的重要成员，不可能老提及婚姻而不走漏风声。很快人们就暗中传说，西蒙·布雷斯布里奇先生实际上骑着一匹新弄到的马去了唐卡斯特赛马会，不过他打算带上一位女士乘坐两轮轻便马车回来。西蒙大人确实骑了一匹新弄到的马去了赛马会，那位时髦的寡妇也确实乘坐一辆轻便马车出现。但不幸驾驶马车的人是个魁梧年轻的爱尔兰骑兵，甚至沾沾自喜的西蒙大人也无意让自己冒险与之竞争，结果很快她就嫁给了那个骑兵。

几个月来西蒙大人感到非常懊恼，他从来没有这么完完全全地让人逗弄。在这个家里即便头脑最迟钝的人都要开他的玩笑，而最不喜欢让人逗弄的莫过于一个十足的自作聪明的家伙。他在莉莉克拉夫特夫人家躲避了一段时间，直到事情平息下去。他将时间用来查看她的账目，把乡村唱诗班调整得规范一些，并通过反复教一只受宠的红腹灰雀用口哨吹《天佑国王》，将忠诚也灌输给了它。

他现在已几乎从这种羞辱中恢复过来，抬起了头，像任何人一样欢笑。他再次装出可怜已婚男人的样子，莉莉克拉夫特夫人不在时他尤其爱开寡妇的玩笑。他唯一感到恼火的时候是将军抓住他不放，总是极力笑话他，在整个用餐时间以各种话题编织起一个沉闷无趣的笑话。西蒙大人则用他的旧作《丘比特的求爱者》中的一节诗，来回避这些攻击：

> 你会一两次从寡妇的心中觉察到，
> 长久地追求她一点用处没有；
> 寡妇的年龄无论大还是小，
> 她们都会耍花招把青年欺骗到手。

## 爱的魔力

嗨，别哭泣，姑娘，

忘了他吧，美丽的忧伤；

每天都会出现别人的身影，

他们并不比他更差劲。

———J. 萨克林爵士 [1]

在家庭中，某个婚礼的到来总是一件很重要的大事，尤其在这样一个人家，在乡村某个僻静的地方。西蒙大人无处不在，他凭借男管家和女管家具有的办法，对发生的一切无不知晓。他告诉我，女仆们在不断试着自己的运气，仆役房间最近似乎成了施行魔法、咒语的地方。

注意到一家之长的种种怪癖如何通过所有成员传递下来真是有趣。对于凡是带有昔日意味的东西乡绅都大为喜爱，关于民间迷信和传统礼仪的问题，他在餐桌上曾与牧师有过多次认真的谈话，这些谈话被一旁听见的仆人从餐室带到了厨房。显然由于得到最高权威的鼓励，所以整个宅第都受到了那些迷信和礼仪的感染。

---

1　J. 萨克林（1609—1642），英国骑士、诗人和戏剧家。

　　仆人们无不精通试运气的普通方式，以及确保爱情忠贞不渝的魔力。他们在灰烬中画几条印，或者重复某种形式的文字和往一桶水里探看，以此解读自己的命运。我听说圣马克前夜是他们繁忙的时刻，因为那是举行某些神秘仪式约定的夜晚。他们有几个人撒播下大麻种子，以便让真正的情人去收获。他们甚至尝试严肃而担忧地配制哑巴糕，这样做的时候必须空腹，还要默不作声。其原料是按照传统方式传递下来的：用一只装满盐的蛋壳、一只装满麦芽的蛋壳和一只装满大麦粉的蛋壳。据说哑巴糕配制好后被放在平底锅里，置于火上，未来的丈夫便会出现，把糕翻动一下，然后离去。但如果在令人敬畏的仪式中说了话或者吃了东西，那么不知会出现什么可怕的结果！

　　在眼前的例子中，这个实验毫无结果。撒播下大麻种子的人忘了说出富有魔力的韵文，所以真正的情人根本没出现。至于哑巴糕，由于他们不得不极力保持沉默，又由于午夜时刻令人害怕，因此他们将糕放入平底锅里时感到没有了勇气。于是，仆役房间里的大钟敲响时他们突然惊恐起来，冲出了房间，直到早晨才回去，此刻他们发现那块神秘的糕已被烤成灰烬。

　　然而，对于这些魔力最固执己见的是菲比·威尔金斯，即女管家的侄女。她是某种享有特权的人，所以相当闲散，有更多时间花费到这些事上。她头脑里始终充满了爱与婚姻。她把梦幻之书烂熟于胸，在这个家的小姑娘中间成了传递神谕的人，姑娘们总是在早上来找她解释自己做的梦。

　　虽然这个家眼下充满了快乐，但可怜的姑娘却显露出一脸烦恼，用女管家的话说就是"她近来陷入可悲的歇斯底里中"。好像她在这个村里出生长大，父亲是堂区执事，她是小杰克早年的玩伴和心上人。

然而自从她来庄园生活后，她的头脑就有点改变了。由于她长得非常漂亮，又天生文雅，因此受到极大的关注与纵容。又由于她是女管家的侄女，因此她处于仆人和朋友之间模棱两可的地位。她学到了小姐们的某种时尚与观念，让自己产生不小变化，以致她礼拜天上教堂的穿着打扮大大冒犯了村里先前的密友们。这又引起了某些歪曲误传，从而唤醒了杰克夫人不可调和的家族自尊。而更糟糕的是，菲比有点儿卖弄风情的倾向，她在一两个场合向情人表现出来，于是两人大肆争吵了一番。小杰克是个极其骄傲和暴躁的人，他在随后的几个礼拜天都对她完全置之不理。

可怜的姑娘满怀悲哀与后悔，愿意与情人和好，但是他感到自己没有什么危机，所以极力显得冷淡的样子。在这点上他无疑受到母亲的鼓励，她不断提醒他应该为家族做些什么。而就是这种家族的自尊，注定会成为情人们永恒的祸根。

我不喜欢看见一张漂亮的脸蛋陷入烦恼，因此自从听到不幸的菲比的故事后，我就对她极为关心。任何时候，在爱情上遇到挫折都是一件让人难过的事，特别是在这个温柔的季节，此时每个生物——甚至包括蝴蝶——都在与配偶嬉戏玩耍。一片片绿色的田野、发芽的树林、歌唱的鸟儿，以及芳香的鲜花，足以让一个苦恋的姑娘难过。我听说年轻的"现付杰克"所表现出的冷淡，使可怜的菲比心情非常沉重。她不再像先前一样在房子周围唱着歌儿，而是脸色苍白、唉声叹气地走来走去，在同伴们都充满欢喜时容易突然哭起来。

汉娜夫人，即莉莉克拉夫特夫人未婚的侍女，傍晚时陪同菲比沿着林荫道来回散步、长谈，极力将自己的某些尖刻灌输到对方的温顺性格中。她说到整个男性时不无轻蔑与厌恶，并劝告菲比要对所有男人毫无保留地予以鄙视。但是菲比的爱情不会凝固，她浑身都没有对人类的憎恨或鄙视这种东西。可怜、柔弱、钟情的女人心中那单纯的爱她无不具有。目前她唯一想到的，是如何赢得和感化那个任性的情郎。

那些符咒和爱的魔力在其他仆人看来只是娱乐消遣的东西，但在这个为爱所苦的少女眼里却非常让人担心。她不断以各种方法试着自己的运气。我得知她确实连续斋戒了六个星期三和三个星期五，她认为这是一个至高无上的魔力，可以确保在这一年内与喜欢的人结婚。她还随身带着一绺心上人的头发和一根他曾经给她的缎带，这是一种可以让情人永不变心的方式。她甚至通过月亮来试运气，而月亮总是与情人们的梦幻和想象密切相关。为此，她在满月的夜晚走出去，跪在草地里的一块石头上，背诵出如下古老传统的韵文：

我向你欢呼，月亮呀，我向你欢呼；
我请求你，美好的月亮，现在向我显露那个青年吧，
他将要成为我的丈夫。

她回到房子里时感到无力，脸色发白，马上去睡了。次日早上，她告诉门房的妻子，自己曾在草地的树篱旁看见某个人，她肯定是青年杰克。不管怎样她整夜都梦见他。老太太向她保证说，那两种情景都是极其有幸的迹象。结果后来证明草地里的人是猎人老杰克，他当时正带着大猎狗夜巡呢。所以菲比对于爱的魔力的信心彻底动摇了。

# 书房

美丽的朱莉娅自从遇到意外后，昨日第一次出现在楼下，一看到她，整个家庭的人都欢喜起来。不过她面色还相当苍白，每走一步都疼痛难忍。所以，她被扶到书房的一张沙发上。房间让人舒适，也很幽僻，面向一片树林。它十分宁静，小鸟们跳到窗口，好奇地往房间里探看。有几个家里的人聚在这儿，想方设法让她高兴，让她愉快地度过这一天。莉莉克拉夫特夫人遗憾没有什么新的小说消磨时间，她差不多生气了，因为《威弗利》的作者 [1] 近三个月来没有出版过一本书。

有人提议去拜访牧师，请他来讲讲某些古老的传说或鬼怪故事。但是莉莉克拉夫特夫人反对，因为这些故事会让她感到郁闷。哈博特尔将军第六次详细讲述了印度的一个朋友遇到的灾难：他打猎时腿被一只老虎吃掉了。接着将军继续用一两个关于提普苏丹的故事吓唬在场的人。

最后上尉想起了什么，说他觉得自己有个写在手稿上的故事，手稿放在军用箱的角处，如果他能找到，并且大家想听，他就拿来念

---

1 指英国作家沃尔特·司各特（1771—1832）。《威弗利》是司各特写的一部历史小说，描写的是 1745 年詹姆斯党人起义的历史事件。

念。大家便急不可待地同意了。于是他离开，不久拿着一卷沾有污渍的手稿回来，那笔迹颇为雅致，不过几乎是模糊的，大多写在粗糙的纸上。

"这是我可怜的骑兵朋友查尔斯·莱特里胡乱涂写的故事，"上尉说，"他是个好奇、浪漫、勤奋、刻苦、充满想象的人，常常不知不觉成为同伴军官最喜欢的笑柄，他们拿他的古怪举止自娱自乐。他在英伦半岛上的某种服役极其艰难，而他以其英勇行为表现突出。在没有任务时他喜欢到处漫游，参观著名的地方，他十分喜欢摩尔人留下的遗迹。在营房时他是个很善于涂写的人，大部分闲暇时间手里都拿着笔。

"由于我是个很年轻的军官，而且年龄很小，所以他在某种程度上照顾我，我俩成了密友。他经常把写的东西读给我听，很相信我的品位，因为我总是称赞他。可怜的人！在滑铁卢时他就在我身边被击倒。我俩都受了伤，躺了一些时间，那时附近正展开一场激战。我伤势不重，便努力帮助他，把从胸口受伤处流出的血止住。他把头靠在我的膝盖上，感激地望着我的脸，但是微微摇头，示意他一切都完了。确实，正当我们的人击退敌人赶来救我们时，他没多久就牺牲了。我至今留着他特别喜欢的狗和手枪，以及他的几部手稿，那是他在不同时间给我的。我现在要读的是一个故事，他说那是在西班牙写的，当时他因为在萨拉曼卡[1]受了伤，正躺在病床上。"

现在我们都准备好听故事。上尉坐在沙发上，旁边是美丽的朱莉娅，我已注意到上尉不经意中描绘的关于战场上留下的伤口与面临的

---

1　西班牙西部省份。

危险情景，多少使她受到影响。此刻她温柔地把一只胳膊靠在他的肩头上，目光落在可怜的文艺骑兵的手稿上时闪耀着。莉莉克拉夫特夫人则深陷在一把衬垫不错的扶手椅里，她的几只狗依偎在脚旁柔软的垫子上。殷勤的将军坐在她旁边的一把扶手椅里，摆弄着她那只装饰雅致的针线袋。其余的人也都同样舒适地坐好，然后上尉便开始读故事，我专门为读者弄到一份副本。

# 萨拉曼卡的学生

我和主人过着怎样的生活，只有狂风呼啸、鬼神打斗和小十字的摩擦！这是一种深奥的神秘术，其语言几乎无人明白。升华、层压、焙烧、红化、钙化和发酵，有许多词语难以说出，正如此种法术无法理解一样。

——利利著《盖拉泽亚》[1]

从前，在古老的格拉纳达[2]城旅居着一个名叫安东尼奥·德·卡斯特罗的男青年。他身穿萨拉曼卡[3]学生服，在大学图书馆里上一门阅读课程。空闲时他会去考察摩尔人那些宏伟壮丽的遗迹，格拉纳达即以此闻名。

他在专心于学习时，常常注意到有个模样奇特的老人，此人也是图书馆的常客。他瘦小干瘪，不过显然因为钻研而非年龄所致。他那双明亮的眼睛富有洞察力，只是深陷进去，让突出的眉毛投下阴影。他始终是那身穿着打扮：一件黑色的紧身上衣，一条黑色短小、相当

---

1　利利（1602—1681），英国占星家，《盖拉泽亚》是为他写的一部舞台剧。
2　西班牙格拉纳达省省会，以前摩尔王的阿尔汗布拉宫所在地。
3　西班牙西北部城市。

破旧的披风，一副小飞边 [1] 和一顶宽边大帽。

他的求知欲似乎是无法满足的。他会整天整天待在图书馆里，全神贯注于研究之中，查阅大量的作者，好像他在通过某个有趣论题的所有分支对其进行探究。所以通常在夜晚来临时，他差不多把自己埋在了许多书籍和手稿里面。

安东尼奥的好奇心被激发起来，他向服务生打听这位陌生人的情况。他们唯一能给他提供的信息是，此人曾有一段时间偶尔来图书馆，他阅读的书主要涉及神秘术，他在探究阿拉伯人的手稿方面尤其有强烈的求知欲。他们补充说，除了要求借某些特别的著作外，他从来不与任何人交流。经过一段时间专心致志的研究后，他会消失几天甚至几周，等回到图书馆时他看起来更加枯槁憔悴了。上述情况让学生觉得有趣。他正过着相当散漫的生活，怀着产生于闲散中的所有任性的好奇，他决定结识这个书虫，查明老人是谁，是做什么的。

安东尼奥第二次在图书馆看见老人时便去接近他，问这位陌生人是否可以看看他好像用完了的一本书。老人仅仅点一下头，表示同意。安东尼奥装作极其专注地查看过书后，非常感谢地把它还给老人。

陌生人没有作任何回答。

"先生，我可以问问，"安东尼奥有些踌躇地说，"我可以问问你在所有这些书里查找什么吗？"

老人抬起头，为自己的研究第一次被如此扰人的问题打断显得吃惊。他斜着眼从头到脚打量一下安东尼奥，平静地说："智慧，孩子。这样的查找要求我时刻全神贯注才行。"然后他把眼睛转向书本，继

---

1　流行于 16 世纪和 17 世纪的白色轮状皱领。

续研究。

"不过，前辈，"安东尼奥说，"您不能拿出一点时间给别人指指路吗？我们这些知识道路上的门外汉在旅行途中，需要您这样富有经验的旅行者指引方向。"

陌生人现出不安的样子，说："我自己都没有足够的时间学习，孩子，哪有时间教别人呢。对于真正的知识之路我本人都不懂，怎么能给别人指引呢？"

"哦，可是，前辈——"

"先生，"老人温和但认真地说，"你一定看出我离坟墓只有几步之遥了。在这短短的距离里我得把一生中剩下的所有事完成。我没有时间说话，每说的一个字都像从我的沙漏里浪费掉一粒沙子[1]。请让我一个人待着吧。"

安东尼奥想接近老人的大门被如此彻底地关闭了，他无言以对。他发现自己遭到平静而完然的拒绝。他虽然好奇，爱打听，但也天生谦逊端庄，事后一想他为自己去打扰别人就感到脸红。不久他就把心思转移到别的事上。几天时间里他漫步在摩尔人一座座残破的建筑之中，它们是一个曾经高雅、追求享乐的民族令人悲哀的纪念碑。他在阿尔罕布拉宫[2]被遗弃的大厅里踱着步，这可是摩尔人的一个个国王的天堂。他参观巨大的狮子庭，它因为英勇的阿文塞拉赫家族[3]遭到背信弃义的屠杀而闻名。他不无赞赏地凝视着马赛克圆屋顶，屋顶金色和天蓝色相间，十分华美。他还凝视着大理石水池和雪花石膏花瓶，

---

1 喻指时间、光阴。

2 西班牙格拉纳达的摩尔人王宫。

3 15世纪西班牙格拉纳达王国的一个著名家族。

一头头石狮将其支撑，并用历史故事画予以装饰。

漫步在这一处处场景里，他的想象被点燃。如此场景会将一个青年的所有热情唤醒。多数大厅古时即用喷泉使其美化。品位高雅的阿拉伯人喜欢闪耀纯洁、让人清爽的泉水。他们可以说似乎在各处都建立起圣坛，以便供奉那优雅的水之精灵。在阿尔罕布拉宫，建筑中包含着诗意，这诗意就沿着一堵堵墙体散发出来。无论安东尼奥把目光转向哪里，他都注意到阿拉伯语的铭文，其中不无自信地预言着：摩尔人的政权和这座大宫里的辉煌将永垂不朽。

唉！这个预言怎样被证明是错误的啊！许多水池已经干枯，落满灰尘，而那些喷泉一度就在这儿喷发出闪光的泉水。有些宫殿被改变成暗淡的修道院，赤脚的僧侣穿行于庭内，它们曾经因为有过一队队摩尔族骑士而熠熠生辉，也曾经回响起骑士们的乐音。

安东尼奥在漫游过程中，不止一次遇见图书馆的那位老人。他总是独自一人，完全陷入沉思，根本没注意周围的任何人。他好像在专心研究那些模糊的铭文，它们在摩尔人留下的遗迹中处处可见，似乎从地里低声讲述着从前如何伟大不凡的故事。大部分铭文后来都已翻译过来。不过当时许多人认为，它们包含着具有象征意义的启示，以及阿拉伯先贤和占星家们的金玉良言。安东尼奥看见这个陌生人好像在辨认那些铭文，他很想去与对方交朋友，参与到老人不无好奇的研究中。但是他先前在图书馆遭到过拒绝，所以打消了与对方拉近关系的念头。

一天傍晚他爬上俯瞰美丽山谷的神圣山峰，山谷的水源来自达罗河和富饶的维加平原，以及丰富多样的溪谷和大山，它们像人间天堂一样将格拉纳达包围。他到达时天色昏暗，如今此地坐落着一些称为"圣炉"的小教堂。它们根据那些洞穴来命名，据说有些远古的圣人在其中被火化。在安东尼奥来探访时，这里已成为颇令人好奇的地方。在对洞穴的发掘过程中，最近发现几处雕刻在铅盘上的原稿。它们是用阿拉伯文写的，只有一处用的陌生符号。教皇已发布了一项戒律，禁止所有人说起那些原稿，违者将被逐出教会。这项禁令引发了人们更大的好奇。私下有不少传言说，那些原稿包含着神秘禁止的珍贵知识。

安东尼奥仔细查看得到神秘原稿的地方时，再次注意到图书馆的那位老人漫步在一处处遗迹中。他的好奇心这时被充分唤起，而此时此地也激发了这种好奇心。他决意仔细观察这位探索被遗忘的神秘知识的人，要一直跟踪到老人的住处。这事有点像冒险，把有浪漫性情的他给迷住了。所以，他隔着一点距离跟在陌生人后面，最初小心翼翼，但不久他发现对方已彻底陷入沉思，几乎没注意到自身以外的情况。

他们沿着大山边走去，然后又沿着达罗河成荫的岸边走去。他们行进在山丘中寂静的道路上，已离开了格拉纳达城一段距离。傍晚的阴影越来越浓，待陌生人在一座偏僻宅子的门前停下时天色已很暗了。

看起来，宅子只是某座曾经十分显要的建筑的边房或毁坏的残余。墙体相当厚实，窗户狭窄，通常用铁条加固。门用厚木板做成，上面钉着许多大头钉，一度十分结实，虽然目前已经颇为老朽。宅子一端是一座损毁的塔楼，它具有摩尔人的建筑风格。在摩尔人占据格拉纳达期间，此建筑大概是一座乡下居所，或者是供人娱乐的城堡，它被建造得非常牢固，在战争年代随时抵御任何袭击。

老人敲一下门，在上方的小窗口出现了亮光，有个女人探出头来——她作为拉斐尔[1]的某位圣人的模特也是可以的。她的头发漂亮地辫起来，用丝网收拢。就光线中呈现出的模样而论，她的肤色是浅黑的，柔和鲜亮，在南方的美人身上十分相称。

"是我，孩子。"老人说。那张面孔随即消失，不久大门里的一扇小门打开。安东尼奥已大胆地靠近房屋，他瞥见有个优美的女人的身影。她那双敏锐的黑眼睛看见有个陌生人徘徊在一旁，现出吃惊的样子，门猛地关上了。

在突然闪现的美人身上有着某种东西，奇妙地让安东尼奥产生了想象，仿佛那是从黑匣子里耀眼的一闪。他在周围闲逛，越来越有兴趣地看着这黯然的建筑。从附近某些岩石和树木中传来一点自然、野性的声音引起了他的注意。他发现那是一群吉卜赛人，他们四处流浪，当时在西班牙有不少，这些人住在格拉纳达周围的棚舍和洞穴里。他们有的在火边忙碌，有的正听着粗糙的音乐，那是某个同伴坐在一块突出的岩石上用破芦苇吹出来的。

关于那座古老的建筑以及住在里面的人，安东尼奥极力从吉卜赛人那里获取一些信息。那个看起来像代言人的人身材干瘦，步态灵巧，声音细微，一双眼睛狡诈地转动着。听到安东尼奥的询问他耸耸肩，说那座房子里的一切都不正常。有个老人住在里面，谁也不认识，家中似乎只有一个女儿和一个女仆。他补充说，自己和同伴们住在周围的山丘中。他们夜晚就在附近，经常看见塔楼里出现奇怪的灯光，并听到从那儿传来异样的声音。有些在山中的葡萄园里干活的乡下人认

---

1  拉斐尔（1483—1520），意大利杰出的画家，和达·芬奇、米开朗琪罗并称文艺复兴时期艺坛三杰。

为老人在玩弄妖术，他们夜里不太喜欢经过塔楼附近。"不过对于我们而言，"吉卜赛人说，"我们可并不害怕那样的事情。"

安东尼奥试图得到更加准确的信息，但他们再也无法提供了。他们开始热切盼着为已经提供的信息得到补偿。安东尼奥想到这片荒凉的地方和那些四处流浪的人，非常乐意地给了他们一些赏钱，然后急忙返回了。

他坐下来学习，可满脑子是看到和听到的东西。他的眼睛盯着书页，思绪却回到那座塔楼。他不断想象那扇小窗户，那个探出窗外的漂亮脑袋。或者想象那扇半开的门，以及里面那个仙女般的身影。然后他去睡觉，但同样的东西反复出现在梦里。他年轻敏感，先前漫步在不乏昔日的优雅与壮丽的住所中间，感情处于兴奋状态，这就使得他易于被女性之美突然打动。

次日早上他又朝塔楼走去。此时天已大亮，因此它显得比黯淡的黄昏更加孤寂。只见墙体已剥落，每处裂缝里都长出了野草和苔藓。它更像是一座监狱而非住所。然而他在一角注意到有一扇窗户，似乎就周围的肮脏污秽而论它是个例外。窗户里面拉上了窗帘，窗台上放有鲜花。正当他看着那里时窗帘拉开了一些，一只细嫩白皙、丰满得非常迷人的胳膊伸出来，给花儿浇水。

安东尼奥发出一点声音，以便引起那个美丽的浇花人的注意。他做到了，窗帘被拉得更开一些，他瞥见头天傍晚看见的那张可爱的面容。但那只是匆匆一瞥——随即窗帘再次拉上，窗户也关上了。所有这些让一个浪漫的青年感到兴奋。假如在别的情况下看见那个陌生人，也许他不会为她的美所打动，但是那个被封闭起来、与世隔绝的人儿的出现，使得她犹如一件珍宝。白天时安东尼奥在房子前面来回走过几次，可什么也没看见。傍晚他又来到那儿，房子整个显得阴暗凄凉。狭小的窗户没有照射出任何令人欢乐的光线，以表示里面有着社会性的生活。安东尼奥在门口倾听，但根本听不到什么声音。就在此时，他听见远处的一扇门砰地关上，由于担心被人发现自己有失身份的偷听行为，他急忙跑到路对面，站在一处毁坏的拱门的阴影里。

这时他发觉塔楼里一扇窗内有一盏灯，它断断续续不够稳定，通常柔弱无力，现出微黄色的光，好像是从油灯照射出的。它时而耀眼一些，现出鲜明的金属色光彩，随后又变成暗淡的光线。一柱浓烟时时在空中升起，像塔楼顶上的天篷一般。这座建筑以及住在里面的人完全被笼罩在寂寞与似乎神秘的氛围中，安东尼奥半沉迷于乡下人的种种观念里，想象着这房屋是某个力量强大的巫师的住所，他看见的那个美少女是某个中魔的美人。

过了一些时间，一盏灯出现在他看见那只漂亮胳膊的窗口。窗帘拉着，不过它很薄，他因此能察觉到某人的身影在窗帘与灯光之间来回移动。他认为自己能辨别出那身影是优雅的，又根据其敏捷的行动，认为那人显然是年轻的。他毫不怀疑那是那位陌生美女的卧室。

不久他听见吉他的乐音和一个女人的歌声。他小心地靠过去倾听。那是一支哀伤的摩尔人的歌谣，他从中听出某个阿文塞拉赫家族的人离开可爱的格拉纳达城时的悲哀，其中充满了激情与温柔。它唱到早年生活的快乐，以及在达罗河岸和阿尔罕布拉宫令人喜悦的住处享有过的爱情时光。它哀叹阿文塞拉赫家族的荣耀已经衰落，祈求向压迫者报仇。音乐打动了安东尼奥，它与这个地方尤其吻合，犹如昔日的声音回响于现在，低吟着逝去的荣光。

这时声音停止了，一会儿灯光也消失了，一切归于宁静。"她睡了！”安东尼奥深情地断定。他在房子周围徘徊，像个情人不无钟爱地徘徊在睡美人的闺房周围。升起的月亮将银色光辉洒在灰暗的墙上，在那扇窗扉上面熠熠生辉。刚才暗淡的景色渐渐沐浴在月光之中。他发现不能继续流连于阴暗里，由于担心让人注意到自己在那儿闲荡，他不情愿地离开了。

青年人的感情更富有了浪漫色彩，这使得最初将安东尼奥吸引到塔楼的好奇心有增无减，他几乎完全放弃了学习。他成了某种老宅的阻挡物似的，他总是带上一本书，在附近的树林里度过大半天。他机警地注意着它，极力听出自己神秘可爱的人儿的脚步声。然而他发现她除了在父亲陪同下去做弥撒外，根本不出门。他在教堂门口等着，要主动把圣水给她，希望接触到她的手，这一小小的殷勤举动在天主教国家是常见的。可是她端庄地拒绝了，也没抬起眼睛看看是谁主动给的圣水，她总是自己从圣水器里去取水。她很专注于自己的祈祷，眼睛从不离开圣坛或牧师。回家时，她的面容差不多让头纱全部遮住了。

安东尼奥现在已跟踪了几天，每时每刻都对这种跟踪越来越感兴趣，但是他从来没离猎物更近一步。大概他潜伏在房子周围的事被注意到了，因为他再没看见那张美丽的面容出现在窗口，也没看见那只白皙的胳膊伸出来给花浇水。唯一让他安慰的是每天晚上回到观察地点，还能听到她用柔和的颤声唱歌。假如他偶然瞥见她的身影在窗前来回走动，他便自认为是最幸运的了。

安东尼奥沉迷于一个个守夜般的举动，这些举动给他的想象带来了狂喜，有个晚上临近传来脚步声，迫使他退到塔楼对面那道荒废的拱门的深影里。到来的是一位骑士，他全身裹在一件西班牙大氅里。

他在塔楼的窗户下面停住，片刻后开始以西班牙人献殷勤时的常见方式，用吉他伴奏唱起小夜曲，他的声音深厚雄壮。他熟练地弹着乐器，满怀爱恋与激情生动流畅地唱着。他帽子上的羽毛用月光里闪闪发亮的珠宝扣好。他弹吉他时身上的大氅从一边肩头上滑落，露出华丽的服饰。显然他是一位显贵的人。

安东尼奥这时闪现出一个念头：或许那个陌生美人的感情已经另有所属了。她年轻，无疑敏感，而西班牙女人对于音乐和爱慕天生听得明白，颇有意识。这一猜测使他产生可悲的感觉，几天来的美梦突然被惊醒。他以前从未经历过这种柔情蜜意。感情之梦早晨时总是令人愉快的，所以他乐意在幻想中继续做着这样的美梦。

"可是我如何能得到她的感情？"他想，"我没资格赢得她的心，甚至没资格与她相识。我又怎么知道她值得去爱呢？或者像他那样一位殷勤的情人，有珠宝、有地位、还有可恶的音乐，难道不会彻底将她迷住？我产生了怎样想入非非的怪念头呀？我必须回到书本上去。学习，学习，不久会把所有这些毫无用处的幻想赶走！"

然而，他越想就越深地卷入自己用生动的想象编织的魔力中。种种障碍将那个着了魔似的美女包围，此外又出现了一个情敌，她因此显得更加可爱和称心十倍。他有点安慰地注意到，那个陌生男人表现出的殷勤并没引起塔楼里任何明显的回应。窗口的灯光已经熄灭。窗帘仍然拉着，没有任何通常的信号暗示有人听到了小夜曲。

骑士在这里逗留一些时间，另外唱了几首温柔的歌曲，其格调和情感让安东尼奥觉得心痛。最后骑士才慢慢离开。安东尼奥抱着胳膊待在那儿，他靠在毁损的拱门上，下定决心也要离开，可是这地方有一种浪漫的魔力仍然吸引着他。"这是最后一次，"他想，意欲在自己的感情和判断之间妥协，"这是最后一次，那么让我再享受片刻美梦吧！"

安东尼奥扫视一下这座古老的建筑，以便向它告别，此时他注意到塔楼里出现了先前看到的奇异亮光。它像先前一样忽明忽暗。一股黑黑的浓烟升入空中，显然老人正忙着自己的事，他也因此在附近获得了巫师的名声。

突然窗口发出耀眼的强光，随即是响亮的爆炸声，然后是十分强烈的红光。一个身影出现在窗口，发出痛苦或惊恐的叫喊，但声音马上停止，一个身着浓烟与火焰的身躯从那个狭小的孔洞滚出来。安东尼奥冲到门口，狠狠地敲门。回应他的只是大声尖叫，他发现里面的女人已经惊慌失措了。他使出浑身力气不顾一切把小门撞开，冲进房子。

安东尼奥发现自己来到一个拱形的小厅，借助从门口照进去的月光他看见左边有个楼梯。他急忙爬上去，来到一条狭小的走廊，里面烟雾滚滚。他发现有两个女人惊恐得发狂，其中一个紧紧握住手，恳求他快去救她父亲。

走廊在一段通向塔楼的旋梯旁终止。安东尼奥迅速爬上去，来到一扇小门旁，一道光从它的裂缝处照射出来，烟雾也从那里冒出。他把门撞开，发现那是一间古老的拱形屋子，有个火炉和各种化学仪器。石地板上有一只破碎的曲颈瓶。有许多几乎烧尽的易燃物与各种半烧焦的书和纸，它们燃起的火焰即将熄灭，使屋里充满令人窒息的烟雾。就在门槛内躺着那个被普遍认定的巫师。他流着血，衣服被烧焦，好像没有了生气。安东尼奥把他抱起来，沿着楼梯抱到下面的一间屋里，那儿有灯光，然后把他放到一张床上。女仆被派去拿房子里的用具去了。女儿疯狂地扑倒在父亲身边，怎么劝说她都无法摆脱惊恐。她身上的衣服凌乱不堪，一头浓发乱七八糟地披散在脖子和胸口上，这真是一副从未见过的表现恐惧与痛苦的可爱画像。

由于安东尼奥热心、熟练的照顾，不久伤者出现复苏的迹象。老人的伤虽然严重，但没有危险。显然是因为曲颈瓶爆炸造成的。他迷乱中被笼罩在让人透不过气来的金属蒸气里，这使得他柔弱的身躯无法承受，假如不是安东尼奥赶来帮助，他可能再也不会苏醒了。

慢慢地他有了意识。他带着迷惑不解的神态环顾屋子和身边焦急不安的人，以及俯在自己身上的安东尼奥。

"我在哪里？"他狂乱地问。

女儿听到他的声音高兴地发出微弱的呼喊。"可怜的伊内兹！"他说，拥抱着她。然后他把手放到自己头上，拿开时手上沾着血，他似乎突然想起来了，非常焦虑不安。

"啊！"他喊道，"我一切都完了！全没了！全都没有了！一瞬间就失去了！我终生的辛劳彻底毁掉了！"

女儿极力安慰他，可是他变得有点精神错乱，语无伦次地说着关于恶魔的事，以及被毁灭的绿狮子的巢穴。他的伤口已被包扎好，这种情况下需要的其他救治也都做了，所以他渐渐安静下来。安东尼奥此时把注意力转向女儿，她遭受的痛苦并不比父亲轻多少。安东尼奥好不容易才让她安静下来，不再害怕，然后他极力说服她去睡觉，以便得到身体必需的休息。他主动提出留在她父亲身边，直到次日早上。"不错，我是个外人，"他说，"我的提议也许显得唐突。可我看见你孤独无助，忍不住要冒险超越仅仅是礼节的界限。不过，如果你有任何顾虑或怀疑说一声，我会马上离开。"

安东尼奥的举动包含坦诚、善意与谦逊，使人立即产生信任。在贫穷的人家他那身简朴的学生服也是个可取之处。于是两个女人同意把伤者交给他，这样她们次日就能更好地照顾他。离开时老女仆表示了很多祝福。女儿只是流露出感激的表情，但由于她的感激是从美丽的黑眼睛里的眼泪中流露出来的，所以安东尼奥觉得更动人一千倍。

于是因为一次奇特偶然的变化，安东尼奥让自己完全置身于这座神秘的老宅里。现在他独自一人了，忙乱的场面已经过去，他环顾自己坐在里面的屋子，心怦怦地跳。这就是老人女儿的房间，是他满怀向往注视过很多次的希望之乡。家具是陈旧的，它们大概在兴旺繁荣时期就属于这座房子，每样东西都摆放得恰到好处。窗台上是他先前看见她照料的那些花儿。一只吉他靠在桌旁，桌子上有个十字架，它的前面放着一本祈祷书和一副念珠。在这个如巢一般舒适、没有世故的地方，弥漫着纯洁宁静的氛围，它象征着一颗纯洁宁静的心灵。椅子上放了几件女人的衣物。她睡的床就在那儿——还有她那温柔的脸颊枕过的枕头！可怜的安东尼奥正踩着中魔的地面，因为仙境里最富有魔力的，还有什么胜过天真无邪的美人的闺房呢？

安东尼奥根据老人在胡言乱语中说出的各种话，以及他随后又去塔楼拜访（以便确保火已熄灭）时所注意到的，他断定伤者是个炼金术士。在那些日子，点金石成了充满幻想的人热切追求的东西。但当时在迷信上存在偏见，信徒们也经常遭受迫害，所以他们大多在偏僻的房子里、在洞穴和废墟里，或者在与世隔绝的密室里秘密从事着实验。

夜晚的时候，老人有几次一阵阵地不安错乱。他大声喊叫泰奥弗拉斯托斯、格贝尔、阿尔伯图斯·马格努斯[1]和炼金术中的其他圣贤。他不时咕哝着发酵和金属嬗变的事，直到天亮，这时他会再度进入有益于身体的睡眠。早晨的阳光从窗口照进屋时，美丽的伊内兹在女仆陪伴下走进房间，她的脸上泛出红晕。安东尼奥这时准备告辞，自己也需要休息，不过伊内兹很乐意地答应他再回来看看伤者的情况。

他再次登门时发现炼金术士倦怠难受的样子，不过显然心里的痛苦比身体上的更甚。他已不再精神错乱，并知道了自己被解救的细节，以及安东尼奥随后对他的照顾。他只能表露自己的感激，但安东尼奥是不需要的，他的心已经让自己所做的一切给予了报答，他几乎为这场灾难感到高兴——他因此才得以进入这座神秘的住所。炼金术士这时非常无助，很需要帮助，所以安东尼奥大半天都待在他身边。之后接连两天他继续去看望，伤者似乎越来越喜欢有他陪伴，他对于伤者的关心也与日俱增。他之所以担忧，或许根源在于那个做女儿的。

他经常与炼金术士长谈。他发现对方像有自己追求的人所倾向的那样，既富有热情又朴素单纯，满怀好奇地广泛阅读很少实用的东西，对生活中日常发生的事极不关心，对人世全然不知。他十分精通一些奇异隐晦的学科，非常喜欢作种种幻想。有着浪漫特性的安东尼奥对神秘术也有所关注，他谈到这类问题时不无热情，让炼金术士感到高兴。他们的谈话常常转向占星术、占卜和大秘密。老人会忘了自己的

---

1　泰奥弗拉斯托斯(约公元前372—前287，古希腊哲学家、自然科学家；格贝尔(活动时期14世纪)，14、15世纪几部最有影响的炼金术和冶金著作的作者所用的假名；阿尔伯图斯·马格努斯 (1200—1280)，天主教圣贤，德国哲学家。

伤痛，像个幽灵似的坐在床上，激动流利地讲述自己最喜欢的话题。如果轻轻提醒他自己的病情时，那只会促使他产生另外的思考。

"唉，我的孩子！"他会说，"就是我的这种衰老与痛苦，不又证明了将我们包围的那些奥秘很重要吗？我们让疾病所困，因年老衰弱下去，仿佛体内的精神之火熄灭了，为何会这样呢？难道不是因为我们失去了自己的父母，在倒下之前知道了人生与青春的奥秘？为了重获这些，炼金术士们一直努力着，可正当他们要永远获得珍贵的奥秘时，他们短暂的生命却结束了。他们死后也带走了所有的智慧和经验。正如德·努斯蒙特[1]所说，'只有延长生命，才能让人变得完美，减少不幸和疾病，从而获得事物全面、完整的知识。'"

安东尼奥终于极大地赢得了伤者的心，从他那里了解到其大致的经历：

这位炼金术士名叫费利克斯·德瓦斯克斯，他是卡斯蒂利亚[2]本土人，有着古老、高贵的血统。他早年娶了一位美丽的女人，她是某个摩尔人家族的后裔。这桩婚姻让他父亲感到不快，父亲认为纯洁的西班牙血统让与异族人的这一结合玷污了。的确，那位女士自己的家系可以追溯到阿文塞拉赫家族的一个分支，他们是摩尔族骑士当中最为英勇的，在被逐出格拉纳达城后皈依了基督教。

自尊受到伤害的父亲怒火难以平息下去。他后来从未见儿子，临死时只给儿子留下很少财产。他怀着虔诚与痛苦的心把其余财产做了遗赠，用于建造修道院，为苦难中的人们祈福谋利。费利克斯先生在

---

1　原文为 De Nuysment。

2　西班牙中北部地区和古王国。

巴利亚多利德附近住了很长时间，他陷入困窘之中，变得湮没无闻。他专心于紧张的学习，在萨拉曼卡大学时就对神秘术产生了兴趣。他富于热情和思考，从一门学问钻研到另一门学问，最后热心于探索大自然的奥秘。[1]

他最初投身于这样的追求当中，希望从湮没无闻的状态中脱颖而出，重新得到自己的出身所赋予的地位和尊严。像往常一样，他最终全神贯注地追求起来，并以此成为自己的终身事业。家中发生的灾难最后把他从出神的状态中唤醒———一场恶性的高烧夺走了他妻子和所有孩子的生命，只留下一个女婴。这些灾难一段时间使他受到沉重打击，变得茫然失措。他的家在某种程度上已经不存在，他感到孤独凄凉。等到精神恢复过来后，他决定离开那个给自己带来羞辱和灾难的地方，把幸存的孩子带离传染病现场，直到能够重新获得自己的血统所具有的荣耀，他才会再回到卡斯蒂利亚。

他从此四处流浪，居无定所。有时他住在人口稠密的城市，有时住在极其荒僻的地方。他去一家家图书馆查询，面对一处处铭文沉思；他走访各个国家的炼金术士，力求收集到各种智者们对于炼金术的奥秘所发出的智慧之光。有一次他甚至旅行至帕多瓦[2]，以便寻求到彼得罗·达巴诺[3]的手稿，并查看在埃斯特附近挖掘出的一只瓮———它被认为是马克西姆·奥利布乌斯[4]埋藏的，里面装着极其重

---

1　此处指炼金术士企图寻找并发现的大自然的奥妙。

2　意大利东北部城市。

3　彼得罗·达巴诺（1257—1316），意大利哲学家、占星家。

4　原文为 Maximus Olybius。

要的炼金药。[1]

他在帕多瓦时曾遇见一位精通阿拉伯学问的炼金术士，此人谈到在西班牙的图书馆里必定留存着珍贵的手稿，它们被保存在那里，是从摩尔人的各个学院和大学弄去的。而且很可能会在其中见到格贝尔、阿尔法拉布鲁斯和阿维森纳[2]尚未出版的珍贵著作。他们是阿拉伯各个学派为人医治精神痛苦的医师，众所周知他们对炼金术有颇多论述。不过，他尤其说到最近在格拉纳达附近挖掘出来的阿拉伯人的铅制碑刻，炼金术士们确信里面包含有先前丧失了的炼金术的奥秘。

这位不屈不挠的炼金术士再次满怀新生的希望，踏上前往西班牙的旅程。他来到格拉纳达，竭尽全力学习阿拉伯语，识别、破译着一处处铭文，在图书馆里仔细查询，探索阿拉伯圣贤们一切可能留下的蛛丝马迹。

在整个流浪过程中伊内兹陪伴着父亲，父女俩经历了人生的逆境与顺境，经历了有利的与不利的情况。他从不抱怨，而且从女儿天真顽皮的拥抱中得到安慰。他在休闲的时候教她知识，把这当作一件工作和一种乐趣。她在他们四处流浪中长大成人，除了陪伴在父亲身边

---

1　这只瓮发现于1533年。里面有一只更小的瓮，在瓮里的两个小瓶之间有一盏点着的灯，其中一只瓶是金的，另一只是银的，两只瓶都装满了十分清澈的液体。在大瓮上刻有铭文，上面说马克西姆·奥利布乌斯在这只小器皿里装着他千辛万苦准备好的元素。对于这个问题学者们有不少研究。最为广泛被接受的观点是，这位马克西姆·奥利布乌斯是帕多瓦的居民，他发现了那个大秘密；这些器皿中的液体一种用来将金属转化成金，另一种转化成银。发现瓮的农夫误以为这种珍贵的液体只是普通的水，每滴一下都要溅起来，因此这种金属转化术至今是个秘密。——原注

2　原文分别为Alfarabius和Avicenna。

她几乎不知道什么是家。他就是家人、朋友和家庭，是她的一切。他们最初开始旅行时他把她抱在怀里。在岩石丛生的莫雷纳山脉[1]里他让她偎依着自己，像老鹰让幼崽偎依着自己一样。小时候，在巴特卡斯荒僻的地方她曾在他身边玩耍。她像只羔羊跟随牧人一样，跟随他翻越崎岖的比利牛斯山脉[2]，进入郎格多克[3]美丽的平原。如今她长大了，在祖先遭受毁损的住宅中搀扶着腿脚无力的父亲。

在旅行和从事实验的过程中，他的钱财越来越少了。然而希望——它始终伴随着这位炼金术士——领着他继续向前。他总是快要获得劳动的奖赏时遭到挫折。他在自己的神秘术中常常带着轻信，所以把许多挫折归因于有邪恶的精灵作怪，它们阻碍着这位炼金术士前进的道路，在他独自工作时让他烦恼。"它们不断地极力堵住每一条通往崇高真理的大门，"他说，"那些真理会让人从落入的卑微境地中脱身，回到最初的完美状态。"他将最近的灾难归因于恶魔所干的坏事。本来他即将获得辉煌的发现——所显示出来的迹象从来没那么吉祥过。一切都进展顺利，可在关键时刻——那一刻本来会使他取得成功，让他的辛劳变得圆满，将他置身于人类力量与幸福的顶峰——曲颈瓶一声爆炸，把实验室和他本人一下给毁了。

"现在，"他说，"我得在就要取得成功的重要关头放弃了。我的书籍和文件都已烧毁，仪器也被炸破。我太老啦，再也抵挡不住这些恶魔。曾经激发我的热情消失了。长期的钻研与警觉耗尽了我柔弱的身体，最后这场灾难又加快了我走向坟墓的脚步。"说到最后他的语

---

1　西班牙的主要山脉之一。

2　欧洲西南部最大山脉。

3　古时法国南部的一个省。

气大为沮丧。安东尼奥极力安慰他，消除他的疑虑。但是，可怜的炼金术士这次已意识到种种将他包围的世间邪恶，变得意气消沉。过了一会儿，安东尼奥显得若有所思、困惑纠结的样子，大胆提出一个建议。

"我早就深深喜爱上神秘术了，"他说，"不过感到自己太无知，缺乏自信，难以献身于它。你已获得经验，积累了一生的知识，丢掉了是可惜的。你说你太老了，无法重新开始艰苦的实验，就让我来承担吧。把你的知识添加到既年轻又有活力的我的身上，咱们还有什么不能完成呢？我会在共同的股本里投入一笔钱——这是我余下的遗产，它让我完成了学业——作为实习费和继续研究的基金。一个穷学生不能吹嘘太多。但我相信咱们不久就会什么都不缺了。如果失败了，唉，我就像其他学生一样依靠自己的头脑面对这个世界。"

然而，炼金术士的精神比学生想象得更沮丧了。在遭遇过许多挫折后，最后这一打击差不多让他的头脑变得迟钝了。不过，一个狂热者的热情从来不会消沉得很久，只要一吹它就会再次燃烧起来。渐渐地，乐观的同伴的快乐与热情让老人感到高兴，也使他恢复了生气。他最后同意让学生效劳，重新开始了实验。但他反对用学生的钱，虽然自己的已几乎用尽。然而他很快不再反对，因为安东尼奥坚持将它用作共同的股本和共同的事业——对于盼望发现点金石的人而言，这样为区区小事伤脑筋多么可笑啊。

因此在炼金术士慢慢康复期间，安东尼奥便忙着把实验室收拾整理好。里面到处是曲颈瓶和蒸馏器的残渣碎片，陈旧的坩埚，一盒盒、一瓶瓶粉末和酊剂，以及半烧焦的书籍和手稿。

当老人充分康复之后，他们就重新开始研究和实验了。安东尼奥成了一名享有特权的常客，他在实验室里不知疲倦地辛勤工作。炼金术士每天都从富有生气的弟子身上得到新的热情，精神焕发。现在他能够继续从事这项事业了，因为有了一位如此积极的助手分担他的辛劳。他仔细研读桑迪沃杰斯、菲拉勒塞斯[1]和德·努斯蒙特的著作，极力弄明其象征性语言中所包含的奥秘。这个时候安东尼奥在曲颈瓶和坩埚当中忙于工作，让炉子里的火一直燃烧着。

不过，虽然安东尼奥对发现可贵的炼金术满怀热情，但他对当初把自己吸引到这座毁坏的宅第的那个人同样感情不减。在老人生病期间，安东尼奥经常有机会接近他女儿，每天越来越意识到她的妩媚可爱。她的举止中有一种纯洁的天真，一种几乎显得被动的柔情。而在这一切当中融合着某种东西——要么是纯粹的少女羞涩，要么是意识到高贵的出身，要么是带点卡斯蒂利亚人的骄傲，要么是上述一切加在一起——它们阻止着她与他过分亲密，使她难以接近。最初她父亲面临危险，需要采取措施救助，所以她没有了羞涩与矜持。但是等父亲恢复过来，她的惊恐平息下去之后，她似乎退缩了，不再像先前那样与陌生的青年十分亲近，而是日益变得害羞、沉默起来。

安东尼奥读过许多书，但这是他研读过的关于女性的第一本书。书的封面就把他吸引住了，他越读越高兴，她似乎是为爱而塑造出来的。她那温和的黑眼睛在柔弱光滑的长睫毛下懒洋洋地转动着，无论转向哪里都现出留恋、安静的样子，目光中总是露出温柔来。她只对他一个人表现出矜持与淡漠。现在病房里不需要一般的照护了，所以，他比得到许可进入这座房子前看到她的时候更少了些。有时他在往返于实验室的路上遇见她，这时她会微笑一下，脸上泛出红晕。但是在

---

[1] 原文分别为 Sandivogius 和 Philalethes。

简短地招呼之后她便静静地走去，消失了。

"显然，"安东尼奥想，"我的出现对她是无关紧要的，如果不是令人讨厌的话。她已注意到我爱慕她，但决意予以阻止。唯有感激之情使她没有对我明显地表现出不喜欢——然后，她不是还有个富裕、殷勤、杰出和让人悦耳的情人吗？我怎么能以为她会把目光从如此一位出色的骑士身上转向一个贫穷无名、在父亲的实验室的煤渣灰烬中搜寻的学生呢？"的确，那个唱小夜曲的多情郎不断萦绕于他的脑际。他相信那是个让她喜欢的情人。然而，如果这样，为什么那个男人没有经常去塔楼呢？为什么他中午没有去接近她呢？他在那儿探听，用音乐求爱，其中有什么秘密吧。伊内兹无疑不会支持搞阴谋诡计的！啊！不会！她太天真、太纯洁、太正直！不过西班牙女人们太容易去爱，去搞诡计。音乐和月光非常诱人，而伊内兹又有一颗如此温柔的心灵，总是显得含情脉脉的样子。"啊！"可怜的安东尼奥大声说，并紧扣着双手，"啊，我只要有一次看到那双充满爱意的目光投向我就好啦！"

人类的生命与爱情可以依靠有限的营养支撑，这对于没有经历过的人是难以置信的。把一片发干的面包屑时时丢给一个饥饿的人，便会使他产生新的希望。偶然露出的一丝微笑或善意的表情，会让一个情人继续爱下去，而一个人意识处于冷静状态时则通常会绝望。

安东尼奥独自留在实验室的时候，她经过时露出的一个表情或一丝微笑总会萦绕在他脑际。他会从各种可能的角度去看待这种情况，用情人所有的自娱自乐、自我调侃的逻辑进行争辩。

周围的乡村景色足以使他获得感官的享受，而这对于情感的产生十分有利。塔楼的窗口高高地处于浪漫多情的达罗河谷的树林之上，俯瞰着一部分维加平原最美丽的景色，那里最为纯净的清凉泉水和溪流滋润着一片片香橼和橙子树。

克斯勒尔河与达罗河闪耀着蜿蜒穿过平原，在树荫当中发出光亮。周围的山丘上处处是葡萄园，而高山上则覆盖着似乎要融入蓝天的白雪。塔楼周围流动的和风散发出桃金娘和橙子花的芬芳，夜莺讨人喜欢的鸣啭悦耳动听，它们在这些带来愉悦的地方整日歌唱。有时，也传来漫步在孤寂道路上的骡夫悠闲的歌声，或者从某一处树荫里跳舞的农民弹出的吉他声。这一切足以让年轻的情人头脑里充满富有诗意的想象。安东尼奥会想象着他如何在令人快乐的树林里游荡，漫步于亲切的河水旁边，与伊内兹一起在爱情中度过一生。

他有时为自己的柔弱无力感到焦急，极力将心中这些让人困惑的东西抹去。他会突然努力将心思转向神秘术，或者忙于某种复杂的工作。但经常是，在他多少已集中精力时，伊内兹弹奏琵琶的乐音，或者她唱出的柔和的歌曲会不知不觉打破他房间里的宁静，声音犹如飘动在塔楼周围一般。她的弹奏并没有高超技巧，但安东尼奥觉得他从未听到过能与之媲美的音乐。听见她用柔和的颤音唱出某些民族歌曲，让人感到太富有魔力了。那些小小的西班牙式的浪漫故事和摩尔人的情歌，在想象中把听的人带到了瓜达基维尔[1]河岸，或者阿尔罕布拉宫，使安东尼奥梦想着那里的美人、露台和月光小夜曲。

从来没有哪个可怜的人比安东尼奥更困惑难过了。在人的心情处于最佳状态时，爱情是学习中讨厌的伴侣；而在炼金术士的实验室里，它的闯入则成了可怕的灾难。他不是把心思完全放在曲颈瓶

---

1　位于西班牙南部。

和坩埚上仔细观察让他负责的某种实验过程，而是被某个爱之梦给迷住了，常常是某个致命的大祸把他从中惊醒。炼金术士在藏书楼做完研究返回时，会发现一切给搞砸了，安东尼奥面对一天的工作被毁掉陷入绝望。不过老人平静地接受了这些，因为他的一生就是在实验与失败中度过的。

"咱们得有耐心，孩子，"他会说，"就像以前的大师们那样。错误、事故和延误是我们不得不面对的事情。庞塔鲁斯[1]不是犯了两百次错误，才获得他的实验所依靠的东西吗？伟大的弗拉默尔[2]不也是苦干二十四年，才确定了最初的介质物？卡蒂拉塞斯[3]在从事探索发现的当初，什么艰难险阻没有遇到过呢？伯纳德[4]甚至在获得所有必需的知识后，不也延误了整整三年吗？你所认为的事故，孩子，正是我们看不见的敌人在玩弄诡计。大自然的宝藏和珍贵的秘密，被对人类怀有敌意的恶魔包围着。我们周围的空气里充满了这些恶魔。它们潜伏于炉火中，以及坩埚和蒸馏器的底部。我们本来专注地思考正在寻找的伟大真理，但有时走神了，而那些恶魔则总是机警地准备着利用这样的时刻。我们唯有更加努力让自己变得纯洁，摆脱粗俗的世间情感——它们给心灵笼罩上阴影，阻止它深入到大自然的奥秘里。"

"唉！"安东尼奥心想，"假如要变得纯洁并摆脱一切世俗情感，需要我终止对伊内兹的爱，那么我恐怕永远不会发现点金石了！"

事情就这样在炼金术士的住所继续着。一天又一天安东尼奥的钱

---

1 原文为 Pontanus。

2 弗拉默尔（1330—1418），著名炼金术士。

3 原文为 Cartilaceus。

4 原文为 Bernard de Treves，有名的炼金术士。

财从烟囱里蒸发掉。火炉每一次排风都使他少了一个达克特[1]，而显然并没有给他丝毫帮助，让他更接近珍贵的秘密。但年轻人仍然坚持着，看见自己的钱一点点消失毫无怨言：他每天都有机会看见伊内兹，觉得好像她的青睐比金银更宝贵，她的每一个微笑都值一个达克特。

有时在凉爽的傍晚，当实验室辛勤的工作暂时停下时，他会同炼金术士在曾经属于宅第的花园里散步。这里仍然残存着一些露台和栏杆，这儿、那儿有一口大理石缸，或者一尊翻倒在地的残缺雕像，它们被埋没在野草和野花里面。这是炼金术士休闲时刻最喜欢去的地方，在这儿他可以充分地放飞自己的想象。他的头脑里充满了玫瑰十字会会员[2]的学说。他相信那些有着初级生命的精灵，它们有的有利于他探索，有的则不行。他在令人兴奋不已的幻想里想象着自己在孤独地漫步，就这座古老花园沙沙作响的树林和发出回音的墙体与那些生命进行交流。

在有安东尼奥陪伴时，他会将这种傍晚的休闲活动延长。的确，他有时这样做是为弟子着想，因为他担心弟子专注过度一直待在塔楼里，这样对健康是有害的。如此年轻的新手有着非凡的热情和恒心，这使他又惊又喜，他认为弟子注定会成为神秘术的一名杰出人物。仁慈的炼金术士唯恐学生抱怨这些休闲浪费时间，所以会在其中讲些与他们的探索相关的有益知识。他会与弟子在小路上来回踱步，像古代哲人一样做口头传授。在他的所有幻想计划里，这流露出一种虽然荒诞但是崇高的博爱精神赢得了学生的钦佩。就他所期待的重大发现而

---

1　从前流通于欧洲各国的钱币。

2　17—18 世纪一些自称属于擅长玄术的会社的人。

论,似乎在其见解中没有任何肮脏或世俗的、卑劣或自私的东西。相反,他的想象中燃起了将幸福广泛传播的念头。他盼望这样的时候到来:自己能够走遍天下去救济贫困的人们,给痛苦的人以安慰;通过采取无限的手段发明并执行一些计划,以便彻底消灭贫困和一切随之而来的苦难与罪恶。为了大众的利益,为了将无限的财富广泛分配,让所有人获得舒适的生活条件,这位可怜、贫穷的炼金术士在自己毁坏的塔楼里所发明的计划是天底下最为重大的了。

安东尼奥会怀着一个信徒所有的热情,专心倾听老师在漫步途中的讲演。不过另有一个情况也许让这些讲演有了一种隐秘的魅力。这座花园也是伊内兹常去的地方,她也在这儿散步消遣,这是她在隐居生活中唯一可以得到的锻炼。安东尼奥本分地在老师旁边踱步时,常常会瞥他女儿一眼,她在柔和的黄昏里若有所思地在小路上转悠。有时他们意外地遇见她,安东尼奥的心便激动得怦怦直跳。伊内兹的脸也会发红,但她仍然继续向前走去,从不加入他俩中间。

有一天晚上,安东尼奥在这个特别喜欢的地方同炼金术士一直待到很晚。经过闷热的一天后,夜晚令人惬意,花园里芬芳的空气尤其能使人精神恢复。老人坐在一块破损的基座上,仿佛他成了基座的一部分。他正根据明亮地闪耀在南边深蓝色的苍穹下的星星,用富有智慧的长篇演讲启迪学生。因为他非常精通伯麦[1]和玫瑰十字会的其他会员,谈了不少世间之事和正发生的事件的信号,它们或许在天上可以识别出来;还谈了许多星像对于肉体生命所具有的力量,以及对于人类命运的影响。

---

1　伯麦(1575—1624),德国神秘主义哲学家。

月亮冉冉升起，将月光洒在树林里。安东尼奥表面上专心倾听着睿智的老人说话，但真正听到的却是伊内兹悦耳的声音，她正在花园一处月光照耀的林间空地弹琵琶唱歌。老人这时已讲完自己的话题，他坐在那儿凝视天空，陷入沉思。安东尼奥无法控制自己，禁不住偷看一眼那个腼腆的美人，她正像夜莺一样歌唱，声音如此幽远动听。他让炼金术士陷入对天空的思考之中，自己悄悄沿着一条小径走去。音乐停止，他想自己听见了什么声音。他来到一片杂树林的角落，树林遮挡着用大理石喷泉装饰的某种深幽的绿色景象。月亮完全照射到这里，借助月光他看见唱小夜曲的陌生情敌跪在伊内兹脚旁。对方正握住她的手，不断地亲吻着。不过看见安东尼奥他突然站起身，把剑拔出一些，而伊内兹则脱身出来，急忙跑回房子里去了。

安东尼奥所有不无嫉妒的疑惑和担忧现在得到确认。他没有留下来去面对幸运的情敌因这样被打断感到怨恨，而是心里突然觉得难过，转身离开了。伊内兹竟然爱上别人，这足以使他痛苦。而她竟然有了某种无耻的恋情，让他震惊不已。如此一个年轻的、显然也是天真的人想到欺骗之事，会对人性突然产生怀疑，一个年轻、天真的人对于那样的欺骗是相当反感的。而当他想到她正在欺骗仁慈质朴、把一切爱都给了她的父亲时，他一时大为愤怒，几乎厌恶起来。

他发现炼金术士仍然坐在那儿，在幻想中凝视着月亮。"来，孩子，"他热情地说，"来吧，和我一起读读这本充满智慧的大书，它每天晚上这样打开让我们仔细阅读。占星术领域的圣贤们明智地断言，天空就像一本大书里神秘的一页，它在向能够正确理解的人讲话，告诫他们什么是善与恶，并就命运的秘密天意给他们以指导。"

安东尼奥为可敬的老师感到痛苦，他一时觉得自己关于超自然的学识毫无益处。"唉！可怜的老人！"他想，"你的研究有什么用呢？你几乎做梦也没想到，在自己置身于那些星宿忙于幻想时，就在你眼皮底下发生着对你幸福的严重背叛啊，仿佛就发生在你的胸中似的！啊，伊内兹！伊内兹！假如甚至连你都要欺骗，我们又指望从何处找到真诚和清白呢？又从何处去信任女人呢？"

这是一种陈腐的老套办法，每个男人发现情人并非他所描绘的那种女神时，便会使用它。不过对于安东尼奥而言，这实实在在产生于内心的痛苦。他回到住处，头脑一片混乱，十分可怜。现在他为自己迷恋她感到悲哀，因为就是这迷恋牵着他走，直到他的感情彻底陷入进去。他决意放弃自己在塔楼里进行的探索，离开那里，以此驱散对她的迷恋——它使他像着了魔似的。他不再渴望发现极其重要的炼金药：点金术之梦结束了，没有了伊内兹点金石有何价值呢？

安东尼奥经过一个不眠之夜后起了床，决心离开炼金术士，告别格拉纳达。他几天来都怀着同样的决心起床，但每天晚上又见他回去睡下，抱怨自己缺乏意志，并为次日做出新的决定。与此同时，他比以前看见伊内兹的时候更少了。她不再在花园里散步，而是几乎完全待在房间里。她遇见他时也比平常更脸红，有一次她犹豫了一下，好像要说什么。但是经过短暂的窘迫后她脸红得更厉害，随便说了点什么就离开了。安东尼奥从这一困惑中看出她意识到错误，并且意识到错误被人发现。"她想要表明什么呢？也许要说明花园里的情景——可她为什么要说明，或者为什么要向我说明呢？我对于她而言算啥？或者更确切地说，她对于我而言算啥？"他烦躁地大声说，再次决意冲破内心的困惑，永远脱离这个着魔的地点。

就在那天晚上，他满怀这一非凡的决心返回住处时，突然在路上有阴影的地方走过一个人，他凭借其身高和体形认出那就是自己的情敌：对方朝着塔楼的方向走去。如果还留存什么疑惑的话，现在便有了将其彻底解决的机会。他决定借助夜色跟随陌生的骑士观察对方的举动。假如骑士得以进入塔楼，或者以任何方式受到欢迎，那么安东尼奥就会感到一种安慰，并使自己动摇不定的决心坚定下来。

陌生人走近塔楼时更加小心谨慎。在一片树丛下有个人出现在他身边，他们低声耳语了好一阵子。伊内兹的房间里点着一盏灯，窗帘是拉上的，不过窗子开着，因为夜晚有点热。一会儿灯熄灭了，然后过了相当长时间。骑士和同伴待在树丛下面，好像在观察什么。最后他们谨慎地悄悄靠近塔楼。骑士从同伴手里接过有遮光装置的提灯，匆匆脱掉宽大的外套，然后同伴轻轻地从树丛里取出什么东西，安东尼奥发觉是一副轻便的梯子：那人把它靠在墙上，那个唱小夜曲的人缓缓爬上去。安东尼奥产生出厌恶的感觉。的确，所有担心这不都证实了吗？他正要离开，再也不回去，但突然听见从伊内兹的房间里传来令人窒息的尖叫。

站在梯子脚旁的那个人转眼被打倒在地上。安东尼奥从他无力的手上夺过匕首，急忙爬上梯子。他从窗口跳进去，发现伊内兹被他想象中的情敌抓住，极力挣扎着。情敌遭到阻止，放下手中的猎物，拿起提灯把安东尼奥照得一清二楚。他拔出剑，猛烈地攻击。幸运的是几乎看见了刀光，用剑挡开对方。随即展开了激烈的但并非公平的搏斗。安东尼奥完全暴露在明亮的灯光下，而对手却藏在阴影里。对于一把长剑而言，他的匕首成了可怜的防备。他看到只有接近对手，在武器能刺到的范围以内，才会保住自己的命。于是他猛然扑向对手，用匕首狠狠刺去，可是却被对手缩短的剑刺伤了。与此同时，那个爬上梯子的同伙从后面给了他一击，把他打倒在地，随即两个对手逃跑了。

这时父亲和仆人听到伊内兹的叫声，冲进她的房间，他们发现安东尼奥躺在血泊中，不省人事。他被抬到炼金术士的屋里，后者以同样方式报答学生对他有过的关心。他有各种各样的知识，其中包括某种外科技术，这在此时甚至比炼金术更有价值。他把弟子的伤口包扎好，经过检查证明伤口没有他最初担心的那么严重。然而，几天来安东尼奥的病情伴随着危险，让人担忧。老人怀着父爱照顾他。由于女儿和他本人的原因，他感到对安东尼奥欠下双倍的人情债。他也把学生当作忠诚热情的弟子去爱，唯恐这世界失去一位如此有抱负且不无前途的炼金术士。

安东尼奥的体质相当好，所以不久伤口便愈合了。而伊内兹的表情和言语中似乎包含灵丹妙药，对他心中更加严重的伤口产生了疗效。她对他的安全表现出极大关心，称他为自己的拯救者和保护者。仿佛她满怀感激之情，要以感恩的热忱为自己过去的冷淡寻求报答似的。但是对于安东尼奥的康复最起作用的，莫过于她就他假定的情敌所作的解释。原来不久前那个男人在教堂初次注意到她，从此便一次次向她献殷勤，让她为难。他在她散步时纠缠她，直到她不得不把自己关在房子里，除非有父亲陪在身边。他给她写来一封封情书，为她唱小夜曲，采取各种手段，以此对她进行十分强烈但是隐秘无耻的追求，这让她很烦恼。花园里的那一幕使她像安东尼奥一样吃惊。那个困扰她的人被她的声音吸引，他翻过了一堵破损的墙壁，出其不意出现在她面前。他强行抓住她，为自己无礼的感情辩解，这时学生的出现打断了他，才使她得以脱身。她克制着，没有向父亲提及自己受到的困扰。她希望他不要产生无益的焦虑和烦恼，决心更加严密地把自己关在房子里，虽然看来在这儿她也摆脱不了那人胆大妄为的冒险行为。

安东尼奥问她是否知道这个鲁莽的追求者的名字。她回答说他求爱时用的是假名，不过某一次她听见有人叫他安布罗西·德洛克莎先生。

根据传闻，安东尼奥知道他是整个格拉纳达最为固执危险的浪子之一。他精明，有才艺，如果他愿意还善于巴结讨好呢。他追求乐趣时胆大妄为，怀有难以和解的强烈怨气。安东尼奥高兴地发现伊内兹不受他的诱感，对于他那极其放肆的行为产生了反感。可是想到她遇到过的危险安东尼奥不寒而栗，对于她还一定存在的危险感到担忧。

不过，目前那个情敌可能会暂时安静一下。他们发现血迹从梯子向外延伸了一段距离，直到消失在灌木丛里。他们从此再没听说或看见那个骑士，断定他受了重伤。

安东尼奥的伤口痊愈后，他可以参与到伊内兹和她父亲的家庭交谈中了。他们平时会面的房间以前大概是堂皇的大厅：地板是大理石的，有一部分墙体上挂着残留的挂毯，一把把椅子上的雕刻和镀金都很富丽，它们因天长日久出现了裂纹，上面的锦缎已有污点和破损，墙上挂着一把生锈的长剑，那是老人保留的祖先们具有骑士精神的唯一遗物。这座宅第与其居住者相比，现在的穷困贫乏与往日的壮丽优雅相比，某种东西或许会引人发笑。然而，安东尼奥的想象已经让这座建筑及其住户颇具浪漫色彩，使得一切东西都产生了魔力。炼金术士他那衰败的自尊和奇异的追求，似乎与他所居住的阴郁残破的房屋很相称。而他女儿身上有一种天然的优雅气质，让人看到在这座宅第往日繁华的岁月里，她是会给它增光添彩的。

对于安东尼奥而言这是多么令人愉快的时刻啊！伊内兹不再腼腆冷淡。她生来天真，易于轻信，虽然她从一个爱慕者身上所经历的那种困扰使她一段时间对另一个人产生怀疑，甚至小心翼翼。她这时对安东尼奥的真诚与优点深信不疑，其中也充满感激。他俩的视线相遇时，流露出赞许和友善。安东尼奥不再为有个受宠情敌的想法困扰，他再次渴望取得成功。

可是在这些家庭的会面中，除了通过表情外他几乎没有机会对她献殷勤。炼金术士以为他也像自己一样沉迷于炼金术的研究，于是久久地谈论这门艺术，极力让安东尼奥高兴起来，以免他那沉闷的康复期过于单调。他甚至拿来几本安东尼奥从火中救出的半烧焦的书，大段大段念给学生听，以此为安东尼奥把它们保留下来给予奖赏。他会款待安东尼奥，给他讲弗拉默尔的伟大善举——弗拉默尔借助点金石实现了那些善举，对孤儿寡母们予以救助，创办医院，修建教堂，等等；或者告诉他卡里德[1]国王的疑问，以及耶路撒冷的罗马隐士莫瑞鲁斯的回答；或者，加泰罗尼亚省的巫师埃拉鲁斯[2]就炼金术之秘向魔鬼提出的深奥问题，以及魔鬼的回答。

所有这些都是用神秘语言表述的，这在涉世不深的弟子听来几乎无法明白。确实，老人喜欢用神秘的言辞和象征的行话——那些论述炼金术的作者即用这样的语言交流，使得它们只能被创始者理解。遇到某个让人得意的段落，他会怀着抑制不住的狂喜抬高声音，述说伟

---

1　死于 704 年。
2　原文为 Elardus。

大的发现！"你会看见，"他用亨利·库恩拉德[1]的话大声说，"点金石（我们的国王）从玻璃般透明的坟墓的卧室出来，进入这个世界的剧院。就是说得以再生，变得完美，成为一颗闪耀的红宝石，其光彩极为适度，各个部分颇为精细纯净，不可分离，彼此十分协调地融为一体，非同一般，像水晶一样透明，色彩或回声经久不衰，在所有诱惑或考验之下都毫无变化。是的，用燃烧的硫黄本身和毁灭性的水检验，在火相当剧烈的燃烧之中，它总是不易燃的，永远像火蜥蜴一样！"

安东尼奥对于炼金术的祖先们怀着崇高敬意，对自己的老师非常尊重。不过伊内兹的表情让他读到美丽的一页，与之相比，亨利·库恩拉德、格贝尔、吕里甚至阿尔伯图斯·马格努斯本人又算什么呢？所以，当慈善的炼金术士一小时一小时向他传授知识时，他会忘记书本、炼金术和其他一切，只知道眼前这个可爱的人儿。对人心的学问不怎么了解的伊内兹，也渐渐被情人默默的注意所吸引。她似乎日益让胸中点燃的、令人异常愉悦的情感所迷惑。她经常两眼朝下，陷入沉思。在没有任何明显原因的情况下，她的脸颊会悄然泛出红晕，在一阵阵短暂的沉思后她会发出有些压抑的轻微叹息。她唱的那些小歌谣，尽管与她一直以来唱得没有两样，但是流露出更加温柔的气质。这要么是她的声调更加柔和动人，要么是某些段落她唱时投入了从没有过的感情。安东尼奥除了喜欢深奥的学问外，对音乐也非常爱好，从来没有哪个炼金术士把吉他弹得比他更有品位。渐渐地，他克服了将他俩分离的、彼此感到的窘迫，大胆为她唱的某些歌伴奏。他有一

---

1 《永恒智慧圆形剧场》。——原注（《永恒智慧圆形剧场》，欧洲炼金术中的一幅著名雕刻。——译注）

副充满热情与温柔的嗓子：他唱歌时，根据他同伴脸上泛出的红晕，你会觉得他似乎在对她耳语自己为何那么爱她。让那些把两颗年轻的心分离的人当心音乐吧。啊！两人将身子俯过椅子，仔细看着乐谱，声音交织在一起，在和谐的氛围中彼此迷恋——即便是德国的华尔兹也没什么了不起！

可敬的炼金术士根本没看出这一切。凡是与发现大奥秘无关的想法他都毫不允许，他认为年轻的助手同样献身于这一发现。就人性而言他只是个孩子。至于爱情，不管他有过怎样的感受，他现在早已忘记还存在着这样一种悠然的情感。不过就在他幻想的时候，那种默默的恋情继续着。而这个宁静隐蔽的地方也有利于产生浪漫之情。萌芽中的爱长出一片片叶子，没有受到任何逆风的阻止。既没有好管闲事的友谊以其忠告使之扫兴，又没有潜藏的嫉妒用嘲笑使之枯萎，也没有一个敏锐的世界袖手旁观，惊慌地注视着。没有声明，没有誓言，也没有丘比特的伪善门徒们采取的任何方式。他俩的心融合在一起，无须借助语言也彼此理解。他们坠入了爱情的急流，不知道它有多深，考虑不到可能潜藏于水下的暗礁。一对幸福的情人！现在只需发现点金石就能让他俩的幸福变得完美！

安东尼奥终于康复了，足以能够回到格拉纳达的住处。然而，当潜在的危险包围着塔楼内几乎没有防备的人时，他感到不安。他担心安布罗西的伤势恢复后，会用秘密手段或公开暴力采取什么新的行动。他根据听到的一切，明白对方是相当不可调和的，一定会为自己遭到挫败进行报复。对方在没有使出手段时相当鲁莽，胆大妄为，在达到目的后也不会变得谨慎。安东尼奥极力向炼金术士和他女儿表明自己的担忧，建议他们放弃格拉纳达这个危险的地方。

"我在巴伦西亚¹有些亲戚，"他说，"他们确实贫穷，但是既可敬又亲切。你俩在他们中间会得到友爱，我们可以在那里继续工作，不受打扰。"他怀着一个本地人所有的喜爱和一个情人描绘田野与树林的所有口才——他正将它们描绘成自己未来幸福的美景——继续描绘巴伦西亚美丽的东西和令人愉快的事物。他用自己的口才，在不无担忧的伊内兹支持下终于说服炼金术士——他确实过着居无定所的生活，因此对于住处也不是很讲究。他们决定一旦安东尼奥的身体彻底恢复后就放弃塔楼，去巴伦西亚寻找令人开心的地方。²

为了恢复体力，安东尼奥暂时放下实验室的辛勤工作，离开前用剩下的几天最后看看格拉纳达迷人的郊区，向它告别。他呼吸着山丘里吹拂的纯净温和的空气，感到健康和体力恢复着，而他愉悦的心境也有助于很快康复。伊内兹经常陪他散步。她的血统源于母亲一方的某个古老的摩尔人家族，这使她对这座曾经颇受欢迎的阿拉伯人的权势中心产生兴趣。她满怀热情地注视它那些宏伟壮丽的遗迹，记忆里充满了传说中关于摩尔族骑士的故事与歌谣。确实，她所过的孤寂的生活以及父亲富于幻想的头脑，对她的性格产生了很大的影响，使之具有了现代所称的浪漫色彩。而她面临新的人生阶段，又使得这一切

---

1 西班牙东部一地区，古时为一王国。
2 这里有全西班牙最结实的丝绸，最可口的美酒，最优良的杏仁，最上等的食油，以及最美丽的女人。连传说中的动物都睡在迷迭香和那一带芬芳的鲜花丛中。你在海上时，假如风从岸上吹过来，你会在尚未看见岸边的很远地方嗅到泥土散发的强烈气味。这里相当令人惬意，其气候在整个西班牙也最为温和，人们通常把它称为第二意大利。这就使得摩尔人——他们当中有不少被放逐到巴巴里——认为天堂就在这座城市上面的那片天空。——《豪厄尔书简》——原注（豪厄尔，约1594—1665，英国作家，以其书简著称。——译注）

充分发挥了效力，因为在一个初恋的女人看来生活无不充满浪漫。

在一次傍晚的散步中，他们爬上了太阳山，格勒拉里弗即在这儿，摩尔人统治时期它曾是欢乐的殿堂，不过现在成了一座方济各会阴郁黯然的修道院。他俩漫步在这座花园里，置身于橘子、香橼和柏树林中间，这儿的水奔流而去，或者从泉中涌出来，或者高高地翻腾着泛起闪亮的白沫，让空气里充满了乐音，十分清新。

但在这座花园所有的美里面包含着一种忧郁，它渐渐地侵袭着两个情人的情感。这个地方充满往日可悲的故事。它是格拉纳达那位可爱王后最喜爱的住所，在这里她曾置身于让人欢快享乐的宫廷喜悦之中。也是在这里，在自己的玫瑰树荫中间，诽谤者们编造了有损她名誉的卑鄙谎言，使英勇的阿文塞拉赫家族受到致命打击。

整个花园呈现出毁坏和受到忽略的模样。不少喷泉已经干枯破裂。一条条溪水偏离了大理石筑成的水道，让野草和黄叶堵塞了。芦苇在风中沙沙作响，而它们仿佛一度在玫瑰丛中嬉戏玩耍，把橙子花的芬芳四处摇散。修道院的钟发出沉闷的声音，或者在这些孤寂的地方飘动着令人昏昏欲睡的晚祷，而以前曾经回响着歌声、跳舞声和情人的小夜曲。摩尔人很有理由为失去这个人间天堂而悲哀，很有理由在祈祷中回忆起它，恳求上天让它回归给虔诚的人。他们的大使眼见自己民族的遗迹，很有理由捶胸顿足，坐在格拉纳达消逝的荣耀中哭泣！

漫步在这些逝去的爱情与欢乐的场景里，不可能感受不到心中被唤醒的柔情。正是在此刻安东尼奥第一次大胆地吐露恋情，用话语表达早就用眼睛意味深长地流露出的心思。他热情而坦然地进行表白。虽然他让人看不到任何令人快乐的前景——他是个穷学生，依靠"善良的心灵让自己有吃有穿"[1]——但恋爱中的女人决非是个为私利计算的人。伊内兹两眼低垂地倾听着，湿润的目光表明她的心同他在一起。她的本性中没有丝毫假正经的东西，她在社会上还不足以染上它。她以一个真诚的女人之心爱着他，没有任何世俗之气。她露出羞怯的微笑，脸色发红，端庄地表明自己对他怀有感情。

他俩漫步在花园里，心里怀着只有幸福的恋人才懂得的甜蜜醉意。周围的世界完全成了仙境，在他们眼前确实展现出最美丽的景色，仿佛实现着他俩的人间幸福之梦。他们从桔子树林间往外看，俯视着下面格拉纳达的一座座塔楼。那面，宏伟壮丽的维加平原沐浴在晚霞里，远处的山丘染上了玫瑰色和紫色：这似乎是美好未来的象征，爱与希望也为之盛装打扮。

仿佛要让这片场景变得完美似的，有一群安达卢西亚人在花园的一条长形通道上伴随着两个四处漫游的乐师的吉他跳起舞来。西班牙音乐虽然狂放哀伤，但人们伴随它跳的时候精神昂扬，充满热情。一个个舞者生动活泼。姑娘们的头发卷在丝织网兜里，打成结，做成流苏披在肩背上。她们的小披风优雅地在身上飘动着，纤细的双脚从巴斯克衫[2]下面显露出来，胳膊抬起打着响板——在下面展现出的富饶夜景衬托下，她们让这片显得空幻的高处变得美丽可爱。

跳舞结束后，舞者当中有两个人走近安东尼奥和伊内兹，其中一人开始唱起温柔的摩尔人的歌谣，另一人则用琵琶伴奏。歌谣提到关于这座花园的故事、格拉纳达美丽的王后遭受的冤屈以及阿文塞拉赫

---

1　语出莎士比亚戏剧《哈姆雷特》。

2　一种西班牙巴斯克地区的女式长衫。

家族的不幸。这是西班牙这个地方的大量古老民谣之一，它们犹如回音一样存在于摩尔人一座座非凡的遗迹当中。伊内兹的心此刻完全向一切温柔之情打开，她倾听着民谣中的故事，眼里涌出泪水。歌手靠近她，此人的容貌令人震惊，显得年轻漂亮，一双美丽的黑眼睛既发狂又忧伤的样子。她十分悲哀、意味深长地盯着伊内兹，突然改变音调，另外唱了一首讲述眼前的危险和叛逆的民谣。她的表情、举止和姿势中包含着某种直截了当、令人吃惊的东西，假如不是如此，所有这些都会被视为只是歌手任性的表现而已。

　　这首歌里显然有某种个人的用意，伊内兹正要问其中有什么含义时安东尼奥突然打断她，把她轻轻带走了。刚才在她沉迷于音乐时，他注意到树林的阴影里有一伙窃窃私语的男人。他们被遮挡在西班牙人经常穿戴的宽大帽子和外套里，专注地盯着他和伊内兹，同时似乎一心避免被人注意似的。他不知道这是些什么人，有何意图，所以赶紧带她离开了，因为在这里夜色越来越浓，他们或许会有遭遇袭击或无礼的危险。他俩在下山的路上经过榆树林，林中也有一些白杨和夹竹桃，树林一直沿着通向阿尔罕布拉宫的道路延伸。这时他再次看见那些男人显然尾随在远处。后来他又在达罗河岸的树林间瞥见他们。他对此什么也没告诉伊内兹和她父亲，不想引起不必要的惊慌。可是他感到不知所措，对于住在塔楼里的两个无助者正面临的阴谋，他不知道如何去查明或避免。

　　他怀着这样的困惑，夜里很晚了才告别他们。他离开这座阴郁的古老建筑时，看见有个人潜藏在墙壁的阴影里，显然是观察他的行动。他急忙朝那个人影追去，但是他却消失在一片废墟中。不久他听见轻微的口哨声，接着不远处传来回应。他不再怀疑某种麻烦正在酝酿中，他赶紧转身跑回塔楼，以便让里面的人警惕。可是他刚一转身，就发现自己突然被后面某个力大无比的人抓住。他徒劳无益地挣扎着，一些武装男人将他包围。他们用斗篷把他完全罩住，让他无法喊叫，然后以无法抗拒的速度把他带走了。

第二天过去，安东尼奥仍未出现在炼金术士的家。接连又过了两天，他还是没到来，也没听说他在自己住处的任何消息。他的失踪最初让人意外、猜测，最后使人惊慌。伊内兹回想起那个民谣歌手在山上给予的奇特暗示，似乎在提醒她即将到来的危险，她的头脑里隐隐充满了不祥之兆。她坐在那儿倾听门旁的每个声音，或者楼梯上的脚步声。她会拿起吉他弹出几个音，但是没用。她觉得担忧焦虑，心中难受。以前她从未感到真正的孤独是怎样的。现在她意识到了爱情所具有的力量，它占据了她整个的心。因为在我们经历分离带来的令人厌倦的空虚之前，我们根本不知道自己爱得有多深，也根本不知道我们所爱的人对于自己的幸福多么必不可少。

对于弟子的失踪，炼金术士差不多也像女儿一样敏感。年轻人充满活力、乐观开朗的精神激发了他新的热情，并以充分的友谊使他艰苦的工作有了魅力。然而他的这些安慰女儿是没有的。他的追求所具有的性质使他必须全神贯注，让精神始终处于兴奋状态。某些迹象最近也表明十分有利。四十个日日夜夜的实验一直很成功。老人的希望不断增加，现在他想到辉煌的时刻再次就要到来，那时他不仅会获得重要的缎花，而且还会获得酊剂，它们是使金子倍增和延长生命的手段。所以他一直把自己关在实验室里，仔细观察着熔炉，因为片刻的疏忽都会再次让他的一切期望破灭。

一天晚上他坐在那儿独自守夜，陷入沉思。时间很晚了，他的邻居——那只猫头鹰——正从塔楼的城垛上叫着，这时他突然听见身后的门打开。他以为是女儿像经常那样来道晚安，于是叫她的名字，但回应他的是一个刺耳的声音。他的双手被紧紧抓住了，他抬起头，发现房间里闯进来三个陌生男人。他试图摆脱他们，可是没用。他高声呼救，但遭到他们嘲笑。"住嘴，老家伙！"有个人喊道，"你以为，最神圣的宗教法庭的人会被你的叫喊吓倒吗？伙计们，把他带走！"

他们不顾他的反抗和恳求，抓起他的书籍和文稿，对房间和器具做了某些记录，然后将他掳走了。

伊内兹被独自留在那儿，她度过了一个悲伤孤独的夜晚。她坐在面向花园的窗户旁，忧愁地观察着闪亮的星星一颗颗从蓝天深处消失，对情人满怀无尽的忧思，直到涌出眼泪。突然有一些声音让她惊慌，声音似乎来自宅第远处什么地方。不久传来几个人下楼的声音。在他们孤寂的住处竟然有这些异样的声音，这使她惊讶。她焦虑不安，不知怎么回事，这样待了一会儿，忽然仆人表情恐惧地冲进房间，说她父亲被几个武装男人带走了。

伊内兹没有继续听下去，飞快地冲下楼梯去追赶他们。她刚跨出门槛就被几个陌生人抓住了。"放开！放开！"她发狂地叫道，"别拦住我——让我去父亲那里。"

"我们就是来带你去他那里的，女士。"有个人恭敬地说。

"那么他在哪里呢？"

"他去了格拉纳达，"那人回答，"某个意外的情况需要他马上去那里。不过他是和朋友一起的。"

"我们在格拉纳达没有朋友，"伊内兹说，身子往后退着，不过她忽然想到了安东尼奥，也许什么与他有关的事让她父亲去了那儿，"安东尼奥先生和他在一起吗？"她不安地问。

"不知道，女士，"那人回答，"很可能吧。我只知道你父亲和朋友在一起，他急于让你也过去。"

"那么咱们走吧，"她急切地叫道。男人带着她走了一段距离，来到有一只骡子等着的地方，扶她骑上去，然后领着她缓缓朝城里走去。

这天晚上格拉纳达呈现出奇异的狂欢景象。这是马斯特兰扎的节日之一，它是贵族们的一个组织，旨在保持古老骑士制度所体现的、不乏英勇精神的习俗。在某个广场上先前有个比赛，街道上仍然时时回响起锣鼓击打的声音，或者喇叭从某队离散的狂欢者当中吹出的号角。有时他们遇见身着富贵的古老服饰的骑士，这些人由侍从伴随着。有一次他们经过时见到一座灯火辉煌的宫殿，从那里传来音乐和跳舞的声音。不久后他们来到举行过模拟赛的广场。这儿人群拥挤，人们在出售食物、饮料的货棚、货摊之间自得其乐，耀眼的火把照亮了临时的走廊、鲜艳的遮篷、有徽章的纪念品和其他表演用具。带走伊内兹的人极力不引起人们注意，从广场阴暗的地方穿过去。可是他们在某处被拥挤的人群挡住，那些人正围着一队流浪乐手，乐手们唱出一支西班牙民众非常喜欢的民谣。人群里有些人举着火把，火光十分明亮地照到伊内兹身上。她长得如此美丽，既无披风又无面纱，显得困惑的样子，被似乎对身边的欢乐毫无兴趣的男人带着，让人露出好奇的表情。有个民谣歌手走过来，异常认真地弹起吉他，唱出一首充满不祥之兆的悲哀歌曲。伊内兹吃了一惊，她正是在格勒拉里弗花园里对伊内兹唱歌的那个民谣歌手。

她唱的也是那首歌，歌中唱到迫在眉睫的危险。的确，危险好像正聚集在她周围。她很想和那姑娘说说话，问明对方是否真知道什么确定的邪恶正威胁着自己。但正当她试图对姑娘说话时，她骑着的骡子突然被抓住，让一个带她来的人牵着强行穿过人群。同时，她看见另一个人对歌手说些威胁的话。歌手举手示意她提高警惕，然后从伊内兹的视线中消失了。

发生的这件奇异的事使伊内兹困惑不解，这时他们在一座宅第的门前停下。有个随从去敲门，门打开了，他们进入地面铺设好的庭院。"我们在哪里？"伊内兹焦虑地问。"在一个朋友家，女士，"男人回答，"跟着我爬上这个楼梯吧，很快就会见到你父亲了。"

他们爬上一段通往一套豪华住房的楼梯。经过了几个房间后，他们来到一间内室。门打开，有个人走过来。不过当发现那不是自己的父亲而是安东尼奥时，伊内兹大为惊恐！

抓捕炼金术士的那些人，至少在他们的职业上是更为诚信的。他们的确是宗教法庭的捕吏。炼金术士被默默地带到这座可怕的法庭的阴暗监狱。仅仅房屋的外观就让人高兴不起来，它几乎会使人绝望。这是满怀邪恶者在这个美丽的世界用魔法弄出的恐怖地方之一，它并不逊色于想象中的恶魔与被诅咒者的那些洞穴。

一天又一天沉闷地过去，没有任何迹象表明时间在消逝——除了透过地牢狭窄的窗户发出的微光慢慢熄下去又亮起来，不幸的炼金术士与其说被限制不如说被埋没在里面。他的女儿如此无助，缺乏经验，种种不确定因素和恐惧困扰着他的头脑。他极力从每天给自己带来一份食物的人那里打听她的消息。此人张大眼睛，好像为在这座寂寞神秘的房子里让人问及一个问题感到惊讶，他一声不响离开了。以后的每次努力同样毫无结果。

许多麻烦给可怜的炼金术士带来苦恼。就在即将取得成功时，他的工作再次被打断，这个麻烦可不小。他从来没有如此接近过这一宝贵的秘密——稍微再久一点，他的所有希望就将实现。想到这些失望，他甚至比担心遭到无情的宗教审判更痛苦。他醒着时的想法跟随他进入梦里。他在想象中被带到实验室，再次忙碌于曲颈瓶和蒸馏器之间，置身于吕利、达巴诺、奥利比尤斯[1]和这门崇高艺术其余的大师当中。金属嬗变的时刻即将到来。某个天使般的形体将会从熔炉中升起，拿着装有宝贵的万能药的容器。可是没等抓住那个珍品他就醒了，发现自己身在地牢里。

为了把老人诱入陷阱，从他身上找出不利的证据，证实某种反对他的秘密信息，所有精明巧妙的审讯手段都使用上了。他被指控施行巫术和占星术，有大量证据被暗中提出来予以证实。将所有情况一一列举将是乏味的，它们显然得到了确证，那个秘密原告也极力加以引用。塔楼里大多时候寂静无声，阴郁沉闷，甚至住在里面的人也悄无声息，这些都被用来证明里面进行什么邪恶的勾当。炼金术士在花园里谈话和独白时被偷听，并且误传出去。塔楼里夜晚出现的灯光和奇异的现象被极大地夸张。据说午夜从那里传出尖叫和喊声，人们确切地断言此时老人通过咒语产生了精灵，甚至迫使死人从坟墓里起身，回答他的问题。

按照宗教法庭的惯例，炼金术士对于原告、反对他的证人甚至他受到指控的罪行，完全一无所知。他受到一般的调查，无论他是否明白自己为何被捕，是否意识到任何应该引起宗教法庭注意的罪行。他就自己的国家、生活、习惯、追求、行为和观点接受了调查。老人的

---

1　原文分别为 Lully, D'Abano, Olybius，其中的第二位前面有注释。

回答坦然简单。他并没觉得自己有任何罪过，有任何狡诈的行为和从事任何虚伪的事情。他受到一般警告，要他想想是否犯下任何应受惩罚的罪行，并通过忏悔做好获得法庭众所周知的宽容的准备，之后他被关押到牢房里候审。

现在宗教法庭狡猾的捕吏们到地牢里探望他，他们假装出同情仁慈的样子，亲切友好地和他交谈，以便消磨掉监狱里沉闷单调的时间。他们随意提起炼金术的话题，谈的时候非常谨慎，显得并不关心。这样的精明根本用不着。诚实地热心于炼金术的人天生没有猜疑：他们一提到他最喜欢的话题，他就忘了自己遭到的不幸与监禁，对于这一神圣的艺术不乏溢美之词。

谈话巧妙地转而谈到有着初级生命的精灵。炼金术士爽快地承认自己相信它们，也曾有过它们服侍炼金术士、帮助其实现希望的例子。他讲述了许多据说由阿波罗尼斯·塞安尼亚斯在精灵或群魔的帮助下创造的奇迹，以致他因为反对弥赛亚[1]而受到异教徒的拥戴，甚至受到许多基督徒的尊敬。捕吏们急切地询问他是否认为阿波罗尼斯是个真正相称的炼金术士。这位老人即使天真单纯，也因为真挚虔诚而受到保护，因为他谴责阿波罗尼斯是个巫士和骗子。任何把戏也无法让他承认，他在自己的追求当中利用或借助过超自然的精灵，虽然他认为自己经常受到过其无形的阻碍。

审问者们无法诱使他承认具有犯罪性质的事情，感到十分懊恼。他们把这归咎于手段不佳、老人固执等所有原因，就是没有考虑到正确的原因，即无辜的幻想家根本没有需要承认的罪过。他们有大量对

---

1 犹太人所期待的救世主。

他不利的秘密证据，不过极力让囚犯供认是宗教法庭的惯常之举。"自我补赎"[1]即将到来。可敬的神父急于给他定罪，他们总是迫切想让很多犯人接受火刑，以便给自己庄严的胜利增添光彩。他最后被带去接受最终审查。

审讯室宽大阴暗，一端有个大十字架，那是宗教法庭的标记。屋子中间有一张长桌，桌旁坐着审讯官们及其秘书。另一端有一张供犯人坐的凳子。

按照惯例，他光着头和脚被带进屋里。他由于受到监禁和折磨，始终为孩子生死未卜以及实验遭遇灾难性中断担忧，所以变得衰弱无力。他弯着腰，无精打采地坐在那里，头耷拉在胸前，整个外表显得"没有希望，让人抛弃，而且也自暴自弃"[2]。

对他的指控以一种特殊形式提出来。他被直呼其名费利克斯·德瓦斯克斯，先前的卡斯蒂利亚人。审讯官让他对于有关巫术和鬼神术的指控作出应答。他们告诉他指控有充分证据，问他是否愿意以彻底的忏悔请求神圣的宗教法庭给予众所周知的宽恕。

炼金术士对指控的性质显得有点吃惊，但只是简单地回答："我是无辜的。"

"你如何证明自己是无辜的呢？"

"应该由你们来证明自己的指控才恰当，"老人说，"我是个旅居这里的外地人，不认识我住所之外的任何人。我只能用一位君子和卡斯蒂利亚人的诺言替自己辩护。"

---

1 宗教法庭的一种仪式，让被定罪的人公开接受火刑之类的惩罚。
2 语出英国诗人弥尔顿的《力士参孙》。

审讯官摇摇头，就他的生活方式和追求继续重复先前提出的各种询问。可怜的炼金术士太虚弱了，内心太疲惫了，只能作出简短回答。他要求某位懂科学的人检查他的实验室和所有书籍、文献，由此可以充分表明他只是在从事炼金术研究。

对此审讯官说，炼金术只是为不可饶恕的秘密罪行提供了庇护，又说从事炼金术的人容易毫无顾忌地以种种手段满足其对金子无度的贪婪。已知有些人使用符咒和不敬的仪式，念咒召唤邪恶精灵的帮助，而且还把自己的心灵出卖给人类的敌人，以便在世时大肆享用无尽的财富。

可怜的炼金术士耐心地或至少被动地听着这一切。除了以诺言相告外，他不屑于为自己的名声辩护。当仅仅涉及他本人时，他对于有关巫术的指控一笑置之。但是当崇高的艺术——它成为他人生研究的课题和深爱的对象——受到攻击时，他再也无法默默地倾听了。他的头渐渐从胸口上抬起来，因为激动脸颊微微发红，然后时红时白，最后变得通红起来。他额头上冷冷的湿气变干了。几乎没有了光泽的眼睛再次发亮，像通常那样燃烧起想象之火。他开始为自己最喜爱的艺术辩护。他的声音最初是微弱的，断断续续，但他越讲越有力量，最后变得深沉洪亮。他的情绪随着问题的提出越来越高涨，同时他缓缓地从座位上站起身。他把至此仍裹住手脚的薄薄的黑罩衫脱掉。他的外形和面容显得异常，甚至这也让他说的话给人留下深刻印象，仿佛一具尸体突然复活了似的。

那些无知平庸的人对炼金术进行诽谤，他轻蔑地予以反击。他断言这是一切艺术与科学之根源，并引用了帕拉塞尔苏斯、桑迪沃杰斯、雷蒙德·吕黎[1]和其他人的观点予以佐证。他坚持认为炼金术的目的和手段是清白无辜的。其目的是什么？是要让生命与青春不朽，是产生金子。"长生不老药，"他说，"并非是施了魔法的药剂，而只是把生命元素进行浓缩后的产物——大自然借助其创造的东西将生命元素分布于各处。点金石，或者以不同方式所称的酊剂或粉剂，绝非是带有巫术的法宝，而只是由微粒组成的东西，金子在其内部便含有这种微粒，以便能够再生。因为金子也像其他东西一样内部含有自己的种子，尽管本身的盐分和硫黄以巨大的力量将它牢牢固定。于是，在寻求发现不老药时，"他继续说，"我们只是在寻求用大自然某种自身的特定东西，抵抗我们的身体易于患上的疾病和出现的衰退。医生利用他的医术，以微妙的化合物和巧妙的蒸馏物恢复我们日渐衰弱的体力，在一段时间里避免死亡的打击，除此之外还会有什么呢？

"还有，在寻求使这种贵金属倍增的过程中，我们也只是通过自然手段，寻求让自然产物的某个特别种类得以产生和扩大。农夫求助于时间和季节，通过或许会被视为自然的法术，仅仅用手播种，就让整个平原覆盖上金色的植物，除此之外还会有什么呢？的确，我们的艺术的秘密深藏不露，十分隐秘，不过它需要更诚实纯真的思想深入其中。不，神父！真正的炼金术士必须身心纯洁，他必须有节制、有耐性、有道德，并且警醒、温和、谦逊而虔诚。'我的孩子，'我们这一位艺术大师赫耳墨斯·特里斯墨格图斯说，'我的孩子，我首先告诫你要敬畏上帝。'不错，唯有通过对思想意识真诚地进行修正，让心灵净化，炼金术士才能够进入真理的神圣核心。'辛勤工作、祈祷

---

[1]　原文分别为 Paracelsus, Sandivogius, Raymond Lully。

和读书'是我们这门学问的座右铭。正如德·努斯蒙特说的,'这些崇高非凡的恩惠不会赐给其他任何人,而只会赐给上帝之子(即善良而虔诚的人),他们得到上帝慈父般的恩赐,通过各门艺术王冠——即神圣的自然科学[1]——的援助之手,在同等条件下获得了有利机会'。确实,这门学问的性质被视为是相当神圣的,据说上帝有四次特意传授给了人类,使其成为神秘智慧的一部分——它被天使透露给了亚当,以便为失去天堂安慰他;还透露给了灌木丛中的摩西[2]、梦中的所罗门和以斯达士。[3]

"所以,恶魔和邪恶精灵非但不是炼金术士的朋友,反而始终是他不得不与之斗争的敌人。它们不断地企图关闭通向真理的大门,而那些大门将使他摆脱所陷入的卑劣处境,回到最初与生俱来的最佳状态。因为延长寿命,获得充足的财富,使拥有者从一门艺术追求至另一门艺术,从一门学问追求至另一门学问,让他的活力不会因疾病而受到损害,不会因死亡而中断,除此之外还有什么作用呢?为此,先贤和炼金术士们将自己封闭在密室与孤寂的地方,置身于大地的深处和陋室,放弃生活中的乐趣和世上的欢愉,忍受着轻蔑、贫穷和迫害。为此,雷蒙德·吕黎在毛里塔尼亚被石头砸死;为此,不朽的彼得罗·达巴诺在帕多瓦受到迫害,当他以死来摆脱迫害者后,其肖像也被恶意烧毁;为此,所有国家的杰出人士英勇无畏地以身殉难;为此,假如平安无事的话,他们会勤奋刻苦工作到生命的最后一刻,直到脉搏停止跳动。他们希望最终获取为之努力奋斗的奖赏,甚至到了坟墓的边

---

1　尤指炼金术、星占术和天文学。
2　犹太人的古代领袖。
3　公元前 5 世纪希伯来学者、著名祭司、犹太教领袖。

缘也要打住！

"因为，一旦炼金术士达到他辛勤工作的目标，一旦惊人的秘密出现在眼前，他的状况将发生怎样辉煌的变化！他将怎样从孤寂隐蔽的地方脱颖而出，像太阳从黑暗的夜晚冉冉升起，将光芒投向大地！他被赋予了永久的青春与无限的财富，将达到怎样的智慧高峰啊！他会怎样沿着知识的道路不断走下去，这条道路至此因为每个炼金术士死亡而中断！并且，由于美德随着智慧的增加而增加，所以他会成为同胞们的恩人，以慷慨大方但谨慎小心善于区别之手，把所掌握的无尽财富分发出去。他会以此消除贫穷——它是许多悲哀与邪恶的根源。他会鼓励探索各门艺术，提倡各种发现，扩大正当享乐的一切途径！他的人生将成为世代联结的纽带。历史将活在他的回忆里，遥远的岁月会用他的嘴说话。世上各国将视他为导师，国王会坐在他的脚旁向他求教。啊，多么光荣！啊，神圣的炼金术！"

审讯官在此打断老人，他让对方讲了这么多，希望从其毫无防备的热情中搜集到某种东西。"先生，"他说，"你说的这一切都漫无边际，虚无缥缈。你被指控施行巫术，为了辩护你向我们发表了一番关于炼金术的狂言。难道你没有更好的言辞替自己辩护吗？"

老人慢慢地重新坐下，但没有回答。他眼中闪现出的光彩渐渐消失，脸颊也变得像惯常那样苍白。但他并非陷入空虚茫然之中。他坐在那儿，显得沉着、平静、耐心的样子，就像一个准备好忍受而非抗争的人。

对他的审讯持续了很长时间，正义受到无情的嘲弄，因为法庭上没有任何面对被告的证人，后者不断地在毫不知情的情况下替自己申辩。某个未知强敌对这位不幸的炼金术士进行着所谓的指控，可他想象不出是谁。他旅居在此地，人生地不熟，独自并无伤害地从事着研究，他是如何引起了这样的敌意呢？然而反对他的秘密证词如潮水一般强大。他被宣判犯下施行巫术的罪行，将在临近的"自我补赎"时刻处以火刑，以此赎罪。

当不幸的炼金术士在宗教法庭上经受审讯时，他的女儿所面临的考验同样严峻。她现在落入了安布罗西手里，他正如先前提示的，是整个格拉纳达最胆大妄为、无法无天的放荡家伙。他脾气暴躁，易于发怒，为了满足自己的欲望会不惜一切代价。但尽管有这一切毛病，他也不无礼貌、拥有本事和技能，所以他在女人当中非常成功。他的感情冒险从宫殿一直延伸到村舍。他的小夜曲困扰着格拉纳达半数丈夫的睡眠。没有任何阳台高得让他无法采取冒险企图，也没有任何村舍低得让他无法进行背信弃义的勾引。可是他虽然薄情易变但也热情满怀，成功使他变得自负任性。他的玩弄手段让女人成为牺牲品，且对她们毫无爱慕依恋之心。有许多苍白的面容和呆滞的目光，在闪亮的珠宝中现出含情脉脉的模样；有许多正在破碎的心，在土里土气的紧身女胸衣下面颤动着，这些都证明了他的成功与不忠。

但是轻而易举的征服使他厌烦了，迅速、不断的满足让他对生活失去兴趣。而在追求伊内兹的过程中，他遇到了从未有过的难度和冒险。这使他从纯粹单调乏味的世俗生活里被唤醒，用冒险的魅力刺激自己。他先前成了一个享乐者，现在他手里掌握着这个腼腆的美人，决心要把自己的享乐延伸一下，逐渐战胜她在美德上的顾虑与坠落之感。他对自己的容貌和本领很自负，认为任何女人也抵挡不了多久。这是一种通过特殊手段与魅力，对极力获取某种东西的技能的检验，他确信这东西通过暴力任何时候都能得到。

因此，当伊内兹被密使带到他面前时，他假装没注意到她的恐惧和惊讶，而是以正式端庄的礼仪接待了她。他是个相当机警的捕鸟人，不会在鸟儿刚被网住时就去让它恐慌。她心急如焚地询问父亲的情况，他则请她不用惊慌，说她父亲是安全的，之前来过这里，眼下在别处忙于某件重要的事情，不久会回来。同时他留言说，她应该耐心等待她父亲返回。安布罗西按照通常的礼节做了一番冠冕堂皇的表白后，礼貌地鞠一下躬，离开了。

伊内兹的头脑里充满烦恼和困惑。安布罗西显得那么庄重而正式，她感到非常意外，所以没把已到嘴边的、指责怪罪的话说出来。他把她控制在手里，难道有什么险恶的用心吗？难道他会用如此呆板的礼节对待她吗？可是，她又为何要被带到他的房子里来呢？难道安东尼奥神秘地消失与这无关？她的头脑里突然产生一个想法：安东尼奥再次遇上了安布罗西——他们打斗过——安东尼奥受了伤——也许奄奄一息！她父亲就是去了他那里——是在他的要求下安布罗西才让他去的，以便在他临死的时刻给予安慰！这些和其他许多类似可怕的暗示困扰着她。她极力从仆人那里获取消息，但徒劳无益。他们只知道她父亲去过那里，然后走了，不久会回来。

她就这样度过一个不安的夜晚，模模糊糊怀着令人痛苦的担忧。她不知如何做才好，或者该相信什么——是该逃走呢还是留下来。而如果要逃走，她如何让自己脱身呢？她去哪里找父亲？天亮后仍然没有他的丝毫消息，她更加惊慌起来。最后她父亲让人带信来说，眼下的情况使他无法回到她身边，不过让她马上赶到他那里。

她怀着一颗热切激动的心跟随带路的人出发，然而她根本没想到自己只是在改变牢房罢了。安布罗西担心有人会跟踪她，找到他在格拉纳达的住所，或者他在实现自己引诱她的计划前被阻止。于是现在他把她转移了，前往他在格拉纳达附近大山里的某个隐居处拥有的一座房子，这里虽然偏僻但却美丽。她到达时并没见到父亲或安东尼奥，出现在眼前的只有陌生的面孔：仆人个个恭敬有加，但是除了尽量迎合主人外，他们要么什么也不知道，要么什么也没看见。

她刚一到达安布罗西就出现了，举止不像先前那样温文尔雅，但对她仍然极其殷勤恭敬。伊内兹太焦虑担忧了，以致他如此有礼貌也没使她感到困惑，她强烈要求把自己带到父亲那里去。

安布罗西显得极其为难。他拖延了一会儿，假装困窘的样子，最后承认抓走她父亲完全是个计谋。那仅仅是一个虚假的警报，以便使他得到眼前的机会接近她，极力不让她那么固执和反感——他声称这一切几乎弄得他心烦意乱。

他向她保证她的父亲已安全回家，正做着平常的工作，他十分满意女儿在值得尊敬的人手里，不久就会回到自己身边。她扑过去跪在安布罗西的脚旁，恳求放她走。但他只是礼貌地请求她原谅他不得不采取的、似乎是暴力的行为，请求她对他怀有的敬意相信片刻。"你在这里，"他说，"绝对是一切的女主人，谁也不会说什么或做什么惹你生气。我甚至不会打扰你，强迫你倾听我这不幸的感情它正吞噬着我的心。如果你要求，我甚至会从你眼前离开。但是现在彻底与你分别，让你的头脑充满了疑惑和怨恨，还不如让我死了更好。不，美丽的伊内兹，你首先得对我有所了解，根据我的行为知道我对你的感情既强烈，又温和恭敬。"

他保证她的父亲是安全的，这虽然从一个方面缓解了伊内兹令人痛苦的忧愁，但却使她为自身的安全恐惧大为增加。不过安布罗西继续狡猾地顺从她，这不知不觉减少了她的恐惧。她的确发现自己成了一个俘虏，可似乎从孤立无援的她身上也得不到什么好处。她想过几天让安布罗西相信他的希望是荒谬的，她会说服他，让她回到家里，想到这些她得到了安慰。所以，几天后她的恐惧和痛苦平息下去，变成一种消极屈从、令人焦虑的忧伤，她就这样等待着期望的事发生。

与此同时安布罗西还用尽一切把戏，以便控制她的意识，使她的感情掉入陷阱，让她的心变得柔顺。在勾引女人方面，安布罗西是玩弄阴谋诡计的高手。就连他的房子都显露出既使人消沉又让人欢愉的氛围。就是在这儿，在隐蔽于橘子与桃金娘林的昏暗大厅和朦胧的房间里，他时时把自己关闭起来，与好奇的世人隔绝，尽情地寻欢作乐。

房间布置得相当豪华奢侈。丝织沙发摸着十分松软，轻轻按一下就陷了下去。一幅幅绘画和雕像无不讲述着经典的爱情故事，不过里面却包含着阴险狡猾的用心，这虽然消除了可能使人反感的、不太有品位的东西，但也更适合于激发想象。这儿可见到风华正茂的阿多尼斯[1]，他并没有跑开去进行猛烈的追踪，而是被戴上花冠，在天国的美人怀中憔悴下去；这儿可见到阿西斯在树荫里向伽拉忒亚[2]求爱，西西里海平静地展现在他们眼前；此外还描绘着一群群农牧神和树神，它们天真、喜爱地斜倚在夏日的凉亭里，倾听着清脆的牧笛声；或者描绘着淘气的半人半兽，它们在某个林中仙女午睡时把她惊醒。在用历史故事装饰的挂毯上还可看见贞洁的黛安娜[3]，她在神秘的月光下悄悄

---

1    爱与美的女神阿佛洛狄忒即维纳斯所恋的美少年。

2    海洋女神。

3    月亮和狩猎女神。

吻了睡着的恩底弥翁[1]。而在不朽的大理石上相互拥抱的丘比特和普绪喀，则显示出爱的初吻。

强烈的阳光被挡在宜人的大厅外面。乐手不知从什么地方弹奏出柔和的音乐四处飘扬，似乎与许多鲜花散发出的芬芳融合在一起。夜晚，当月亮将美丽的月光照耀到这片景色时，花园的凉亭里会传来温柔的小夜曲，从中常可听出安布罗西悦耳的声音。或者从山里传来多情的长笛声，在那忧伤的旋律中吐露出了一个情人心中的哀愁。

安布罗西还设计出种种娱乐方式消除她的寂寞，不让她有自己被监禁的念头。一些安达卢西亚舞者在华丽的大厅里跳着本地独特的舞蹈，或者表演热情短小的芭蕾舞剧，让人看到牧人卖弄风情和求爱的某种开心场面。时而有些歌手在浪漫的吉他伴奏下，用柔和的颤音唱出充满激情与温柔的小调。

所有伊内兹身边的一切都是为了给她带来快乐和满足，但这是白费心机的，让她厌恶。她的思绪从眼前享乐的华贵场面回到她被人出卖的家——它虽然卑微但却是纯朴的——这时她的眼里会涌出泪水。或者，假如富有魅力的音乐一度让她安慰，使她陷入温情的思考，那么她也是不无喜爱地想到了安东尼奥。但假如安布罗西被她这种短暂的平静欺骗，竟然此时向她低声表明自己的感情，那么她会仿佛从梦中惊醒，无意中哆嗦一下，退缩回去。

她度过了极其漫长痛苦的一天，晚上一队雇用的艺人竭尽全力唱歌跳舞，讨她开心。可是当高大的客厅回响起他们的歌声，轻盈的脚步和着歌的节拍踩到大理石地面上时，可怜的伊内兹却把脸埋在她所

---

1　希腊神话中月之女神所爱的英俊牧童。

靠着的丝织沙发里，欢乐的声音弄得她更加难过。

最后她注意到某个歌手的声音，它给她带来了模模糊糊的回忆。她抬起头，忧虑地看一眼艺人，他们像通常那样在大厅的下端。

其中有个人走到前面一点。那是个女的，穿着奇异的牧人服装，这与她扮演的角色相吻合，但她的面容是不会被弄错的。她正是那个两次与伊内兹相遇，并神秘地暗示伊内兹周围潜藏着危险的民谣歌手。当其余演出结束后，她抓起一只手鼓高高举起，伴随自己的音乐独个跳起来。在跳舞过程中她接近靠在沙发上的伊内兹。她一边打响手鼓，一边巧妙地把一个纸团抛到沙发上。伊内兹赶紧把它抓住藏在怀里。唱歌跳舞结束了，各种艺人都退去。伊内兹独自留下，她急忙打开被神秘地抛给自己的纸团。上面的笔迹显得抖动不稳的样子，几乎辨认不清："保持警惕！你处在背叛之中。别相信安布罗西的宽容，你注定要成为他的猎物。某个由于他背信成为卑微的受害者在提醒你：你周围有太多危险，不能说得更直白了。你父亲在宗教法庭的地牢里面！"

伊内兹读着可怕的纸团上写的字时觉得一阵晕眩，她对父亲的处境所充满的恐惧胜过了对自身危险的惊慌。安布罗西一出现她就冲过去扑倒在他脚旁，恳求他救自己的父亲。他惊讶地盯着她，不过马上恢复镇定，极力用花言巧语安慰她，保证说她父亲是安全的。她仍然无法平静，因纸团上的字所产生的巨大担忧可不是弄着玩的。她声明自己知道父亲被宗教法庭囚禁起来，一次次发狂地恳求安布罗西救他。

安布罗西困惑了片刻，但是他太机灵了，不容易给弄糊涂。"我早知道你父亲是个囚犯，"他回答，"我之所以对你隐瞒，是不想让你徒劳无益地担忧。你现在明白了我限制你自由的真正原因：我一直在保护你而不是扣留你。为了帮助你父亲我已做了一切努力。不过我遗憾地说，他被指控违法的证据太有力了，无法反驳。尽管如此，"他补充说，"我有能力救他。我有影响，也有一些手段作后盾。不错，这会使我陷入麻烦，也许还会蒙受耻辱。但是如果有希望得到你的爱，我还有什么不愿做的呢！说话呀，美丽的伊内兹，"他说，突然两眼流露出渴望的目光，"你的话会决定你父亲的命运。一句好话——只需说你会是我的人，你会看见我跪在你脚旁，那么你的父亲就会自由，变得富有，我们都会幸福的！"

伊内兹带着轻蔑和怀疑退回去。"我父亲，"她大声说，"是非常无辜清白的，不会被宣判有罪。这是某种卑鄙无耻的阴谋！"安布罗西重复着他的表白，还无耻地向她求婚。可是他的热切却没有中靶：他提出的卑鄙想法使她产生愤怒与怀疑。他离开了她，她的举止中突然表现出的自豪与尊严阻止了他，使他感到敬畏。

不幸的伊内兹这时变得极其痛苦焦虑。安布罗西看到自己脸上的面具已经脱落，那些把戏的本质也暴露出来。他已走得太远，无法回头，所以假装显得温和敬重的样子。她对他的诱惑满不在乎，这的确使他窘迫愤怒，现在他只有用她的恐惧来征服她。他每天向她表明威胁她父亲的危险，说只有他才能够予以避免。伊内兹仍然不相信。她对于宗教法庭是个什么样一无所知，不明白清白无辜的人并非总能免受它的残酷迫害。她太坚定地信赖父亲的德行，不相信有任何指控会打败他。

最后，安布罗西为了对她的自信进行有效打击，让她看到临近的"自我补赎"的公告，上面列出了一些囚犯。她扫一眼公告，注意到父亲的名字，他因为施行巫术被判处火刑！

她一时被吓得呆若木鸡。安布罗西抓住她短暂的平静时刻，用假装温和的语调说："他的生命还在你手里。你只需说一句话，一句好话，我就能救他。"

"你是个没有人性的卑鄙家伙！"她喊道，回过神来，无比厌恶地退回去，"你就是这一切的祸根，是谋害我父亲的凶手！"然后她痛苦地绞着双手，发出难过得发狂的指责。

卑鄙的安布罗西看到她心里备受折磨，预料自己会取得成功。他看到，她在目前失控的情况下根本没心思听他说话。不过他相信，她独自沉思时所产生的恐惧会让她精神崩溃，迫使她屈服于自己的意愿。然而，在这一点上他也失望了。可怜的伊内兹经历了太多的沧桑。某个时候她也许会抱住他的膝盖深深地求情，但另外的时候她又会退缩，为他这样一步步逼近感到紧张害怕。不过，他关于自己情感的任何暗示只会引起她同样的厌恶和痛恨。

最后致命的一天临近了。"明天，"一天晚上安布罗西离开她时说，"明天就是'自我补赎'的日子。明天你会听见为你父亲敲响的丧钟，你几乎会看见烧死他的柴堆冒出青烟。我让你自己决定吧，我还有能力救他。想想你是否能够毫无畏缩地抵挡明天的恐惧！想想你是否能够忍受今后的回忆：是你造成了他的死亡，而这仅仅因为你任性，拒不接受我给予你的幸福。"

这对于伊内兹是怎样一个夜晚啊！持续不断的焦虑已经困扰着她的心，差不多使之破碎。她变得虚弱无力。处处都有恐惧等待着她。父亲的死亡，她自己的耻辱——好像她根本无法避免痛苦或毁灭。难道人类无法解救她了吗——上天对她没有任何怜悯了吗？她惊呼道："什么——我们做了什么，会变得如此不幸？"

随着黎明的到来，她发狂的心变得痛苦不堪。她无数次地试图打开房间的门窗，迫切地希望逃离。唉！把她监禁起来的豪华房子太牢固结实了，她那柔弱的双手无法让自己逃出去。她绝望痛苦地倒在地板上，像一只可怜的鸟儿在镀金的笼子里拍打翅膀，直到气喘吁吁地倒下去。她热血沸腾，舌头极度发干，太阳穴抖动得厉害。她不是在呼吸而是大口地喘气，好像她的头脑着火了似的。"圣母马利亚！"她喊道，紧紧握住双手，抬起紧张不安的眼睛，"求您怜悯，看看下面的我，在这可怕的时刻保佑我吧！"

就在要天亮时，她听见钥匙轻轻在房间的门上转动的声音。她感到害怕，担心是安布罗西，一想到他她就恶心难受。进来的原来是个衣着简朴的女人，脸被披肩头纱遮住了。她静静地走进房间，小心地看看四周，然后揭开头纱，露出那张被人熟知的民谣歌手的面容。伊内兹惊叫起来，几乎感到高兴。陌生女子忽地退回去，把手指放在嘴唇上让她别出声，然后示意她跟上自己。她匆忙罩上面纱，听从对方的吩咐。她们迅速悄然地经过前厅，穿过宽大的厅堂，沿着过道走去。整座房子寂静无声，所有的人还在沉睡中。她们来到一扇门口，陌生女子用钥匙打开门。伊内兹觉得疑惑，不知什么新的背叛正在威胁着自己。她把发凉的手放在陌生女子的胳膊上，问："你要把我带到哪里去呢？""带向自由。"对方低声回答。

"你清楚这座房子的通道吗？"

"太清楚了！"姑娘回答，忧郁地摇摇头。她脸上有一种显得悲愁的诚实表情，这是不容怀疑的。门打开了，通向一个小平台，从房子的几扇窗口可以俯视到它。

"咱们必须快速穿过这里，"姑娘说，"不然就会被人察觉。"

她们飘然而过，好像脚几乎没碰到地面似的。一段阶梯通向下面的花园。底部有一扇小门，上面的门闩被轻易拨开。她们屏息着，迅速穿过仍然在房子视野里的一条小径，不过房里似乎没有任何人的动静。最后她们来到一堵墙内低矮的便门，它的一部分让无花果树遮住。这个门被生了锈的螺栓固定着，她俩力气弱小，怎么也打不开。

"圣母啊！"陌生女子叫道，"怎么办呢？再过片刻我们就会被发现了。"

她抓起旁边一块石头，用它敲打几下后螺栓松动了，她们打开门时发出刺耳的摩擦声，随即她俩发现自己来到一条窄道上。

"现在，"陌生女子说，"尽快赶到格拉纳达吧！咱们越接近它就越安全，因为路上的人会多起来。"

因为她们正冒着被追踪抓住的危险，所以浑身有了超凡的力量。她们与其说在跑不如说在飞奔。这时天已亮了，地平线上呈现出深红的光线，表明太阳就要升起。飘浮在西边天空的轻云已经染上金紫色，尽管开始展现在她们眼前的广阔的维加平原笼罩在早晨朦胧的薄雾里。她们在路上只遇到几个游荡的农民，万一她俩被人追上他们也帮不了什么。她们继续匆匆向前赶路，已经跑了相当远距离，这时伊内兹的体力——她只是因为高度紧张才一直支撑着——开始下降，她感到疲乏：她放慢了脚步，身子摇摇晃晃。

"唉！"她说，"我手脚发软，走不动了！"

"坚持一下吧，坚持一下，"同伴乐观地回答，"再往前一点咱们就安全了。看！格拉纳达在那儿，就出现在我们下面的山谷里。再往前一点我们就会走上大道，那时会有许多行人保护我们。"

伊内兹受到鼓励，重新努力向前走去，可是她虽然心中迫切，疲乏的手脚却帮不上忙。由于极度痛苦和恐惧，她感到嘴和喉咙发干得厉害：她上气不接下气，身子靠在一块岩石上。"完全没有用！"她大声说，"我觉得像要昏倒似的。"

"靠在我身上吧，"同伴说，"咱们钻进那边的灌木丛里藏起来。我听见了水声，水可以让你恢复精神。"

她们好不容易来到灌木丛，下面是一条小山溪，在这里，闪亮的水越过岩石落入一个天然的水池。伊内兹精疲力竭地倒在地上。同伴用手捧来水，淋到她苍白的额头上。凉爽的水使她精神一振，她可以走到溪水边喝着清澈的水。然后她把头靠在救自己的同伴的胸口上，第一次得以低声说出心中的感激。

"唉！"同伴说，"我不值得感谢，不值得你夸赞。你从我身上看到的，是安布罗西那些诡计的牺牲品。早年他曾把我从父母家勾引走。瞧！我出生的村子就在那边远处朦胧的山脚下，可它再也不是我的家了。他从那儿勾引我，我太年轻，还不能思考。他开导我，教我各种技能，让我意识到爱情、光彩和优雅这些东西。然后他厌烦了我，忽略我，把我抛弃到世上。幸运的是，他教给我的技能使我不至于一无所有，他在我身上激发出来的爱也使我没有继续坠落。是的！我承认自己软弱，他的一切背叛和错误都无法把他从我心中抹去。我生来就是爱他的，我没有别的偶像：我知道他卑鄙，但是禁不住要崇拜他。我混合在那群被雇用来为他提供娱乐的人当中觉得满足，因为这样就仍然可以逗留在他身边，仍然可以逗留在那些我曾经作为有权有势的女主人的大厅里。那么我帮你逃跑有啥功劳呢？我几乎不知道这样做是出于同情呢，还是很想把另一个牺牲品从他的控制中解救出来，或者是出于嫉妒，迫切想把一个太强大的对手弄走！"

　　她这样说的时候，光辉灿烂的太阳冉冉升起。太阳首先照亮山顶，之后悄然慢慢地照射下去，直到阳光使格拉纳达的一座座圆屋顶和高塔熠熠生辉，使它们从下面的树林间若隐若现。就在此刻远处传来洪亮的钟声，声音沉闷地沿着大山发出回响，让伊内兹脸色发白。她明白是从大教堂传来的，钟声在"自我补赎"日太阳升起之时敲响，发出丧葬准备的声音。它每一次敲响都撞击着她的心，仿佛给她带来肉体上的巨大痛苦。她发狂地突然跳起来。"咱们走吧！"她喊道，"片刻也不能耽搁！"

　　"停停！"同伴大叫，"那边有些骑士正翻过远处山头的崖顶。如果我没弄错，为首的就是安布罗西。啊！就是他！咱们完了。等等！"她接着说，"把你的围巾和面纱给我，你用这个披风把自己包裹起来。我沿着那边通向山顶的小径冲上去，同时我会让面纱飘起来。也许他们会把我误当成你，然后一定会下马来跟着我。你赶紧往前跑，很快就会到达大道。你手指上有珠宝，遇到第一个骡夫就买通他，让他驮你一程。"

　　同伴匆匆忙忙、气喘吁吁地说完这些话，两人很快交换了服饰。然后那女子冲上山路，白色的面纱在暗淡的灌木间飘舞。而伊内兹在新的力量或者说新的恐惧激发下向大路跑去，靠上天把脚步蹒跚的她带向格拉纳达。

　　在这个阴郁日子的早晨整个格拉纳达都骚动起来。大教堂的巨钟持续发出洪亮的钟声，声音传遍城市的每个地方，召唤所有的人去观看即将展示的可怕场面。行刑队伍即将经过的街道挤满人群。窗口里、房顶上，凡是可以容纳下一张脸或落脚处的地方，都拥挤着观看的人们。在大广场上，有个极其宽大的平台像圆形剧场一样搭建起来，对囚犯们的宣判将在这里宣读，还将在此做关于信仰的布道。旁边是准备好的火刑柱，死刑犯将在那里被烧死。座位已经为大人、花花公子和美妇们安放好。这便是人性中存在的可怕、好奇，人们对于那种令人痛苦的牺牲所怀有的热情超过了对于剧院甚至"牛节"的热情。

随着时间慢慢过去，一处处平台和阳台上挤满了期待的民众。太阳明媚地照耀在一张张美丽的面庞和华丽的服饰上。你会以为这是某个高雅的欢庆场面，而不是为了展示人类的痛苦与死亡。但是，与格拉纳达在其摩尔人辉煌时期所展示出的场面和仪式相比，有着怎样的千差万别啊！"它的各种庆祝活动，锦标赛、拳击赛、圣约翰节、音乐、西班牙舞、值得赞赏的马上冲刺、小夜曲、演唱会，以及格勒拉里弗花园之歌！还有阿文塞拉赫家族昂贵的制服、精美的发明，阿拉巴塞家族的技艺和勇猛，以及热格里、马扎和哥默尔家族高贵的服饰。[1]所有这些都已成为过去。骑士时代结束了。那时，骑兵队昂首阔步，骏马嘶叫，号角响亮，长矛、头盔和小圆盾铮铮发亮。羽毛、头巾和旗子多彩地混合在一起，紫色、深红色、绿色、橙色和各种鲜艳的色彩，与金色和淡黄色的刺绣织物融为一体。可是现在，充满迷信、阴沉黯然的盛会悄然而至，人们戴着蒙头斗篷，身穿粗布衣裳，抬着十字架和棺材，同时伴随着人类苦难的可怕标志。往日的骑士真诚坚强、坦率勇敢，头盔上刻着妻子表达的爱意，盾牌上刻有多情的题词，他似乎要以英勇的行动赢得美人的微笑。如今取而代之的是修过面容、缺乏男子气概的僧侣，他们两眼低垂，头脑和心胸已在冷冷的修道院里

---

1　罗达译《格拉纳达内战》。——原注

　　罗达，即托马斯·罗达（1763—1822）英国书商、古文物研究者和西班牙语研究者。《格拉纳达内战》的作者为 Gines Perez de Hita。

发生蜕变，暗暗为偏执的信仰取得的胜利狂喜"。

钟声告示着阴沉的执行队伍正在到来。它缓缓穿过城市的大街，前面举着宗教法庭可怕的旗子。囚犯们一一走过，司祭跟在后面，法庭捕吏负责警卫。囚犯按照受罚的性质穿着各种衣服。将被执行死刑的人身穿恐怖的萨马拉服[1]，上面涂着火焰和恶魔。队伍很庞大，里面有唱诗班男童、不同宗教等级的人员和政府高官，尤其是还有一些神父，他们"缓慢行进，极其庄严，因为确实欢喜得意，个个成了伟大胜利的大将军"[2]。

当神圣的宗教法庭的旗子临近时，无数的人在它前面跪下。它经过时他们把脸伏在地上，然后再慢慢起身，像巨大的波浪一般。囚犯走近时人们都低声细语，个个张着热切的眼睛，同时用手指点着，辨别不同等级的忏悔者——那些人的衣服表明了他们将受到何种惩罚。不过，当穿着可怕的衣服表明注定被烧死的囚犯走近时，民众嘈杂的声音平息下去。他们好像几乎屏住了呼吸，满怀奇异而可悲的兴趣——人们即以这样的兴趣，注视着人在濒临痛苦与死亡时的样子。

这是一件可怕的事——这是一个沉默无声的人群！周围数以千计的民众静静地注视着，他们挤在墙壁边、门口旁和房屋顶，仿佛成堆地悬挂在那儿，这更加重了阴郁沉闷地行进的队伍所带来的影响。此时能听见牧师祈祷、讲道的低语，以及囚犯们微弱的应答，同时，不时从远处传来唱诗班吟唱圣人连祷的声音。

囚犯们的面容阴郁可怕。即使已被赦免、身穿忏悔服或赎罪服的

---

1  原文为 Samarra。

2  引自《贡沙尔沃斯》第 135 页。——原注

   《贡沙尔沃斯》，原文为 *Gonsalvius*。

人，也流露出所经历过的恐怖迹象。有的因长期被囚禁变得柔弱蹒跚，有的因受到各种酷刑而致残，每一张面容都是悲哀的一页，从上面可以读到他们遭遇囚禁的秘密。而在死刑犯的脸上则显露出某种极其凶猛与渴求的表情，他们似乎在过去备受折磨，对将来毫无希望。他们精神上无比绝望，带着坚定不移的决心，期待着即将经历的与痛苦和死亡的剧烈搏斗。有些囚犯时而苦恼发狂地看一眼周围、阳光照耀的日子和"一座座明媚的宫殿"，以及他们就要永远告别的欢乐、美丽的世界，或者突然愤怒地看一眼无数拥挤的人群，那些人幸福地享受着自由与生活，仿佛在看着他们可怕的处境时，为自身相对安全的状况欢欣鼓舞。

然而对于上述一番话，有个死刑犯却是例外。那是个老人，他腰有点弯，带着平静、沮丧的表情，富有光泽的眼睛流露出忧郁。他正是炼金术士。民众有些同情地看着他，而他们对于被宗教法庭判处死刑的罪犯是难以有此同情的。不过当听说他被宣判犯下巫术罪时，他们不无敬畏痛恨，不再同情他。

行进的队伍到达了大广场。最前面的人已经登上绞刑架，死刑犯走上前去。人群挤得厉害，好像被警卫们一浪浪推过去似的。就在死刑犯进入广场时，人群里传来一声尖叫。人们看见有个脸色苍白、头发散乱的疯狂女人拼命穿过众人。"他是我父亲！他是我父亲！"她只这样喊道，但这喊声使每个人的心震颤。人群本能地退后，为她让开一条道。

可怜的炼金术士本来已顺从了上天的意旨，他通过艰苦的努力，已经面对世界将自己的心封闭起来。这时孩子的声音又让他回到世间的思考与苦恼中。他转向那个十分熟悉的声音，两膝发抖。他极力伸出被束缚的双手，感到自己让孩子紧紧抱住。父女俩太激动了，一时说不出话来。他们只是抽泣着，断断续续发出悲叹，彼此的拥抱中更多的是痛苦而非温情。行进的队伍暂时被打断。僧侣和捕吏们为这种亲情所包含的无比痛苦感到惊讶，不知不觉充满敬意。民众突然怜悯地发出呼喊，他们为一个如此年轻美丽的人所怀有的孝敬和非同寻常、令人绝望的痛苦而感动。

她不顾试图给予她的任何安慰，以及要求她退下去的劝说，最后那些人强行把她与父亲分开。她一时被抛开，但那些人的举动唤醒了她。她突然狂怒起来，一把将剑从一个捕吏身上夺过来。她刚才苍白的面容因愤怒而发红，先前温和忧虑的眼睛闪现出怒火。警卫们敬畏地后退。在这充满孝敬的疯狂里，在这变得绝望的女性的温柔里，有着某种东西甚至感动了铁石心肠的他们。他们极力让她平静，但是没用。她露出热切机敏的目光，如母狼保护幼狼一般。她用一只胳膊紧紧抱住父亲，另一只手威胁着每个靠近的人。

警卫不久丧失了耐心，他们后退是因为敬畏而非害怕。尽管她不顾一切地拼命反抗，但武器很快从她柔弱的手里被夺走，她也在尖叫、挣扎中被带到众人里面。民众低声表示同情，可宗教法庭是相当恐怖的，所以没有一个人试图干预。队伍继续前行。伊内兹极力想挣脱抓住她的捕吏的手，但徒劳无益，这时她忽然看见了面前的安布罗西。

"可怜的姑娘！"他气愤地叫道，"你为啥要从朋友们身边跑掉？把她放回到我的仆人当中去。她受我的保护。"

他的爪牙们上前去抓住她。"啊，不！啊，不！"她怀着新的恐惧喊道，抓住捕吏们。"我没有从任何朋友身边跑掉。他不是保护我的人！他是谋害我父亲的凶手！"

捕吏给搞糊涂了。民众十分好奇地向前推挤着。"别靠近！"暴躁的安布罗西叫道，狠狠地把周围的人群推开，然后他忽然温和地转向捕吏，说："朋友们，把这个可怜的姑娘交给我吧。她让痛苦弄得精神失常了。今天早晨她从朋友和保护人当中逃离出来，不过稍微安静一下，好好安慰安慰她，她就会恢复平静的。"

"我没有发疯！没有发疯！"她竭尽全力喊道，"啊，救救我！——快从这些男人中把我救出去！我在世上除了父亲没有保护人，他们正在谋杀他！"

捕吏们摇摇头。她疯狂的举止证实了安布罗西的话，而他显而易见的地位也让人尊敬和信任。他们把手中的人交给他，他便把极力挣扎的伊内兹交给了自己人。

"放开她，混蛋！"民众里有个声音喊道——人们看见安东尼奥急切地穿过拥挤的人群。

"抓住他！抓住他！"安布罗西对捕吏们说，"他是巫师的同伙。"

"骗子！"安东尼奥一边反驳道，一边把民众左右分开，强行挤到现场。

安布罗西立即从剑鞘里拔出闪亮的剑。安东尼奥也带了武器，他同样保持着警惕。随即两人短兵相接，激烈地搏斗起来，同时人群为他们让道，然后又合拢，不让伊内兹看见，整个场面一时骚动起来。忽然从旁观的人当中传来某种叫喊，于是民众又让开了，伊内兹觉得自己看到安东尼奥倒在血泊中。

这个新的打击太大了，使她已经高度紧张的大脑无法承受。她感到头晕目眩，眼前的一切似乎都在打转。她气喘吁吁、语无伦次地说着什么，昏倒在地上。

几天——几周过去，伊内兹才苏醒过来。最后她睁开眼睛，似乎从烦恼不安的睡眠中醒了。她正躺在一张华贵的床上，房间富丽堂皇地装饰着长镜，大桌上镶着白银，它们的做工相当精致。墙上装饰有挂毯，檐板金碧辉煌。从打开的门那里她发现有个高级厅堂，里面有些雕像和水晶吊灯，再过去是一套套豪华的房间。她屋子的窗户开着，让夏天温和的空气悄然而入，空气里充满邻近花园里散发出的芬芳。从那里还传来喷泉清爽的声音和鸟儿悦耳的鸣啭，它们在她听起来构成了一种合奏曲。

女侍静静地在房间里走动，但她害怕和她们说话。她怀疑是否这一切都是幻觉，或者她是否仍然在安布罗西的宅第里，她的逃离和随之发生的一切是否不过是一场令人焦虑的梦。她又闭上眼睛，努力回忆过去，把现实与想象分开。然而，她清醒时最后的情景极其强烈、无比恐惧地涌现在头脑里，不容置疑。这回忆使她不寒而栗，她再次凝视周围平静安宁的富贵场面。她又张开眼睛时看见一个人影，顿时消除了所有惊恐。在她的床头上坐着一个可敬的人，他显得温和焦虑地看着她——那正是她的父亲！

我无意试图描写随后的情景，以及父女俩欢天喜地的时刻，这些对于她那颗充满深情的心所经历的一切痛苦，不只是给予了报答而已。一旦他们的感情平静一点后炼金术士就走出屋子，以便去领来一位陌生人，正是此人使她的父亲获得了新生和自由。她父亲返回时带来了安东尼奥，他已不再穿着可怜的学生服，而是穿着华丽的贵族服。

这些突如其来的巨大转变，几乎让伊内兹受不了，过了一段时间她才足以镇静下来，明白了关于这个似乎是个浪漫传奇经历的解释。

故事经过是这样的。情人安东尼奥为了追求伊内兹，最初卑微地装扮成一名学生，而他却是巴伦西亚一位大贵族的独子和继承人。他曾被安排在萨拉曼卡大学读书。可是他满怀好奇，渴望冒险，没有征得父亲同意就离开大学去了西班牙各地。他四处漫游的喜好得到满足后，在格拉纳达隐姓埋名了一段时间，直到他通过进一步学习和自我调整后获得学分，得以做好了回家的准备，为自己违反父权而赎罪。

对于他学习多么努力，没有任何记载，我们只知道他在塔楼的那次浪漫冒险。起初只是因为他瞥见一张漂亮的脸蛋，而产生了年轻人的狂想罢了。他成为炼金术士的弟子后，大概也只想寻求一件轻薄的风流韵事而已。然而，经过进一步认识后他深深地爱上了她，并决定把伊内兹和她父亲带到巴伦西亚，相信她的美德能够让他父亲同意他俩结婚。

与此同时，有人对他跟踪得到了他藏身的地方。他父亲得到情报说，他陷入一个神秘冒险者及其女儿设下的圈套，有可能被后者迷惑欺骗。因此派了一些可靠的密使去，要全力以赴找到他，然后立即将他带回家。

他怎样说服父亲——让父亲相信炼金术士是清白可敬的，有着高贵的血统，他的女儿也品格高尚——这些都没有公开。我们只知道他父亲虽然易动感情，但也是个理性的人，这从他同意儿子回到格拉纳达，并把伊内兹作为未婚妻带到巴伦西亚这一点上，就看得出来。

之后，安东尼奥满怀令人喜悦的希望返回。他仍然克制着继续装扮成学生，深情地想象着，当他作为一名四处漫游的穷学生赢得了伊内兹的芳心，让她和她父亲立即变得富裕显赫起来，那时她将多么意外啊！

他到达时，却吃惊地发现塔楼里空无一人。他无法获得关于父女俩的情况。他们的失踪笼罩着他难以理解的神秘，直至他偶然读到临近的"自我补赎"的囚犯名单时，才极其震惊地看到死刑犯中竟然有可敬的老师的名字。

这正是执行死刑的上午，队伍已经在前往大广场的路上，刻不容缓。那位大审判官是安东尼奥的亲戚，尽管他们从未见过面。他首先产生的冲动就是让审判官知道自己，利用一切家族的势力，发挥自己名字的影响，以及自己雄辩的才能，从而证明炼金术士无罪。但是，大审判官已在冠冕堂皇地安排即将举行的致命仪式。如何能够接近他呢？安东尼奥在万分焦虑中冲入人群，强行挤到恐怖的现场，他正好及时赶到，如上所述救了伊内兹。

在他与安布罗西的搏斗中倒地的是后者。安布罗西受了致命伤，心想自己快要死了，便向宗教法庭伴随而来的神父忏悔，承认自己是造成炼金术士被判处死刑的唯一原因，所根据的证据完全子虚乌有。安东尼奥的证词又对这一供认予以证实。而他与大审判官的关系也很可能产生了适当影响。于是，可怜的炼金术士在某种程度上是被从烈火中及时救出的。人们对他产生巨大的同情，这次民众为免除了他的死刑感到欣喜。

对于其余的故事，每个熟悉这段可贵历史的人便不难想象了。安东尼奥娶了可爱的伊内兹，把她和岳父带到了巴伦西亚。正如她是个钟爱孝顺的女儿一样，事实证明她也是个真诚温柔的妻子。不久安东尼奥继承了父亲的头衔和财产，美丽的妻子也闻名四方，成为整个巴伦西亚最漂亮幸福的人。至于安布罗西，他尚未完全恢复，带着残损的身体和毁坏的名声把自己的懊悔与耻辱隐藏在修道院里。而那个被他用诡计玩弄的可怜的牺牲品——她曾帮助伊内兹逃离——则无法克服安布罗西使她心中产生的初恋，虽然她相信他卑鄙可耻——在这个世界中退隐起来，成为尼姑庵里的一个小修女。

可敬的炼金术士和孩子们住在一起。在宅第的花园里专门为他安排了一间屋子作为实验室，他怀着新的热情继续从事研究，继续寻求那个大奥秘。女婿时时帮助他，不过后者结婚后热情和勤奋大大减少，但他仍然会极其严肃专注地倾听老人狂放的言辞，以及所引用的帕拉塞尔苏斯、桑迪沃杰斯和彼得罗·达巴诺的话，这些话每天变得越来越长。真诚、善良的炼金术士就这样平静舒适地生活着，一直活到所谓的高寿年龄，亦即再也做不了什么的年龄。然后他在九十岁就要发现点金石的时候匆匆离去，这对于人类是不幸的。

\* \* \* \* \*

这便是上尉的朋友讲述的故事，上午就这样给消磨掉了。其间时时有人提问和发表意见打断上尉，我没提到这些，以便保持故事的连续性。有一两次将军对他有点影响，因为将军睡着了，呼噜声很响，使得莉莉克拉夫特夫人大为惊骇恼火。在故事中久久地出现了一个温柔的爱情场面时——这尤其合夫人的趣味——不幸的将军（他的头有点耷拉在胸口上）每隔一定时间就发出某种声音，很像在长长地呼出"呸"字。最后他突然发出奇异的喉音，一下把自己惊醒了。他发出哼的声音，有点惊愕地看看四周，然后玩弄起夫人的针线袋来，但是她怒气冲冲地把它收回去。上尉那平稳的声音对于可怜的将军而言，仍然是一种颇有效的催眠剂。将军一直不打眼地待在那儿，身子陷入座位里，直到故事结束才又醒来，这时他的脚踩着了莉莉克拉夫特夫人的"睡美人"小狗，它嗷嗷直叫，咬住他的腿，顿时整个书房回响起狗的吠声和人的喊叫。它睡觉时，从来没有哪个男人让自己如此倒霉过呢。随后终于恢复了平静，大家向上尉表示感谢，就故事发表各种看法。我发现牧师一直想着开头提到的、在格拉纳达挖掘出的那些铅灰色的手稿，他就此向上尉提出几个敏锐的问题。将军不太明白这个故事的意义，觉得它有点混乱。"不过我很高兴，"他说，"他们烧死了塔楼里的那个老家伙。我毫不怀疑他是个臭名昭著的骗子。"

卷二

# 英国乡绅

他的生活可靠稳定，绝不会将他欺骗，

它充满了无数乐趣，丰富而多彩；

田野里有树叶光滑的山毛榉迎接他，

还有最凉爽的树荫，直到正午的炎热退去。

他的生活不会在汹涌的大海里翻腾，

也不会颠簸于令人烦恼的世界，或迷失于让人懒惰的舒适。

他愉快地生活，充满幸福，让上帝欣喜。

——菲尼亚斯·弗莱彻

我颇喜欢陪同乡绅去庄园周围巡游，这当中他仿佛常由某种内阁成员伴随。他的首相即管家，是个非常可敬、诚实的老人，他凭借很久以前就生活在这里的资格掌握优先权，就是说自行其是的权力。他喜欢庄园甚至胜过喜欢乡绅，对于后者的许多改良计划他都不幸予以阻止，只要不是由他本人首先提出来的计划，他都有点反对。

在一次漫步中，我得知乡绅对于庄园周围的处理或培植问题提出了某个他正在考虑的重要改进。而这当然会受到管家反对，随即他俩就某段阶梯或某个高地展开长久争论，最后乡绅不得不放弃自己的意见，因为他对德才兼备的管家十分赞赏。我注意到，这种让步会马上使老人缓和下来。他双手背在后面，默默地走过一两片田野，反思着提出的问题，之后突然转向乡绅说："我一直思考着这事，大体上同意阁下的意见。"

猎人克里斯蒂是乡绅另一个偶尔陪同巡游的人，在所有地方史的问题上，乡绅经常称他为庄园的编年史，因为他在某种程度上对很多树从它们尚为种子时就熟悉了。正如前面所表明的，这个老宁录在他非常看重自己的知识点上颇为固执。不过乡绅极少反驳他，事实上乡绅成了被内阁管治的、最为宽容的君主之一。他常常为此笑话自己，显然他之所以屈服于这些老者，更多的是出于自身脾性而非缺乏固有权威。他喜欢人在老年时具有这种真诚的独立，相当清楚这些可信的侍从打心眼里喜欢并尊敬他。他丝毫不担心自己具有的尊严，以及身边的人对他怀有的敬意。最快使他厌恶的，莫过于在他面前表现出奉承讨好的样子。

有一次乡绅在父辈的田野里巡游，穿过一片片世代相传的林地，身边跟着几个忠诚的侍从和一群充当保镖的狗，我确实从未见过任何不乏君主气派的场面可与之相比。他鼓励侍从要坦然率直、富有男子气概，自己也成了佃户们的朋友。他询问他们的情况，在他们遇到麻烦和困难时给予帮助。这使他成为最受欢迎、当然也最为幸福的庄园主之一。

的确，据我所知，英国乡绅的生活状况是最值得羡慕的，他有着合理的判断和善意的感情，一生大部分时间生活在乡下世袭的地产上。由于道路十分完善，公共交通迅速准确，所以首都一切舒适便利的东西、一切信息和新奇之物，无不在他的掌握之中，另外，他又远离了都市的匆忙与烦乱。他在自己的领地里有足够的工作和娱乐方式。他可以通过乡下的各种事务和运动、通过学习，以及聚集在自己舒适大厅里的社交友人所带来的种种喜悦让时间变得丰富多彩。

或者，如果说他的观点与感情更加宽广和慷慨，那么他也可以力所能及地用到善举上面，而这善举又立即回馈给了他本人。他可以为国家提供必要的效劳：在公正无私地执行法律方面予以支持；监管身边下层社会的人的观点与原则；在他们当中传播可能对其福利很重要的知识；真诚地与他们融为一体，得到他们信任，直接倾听他们的抱怨，了解他们的需求，让自己成为一条渠道——他们的怨气由此平静适当地传递出来，从而获得缓解与安慰。或者如果需要，就勇敢、廉洁地守护着他们的自由，成为维护他们的权利的开明卫士。

在我看来，做到所有这些并不会牺牲个人尊严，用不着任何想受到欢迎所使用的可耻手段，也用不着屈从于庸俗的偏见或赞成别人低俗的高声要求；而只需提出真诚友好的告诫，用公平正直、慷慨大方的行为，沉着稳定地给予他们影响。无论人们怎样说英国民众和鼓动者们，我从没遇到过一个民族像英国民族那样如此通情达理、如此体贴周到，在最暴躁时刻的争论中也如此易于控制。凡是富有男子气概、值得尊敬的东西，他们都能相当敏锐地予以识别与欣赏。他们凭借生性与习惯做事有条不紊，凡是符合规范、值得尊敬的，他们都能感到其中的价值。他们有可能偶尔受到诡辩的欺骗，被公众的困苦和狡辩者带来的歪曲弄得骚动不安。可是只要张大眼睛，他们最终会团结在真理和深思熟虑后的意识之地标周围。他们喜欢常规成例，喜欢由来已久的名称，喜欢成为这个民族特征的秩序和宁静，这对古老家族的后代产生了广泛影响，他们的祖先自从远古以来就是这片土地的主人。

受过良好教育、享有很高特权的富裕阶级忽略自身职责，没有仔细考察民众的利益，没有安抚他们的情感，没有指导他们的意见，没有拥护他们的权利，这时后者才会变得不满和骚乱，落入煽动者之手：煽动者总是在缺乏爱国者的时候乘虚而入。在有着高级教养——正如他们自我想象的思想高尚——的人当中，有一种关于镇压民众的常见的专横说法。但是，所有真正懂行的医生都知道与其攻击肿瘤不如改善血液，与其通过烧灼治疗不如使用软化剂。英国这样的国家有极大的自由，对于权力十分戒备，所以任何人如果说话带有贵族语气，谈到普通人时显得高傲，都是可笑的。没有任何头衔让他独立于同胞的意见与感情之外，没有任何头衔或等级把他与臣民分离。如果一方渐渐变得怠慢或自负，另一方变得不满或嫉妒，那么社会的各个阶层真的就会彼此分离。务必让身居高位的人当心，不要让裂痕出现在他们的脚下。在所有体制健全的政府，社会的各个阶层都彼此相联，彼此重要。在一个自由政府里绝没有真空里的封闭状态，如果出现了那样一种状态，把富裕、机智的人与穷人分离开，那么社会上的恶劣情绪就会乘虚而入，将整个社会弄得支离破碎。

尽管我出生、长大在一个合众国里，根据每年的观察和经验对于共和原则越来越坚定，但我对存在于其他政体的优秀东西，以及它们可能更适合于所在国的情况和条件这个事实，并非意识不到：我试图宁愿看到它们现在的样子，宁愿看到它们多么适合于达到所制定的目标。因此，考虑到英国政府的融合性及其代表形式，我对于拥有财富、势力和智慧的人遍布在全国各地的方式不无赞赏。这不像在某些君主国家，他们个个离开乡下，集中在城镇。我把贵族巨大的乡村宅第和中上阶层相对次要的房屋看作是众多财富和智慧的蓄水池，它们远离城镇，分布于王国之中，让周围的乡村得到灌溉，变得清新肥沃起来。

我也将它们看作是爱国者和政治家庄严的隐退地，他们在这里享受着可敬的独立与高雅的悠闲，让头脑得到调养，以便更好地出现在立法议会上——其辩论和决策形成了其他国家研究的课题与先例，并且影响着世界的利益。

所以，当我在这一问题上，发现自己常沉迷于理想之梦而没有充分根据的观点时，我既惊讶又失望。我不无焦虑地发现，这些漂亮的房屋常常陷入困境，被拿去抵押，或者落入债权人手里，而所有者则被赶出父辈的土地。我听说有一种伴随财富而来的奢侈：在大人物们中有一种挥霍，在富有抱负的人中有一种无意识的竞争，在上层阶级中有一种随意无聊的浪费。这常常甚至让那些堂皇的建筑也陷入困境，将所有者的尊严与原则毁掉，使得他们中太多的人仅仅成了外出求职者，或者自主谋生的人。于是，他们的许多家产被政府接管。一个法庭，在欧洲本来应该非常纯洁可敬，但是却常常由于地位高贵、纠缠不休的趋炎附势者而有失体面。因此，也有许多人被赶到异国他乡，拥挤于外国的旅店，将好不容易从艰苦的农民那里赚来的钱财耗费在不知感恩的外国人身上。我对这些人既责备又关心，两种心情混合在一起。对于本国，我知道他们怀着英国人几乎固执的喜爱。他们置身于法国被太阳强烈照射的平原，时时想起英国绿色的田野，我能想象到他们此时一定有着怎样的后悔和遗憾。他们放弃了世代相传的树林，祖先留下的舒适的家园也被他们荒废，或者让陌生人去居住，但是节省开支决不能成为放弃国家的借口。他们曾与那片土地一起繁荣兴旺。让他们容忍国家的起伏变迁吧，与它同甘共苦吧。有钱的人们是不应该逃离的，因为国家正在受苦；让他们相应地分担共同的命运，因为正是这个国家使他们变得可敬和富裕。当穷人不得不缩减本来已经很少的食物，当他们不得不与大自然的渴求妥协，考虑如何勉强度日、不致挨饿时，富人们是不应该逃离的，那样会进一步减少穷人的财力，虽然富人自己可以在更为廉价的国家过着非凡的生活。让他们回到自己的庄园吧，在那里实行节俭。让他们回到高尚的朴实以及实际的良好理念和真诚的自尊中去吧，它们构成了真正的英国人品质的根基，他们由此可以再次建立起一座美丽荣耀、兴旺发达的大厦。

英国民族的美德与幸福，很大程度上取决于英国贵族和中上阶层的乡村习惯，取决于他们对祖传财产履行职责的方式。他们一生大部分时间在宁静、纯净的乡村度过，置身于杰出的祖先留下的遗迹中，置身于一切能够激发巨大的自豪、高尚的竞争和蔼宽大的情感——只要他们能够如此，只要他们是安然无恙的，那么民族的利益与荣誉就寄托在他们身上。可一旦他们成为法庭大道上卑屈的乌合之众，成为都市的政治阴谋和无情放纵的牺牲品，那么他们就会丧失品性中真正的高贵东西，而仅仅成为国家的寄生虫。

我深信，英国的大部分贵族和中上阶层对于荣耀与独立天生有着崇高的观念。他们近来在一些极其重要的问题上就予以了证实，树立了首先遵守原则而非服从党派和权力的榜样，这一定使得欧洲那些腐败奉承的宫廷为之惊讶。这便是当自由被灌输到政体中时所产生的良好效果。但在我看来，他们易于忽略自身职责所具有的、值得肯定的性质，以为他们显著的特权只在于拥有许多自我放纵的方式。他们应该记住，在英国这样的政体里，拥有头衔的阶层需要既实际有用又可作为的装饰，而单凭他们的美德即可达到这两种目的。他们的职责在君主与臣民之间被一分为二：一方面，他们置身于君主周围，给他带来光彩与尊贵；另一方面，又让其光芒得到缓解调和，直到变得温和适宜后再传输给人民大众。他们生来悠闲富足，是祖国让他们的才能得以施展，让他们的财富得到利用。他们可以被比作云块：太阳让它们聚集起来，它们处在高高的天空，将太阳的光辉反射和扩大；它们用使土地变得肥沃的雨水将珍贵的东西送回到大地的胸膛，以此回报它们从中获得养料的土地。

# 一个单身汉的表白

我要过一种私人性的、富于思考的单身汉生活。

——《克里登的矿工》[1]

一两个早上后我正坐在屋里看书，忽然有人敲门，之后西蒙大人走了进来。他的气色显得异常好。他穿着一件鲜绿色的骑行服，钮孔里别着一束紫罗兰，活像个老单身汉极力让自己变得年轻的样子。然而，他并没有平常的那种轻快与活泼，而是有几分散漫地在屋里闲荡，同时哼着古歌"去吧，可爱的玫瑰，告诉她那会把她和我的时光浪费"[2]。随后他靠在窗旁看着外面的景色，发出一声很响的叹息。我并不习惯看见西蒙大人心事重重的样子，感到可能有什么烦恼折磨着他，于是极力引入令人愉快的谈话。可他并没心情接上，而是提出我们出去散散步。

那是一个美丽的早上，春天的气温十分温和，似乎要将所有寒意从人的体内驱走，让万物萌动起来。连各类鱼也感受到了天气的影响。小心的鲑鱼冒险从黑洞里钻出来寻找配偶。斜齿鳊和鲦鱼冒出小溪的

---

1  英国 17 世纪的一出戏剧，1662 年首次发表，作者不详。

2  英国诗人和政治家艾德蒙·沃勒（1606—1687）写的一首歌词。

水面，沐浴在阳光里，多情的青蛙在灯芯草中发出叫声。假如牡蛎真能够如所说或所唱的那样恋爱，那必定是在这样一个早上。

甚至对于西蒙大人，天气无疑也产生了影响，因为他似乎始终陷入沉思。他不是轻快地向前走去，挥舞狗鞭吹着奇特的小调，或者讲述一些野外运动的奇闻，而是靠在我的胳膊上，谈论临近的婚礼。他有几次偏离话题，谈起女人的性格，还略为触及一点爱情，并就失恋问题做了各种极好的、尽管相当老套的评说。显然他心里有什么事想对我说，但又觉得现在提出来不合适。我感到好奇，想看看他这样紧张会有什么结果，但我决意不去管他。我确实不无戏谑地假装转变谈话，谈起他平常的话题，比如狗、马和狩猎。可他的回答十分简短，并且不管怎样总会又变得多愁善感起来。

最后，我们来到一片悬垂于潺潺溪水上的树丛旁，其下面有一张粗糙的凳子。树上被人可悲地刻着一些字母和图案，它们由于树皮生长的形状和大小而完全变了样。好像自古以来，这片树林就充当起某种记录家族爱恋的故事。西蒙大人在此暂停下来，他拔起一束花，将它们一一抛进水里，问我是否恋爱过。我承认这个问题让自己有点吃惊，因为我不太喜欢表白自己在恋爱上有过的蠢行，尤其是根本没想选择西蒙大人这个朋友作为知己。然而他并没等到我回答。他的询问只是将要表白的前奏，在经过几次拐弯抹角、反复无常的序曲之后，他终于彻底放开了，讲述了一个他在恋爱上受到挫折、颇可宽容的故事。

读者大概会认为，这与在唐卡斯特赛马会后不久把他抛弃的那个放荡寡妇有关，其实不是这样。是他为了一个相当漂亮的小姐而有过的恋情，她写诗歌，弹竖琴。他经常为她唱小夜曲。他确实描述了几个温柔殷勤的场面，这当中他心里显然把自己想象成某个浪漫高雅的情人。尽管故事让人遗憾，因为当他站在我面前时，我只看到一个衣冠楚楚、身材小巧的老单身汉，脸像一只已经发干但花尚存的苹果。

这个爱情故事的细节我已忘了。确实，我听他讲时心完全像一块小卵石，在西蒙大人显得像个多情的情郎时我努力克制住笑容。他时时发出叹息，试图看起来伤感、忧郁的样子。

根据他的描述，我只记得那个小姐无疑有点动心，因为她收下了他替她抄写的所有弹竖琴用的乐曲，以及他为她的服饰画的所有画。在经过长时间细致周密地献过殷勤后，他开始为自己渐渐在她心中扇起温柔的火焰而欢喜，这时她却突然接受了一个富裕放纵、喜欢猎狐的从男爵。此人既无音乐喜好又无柔情，在经过了两周的求爱后把她一阵风似的带走了。西蒙大人根据某些观察，忍不住就"端庄的美德"和金钱对女性的影响力下结论。他指着刻在一棵树的树皮上的心形图案，那是对他感情的一个纪念，不过它随着时间的流逝已变成一个大大的赘生物似的。他又把一绺头发给我看，他将它打成情人结佩戴在一只不小的金胸针上面。

一个老单身汉迟早会有荒谬可笑的时刻，没有此种情况的人我很少见到。他在这个时候会变得温柔多情，谈说着心中的担忧，并做出某种细致入微的表白。差不多每个男人一生中都有一点浪漫故事，他不无惬意地回顾它，时时对它喋喋不休。他回忆起当时年轻快乐的自己，忘了听他讲述的人并不会把他想象成另一个英雄，而只会把他看成眼前说话的样子，或者干瘪古怪、两腿细长的老绅。的确，已婚的男人并不常有这种现象：他们那多情的浪漫婚后会消失，唉，我无论如何也想象不出他们浪漫的模样。不过对于单身汉，虽然浪漫会休眠，但决不会死亡。它总是容易再次爆发，瞬间闪现出来，尤其是在乡下一个春天的早上，或者在冬日的夜晚。此时他坐在寂寞的房间里，一边拨动炉火一边谈论婚姻。

一旦西蒙大人表白完以后——用通常的话说就是"和盘托出"——他便完全恢复正常了。他已解决了一直让自己烦恼的问题，无疑，自认为在我看来是个感情丰富的男人。没等我们早上的散步结束他就开开心心地唱起来，同时对着狗吹口哨，还讲述一些滑稽的故事。我记得那天用餐时，他特别喜欢就婚姻问题开玩笑，讲了几个很不错的、连《笑话集》[1]里也没有的笑话，使得未来的新娘脸红并低下头去，不过却让餐桌旁的所有老绅们哈哈大笑，也确实把将军的眼泪都笑出来了。

---

1　指 1793 年出版的一本笑话集。

# 严肃庄重的英国人

快乐的英格兰![1]

——古语

世上最珍贵的，莫过于一个人毫无妨碍地沉迷于自己的嗜好。我发现，乡绅并不像我想象的那样平静地沉迷于一时的兴趣。他近来不断受到一个叫凡迪先生的人某种善意的打扰，那是一位有些影响的老绅，至少在金钱方面是这样，此人最近迁移到了附近。他是个殷实相称的制造商，凭借蒸汽机和多轴纺纱机积累了一大笔财富，现已经退出生意场，自命为乡绅。他买下一座乡村别墅，将它重新装修，刷上油漆和灰泥，直到它看起来像自己的制造厂一样。他尤其小心地对墙壁和树篱进行维修，并在自家房屋各处贴出有弹簧枪和捕人陷阱的告示。的确，这表明他对自己的领土权相当在意——他还堵塞了一条穿过他田地的小路。他用醒目的文字警告，无论谁被发现擅自进入他的地方将受到法律最严厉的制裁。他把城里所有最实际的准则和生意中忙碌的习惯带到乡下，成为一位敏感乏味、讲求实用、讨厌难忍的老绅，他还为公共事业提出各种妙计良策，但却弄得人们心烦不安。

---

1　古时对英国的称呼。

他颇愿意与乡绅保持密切关系，时时带上某个为了邻里的利益拟出的计划前来拜访乡绅，而碰巧计划又与乡绅的某个独特想法完全抵触。可那是一个"非常合乎情理的措施"，无法当面反对。他强制实行"游民法"，使乡绅大为烦恼。他阻挠吉卜赛人，极力压制乡下的守灵活动和假日游戏，认为它们造成巨大麻烦，将其斥责为引起懒惰罪过的致命根源。

在这一切当中，他显然对于新近取得的重要地位有点卖弄。这位商人渐渐成为贵族，对所有非上流社会的东西他开始变得异常难容。关于"普通人"他有很多话要说。他谈论自己巨大的园林和禁猎地，以及更加严格地执行《狩猎法》的必要性，经常用"邻近的家伙"这些字眼。他最近满脸心事重重地来到布雷斯布里奇庄园，用他自己的话说，就是他和乡绅"可以碰碰头"，找到什么方式阻止人们于临近的五朔节[1]在村里举行狂欢。他说，那会把闲散的人们从邻近的所有地方聚到一起，他们将整天拉小提琴、跳舞和畅饮，而不是待在屋里为家人做些事情。

瞧，不幸的是，由于乡绅正是那些五朔节狂欢的发起者，因此可以认为，睿智的凡迪先生的建议没有被以世上最友好善意的方式接受。老先生的确非常礼貌，没在自己家里向客人发脾气。不过，客人刚一离开乡绅就勃然大怒，仿佛嗡嗡直叫、飞来飞去的红头丽蝇闯入自己富有诗意的蜘蛛网。他在激动之下猛烈攻击整个制造商，我发现他们严重影响了他舒适的生活。"先生，"他激动地说，"看见我们所有美丽的溪流被拦起来，在上面建起棉纺厂；山谷里冒出蒸汽机的烟雾，

---

1　欧洲传统民间节日。用以祭祀树神、谷物神、庆祝农业收获及春天的来临。

铁锤和织布机发出巨响，把我们的乡村乐趣赶走得一干二净，我的心在流血。当一座座庄园全都变成了制造厂，身体强健的农民变成生产大头针和袜子的工人，可爱古老的英国将成为什么样子呢？我没能找到可爱的舍伍德森林，以及罗宾汉经常出现过的那片绿林。全国遍地是从事制造业的城市。我曾站在达德利城堡的遗址上，痛心地环顾着一度青翠美丽的、封建时代的领地。先生，我只看见一个火龙帝国，它散发出煤矿、熔炉和冶炼厂的气味，吐出火焰与浓烟。面容苍白可怕的人们在肮脏的废气中干着苦活，看起来更像恶魔而非人类。那些叮当作响的轮子和引擎，透过朦胧的空气看去像是地狱中的刑具。这些有害之物就在国家的心脏溃烂，它将会有怎样的后果呢？先生，这些制造商将毁掉我们乡村的习俗，毁掉我们的民族性。他们将不会留下可以写出一行诗句的东西！"

乡绅对这样的话题容易变得颇为善辩起来，我为他对民族工业和社会改良所发出的异常悲叹不禁好笑。不过我得知，他确实为日益增长的商业风气苦恼，因为它破坏了生活的魅力。他把每种做事采用的速记式的新方法看作追求舒适、利欲熏心的方式在入侵。他认为世界不久将变得只讲求实际，生活将沦为仅仅用数学计算便利东西而已，一切都将用蒸汽去完成。

他还断言，随着英国民族将注意力转向商业和制造业，它那自由快乐的精神也相应减退。而过去英国尚处于悠闲之中时，它是一座更加欢快的小岛。为了支撑这一观点，他举例说古时的节日和欢庆多么频繁壮观，各个阶层的人们参与其中时多么喜悦。斯托[1]在《伦敦纵览》

---

1　斯托（1524—1605），英国历史学家和古文物研究者，以所著《伦敦纵览》闻名。

中，对于律师学院[1]、圣诞哑剧以及化装街舞和篝火中的节日狂欢作了描述，关于它们，乡绅的记忆里充满了各种各样的情景。他说，伦敦在那些日子像欧洲大陆的城市，有独特的习俗和乐趣。宫廷成员宴会后通常在公开场合跳起舞来。例如，在理查二世的加冕宴结束后，国王、高级教士、贵族、骑士和其余成员在威斯敏斯特大厅和着艺人们的音乐起舞。从中产阶级到最下层阶级也以宫廷为榜样，整个民族成为一个跳舞、欢乐的民族。斯托提供了一幅当时栩栩如生的城市画，它类似于人们经常在欢乐的巴黎市看到的生动场面，乡绅以此作为例证。他告诉我们每逢节日，在晚祷之后伦敦的少女们通常聚集在门前，面对男女主人，一个人打着小手鼓，其余的翩翩起舞，以便争取得到横挂在街上的花环奖品。

"我们现今在哪里会见到这么快乐的人们呢？"乡绅大声问，悲哀地摇摇头，"关于社会各个阶层的服饰所流行的艳丽色彩——它甚至让一条条街道显得如此漂亮别致——乔维斯·马卡姆说道：'我本人曾遇见一个普通酒保，他穿着丝织长袜，吊袜带饰以许多金线花边，其余的服饰也都相称，披风还加了丝绒衬里！'纳什也在 1593 年的写作中对英国鲜艳的服饰感到惊叹：'英国是有着华丽盛装的演员的舞台，所有国家的奢侈之物它都仿照使用，它也是始终穿着奇装异服的蒙面舞者。'"

这便是乡绅提出的一点权威引证，以此将他认为的英国以前的活泼、轻快与现在的单调、乏味作对比。"约翰牛，"[2] 他会说，"那时是

---

1　尤指英国伦敦四个培养律师的组织。
2　特指英国或者英国人。

一个快乐的骑士，身边佩戴着剑，帽子上饰有羽毛。可他现在成了一个乏味的公民，穿着黄褐色的外衣和长筒胶鞋。"

顺便提一下，自从乡绅非常喜欢谈论的那些日子以后，英国的民族性似乎的确有了一些变化，那时这座小岛获得了它颇为喜欢的古老名称"快乐的英格兰"。这可能部分归因于岁月越来越艰难，必须将一切注意力转到谋生手段上去。不过英国那些充满快乐的习俗当时也盛极一时，此刻普通民众便较多地享受着如今少许的舒适与便利。这也可能更多地归因于获取利益的普遍潮流，以及商业所带来的工于心计的习惯。不过我倾向于将它主要归因于国民逐渐增多的权利，以及越来越自由活跃的主张。

一个自由的民族是容易变得严肃庄重、陷入沉思的。人们有重要的事要考虑，他们感到自己有权利、有兴趣、有职责参与到公众事业当中，关注公众福利。他们不断考虑政治问题，养成了更加细致的思考习惯、更加庄重认真的行为。一个民族的快乐减少了，但是更加理智、充满活力了。它显示出更少的幻觉，却有了更加丰富的想象力；更少的品位与高雅，却有了更加高尚的头脑；更少的活泼与生气，却有了更加深厚的热情。

当专制政府不准人们勇敢、果断地思考，当讨论或几乎只是反思的每个严肃高尚的主题面临危险时，人们就会转向在品位和趣味上更加安全的事务。琐碎的东西变得重要起来，成为智者一心要做的事情。没有人比奴隶更无忧无虑、缺少反思。人在劳动的间隙跳舞是最开心的，不过一旦让他自由，让他维护自己的权益，他就变得富于思考、辛苦操劳了。

法国人比英国人更快乐，为什么？或许部分因为性格，但多半因为他们习惯于面对让自由思想受到扼制的政府，在这当中，他们对于公共事务只有闭目塞听、享受眼下短暂的乐趣才是安全的。近些年他们有了更多机会开动脑筋，于是近些年民族性就发生了本质变化。因为法国人从没享受到现在这样大的自由，所以现在他们便相对是一个严肃庄重的民族。

# 吉卜赛人

什么是绝对自由？就像乞丐那样，他们今天在这里享受、狂欢，明天在那里，后天又出现在喜欢的地方。他们就这样一直生活下去，是要遍游整个国家或王国吗？他们多么自由！空中的鸟儿也不过如此。

——《欢乐的乞丐》

自从遇见吉卜赛人后——我在前面的一篇文章里讲述过他们——我曾看见有几个人经常出入庄园附近，尽管乡绅对此明确禁止。有一帮人长期逗留于周围，他们是其中的一部分，这让农民大为烦恼，因其栏里的家禽常在夜里遭到他们的袭击。然而，他们在一定程度上受到乡绅保护，他认为吉卜赛这个种族属于美好的古老时代。不过私下说句实话，他们似乎有太多不良的品性。

这群流浪者的酋长是个臭名昭著的偷猎者，根据此人的名字他们被称为"星光汤姆帮"。我曾多次听说这个"月亮的宠儿"的不端行为，因为人们把午夜发生在园林、羊栏或农家的劫掠都归咎于他。事实上"星光汤姆"与酋长的名字相吻合。他似乎行走在黑暗中，像狐狸一样早上由于所造成的祸害被发现踪迹。他让我想起儿歌里的那个可怕人物：

> *是谁夜里在房子周围游荡？*
> *只有那个可恶的汤姆！*
> *是谁夜里偷走所有的绵羊？*
> *只有那个可恶的汤姆！*

总之"星光汤姆"成为附近一带行为不端之人的替罪羊，而他又十分狡猾机敏，根本发现不了。老克里斯蒂和猎场看守已守候了几个晚上，希望把他抓个现行。为此克里斯蒂经常带着狗在园林里巡查，然而毫无所获。据说乡绅对于他的罪过不怎么放在眼里，很纵容这个流浪者，因为他相当擅长捕获各种猎物，是个使用石弓的高超射手，在乡村也最会跳莫里斯舞[1]。

乡绅还允许这帮人潜行于庄园附近，不去干涉他们，只要他们不到宅第来就行。然而，即将到来的婚礼变成了庄园的某种狂欢节，让所有严肃的规则被搁置起来。这在家里的全部女性中引起了大轰动。没有一个女仆不梦见在婚礼上受宠，并且自己头脑里也浮现出一个丈夫来。而这便是吉卜赛人收获的时候：有一条公用小道通过庭院某处，他们可以从这条路上自由进去，经常徘徊在附近给女仆们算命，或者被悄悄带到小姐们那里去。

我觉得牛津大学学生私下给他们不少暗示，以其美妙的启发让家里所有智力不高的人困惑，他也以此自娱。不久前的某天晚上，那个吉卜赛姑娘与将军的交流无疑让他十分吃惊：他在这个问题上对我们

---

1 指打扮成罗宾汉等传奇人物跳的一种舞。

谨慎地保持沉默，假装不当回事。不过我注意到，他从此对莉莉克拉夫特夫人和她的狗倍加关注起来。

我还看见菲比·威尔金斯——女管家的那个害相思病的漂亮侄女——在林荫道的一棵大树后面与一个老算命女人长谈，并不断环顾四周以免让人注意。我毫不怀疑，对于自己与小"现付杰克"在恋爱中的争吵结果如何，她正极力想获得什么有利的预言，因为人们总是在爱情问题上更多地向算命家请教咨询。然而，我担心这次的情况不像往常那样有利。我发觉可怜的菲比闷闷不乐地返回宅第，头低垂着，帽子拿在手里，缎带拖在地上。

另有一次我从花园底部转过平台的一角，那儿就在一片树丛和一只大石瓮旁边，这时我遇见一群家中的年轻女子，菲比·威尔金斯也伴随在里面。她们脸色发红，吃吃地笑着，显得激动不安，我茫然不知这其中有何意味，最后我看见有个吉卜赛人穿的红色大外衣消失在灌木林里。片刻后，我瞥见西蒙大人和牛津大学学生悄悄沿着花园的一条路走去，为自己开成了玩笑发出咯咯的甚至哈哈的笑声。他俩显然指使了吉卜赛人，让她说了要求说的话。

毕竟，在这些对于未来的戏说中有着某种讨人喜欢的东西，即使我们相信预言是荒谬的。我们多么愿意让大脑多少被欺骗，我们又怀着怎样的敬畏倾听这些胡说八道的人预言未来，这真是奇特。就我而言，我对贫穷的流浪者无法感到气愤，他们试图欺骗我们，让我们产生美好的希望与期待。我总是有几分像个建造空中楼阁的人，从幻想投射到普通现实的种种视觉中获得颇令人振奋的乐趣。我年岁愈增，愈发现难以让自己受到这种可喜方式的欺骗。无论多么谬误，我都应该感谢任何一个算命人，他会将我们未来上方的云块幻化成宫殿，所有让人疑惑的地方都幻化成仙境。

如我所说，乡绅对于吉卜赛人私下怀着好意，但他们也给他添了不少麻烦。不是他们对他的纵容忘恩负义，他们并不明目张胆地损害他的庄园，而是因为他们的偷盗犯罪行为让村里人大有怨言。我很容易理解老先生在这个问题上所怀有的心情。对于各种阳光下的流浪生活我颇能容忍，而且必须承认我喜欢看吉卜赛人的生活方式。英国人从小就习惯他们，经常容忍他们小小的损害行为，只将其看作是给人带来麻烦而已。他们那些奇特的模样也给我留下深刻印象。我喜欢看见他们清晰的橄榄色皮肤、浪漫多情的黑眼睛、乌黑发亮的头发、柔和苗条的身材；喜欢听见他们用悦耳的低语，就名誉与财产、世界财富和小姐们的爱情给人极其美好的承诺。

他们的生活方式包含非常稀奇独特的东西。他们是大自然的自由居民，保持着原始的独立性，并不顾及法律和福音，以及郡监狱和地方行政官。他们固执地坚守着居无定所、代代相传的原始生活，这生活还保留在世上最文明发达、人口众多、不无体系的国家之一的中心，见此情况真令人好奇。他们与周围忙碌的人们截然不同。他们像美洲的印第安人一样，要么超越，要么不及人类普通的担忧与焦虑。他们不在意权力、名誉和财富，对于时代的起伏，粮食、股票或帝国的涨跌盛衰漠不关心。他们似乎嘲笑周围让人诱惑懊恼的世界，按照如下古歌里的人生哲学生活：

谁会抛开雄心抱负，
乐意躺在阳光下面，
寻找吃的食物，

为获得的东西而喜欢；

来吧，来吧，来吧，

在这儿他不见

任何仇敌，

只见到恶劣的天气与冬天。

他们就这样从一个郡漫游到另一个郡，要么在村子附近，要么在邻近丰饶的地方，那里有富足的农场和高贵的乡间宅第。他们的营地通常在某个美丽的地点——要么是沿路一个有绿荫的角落，要么是掩蔽的树篱下一处公地边缘，要么是一片宽阔树林的外围。你总发现他们潜行于集市、赛马会和乡村聚会上，凡是有欢乐、人群和悠闲的地方就有他们的身影。他们给挤奶女工和天真的女仆算命，有时甚至在绅士们的女儿游荡于父辈的土地上[1]时，有幸仔细查看她们白皙的双手。他们成了善良主妇和节俭的农夫们的祸害，在乡村法官眼里令人讨厌。不过像所有其他流浪者一样，他们有着某种给人带来想象的东西。在这个讲求实际的时代，他们留下了吉卜赛人最后的踪迹，属于昔日各色各样的人相互混杂的群体。在我的头脑里，他们奇异地与精灵、女巫、好人罗宾、罗宾汉和诗歌中其他奇特的人物联系在一起。

---

1　这样的表述反映了不同的文化背景。

# 五朔节习俗

> 幸福的时代，没有伤害的日子，
> （那里找到了真正的爱与友善）
> 每个村子竖起五朔节花柱[1]，
> 威兹恩啤酒和五朔节游戏丰富多彩：
> 所有健壮的洋基人[2]都来参加狂欢，
> 欢乐的姑娘围着花柱翩翩起舞，
> 客人被友好地邀请参加盛宴，
> 贫穷的人们也因此享用到美餐。[3]
>
> ——帕斯奎尔作《翻案诗》

4月即将过去，很快就要来到富有诗意的"五朔节"，往昔这天被视为冬季和春季的分界线。然而它是变化无常的，所以我喜欢4月。我喜欢这些有欢笑、有叫嚷的日子，此时阳光与阴影似乎在整个景色中翻腾起伏。我喜欢看见草地上突然下起的阵雨，使大自然露出更加翠绿的微笑；明媚的阳光追逐着飞奔的云块，将所有的水珠变成宝石。

---

1　人们欢庆五朔节时常围绕此柱跳舞、游戏。
2　指美国的新英格兰人，美国北方人。
3　出处原文标明 "PASQUIL'S Palinodia"。

在庭院里一个最佳的地方，我同乡绅一起享受着这样一个早上。我们绕过一片美丽的树林，乡绅给我讲述他特别喜欢的几片林木所有的来历，忽然他听见从密林深处传来斧头砍林木的声音。乡绅停下倾听，显然不安的样子。他转身朝发出声音的方向走去。我们走得越近劈斧的声音越大，无疑一只有力的胳膊正在挥动斧头。乡绅加快步伐，但是没用，因为传来了响亮的破裂声，随即是倒下的轰隆声，表明有人已经造成损害，某个森林之子倒下了。我们来到现场，发现西蒙大人和另外几个人站在那儿，围着一棵刚被伐倒的漂亮挺拔的幼树。

乡绅虽然是个性情相当和蔼的人，但这种情况使他很不高兴。他像一位君主目睹某个忠臣被谋杀，十分严厉地要求解释为何如此残暴。原来是西蒙大人干的，他挑选了这棵树作为五朔节花柱，因为它又高又直，村广场上的那根老花柱已不宜再使用。假如有什么可以平息我可敬主人的愤怒，那便是他想到这棵树是为了一件很美好的事而倒下的。我看出，在他对树林的喜爱和对五朔节的钟爱之间有激烈的思想斗争。不管怎样，他注视这棵倒下的树时不能不陷入悲哀，说出某种悼词一般的话，就像马克·安东尼[1]俯视恺撒的遗体一样。他禁止，从此后没有他本人的许可庄园里的任何树都不准砍伐。他说，他决意将它们生死的至高权力掌握在自己手里。

提到五朔节花柱引起了我的注意，我问在这个地方人们是否确实遵守那些与之相关的古老习俗，乡绅沮丧地摇摇头。我发现自己触到了他的某个痛处，因为他哀叹古老的五朔节彻底衰退时变得非常忧愁。

---

1 古罗马政治家和军事家。他是恺撒最重要的军队指挥官和管理人员之一。恺撒被刺后，他与屋大维和雷必达一起组成了后三头同盟。

虽然邻近村子的人定期庆祝五朔节，但在这里只有可敬的乡绅才使它得以恢复，由他出钱使之勉强维持。他一次次受到阻碍，发现要找到乡巴佬勉强扮演其角色颇为困难。他每年都设法找一位"五月花王"。至于罗宾汉、塔克修士[1]、魔鬼、小骑士和所有其他各色各样的人——他们过去常用哑剧表演，让这一天充满生机——他没有冒险让人扮演。

我仍然很有兴致地期待着所允诺的古老的五朔节，即使它还只是个影子。对于主人奇异而无害的嗜好我越来越觉得有趣，它让他置身于令人惬意的联想之中，在他周围构成一个富有诗意的小世界。我现在时时见到一些古老习俗留下的踪影，由于自己在一个新兴的国家长大，所以会对它们大为欣赏。我对它们所表现出的兴趣，也许会博得无意中让其消失的人们一笑。无论那些"从小习惯于某事"的人怎样对它们漠不关心，在我心里那种挥之不去的情趣仍然给乡村生活增添了魅力，而这种魅力是其他任何东西都难以带来的。

我永远忘不了第一次看见五朔节花柱时的喜悦。那是在迪河[2]岸边，离那座别致的古桥不远，桥从独特的切斯特小城横跨河流。那个历史悠久的地方的古物、古迹已把我带回到往日的岁月，仔细看它等于在翻阅一本黑体字大书，或者凝望着弗鲁瓦萨尔[3]的绘画。在富有诗意的小河边上的五朔节花柱，让我的想象变得完美。我想象着给它装饰上花环，让那片绿色的岸边充满了五朔节跳舞狂欢的人们。仅仅看见五朔节花柱我都会兴奋激动，它在整整一天里使周围乡村富有了魅力。我穿过柴郡一片可爱的平原和威尔士美丽的边区，从高耸的山

---

1 罗宾汉传说中的人物，是罗宾汉的牧师兼管家。

2 英国苏格兰东北部河流。

3 弗鲁瓦萨尔，法国中世纪作家，著有《弗鲁瓦萨尔编年史》。

中俯瞰长长的绿色山谷时——"德瓦河巫溪蜿蜒着"[1]从中穿过——我在想象中将一切幻化成美到极致的世外桃源。

无论这是由于早期灌输在我头脑里的诗意联想，还是由于在这季节感情仿佛会产生共鸣、复苏萌芽，毫无疑问，不管我身在何处，我总会在五月到来时心情舒展愉快。据说，这时节笼里的鸟儿会变得焦躁不安，仿佛它们受到季节的鼓舞，意识到将要在林子里举行欢宴，便迫不及待地要摆脱束缚参加到一年的欢庆之中。即便置身于都市中，当整个冬天被强行关上的窗户再次打开，以便迎接五月温和的气息，此时我同样感到兴奋。这个时候乡村的芬芳弥漫到城里，街上的花儿好像发出了欢叫。我曾把大量涌现的宝贵鲜花看作是大自然发来的许多书信，邀请我们出去享受一年中的纯洁之美，因为过后，夏日炎热的阳光便会将它的清新驱散。

人们不难想象在欢乐古老的伦敦，情景一定很令人喜悦，那时家家户户的门都装饰着花枝，那时每一顶帽子上都饰以山楂。罗宾汉、塔克修士、梅德·玛丽安[2]和莫里斯舞者，以及所有其他戴假面具和饮酒狂欢的人，都在城市的每个地方围着五朔节花柱进行滑稽表演。

我并非仅仅因为古老时代和古老习俗历史悠久，就固执地崇拜它们。不过，虽然我对往日许多粗劣的习惯和娱乐衰退下去感到高兴，但我又不禁为这个天真单纯、富有想象的节日被废弃觉得遗憾。对于不乏绿色植物和田园风光的乡村，它似乎是适合的，可以缓和民族过于普遍的严肃氛围。我很看重每一个习俗，只要它可以将富有诗意的

---

1 出自詹姆斯·哈里斯（James Harris）的诗《五月花》。
2 英国古时莫利斯舞中的人物，侠盗罗宾汉的情人。

情感灌输给普通人，使乡村习俗中粗劣的东西变得可爱有趣，而又不会破坏其天真单纯。从这一习俗的衰退上，确实可以看到那种令人愉快的天真单纯也在衰退下去。农民阶级变得富裕起来，他们的娱乐中带着虚假的东西，而且他们也太精明了，不屑于天真单纯的享乐。于是，在公有绿地上跳的乡村舞蹈和朴素的五朔节盛会便逐渐消失了。

乡绅告诉我，近年来有品位和有学识的人们做了一些尝试，以便让大众恢复古老质朴的情感。可是岁月已流逝，从事商业与谋利的习惯让人们丧失了热情，乡村模仿城市的娱乐，如今很少听说五朔节了——有的只是作家的哀歌，他们从城市的砖墙里发出声声叹息：

因为，啊，小骑士已经被遗忘。[1]

---

1 引自莎士比亚著《哈姆雷特》第三场。

# 村中人物

不仅如此，告诉你，我在镇上颇受喜欢，甚至街上最恶劣的狗都不会伤害我的小指。

——《克里登的矿工》

邻近的村子是个十分偏僻、不乏闲言碎语的小地方，在这儿一件小事都会引起轰动，所以像五朔节这样的节日临近时，你不会想到人们对它无动于衷，尤其是庄园的大人物把它看成如此重要的事情。西蒙大人——他是可敬的乡绅忠诚的总管，在每一件事上都顺着乡绅的脾气——眼下经常去村里，为临近的节庆做些指导。有时我擅自陪伴他去，得以看到这个十分聪慧的小群体的某些人物和内政情况。

事实上西蒙大人成了村里的"恺撒"。乡绅的确起到了"保护国"的作用，而总管便是一个积极忙碌的代理。他插手一切事情，了解所有的村民及其家史，在一件件正事上给老人提出建议，在谈情说爱方面给年轻人以忠告，从而在小小世界里享受着一位大人物令人自豪的满足。

乡绅施舍很慷慨，而西蒙大人则是这种施舍的执行者。说句公道话，他非常乐意履行这一职责。他的确显得忙碌、重要和善意的样子，让我觉得有趣。他的性格太活泼了，不会只是坐在那儿忧愁抱怨，一把鼻涕一把泪，以此让受苦的人得到安慰，他会像一只麻雀似的跑来跑去，叽叽喳喳地把安慰带到村里每个角落。我见过一个身穿红色外衣的老妇，她把西蒙大人一直留了半小时，让他听自己讲某个长长的关于肺结核的不幸故事。他听时点了许多次带有狗鞭气味的脑袋，并表现出不耐烦的模样，虽然后来他极其忠实详细地向乡绅报告了当时的情况。他对村民的拜访很受欢迎，有一次他去一个老弱的村民家中串门——这是个由乡绅发给养老金的人，西蒙大人没有坐下，而是在屋里走来走去——我看见他与被支撑在椅子里体弱多病的老人，就短暂的生命、确定的死亡和为"那种可怕变化"做必要准备的问题，临时做了许多很好的思考。他极不正确地引用了几句经文，却让这个村民的老婆大受启迪。他出门时轻轻拧一下他们的女儿红润的脸颊，为她有这么一张漂亮脸蛋儿还没找到丈夫觉得惊奇，不知那些小伙子是怎么搞的。

他在村里也有自己的内阁顾问，此时他正忙碌地同他们一起为五朔节仪式作准备。其中有村裁缝，他是个面色发白的人，在教堂的唱诗班里吹黑管。他也是个音乐大天才，经常让乐队在自己家中相聚，用他们的音乐会"使黑夜变得可怕"[1]，因此西蒙大人十分宠他。借助西蒙的影响，他制作了或者不如说损害了庄园所有的号服。它们通常像"飞岛国"的某个讲求科学的裁缝裁剪的，那里的人用象限仪为顾客量身。事实上，假如他不是太爱说长道短，庆祝一个个节日，举办一个个音乐会，用黑管把所有的不动产和动产都吹掉了[2]，那么他有可

---

1　引自莎士比亚著《哈姆雷特》。

2　这里是比喻。

能成为村里的有钱人之一。那些事情确实把他搞糟了，无论是身体还是财产。他现在放弃了一切日常工作，既不制作又不缝补村里人的裤子，而是忙着用各种颜色的破布仿照鲜花制作花环，用来装饰五朔节花柱。

西蒙大人的另一个顾问是药剂师，他身材矮小，相当肥胖，长着一双突出的眼睛，像虾一样偏向一边。他是村里的智者，很喜欢用格言、警句，对浅显的主题不乏深刻言论。西蒙大人经常引用他的话，把他说成是个无比非凡的人，甚至在有关狗和马极其重大的问题上都时时向他请教。他似乎确实对药剂师的哲学观完全服了，那种哲学正是对人生的一种深刻观察，其中包括可以在烟盒的题词上收集到的无可争议的格言。我第一次同他谈话就听到他的人生哲学，当时他非常严肃地强调说"人集聪明与愚蠢于一身，"西蒙大人那时抓住我的胳膊，说到这话时抓得紧紧的，对我耳语说，"那是一句相当明智的话！"

# 男教师

苔藓不会依附在西绪福斯[1]的石头上,绿草不会粘贴在墨丘利[2]的脚跟上,黄油也不会粘在旅行者的面包上。正如鹰每飞一次会失去一根羽毛(老了时它因此秃头),旅行者的衣物在每个地方也会有所损失,这使他年轻时即成为乞丐——他买时花一英镑,却无法再卖出一便士,于是后悔。

——约翰·利利[3]著《尤菲斯》

在村里享有西蒙大人特殊信任的人物当中,有一个人我非常喜欢,觉得他值得给予特别关注。他叫斯林斯比,是个教师,一个上了年纪的瘦小男人。他衣衫破旧,十分邋遢,有点懒惰的习惯,总是显得无忧无虑、舒心快乐的样子,这在他的行业中是不多见的。我偶然听到一点关于他的逸闻,因此对他产生了兴趣。

他是本村村民,少年时与"现付杰克"是同一代人和玩伴。他们的确结成了某种同盟,两人相互关照。斯林斯比非常瘦弱,而且有点

---

1 【希腊神话】西绪福斯,科林斯国的暴君,死后入地狱被罚做永无休止地推巨石苦工。

2 【罗马神话】墨丘利,众神的信使、商业神。

3 约翰·利利(1554—1606),英国作家,著有两部散文传奇作品。

胆小，不过很善于学习。相反，杰克是个老不归家的淘气鬼，读书总拉后腿，让人遗憾。所以斯林斯比帮助杰克完成一切功课，而斯林斯比遇到打架的事都由杰克解决，他俩成了形影不离的朋友。这种友情甚至持续到他们离开学校以后，尽管两人性格各异。此时杰克开始参与耕地和收获，准备好了耕种父辈的土地。斯林斯比则把时光消磨在求学的路上，直至他开始深入学习拉丁语和数学。

然而，在某个不幸的时候他喜欢起阅读各种游记，满怀着去看世界的渴望。他年岁愈增这种渴望愈强烈。于是，在一个阳光明媚的早晨，他把所有东西装进背包甩到背上，拿起一根手杖，顺路去拜访早年的同窗，向他告别。杰克正拿着犁出门，两个朋友在农舍门口握手，然后杰克把牛赶向地里，斯林斯比则用口哨吹着"翻过群山，走向遥远的地方"[1]，快乐地出发了，他要去"寻找出路"。

时间一年年过去，年轻的汤姆·斯林斯比被遗忘。忽然在秋天一个温和的礼拜天下午，人们发现有个瘦弱的男人闲荡着穿过村子，他有点上了年纪，外衣破烂，穿一双淡黄色的旧橡胶靴，有几件东西用围巾系着挂在手杖的末端。他好像在仔细地打量几座房子，往开着的窗户里面探看，村民从教堂返回时他不无忧思地盯住他们，然后在教会墓地里待了一些时间，在那儿看着一个个墓碑。

最后他找到"现付杰克"的农舍，不过在试着打开小门前停了一下，注视着眼前那幅实实在在的景象。只见房子的门廊里坐着身穿礼拜服的"现付杰克"，他头上戴着帽子，嘴里含着烟斗，面前放着一大杯酒，俨然是眼前一切的君主。他的旁边趴着肥壮的家犬，从贮藏丰富的农

---

1　出自英国一首有关英皇乔治三世的歌典。

家院里传来家禽的各种声音。蜜蜂在花园里的蜂巢中发出嗡嗡声，牛在富饶的草地上哞哞地叫着，塞得满满的谷仓和大量堆积的东西证明有了丰收。

陌生人打开大门，犹豫地朝房子走去。獒犬看见形迹可疑的闯入者发出嗥叫，但马上被主人制止，他把烟斗从嘴里取出来，带着询问的表情等待可疑的人说话。陌生人盯了老杰克片刻，后者身材十分肥胖，服饰也很华丽。然后他瞥一眼自己破旧的衣服和饥饿的模样，还有拿在手里的一小包东西。接着，他将缩短的无袖上衣拉一下，把它扣在收缩的腰带里，再半遗憾、半幽默地看一眼壮实的自耕农，说："我想，杰克先生，你把老时光、老伙伴都忘记了吧。"

杰克仔细打量着他，但是承认自己想不起来。

"很可能，很可能，"陌生人说，"人人好像都把可怜的汤姆·斯林斯比忘了！"

"哎呀，不，的确！不可能是汤姆·斯林斯比吧？"

"是呀，怎么不是！"陌生人回答，摇摇头。

"现付杰克"一刹那站起身，猛地伸出一只手，像个巨人把老朋友紧紧握住，用另一只手拍着一张长凳，高声说道："快坐这儿，汤姆·斯林斯比！"

随即两人对往日的岁月作了一番长谈，同时，斯林斯比受到农舍所能给予的最令人愉快的款待。他既饥饿又劳累，有着一个可怜的旅行者强烈的食欲。他从早年的玩伴谈到后来的生活与冒险。杰克没什么可说的，他从来不擅长讲长故事。在家中度过的富足生活，没有多少事可以拿来叙述，只有在世上奔波的可怜家伙才能是故事中的真正英雄。杰克一直坚守父辈的农场，沿着祖先们开辟的耕地走下去，随着年龄增大变得越来越富裕。至于汤姆·斯林斯比，他成了古谚"滚石不生苔"的典范。他曾到其他地方去淘金，但金却没有淘到，人们发现他更多时间都待在屋里而不是出去。他遇到过各种各样的处境，学到许多不同的谋生方式，可最后还是回到了本村，远比离开时更加贫穷，大背包缩小成一个装着少许东西的小包。

碰巧就在这天晚上乡绅路过农舍，他像经常习惯的那样进去串门。他发现两个同窗还在门廊里闲聊，按照苏格兰优秀的古歌唱的那样，"为了往日岁月，让我们干一杯友谊的美酒"[1]。这两个早年的伙伴在外表和命运上的对比，让乡绅深受震撼："现付杰克"像个贵族一样坐在那里，周围全是生活中的好东西，连表链上都挂着金币；而可怜的朝圣者斯林斯比却瘦弱无比，他把所有的世间财物——小包、帽子和拐杖——搁在身旁的地上。

可敬的乡绅对这个不幸的世界公民怀有好感，因为他有点喜欢这种半生四处漫游的人。他脑海里考虑着，如何设法再让斯林斯比在本村安居下来。诚实的杰克已在自己家为他提供了现成的遮风避雨处，尽管精明的杰克夫人又是暗示又是眨眼有些反对，但是如何为他提供永久的生计成了问题。幸好，乡绅想到村小学没有教师。经过进一步交谈后，他确信斯林斯比很适合这个职位，一两天后斯林斯比便出现在学校里——他少年时即在此经常让人当马骑——挥舞起了"帝国的权杖"。

他在这里待了几年，有幸获得乡绅的支持，杰克先生也始终对他十分友好，因此在村里变得颇为重要，且受人尊敬。但是，我听说他

---

1　18世纪苏格兰诗人罗伯特·彭斯根据当地父老口传录下的诗句。

在一定程度上仍然时时显得不安，有再出去漫游多看一点世界的意向。这意向在春天似乎特别困扰他。此种喜欢漫游的性情一旦得到充分纵容，就比什么都难以克服。

自从听说可怜的斯林斯比的这些趣闻逸事后，我不止一次想象他与同窗"现付杰克"分别很久后重逢的情景。人生中的不同命运是难以确定的，每一种命运都伴随着特有的不满。从未离开家的人抱怨生活单调乏味，他羡慕旅行者，因为旅行者的生活始终有一系列的惊奇与冒险。而在世上四处颠簸的人，又经常叹息地回望他被抛弃的安全宁静的海岸。然而我不得不想，留在家里经营每天出现于周围的舒适与乐趣的人，是最有机会获得幸福的。对一个年轻人而言，最有吸引力的莫过于想到旅行。每个童话里都能见到的这句古老语言"去寻找出路"，就包含着极大的魅力。不断改变地点，不断改变目标，可以让人不断经历冒险，满足好奇。但是我们所有的享受都是有限的，每一个欲望就在获得满足后消亡。经过反复刺激好奇便会缩小，新奇的事物不再令人吃惊，直到最后我们甚至不会为某个奇迹感到意外。

像可怜的斯林斯比一样投身于世界的人，充满了一个个明媚的希望，他很快发现当到达某个遥远的场景时它却变得大相径庭。他越是走近，平坦的地方越是粗糙、崎岖。原始野性的地方变得贫瘠乏味。使他着迷的仙境里的色彩仍然在向远山飘去，或者汇聚到他走过的地方。每一处风景都比他站的地点更绿似的。

# 学校

离开那些重要人物，放弃更高级的事情，回到我小小的孩子身旁和可怜的学校。如果上帝允许，我会像自己所打算的那样，在学识和礼节上有条不紊地给予孩子和青年以指导。

——罗杰·阿斯卡姆[1]

前面我对村小学教师做了简略描述，读者也许很想了解有关学校的情况。乡绅对于附近孩子们的教育颇为关心，他一开始任用斯林斯比时，就把一本罗杰·阿斯卡姆的《教师手册》交到这位教师手里，而且建议他仔细读读老皮查姆的部分，它论及教师的职责，并对人们很喜欢的鞭打出才子的方式予以谴责。

他告诫斯林斯比不要以严厉苛刻和带着奴性的恐惧让孩子的自由精神受到损害或压制，而要引导他们在知识的道路上自由、欢快地成长，让知识在他们眼中令人喜欢，值得拥有。他希望看到按照往日美好的农民阶级的风俗习惯培养青少年，从而为实现他最喜爱的目标——恢复古老的英国习俗与特性——打下基础。他建议所有古老节

---

1　罗杰·阿斯卡姆（1515—1568），文艺复兴时期欧洲作家，著有《教师手册》。

日都应庆祝，孩子们玩耍时开展的游戏应按照斯特拉特[1]的权威标准规范，其饰有插图的一本珍贵著作就存放在学校里。可敬的乡绅尤其告诫教师戒绝用桦条，他厌恶地认为，那种教育工具只适合用于惩戒不可理喻的粗暴家伙。

斯林斯比先生尽自己的能力听从乡绅的告诫。他从来不鞭打孩子，因为他非常宽容善良，不会让弱小的人痛苦。遇到节假日他十分慷慨，自身就喜欢他们，同情那些被不耐烦地关在教室里的顽童——因为他出去看外面的世界期间，就在不同的时候经过被关起来的烦恼。至于游戏和娱乐，凡是记录在案的都让孩子们认真练习，诸如套环、赛马、越狱、棒打、圈套舞、曲棍球舞、摔跤和跳跃，等等。唯一不幸的是，诚实的斯林斯比放弃桦条后尚未把罗杰·阿斯卡姆研究得很充分，还没有找到替代品，或更确切地说，他本质上还不能用好那种工具。因此，他的学生虽然是最快乐的，但也是乡下最不守规矩的。从来没有哪个教师像斯林斯比那样受他们喜欢，或者说最不被他们放在心上。

他最近接纳了一个与自己相称的助手，那是又一个回到村子的羊栏里的迷途羔羊。他正是富有音乐天赋的裁缝的儿子，裁缝在他的教育上已经花费了一些钱，希望看见儿子有一天得到收税官那样的职位，或者至少是个教区执事。可这小子长大后像父亲一样闲散和喜欢音乐。有一次他让征兵组的锣鼓和横笛迷住了，便跟随他们去了部队。没过多久他就回来了，身无分文，衣衫褴褛，成了村里的浪荡子。他在附近游荡了一段时间，穿着半破旧的军服，歪戴一顶军便帽把石头扔过小溪，或者在酒馆门旁闲逛。他成了父亲的包袱，连所有热心的家长

---

1 原文为 Strutt。

都对他极其冷淡。

　　然而，某种东西让诚实的斯林斯比对这个青年产生兴趣。或许是他对青年的父亲怀有好感吧，后者是他的一个极好的密友；或许是他内心怀有共同的情感，这情感将喜欢四处游荡的人吸引到一起，因为在喜欢游荡的性情中的确具有某种磁性；或许是他记起自己当年回到本村时，也像这个年轻人一样身心大受损害。不管动机是什么，反正斯林斯比对青年产生了兴趣。他们在漫游世界期间看到各种不同的地方和场面，并就此在村酒吧里谈了许多。斯林斯比越同他交谈，越发现他跟自己很合拍。他还发现青年与自己的见识差不了多远，便马上雇用他在学校里做助手或指导员。在这种值得赞扬的教学方式下，学校正如人们认为的那样迅速活跃起来。如果说，对于美好的昔日所有节日的技艺学生没有精通，没有让乡绅满意，那也不是老师的错。那个浪荡子在男孩们中间几乎变得像老师一样受欢迎。他的指导并不限于上课时间。他从父亲身上继承了音乐的品位和才能，因此让全校学生都疯狂地喜欢上他。他是个击鼓的能手，从校舍后面经常能传来咚咚的鼓声。眼下他还教村里一半的男孩吹横笛和排笛，他们傍晚蹲坐在阶梯上，或者闲荡于谷仓门旁，用模糊的笛声让整个周围的人厌烦。除了学校的其他运动外，他还引进古老的箭术，这是乡绅最喜欢的项目之一。他做得非常成功，以致妄自尊大的小人物们个个旷课，成群结队去周围一带用弓箭射击空中的鸟儿和田野里的野兽。他们也经常袭击乡绅的领地，使猎场看守大为愤怒。总之，古老的英国风俗习惯在这所学校得到了如此完美的培育，假如乡绅在世时能看到自己某个富有诗意的幻想得以实现，看到一群人被培养起来，配得上做罗宾汉及其欢乐的不法之徒的继承人，那么我也不会感到惊奇。

# 村中政客

假如我不自认为生来是个做国家舵手的人，我就是个混蛋。我有很多明智的策略，本该安排各种事务，与某个宗派作对，就像船长顶风而行那么容易。

——《哥布林》[1]

有一次我同西蒙大人一起到村里走访，他提议我们在客栈逗留一下，希望带我去看看，因为那是一个真正乡村客栈的典范，也是村民们闲谈聊天的总部。我先前漫游至附近时曾提到它。它有一个深长的老式门廊，门廊通向一座用作酒吧和"旅行者之屋"的大厅。大厅里有个宽大的壁炉，两边放着高靠背长椅，村里的智者们坐在那里一边喝啤酒一边闲谈，在漫长的冬夜召开会议。老板是个安闲懒散的人，体形有点像他的一只啤酒泵。他经常站在门口聊天，戴着假发的脑袋偏向一侧，双手插在衣袋里，老婆和女儿则忙着侍候顾客。不过，他老婆有足够能力管理好客栈。确实，她将酒吧的常客统管得很好，长期以来习以为常，仿佛他们是受她供养的人而非老顾客。任何老酒徒都对她表示敬意，他们无疑常常拖欠她的账。我已暗示过她与"现付

---

1  英王查理一世时代的一出舞台剧，作者为约翰·萨克林爵士（1609—1641）。

杰克"的关系很好，早年他曾是她的心上人，总是为了她给予酒吧支持，的确成了酒吧里的"领袖人物"。

我们走近客栈时听见有人在大谈特谈什么，并听出"税收""贫民救济税"和"农业困境"这些不好的言辞。说话者原来是个身体瘦小、十分健谈的人，他把客栈老板带到门廊的一角。后者像往常一样把双手插在衣袋里，他听时好像是很茫然、默许的样子。

这情景似乎对西蒙大人产生了奇特影响，他轻轻捏一下我的胳膊，大大偏离门廊往另一个方向走去，好像他根本不想进去。这显然的回避使我更仔细地注意那个演说家。他身材瘦小，性情活跃，生着一副苍白无血、肝气失调一般的长脸。他长着黑胡子，脸刮得糟糕，把衬衣领子都沾上了血迹。他露出焦躁不安的目光，帽子边显得尖削的样子，那形状好像很实用。他手里拿着一张报纸，似乎在评论上面的内容，让客栈老板深信不疑。

看见西蒙大人客栈老板显然有点慌张，他开始搓着双手，侧身从角处慢慢移开，深深地作了几个酒吧老板那样的鞠躬。那个演说家对我的同伴不屑一顾，说话的声音更大，我想还带点蔑视的神态吧。不管怎样，西蒙大人像我先前说的那样避开门廊走过去，一边用胳膊夹住我的胳膊，一边用敬畏、惊骇的语气说："那是个激进分子！他读科贝特[1]呢！"

我试图从同伴那里得到更多有关此人的描述，但是他甚至好像不愿意谈论对方，只笼统地说那是个"可恶的忙个不停的家伙，有一套让人恐慌的讲话花招，常常用国债和类似的胡说把人弄得烦恼不安"。

---

1 科贝特（1763—1835），英国激进分子，散文家和记者。

我于是猜想，大概西蒙大人曾在争论场上与他偶然相遇，并由此对他警觉起来。因为这些激进分子总是不断四处游荡，寻求与人舌战的机会，他们最开心的莫过于将一位有身份的理论学者击败。

我进一步询问后，让自己的猜疑得到证实。我发现这个激进分子最近一路找到村里，他吓唬说将用自己的学说带来毁灭性的打击。他已经使两三个人彻底皈依，或者信从了新的教义，并让另外几个人的信仰产生动摇。可悲的是还把不少最老的村民给搞糊涂了，他们一生从未想到过政治或任何别的东西。

他的身心经常处于不安状态，所以他变得十分瘦小。他衣袋里装着报纸和小册子，在任何场合随时会拿出来，老是担心焦虑。他轻蔑地谈论乡绅及其家人，暗示说不如把园林分割成小农场和菜园，或者用来喂养绵羊而不是一文不值的鹿，这让几个最为忠诚的村民大为震惊。

他是乡绅一个不小的肉中刺，乡绅不无可悲地担心此人会把政治带入村里，使其变成一个好思考的不幸群体。他更让西蒙大人感到不满，因为后者至此都能够左右本地的政治观点，而不用太多的学识或逻辑。但西蒙大人最近大为茫然，不知如何消除已让这位改革之士播下的疑惑和邪说。

的确，后者已经彻底控制了客栈的酒吧，这与其说他使人信服了，不如说他用言论将所有早已确立的村中圣贤击败。药剂师尽管拥有一切人生哲学，但是在他面前却一文不值。他至少已有十多次说服客栈老板，使其改变信仰。然而，后者也容易被接下来同自己谈话的人说服，把信仰改变过去。不过这位激进分子确实遇到一个很强的对手，即老板娘，她对这里的王者西蒙大人和乡绅极其忠诚，毫无二心。她不时像山猫一样十分凶暴地对待改革者，而且不会饶恕低能的丈夫，他竟然听从她所谓的"粗俗的政治主张"。让这个好女人更加凶暴的是，激进分子听着她攻击时相当冷静，露出目空一切、让人恼怒的微笑，在她说得喘不过气来时，还平静地要求品尝一下她自酿的酒。

不管怎样，与这个可怕的政客唯一匹敌的是"现付杰克"，他在酒吧里维护着自己的地位，对激进分子及其所有行为予以蔑视。杰克是本国最忠诚的男人之一，尽管对事情也不能作出什么推论来。他还具有一个坚韧的辩论者极好的品质，即在自己被打败时从不知道。他有一些在所有场合都会讲出的古老格言，虽然对手经常予以推翻，但他总是每次重新把它们带上战场。他犹如阿里奥斯托[1]写的那个强盗，尽管头被砍下 50 次，但转眼又将其重新还原，像先前一样完好地开始反击。

凡是不与杰克简单明了的信条一致的，都被他视为"法国的政治"。因为尽管处于和平时期，但无法使他相信法国并没有在搞阴谋诡计毁灭英国，以便夺取英格兰银行。激进分子有一天试图用报纸上的一大段话来打败他，但杰克既不读报也不相信它。作为回击，他引用了自己最喜欢的、确实也是唯一的作家老塔瑟写的一首诗，他称之为自己的"金科玉律"：

> 别去评论王子们的事务吧，
> 关心你手头的种种事情；

---

1　阿里奥斯托（1474—1533），意大利作家，主要闻名于其史诗喜剧诗《奥兰多·富里索》。

敬畏上帝，别冒犯国王及其大法，

让自己避开地方官的魔爪。

　　杰克着重说出这首诗后，掏出装得满满的皮制钱包，取出一把金银来，相当准时地去柜台付了账，然后把钱一块一块放回包里，再将它放进衣袋并扣好。之后，他把手杖重重地在地板上敲一下，带着完全打败敌手的语气对激进分子说"早安，先生！"随即他像一头狮子似的板起面孔走出房子。当时有两三个赞赏杰克的人在场，他们自己不敢上阵，但把这看作是一个彻底的胜利，在激进分子转过身去时使着眼色。"唉，唉！"激进分子一旦走到听不见的地方，客栈老板就说，"别去管老杰克，我保证他自己会解决！"

# 白嘴鸦

但是白嘴鸦呱呱叫着，莺在高空翱翔，
它们静静绕着圈儿，大声发出尖叫；
松鸡、喜鹊甚至露出凶兆的老鹰，
向着升起的月亮欢呼，把我给迷住了。

——考珀[1]

就在花园周围有一条梯级式步道，其上方有一片高大的橡树和山毛榉，在这些树林中有个年代久远的白嘴鸦群栖地，它是乡绅的乡间领地中最重要的地方之一。老绅非常珍视他的白嘴鸦，一只也不让人射杀，结果它们便惊人地猛增起来。树顶上有许多白嘴鸦筑的巢，它们还侵占了林荫大道，甚至很久前就在教堂大院的榆树和松树中建立起了殖民地，它像其余远方的殖民地一样不再效忠母国。

白嘴鸦受到乡绅尊敬，他认为它们有着非常古老体面的贵族血统，颇有贵族的头脑，喜欢乡间宅第，依附于教堂和庄严的地方。它们在高处筑巢，生活于大小教堂附近以及古堡和庄园那些悠久的树林中间，便足以表明这一点。乡绅对它们所表现出的好感，使我

---

1  考珀（1731—1800），英国诗人，写有不少关于自然的诗。

更加仔细观察这些颇受尊敬的鸟儿，因为我不无羞愧地承认，自己一直易于将它们与同宗的乌鸦混淆，两者乍一看有非常相似的家族外貌。似乎最不公平或最为有害的，莫过于犯下这样一种错误。在有羽毛的生物种类当中，白嘴鸦和乌鸦犹如各民族中的西班牙人和葡萄牙人，他们由于邻近和相似，彼此最缺少爱意。白嘴鸦仿佛是久已确立的女管家，是思想高尚的上流人士，它们自古以来就拥有自己世袭的住所。至于可怜的乌鸦，它们只是某种四处流浪、掠夺成性和像吉卜赛人一类的生物，居无定所地漂泊着。"它们与人人作对，人人也与它们作对"，它们在每一片玉米地里被吊死。西蒙大人向我保证说，一只母白嘴鸦如果忘乎所以，竟然与某只公乌鸦厮混，那么它必然会被剥夺应有的权利，并且，那只公乌鸦确实会遭到母白嘴鸦所有高贵同伴的彻底唾弃。

对于这些黑色邻居的兴趣和所操劳的事，乡绅是相当关注的。至于西蒙大人，他甚至自称凭外貌就能认识不少白嘴鸦，而且还给它们取了名字。他指出其中几只，说它们是家族中的元老，将其比作德高望重、衣食无忧的年老公民——那些人头戴三角帽，鞋上饰着银扣。尽管乡绅关爱保护它们，让其成为自己帝国里的居民，但它们似乎并不承认效忠于他，没有任何交往或亲密的表示。它们把空中的住所几乎筑在射程以外。它们虽然与庄园毗邻，但却保持着人类那种极其缄默冷淡、怀疑戒备的特性。

然而，一年中有个季节让所有鸟某种程度上保持在一个水平，从而使得极高处飞翔的鸟也不再那么傲然——这便是筑巢的季节。这种情况出现在早春，此时，林木开始发芽，细长的树枝顶端变绿了；此时，隐蔽的林地里的野草莓和其他草本植物长出色彩淡淡的嫩叶，雏菊和报春花从树篱下面窥探着。这时节长羽毛的动物开始全面骚动起来，它们不断飞来飞去，欢快地发出叽叽喳喳的叫声，就像发芽的植物界一样，表示着一年里生命正在复苏，充满活力。

这个时候，白嘴鸦忘记了自己习以为常的威严、戒备与高傲。它们不是待在高高的地方，大摇大摆地行走于风中的树顶上，像君主般轻蔑地俯视地上卑微的爬行动物，而是乐意一时抛弃绅士的尊严来到地面，像个劳动者表现出不辞辛苦、勤奋努力的样子。现在它们没有了天生的戒备，变得无畏而易亲近，处处可看见它们忙着寻找筑巢材料的身影，显得极其卖力。不时有一只忙碌、老练、如绅士般的鸟儿从路上穿过，只见它迈出笨拙的步子，显得不安、着急，好像患了痛风似的，或者脚趾上长了鸡眼；它不断四处探看，先用一只眼然后用另一只眼瞧着遇到的每一根草，认真地思考；最后它发现一根大枝条，足可以用作空中楼阁的椽木，这时它便急切地把枝条抓住，赶紧带着飞到树顶上去了。显然，它担心你会同它争夺那个无价的战利品呢。

像其他空中楼阁的建筑师一样，这些空中建筑师仿佛对建筑材料颇有想象力，它们最喜欢来自远方的材料。因此，尽管周围的树上有大量干细枝，可它们从没想到加以利用，而是去遥远的地方寻找，然后一只只从天涯海角飞回去，每只嘴上都叼着一根珍贵的木条。

我必须提到下面的情况——我不无悲哀地说，此情况与这些出身名门世家的鸟儿庄重尊贵的特性大相径庭——在筑巢季节它们易于产生剧烈的纠纷，会毫无顾忌地相互欺骗、掠夺；由于这种不良行为，有时它们群栖的地方成了大打出手、发生暴乱的场所，极为可怕。通常有一只伙伴留在巢里，以防遭到破坏。我曾见过激烈的争夺，当时某只狡猾的邻居企图窃取被它看上的某根诱人的椽木。对于任何猜疑，我都是不愿意仓促认可的，那会给如此可敬的一类生物的总体特性蒙上污名，所以我倾向于认为这些盗窃行为会受到它们上级的极力阻止，甚至会受到当权者的严惩。因为我时而看见一整群白嘴鸦向某只白嘴鸦的巢扑去，将它完全摧毁，并把战利品带走，甚至猛击不幸的业主。我推断大概它犯下什么不良的偷盗行为，警官们对它采取了某种非同寻常的惩罚；或者，也许是一群法警到它家里去执行判决了。

在筑巢季节期间，它们的另一个行动也让我觉得有趣。管家已让一大群羊在房子附近的草地上吃草，这使乡绅有几分生气，他认为这让草地的尊严遭到了新的损害，因为它本来只应该提供给鹿享用的。不管怎样，离客厅窗户不远处有一座青山，母羊和羔羊习惯傍晚聚集在那里，以便享受落日的阳光。在这些精明的鸟儿筑巢的时节，一旦羊群聚集在此，就有一只庄严的老白嘴鸦——西蒙大人让我确信它就是这个群落中的行政首脑——飞落到一只母羊的头上，母羊似乎意识到它屈尊俯就的举动，于是停止吃草，一动不动地站着，对头上威严的白嘴鸦表示尊敬。然后，其余的白嘴鸦模仿自己的首脑，盘旋着飞下来，直到每只母羊的背上都有两三只白嘴鸦呱呱地叫着，拍打翅膀，彼此打斗。它们是否会让羊们捐献一点羊毛用于筑巢以便对羊的谦恭顺从给予报答，我不能确定，不过，我推测它们会按照保护国通常的习惯办事的。

5月的下半月是白嘴鸦面临大灾难的时候，此时幼小的白嘴鸦刚刚能够走出巢，摇摇晃晃站在附近的树枝上保持平衡。现在是"射猎白嘴鸦"的时节，无辜的鸟儿们遭到可怕的屠杀。当然，乡绅在自己的领地上禁止一切这类侵害行为。不过我听说，那座老教堂周围的白嘴鸦群居地发生了可悲的浩劫，全村的人"满怀骑士精神"

对这个忠诚的共和体发起攻击。每个无所事事的人——他很幸运有一支老式长枪或大口径短枪，以及斯林斯比学校教的所有剑术——此时都会上阵。小个子牧师从面向教堂的书斋窗口用愤怒的语气进行干涉或责备，但是没用。从早到晚砰砰的枪声响个不停。那些人绝不是什么神枪手，经常打不准。不过时而也会从一大群包围的乡巴佬中发出高呼，表明某只不幸的白嘴鸦被打下来，它像一块压偏的苹果布丁重重落到了地上。

至于其他的麻烦和灾难，白嘴鸦也并非完全摆脱了。一个颇有贵族特性、思想高尚的群体——它自夸有着极其古老的血统和世代相传的尊严——自然认为有时会遇到礼节问题，随即便是决斗。事实上这种情况是很常见的。单个的白嘴鸦之间会发生激烈争斗，它们在树顶上进行可悲的混战，我不止一次看见两只勇猛的英雄正式展开决斗。它们的战场通常在空中。它们还以最科学、最高雅的方式彼此对抗，相互一圈圈地转动身子，并且飞得越来越高，以便占据有利地势，最后没等到决定胜败，它们有时就已消失在云块里。

白嘴鸦偶尔还会与一只侵犯的鹰展开凶猛搏斗，由一群"地方武装团队"将对方赶出领地。它们也极其顽强地固守着属于自己的地方，不允许任何其他的鸟儿在树林里或者附近栖息。有一只非常年老、可敬的单身猫头鹰，它长期栖息在树林一角，但是白嘴鸦们把它彻底驱逐了。它厌恶这个世界，退避到邻近的一片树林，在那里过着隐士般的生活，每天晚上发出自己受到虐待的抱怨声。

这只不幸的如绅士般的鸟儿一次次地叫着，通常在寂静的夜晚可以听见，此刻白嘴鸦们都休息了。我常怀着不可思议的满足，在月夜里倾听它的声音。这只胡须灰白、愤世嫉俗的鸟儿当然颇受乡绅尊重。

不过仆人们对它却有着一些迷信观念，而要让乳牛场的女工天黑后冒险走近它栖息的林子，也并不容易。

除了白嘴鸦这些私下的争斗外，它们还易于遭受别的不幸，这常给它们当中最可敬的家庭带来悲哀。它们具有美好、古老的封建时代真正的男爵精神，不时从城堡里出去突袭，让附近的平民百姓进贡。在这些具有骑士精神的出征当中，某个倔强的农夫偶尔会用生锈的火炮朝它们射击。也是偶尔的时候，它们静静地飞过园林边界，不小心进入斯林斯比学校某个旷课的弓箭手的射程范围，被顽童某支倒霉的箭一下射中。在此情况下，受伤的冒险家伙有时仅有足够的力气飞回家，它要在栖息的地方死去，会把"整个身子"吊在一根大树枝上，就像吊在绞刑架上的盗贼一样——这是给朋友们一个可怕的警告，那模样让乡绅大为同情。

但是，虽然会遇到这一切不幸的事，白嘴鸦们总体而言生活是开心快乐的。当幼崽得到抚养可以完全投身于天然元素即空中时，老白嘴鸦似乎没什么担心的了，它们重新有了贵族般的尊严与悠闲。我羡慕它们似乎获得的那种享受：它们时而身处缥缈的高处，在周围高高的树荫里嬉闹狂欢；时而它们盘旋到更高的地方，时而一部分却飞落到最顶端的树枝上，在那儿张开翅膀保持平衡，在微风中大摇大摆地走动；时而它们似乎优雅地飞向教堂，围着尖塔一圈圈地盘旋，以此自娱自乐。有的时候家里只留下一支守军，以便保卫林中的堡垒，其余的白嘴鸦则漫游出去，享受晴朗的天气。大约日落时分守军会通知它们返回，其叫声隐隐从遥远的地方传回去，然后它们像一团乌云出现在远处，接着越来越近，直到全部翱翔着飞了回去。之后它们在庄园和花园上空绕几个大圈，盘旋着飞得越来越近，最后渐渐飞落下去，发出响亮的叫声，仿佛它们正讲述着一天的冒险经历呢。

　　我喜欢在这样的时刻漫步于昏暗的树林，倾听高高地栖息在我上空的群落发出的各种声音。随着夜色越来越浓，它们的谈话也平息下去，它们也好像渐渐入睡了。但不时传来抱怨一般的声音，似乎某只白嘴鸦在争夺一只枕头，或者再多拉去一点毯子。等到它们完全安静时已是深夜，这时那个做隐士的老邻居，即猫头鹰，开始从树林里那间单身屋里发出孤独的叫声。

# 五朔节

这是一年中最好的时间，
因为紫罗兰已经出现。
现在玫瑰也长出来了，
漂亮的报春花将大地装饰完好。
快到五朔节花柱那里去呀，
一个节日已经到啦。

——艾龙与戴安娜[1]

这天早晨我躺在床上，享受着半是做梦半是幻想的时光，这在乡下颇令人惬意。忽然鸟儿在窗旁歌唱，阳光探进窗帘，音乐声把我惊醒了。我走下楼去，发现有不少村民，他们穿着节日盛装，带着一根饰有花环和丝带的柱子，一同前来的还有村乐队，大家都在听着裁缝的指挥，他就是那个吹黑管的脸色发白的人。他们的帽子上都戴着山楂枝，或所称的"the May"，并且带来了绿枝和鲜花装饰宅第的门窗。他们说要把五朔节花柱竖立在公共草地上，邀请庄园所有的人去看游戏。按照习俗，庄园变成了一个既忙碌又开心的地方。山楂枝和音乐

---

1　艾龙和戴安娜的神话见于古罗马诗人奥维德的《变形记》中。

使所有仆人兴奋起来。要让女仆的嘴和脚不发出声音是不可能的，她们期待着草地上的游戏和晚上的跳舞呢。

为享受这一欢庆活动我早早去了村里。上午空气纯净，阳光明媚，正如人们总是这样描述 5 月的早晨一样。田野里处处是白色的雏菊，山楂树长满芳香的鲜花，蜜蜂在每个土埂周围发出嗡嗡声，燕子在村中的尖塔附近高高飞翔。就是在这样宜人的一天，我们开心地呼吸空气，不知何以感到幸福。无论谁曾经感受到可敬男人的价值，或者宠爱过可爱的女人，都会在这样一天不无温柔地回想起他们，觉得自己心里充满了久被埋没的记忆。"因为此时，"关于亚瑟王优秀浪漫的故事中说，"情人们再次回忆起昔日的友爱、仪式和诸多善行，它们由于受到忽略已被忘记。"

到达村子以前，我看见饰有鲜艳花环和丝带的五朔节花柱高高竖立在村子上空，并听见了音乐声。我发现旁边搭起一些展台，以便接待参加活动的人们。另外用青绿的树枝和鲜花为"五朔节女王"搭起一座亭子，那是村里某个面颊红润、清新活泼的姑娘。

一队莫里斯舞者身着奇特服饰在草地上跳着，把鹰铃弄得叮当响。有个男孩打扮成梅德·玛丽安，侍候的小丑则把盒子摇得叮当作响，以便向观看的人们收取捐献的东西。吉卜赛女人也已在村里各个角落极力使用自己的秘方，查看着天真的乡村女孩的手，无疑向她们许诺将得到好丈夫和一群群孩子。

上午乡绅在牧师陪同下出现了，大家高声欢呼着迎接他的到来。他整天与乡民在一起，无论走到哪里都让人们高兴，人们也让他高兴。这一天的娱乐活动由教师斯林斯比安排，他不仅是学校的"失序之王"[1]，而且也是村里主持狂欢活动的人。他东奔西忙，显得困惑焦急的样子，好像为了让其他人开心自己心里的压力不小。为了某个精明的计策他陷入许多麻烦，顺便提一句，那个计策源自西蒙大人和牛津大学学生，其目的是选举出"五朔节女王"。有一帮喝啤酒的人激烈反对，他们赞成选举活泼的酒吧女招待，就是客栈老板的女儿。有大家的极力支持，他是不会放弃自己意见的。不过那些乡下人也像所有其他人一样，个个野心勃勃，妒忌不满。我听说西蒙大人对选举"五朔节女王"很感兴趣，花冠通常戴到了受他青睐的某个乡村美女头上，虽然采取的方式并不光明正大。

这一天当中，公共草地上要举行各种展现力量与机敏的游戏，由一小队村里经验丰富的人主持，他们充当竞技场的裁判。其中领队的我发现是"现付杰克"，他带着富有见地、审视评论的目光观察不同选手的长处。虽然他说话极其简短，有时只是点一下头，但显然其观点远比那些多嘴的人的观点更重要。

年轻的杰克成了这天的英雄，他将大部分奖品夺走，尽管在一些比赛机敏灵活的技艺上"回头浪子"并不逊色，后者在这种场合非常内行。不过杰克最难对付的是那个臭名昭著的吉卜赛人，即"星光汤姆"。我很高兴有机会在大白天看见这个"月亮的宠儿"。我发现他是个高大、黝黑、英俊的男人，显露出高贵的神气，有点像我见过的印第安酋长那样。他带着某种悠闲、舒适和几乎优雅的举止，这举止我在流浪者那类人中经常注意到，他们过着无所事事、四处流浪的生活，对劳动带着绅士般的蔑视。

---

1　英国 15、16 世纪时圣诞节等的节日狂欢主持人。

西蒙大人和老将军一起在这地方寻找着什么，并无恶意地在丰满健美的乡村姑娘中间穿梭。西蒙大人遇见她们时会吻一下其中几个，询问她们的姐妹情况如何，那些农民的家庭他大多熟悉。有时他会低声耳语，装出与她们说俏皮话的样子。如果在谈的话题上让人嘲弄，他会笑一下把话题转开，尽管他显然喜欢自己被怀疑是她们当中的一个浪荡公子。

对于农夫们的田地他很有话说，似乎知道他们所有马的名字。有个长着一副红润圆脸的老人，其帽子下面戴着一顶睡帽。他是村里的智者，有几个场合曾在西蒙大人的同伴听得见的地方开西蒙的玩笑，在西蒙经过时把身子转向他们并使劲眨眼。

然而，那个激进分子带着两三个门徒出现在草地上，几乎把这一天的和谐气氛打破了。他不久即在密集的人群中间与人争论起来，我能从中听到他的声音，不时看见他那只袖子挽得老高的瘦小的手举向空中，剧烈地做着手势，把一本小册子当警棍似的挥舞着。他对这些闲散荒谬的娱乐予以谴责，因为在社会处于危难之际每个人都应该想到别的事情，应该感到悲哀。村里诚实的逻辑学家们也无法反对他，尤其是在他得到那些改变信仰者支持的时候。此刻让他们大为高兴的是，西蒙大人和将军正飘然而至，快要进入战场。我看见西蒙大人一发现来到火烧战船的旁边就想走开。可是将军非常效忠于国家，他不能忍受这样的谈话让自己听见，心想，只要有一位绅士去看一眼，说一句话，都足以让那样一个卑鄙的演说者住嘴。可是后者对任何人都一视同仁，而且似乎颇高兴有如此重要的对手。他比先前更加口若悬河，不久就用税收、贫民救济税和国债问题进行雄辩，把他们彻底给压倒了。西蒙大人极力按照平常散漫的方式把事情一带而过，这对于村民总是颇有效果。但激进分子却是个让人讨厌、烦恼的家伙，他非要某人拿出具体事实不可。的确，他的衣袋里装着两三本小册子，以便他提出的一切都有印刷文献佐证。将军也发现自己面临着更加严重的情况，这是他的自尊所不能容忍的。他像一艘巨大的荷兰商船，可悲地遭到一只小私掠船的攻击。他显示出自高自大、很了不起的样子，说着大话，极力用炫耀夸张的举止让没办好的事情得到弥补，但是没用。激进分子每一次击中要害时，都使他气喘吁吁得像风箱一样，仿佛要把身上大量的气体排出来。

总之，庄园里这两位可敬的人物彻底慌乱了，而且还当着西蒙大人几个忠诚的崇拜者的面呢，他们总是敬仰他，把他看作是个永远正确的人。假如不是因为宣布了开粗俗玩笑的比赛，我不知他和将军如何设法从战场上撤下来。激进分子于是带着极其蔑视的表情离开，他刚一转过背人们就完全说起他的不是来。"你听到过那一大堆废话吗，将军？"西蒙大人说，"这样的家伙一旦脑子里装进了讨厌的科贝特后，就根本没必要和他谈了。"

"是呀，先生！"将军说，一边擦着额头，"这样的人应该全部送去流放才是。"

在后半天的时间里，庄园的女士们也到公共草地上来了。美丽的朱莉娅靠着情人的胳膊出现在大家面前，她显得非常苍白、十分有趣的样子。她在村里颇受人喜欢，从小大家就认识她。又由于她最近发生的事人们谈论不少，所以一看见她大家就很明显感到高兴，在她经过时村里的几个老妇还赞美她可爱的脸蛋。

正当她们四处走动时，我注意到男教师认真地与扮演"五朔节女王"的年轻姑娘谈着话，显然在极力鼓励她完成某个艰巨的任务。最后，当从庄园来的一队人靠近她的亭子时，她走了出来，每一步都犹豫迟疑的样子，直至她来到美丽的朱莉娅站着的地方，后者站在情人和莉莉克拉夫特夫人之间。小花王然后将花冠从头上取下来，试图把它戴到将要成为新娘的人的头上。两个女子非常慌乱，若不是上尉及时把花冠接住它就掉到了地上，他笑着为脸色发红的情人戴上花冠。甚至两个年轻女子表现出的尴尬也有些迷人，她们都很美丽，但各自的美大不相同。西蒙大人后来告诉我，"五朔节女王"将要朗诵男教师为她写的几首诗，可是她既没有理解诗的才智，又没有记住它们的记忆。"另外，"他补充说，"你我知道就是了，她严重损害了纯正的英语。所以她先前扮演了女巫的角色，不用说话，靠她那张漂亮的脸蛋就行了。"

从庄园去的人当中有汉娜夫人，即莉莉克拉夫特夫人的女侍。让我吃惊的是猎人老克里斯蒂陪同着她，后面跟着那只幽灵般的灰狗。不过我发现他们是老相识，由于某种共同的性情聚到一起。汉娜夫人带着并不自然的高贵举止行走在乡下人中间，他们让开她时怀有的敬畏甚至超过了让开她的女主人时怀有的敬畏。她的嘴好像用扣子扣着，我只时而听见从她嘴唇里漏出"伙计们！"几个字，此时她在人群里偶然让人给挤着了。

但在场的人有一颗心并没有融入现场的欢乐中，这便是女管家的侄女、头脑单纯的菲比·威尔金斯的那颗心。可怜的姑娘过去这段时间一直憔悴抱怨，因为情人始终对她冷淡。从来没有一个小小的逢场作戏行为遭到如此严厉的惩罚。这天她出现在公共草地上，让一个没穿制服的、机敏的仆人向她献殷勤，她决意冒险试一下，以便引起情人的嫉妒。她穿一身盛装，装出非常开心的样子，带着女孩子气大声说话，没啥好笑时也哈哈大笑。然而，尽管这个可怜的女孩显得很轻浮，但她胸中却有一颗痛苦沉重的心。她的目光时时转到一边，寻找着自己粗心的情人，当看见他向小巧的"五朔节女王"表现出纯朴的殷勤时，她的脸颊变得苍白起来，假装的快乐也消失了。

这时某个新的热闹场面转移了我的注意。远处传来音乐声，有一面旗子正沿路朝这边靠近，其前面是一支演奏着有点像进行曲的乐队，后面跟着一大群健壮的乡村小伙子，他们是从邻近村子前来参加比赛的骑士团队。

他们一到达公共草地就向这天的英雄提出挑战，进行新的力量与机敏的较量。随即分别为各村展开体育比赛。在这些运动中，年轻的杰克和对方冠军进行顽强的摔跤比赛。他们用力地又拖又拉，两个都气喘吁吁，但谁也没战胜对方，最后两人倒下去，在草地上翻滚着。正在这时郁郁寡欢的菲比走过去，她看见不忠的情人参与着她认为是激烈的竞争，并且处在危险之中。她一时忘了自尊、气愤和撒娇的事，冲进竞技场，抓住对手的头发，正要将自己小小的仇恨发泄到他身上，忽然有个丰满高大的乡村姑娘——她是那个倒下的情郎的心上人——像一只鹰似的向菲比扑去，若不是她也被抓住了，便会将对方漂亮的衣服给扒掉。随即一片大乱，两个村的勇士们都卷入进去。双方打起来，他们挥舞着棍棒。歇斯底里的菲比被人带离了现场。

即使村里那些德高望重的人干涉也没用。好说教的药剂师极力给狂怒的人们抹上富于哲理、使人安慰的油膏，但却被摔到泥土里。教师斯林斯比是个很喜欢和睦的人，他作为今天的司仪挤入人群中间，想要终止这场骚乱。可是他仿佛被分裂成了两半，出来时衣服被撕成两块挂在肩上。那个先前的浪荡子见此情景愤怒地冲进去，要替受到侮辱的恩人报复。场面变得更加骚乱起来。我瞥见老克里斯蒂的赛马骑士帽，它像酋长的头盔一样在打斗的人群中间移动着。而汉娜夫人已被迫与勇敢的女主人分开，她哭哭啼啼，用一把褪色的阳伞左右挥舞，被人群挤来挤去，头发弄得乱七八糟，还没有哪个高雅的未婚女人有过这样的遭遇呢。

最后我看见老"现付杰克"挤进人群最中间，他好像将它拨开似的，用武力强制大家别再争斗。人群随后突然安静下来，真是让人吃惊，一场风暴马上平息了。由于各方的人并无敌对的真正理由，所以他们很快就平静了，事实上还有点困惑，不知他们何以要彼此争斗。斯林斯比被撕破的衣服不久让裁缝朋友给缝好，又像平常一样有了好心情。汉娜夫人走到一边，整理自己弄得凌乱不堪的衣服。老克里斯蒂已修复好身上弄坏的地方，用胳膊扶着她，两人返回庄园去了。

只有杰克一家好像不那么容易从骚乱中恢复过来。不幸的菲比表现出的英雄行为显然让年轻的杰克大为感动。他的母亲得知骚乱的消息后赶到现场，此时她难过而恐慌，需要全力以赴阻止他跟随到情人那里去从而彻底和好。

让这位善于家庭管理的夫人更加惊慌和困惑的是，此事使得老"现付杰克"本人慢慢忧虑起来。那样一个漂亮雅致的姑娘竟然会无所畏惧地插手，使他很受刺激，他感到痛心困惑，不明白家中为何会搞得如此混乱不堪。

乡绅听说了这一切后，为五朔节竟然让那样一场争斗蒙羞感到相当震惊。他命令菲比到自己面前来。可是姑娘非常害怕和痛苦，她来的时候哭泣哆嗦着，刚一听见乡绅问话就又歇斯底里起来。莉莉克拉夫特夫人明白，这次不幸的根源在于某个恋爱事件，因此她立即对姑娘给予极大关爱和保护，让乡绅不再生她的气。

如果不把激进分子让西蒙大人和将军受挫的事算上，这是唯一打破节日和谐的事情。所以，总体而言乡绅很有理由满意了，因为他整天沉迷于自己的嗜好，而没有受到任何其他干扰。

在得知上述情况后读者会发觉，这一切不过让人看到了一度欢乐奇特的五朔节仪式的影子。农民们对这些仪式已经失去固有的情感，几乎对它们陌生起来。正如在勇敢无畏的堂·吉诃德时代，拉曼查[1]的巴乡佬对于骑士的习俗很陌生一样。乡绅没有把此事再往前推进，也没有试图恢复当时许多废弃的习俗——在现今讲求实际的时代它们会显得做作可笑——确实，我认为这证明了他在沉迷于自己的嗜好时还是谨慎的。我私下得说，这个节日快要结束时出现的大吵闹让我怀疑：那些往日美好的乡村习俗是否总如我们想象的那样非常可爱纯朴，是否当时的农民真像人们深情地描写的那样过着田园式的生活。我开始担心——

> 那些日子一去不返；
> 虚幻的梦让人去画像，
> 诗人之手把实物投给了空无的影子，
> 将快乐的狂想当作事实。
> 即使这样，我仍然羡慕它们，
> 因为那是让人产生这种梦想的时代。[2]

---

1 西班牙中南部的高原地区。

2 出自《英国诗人之美》（*Beauties of the British Poets*）。

# 手稿

　　经过了五朔节的热闹活动之后，昨天是个平静安宁的日子。女士们待在一间小客厅里，我加入她们当中。客厅的窗户是落地窗，窗外是花园的露台，园里栽种着优美的灌木和鲜花。一些树枝悬垂在窗口之上，温和的阳光透过树枝照进屋里，花儿散发出芬芳，鸟儿在鸣啭歌唱，似乎让大家都感到惬意、宁静。过了一些时间也没人说话。莉莉克拉夫特夫人和朱莉娅坐在窗旁一张精美的工作台边，做着某种雅致的淑女干的活儿。上尉坐在情人脚旁的凳子上，正看着什么乐曲。可怜的菲比·威尔金斯——她在女士当中总是某种宠儿，由于所作的一些多愁善感的表白而让莉莉克拉夫特夫人大为赞赏——此时坐在一个屋角，她眼睛肿胀，闷闷不乐地忙着准备美丽的朱莉娅婚礼用的饰物。

　　夫人打破沉默，她突然给了上尉一个任务。"几天前你为我们读了一个故事，"她说，"我欠你的情呢。我现在提供一个故事作为回报，假如你愿意读的话：它正好适合5月里这个美好的上午，因为故事全是关于爱情的！"

　　这个提议似乎让在场的每个人都高兴。上尉微笑着表示同意。夫人摇响铃叫来侍者，让他去自己房间把手稿拿来。"既然上尉介绍了他那个故事的作者，"她说，"我也应该说说我这个故事的作者。故事是由我居住的那个教区的牧师写的。他是个身材瘦小、上了年纪的男人，体质柔弱，不过无疑是世上有过的最有魅力的人之一。他几年前丧妻，她是你见过的最可爱的一个女人。他有两个儿子，自己教育他们，两个孩子都已写出了可喜的诗歌。他的牧师住所是个美好的地方，它靠近教堂，长满了常春藤和金银花，周围是极其芳香的花园。因为你知道，我们的乡村牧师几乎总是喜欢花儿的，以此让自己的住所变成一幅幅完美的画面。

"他生活得相当好，也深受人们喜欢，在附近一带的穷人当中做了不少善事。而且他的布道太出色了！哦，只要你能听一次他根据《雅歌》的经文作的布道就好啦，全是关于爱情和婚姻的，那将是你听过的最美妙的东西之一！他至少每年春天要就此作一次布道，他知道我喜欢听。礼拜天他总是同我一起用餐，常常给我带来一些最美的诗篇，都是关于忧愁中出现的令人高兴的事和类似的主题，让我哭得不行，你想不到吧。要是他拿去发表就好啦。我想，他写的有些东西并不比莫尔[1]或拜伦勋爵的逊色。

"不久前他患了重病，医生建议他去欧洲大陆。直到他去为止，我才让他得到安宁，我答应照顾好他的两个儿子，直至他回来。

"他去了一年多，身体大有恢复。他返回时给我寄来了我将给你们看的故事——哦，在这里！"她说。此时侍者把一只漂亮的椴木盒子交到她手里。她打开锁，从几包提花纸便笺、字谜游戏卡片和诗歌

---

1　大概指托马斯·莫尔（1779—1852），爱尔兰诗人。

抄本当中取出一只散发出浓香的深红色的丝绒盒。她从里面取出一部手稿，那是很讲究地用金边牛皮纸写的，并用淡蓝色的丝带缝好。她把手稿交给上尉，他便读了后面的故事，为了让读者消遣一下我将它弄到了手。[1]

---

1　欧文常以笔名或他人之名发表作品。

## 安妮特·德拉伯尔

士兵从战场中归来，

商人从大海中返回，

可我却与所爱的人分离，

再没有相见，亲爱的，

再没有相见。


当白天离去，夜晚到来，

大家就要睡觉之时，

我想到远方的人们，

在漫长的夜晚哭泣，亲爱的，

在漫长的夜晚哭泣。

——《苏格兰古谣》


有一次我去下诺曼底[1]旅行期间，在翁弗勒尔古镇逗留了一两天，那里位于塞纳河[2]口附近。时值某个节日，夜晚所有人都拥进恩典圣

---

1 法国西北部一个大区的名称，北邻英吉利海峡与英国相望。
2 法国北部河流，流经巴黎。

母堂前面的市集去跳舞。我喜欢各种有益无害的欢庆活动，所以也加入了众人当中。

圣母堂位于一座高丘或海角顶部，远处的水手夜里可以听见从那里传来的钟声。据说，正是它给了在塞纳河对岸的"恩典勒阿弗尔港"这一名字。向上通往圣母堂的路弯弯曲曲，它沿着海岸陡峭的悬崖边缘上去。道路掩映在树荫之中，从树林间我能美美地探看到下面翁弗勒尔的一座座古塔、对岸各种各样的风景、远方勒阿弗尔的白色建筑，以及更远处辽阔的大海。一群群乡下姑娘身穿鲜红色的衣服，头戴高高的帽子，使得这条路充满生机。我发现，似乎附近所有的鲜花都聚集到了山丘顶的草地上。

恩典圣母堂是翁弗勒尔及其附近居民最常去的一个地方，既可娱乐消遣又可礼拜祈祷。港口的水手们在起程以前，友人在他们出海期间，都会去这座小礼拜堂祈祷。一件件还愿供品悬挂在墙上，以便遇到海难和不幸时得到保佑。圣母堂位于树林中央。门口上方是圣母与圣婴的画像，上面的题词我觉得颇有诗意：

*海洋之星，为我们祈祷！*

人们于晴朗的夏日傍晚，在圣母堂附近一个高低相同地方的高大的树林下面跳舞。各种集会和节庆经常在此举行，下诺曼底最可爱的地方当属所有乡下美女聚集到这里。眼前出现的就是这样一种场合。展台和帐篷在树林中搭建起来，通常要展出服饰，以便吸引乡下那些喜欢卖弄的女人，还有种种奇妙的表演吸引着满怀好奇的人。江湖郎中极力施展口才，杂技演员和算命的人使得容易轻信的人震惊。而那些用木头和蜡制品雕刻的一排排形状奇特的圣贤，则拿来卖给虔诚的人们。

　　一眼看去，这个节庆将佩斯奥格和科特科克斯所有奇特的服饰都聚集到了这里。我注意到有高高的、堂皇的帽子，有优美的女式紧身上衣，它们按照过去的时尚制作，那些时尚几百年来一代代地从母亲传给女儿，与"征服者"[1]时代人们的穿着完全相仿。它们与我在《弗鲁瓦萨尔编年史》的古老插图和彩色稿本的绘画中看到的极其相似，让我吃惊。而且，任何去过下诺曼底的人一定已注意到农民的美貌，以及在他们当中普遍具有的天然优雅的神态。无疑，那个地方让英国人有了好看的外表。正是从那里，那富有光泽的肉色，那美丽的蓝眼睛，那淡褐色的头发，跟随"征服者"到了英国，让这片土地处处有了美。

　　我眼前的景象太迷人啦：如此多面容朝气蓬勃、如鲜花般开放的人会聚在此。一群群快乐的人们穿着奇特的服饰，有的在草地上跳舞，有的四处游逛或者坐在草地上。一片片美丽的树林出现在显著的地方——这高空中的悬崖边缘。远方辽阔的绿色大海在夏日的宁静中睡了。

　　正当我凝视这生动活泼的画面时，有个美丽姑娘的出现引起我的注意，她经过人群时好像对他们的娱乐活动根本不感兴趣。她身材苗条纤弱，没有下诺曼底农民脸颊上通常带有的红润，一双蓝眼睛显露出忧郁异常的目光。有个外表庄严的男人伴随着她，我推测是她的父亲。旁观的人们窃窃私语，在她经过后陷入忧思的样子。小伙子们触碰一下帽子，有些孩子隔着她一点距离跟在后面，观察着她的举动。

---

1　指"征服者威廉"，英国第一位诺曼国王，执政时期1066—1087年。

她走近山丘的边缘，那儿有个小平台，翁弗勒尔的人们即由此远望着驶近的船只。她在这里站了一会儿，一边挥动手绢，尽管只能看见两三只渔船，而它们仅仅是遥远辽阔的大海里的几个小点而已。

这些情况引起我的好奇，于是我向人询问有关她的事，附近小教堂的一位牧师欣然回答了我，让我得到一些信息。我们的谈话把几个旁观者吸引过来，他们每个人都有某种消息告诉我，从大家那里我收集到如下详情。

安妮特·德拉伯尔是某两个较为上层的农民的独生女，他们或是所谓的小私有者，住在蓬莱韦克，那是离翁弗勒尔不远的一座讨人喜欢的村子，位于下诺曼底一片叫作佩斯奥格的不乏田园风光的富饶地方。安妮特让父母既骄傲又开心；她从小到大深受他们溺爱。她快乐、温柔、任性而多情，一切情感都来得迅速而热烈。她从未遇到反对或受到限制，所以几乎不善于自我克制，只是一颗天生善良的心才使她免于频繁犯错误。

甚至还是个孩子时，她的多情就从对一个名叫尤金·拉·福尔格的玩伴所产生的爱恋上表现出来，尤金是一个寡妇的独子，他们就住在附近。两人带有孩子气的爱恋象征着较为成熟的感情，其中也有任性、嫉妒、争吵与和解。在安妮特 15 岁尤金 19 岁时，尤金突然被征去当兵，他们的感情便显得更加严重起来。

这对于尤金身为寡妇的母亲是个沉重打击，因为他是唯一使她骄傲和安慰的人。不过在当时的法国，这仅仅是母亲们始终注定会突然遭受丧亲的悲剧之一，在那期间，持续不断的血腥战争一直耗尽着她的青春。对于失去恋人的安妮特，这也让她一时痛苦不已。她半孩子气半女人气地给了他温柔的拥抱，然后两人告别。她将自己的一绺美丽头发系在他的手腕上，蓝眼睛里涌出了泪水。但她仍然破涕为笑，因为她太年轻了，难以感受到分别是一件多么严重的事——在这个茫茫世界分别的时候，可能再也无法重逢。

一周周、一月月、一年年飞快过去。安妮特长得一年比一年漂亮，成了周围一带的大美人。她过着天真纯洁、幸福快乐的生活。她的父亲是那个乡村群体中举足轻重的男人，他的家成了村里开心无比的人们常去的地方。而安妮特则像一位君主临朝听政似的，在她周围总是有一些同龄的伙伴，只有她在她们当中才是无与伦比的。她们大多时候都在制作花边饰带，那是附近普遍有的加工业。她们坐着一边干这种雅致的、具有女性特征的活，一边轮流讲轻松愉快的故事、唱生动活泼的歌曲。谁也没有安妮特笑得开心，她唱歌时声音极其悦耳动听。她们晚上跳舞，或者玩那些在法国非常流行、让人欢喜的社交游戏，这使得夜晚充满了生气。安妮特礼拜天晚上出现在村里的舞会上时，成为广受赞美的对象。

由于她是乡下的某个继承人，所以她不缺少求婚者。别人向她提出许多有利条件，但她全都拒绝了。她笑话追求者们表现出的虚假痛苦，凭着轻快活泼的青春和人人意识到的美丽非常任性，在他们面前得意扬扬。然而尽管她表面显得十分轻率，但假如任何人能看出她心中的真情他们便会从中追溯到她对早年那个玩伴的某种美好回忆，那回忆虽然并非铭记得令人痛苦，可却是不容易抹去的。他们也许已注意到，她不仅充满了快乐，而且对尤金的母亲表现出温柔的举止。她常会从年轻同伴和他们的娱乐中悄悄走开，整天整天陪着那个善良的寡妇，倾听她欢喜地谈着儿子的事。母亲读着儿子的信，安妮特发现自己成了他经常回忆、询问的人，这时她暗自高兴得脸都红了。

终于恢复了和平，许多战士都回到故乡的家，尤金也回到村里，他成了一个被太阳晒得黑黑的军人。不用说，他的母亲多么欢天喜地欢迎他归来，从他身上她看到儿子让自己的老年有了骄傲和支撑。他凭借战绩在部队里得到提升，然而除了军人的气派、英勇的名誉和额头上的一块伤疤外，他并没从战争中得到什么。不过，他把未让军营给破坏的本性带回来了。他真诚、坦率、慷慨和热情。他有一颗仁慈的心，也许因为受过苦变得更加温和了：他对安妮特充满深情。母亲经常向他讲述安妮特的情况，提到自己孤独时安妮特对她多么可亲，这使他觉得安妮特可爱有加。他曾受过伤、当过俘虏、陷入过各种困境，但总是留着她系在自己胳膊上的那绺头发。那是他的护身符。他躺在坚硬的地上时经常看着它，想到他有一天会再见到安妮特，再见到故乡村子周围美丽的田野他心里就高兴起来，得以鼓起勇气战胜所有困难。

他离开安妮特时她差不多还是个孩子，现在发现，她成了一个青春焕发的女人。如果说他过去喜欢她，那么现在他便爱慕她了。安妮特同样为岁月让情人变得更加优秀而感动。她注意到他比村里的其他小伙子更出色，于是暗自赞赏。他有坦率高尚的军人气派，使他在乡村的聚会上显得出类拔萃。她越看他，早年轻松顽皮的喜爱之情便越深入自己强烈的感情中。不过安妮特可是一个乡村美女。

她已尝到了支配别人的乐趣，在家里经常受到迁就，在外面又总是被人赞美，所以变得固执、任性。她意识到自己能够控制尤金，喜欢摆弄他。她有时让他难以取悦自己，对他皱眉头，喜欢给他带去痛苦，但她知道不久就可以用自己的微笑将其消除。她假装一时更喜欢他的某个情敌，使他担忧，然后再极力表示出对他的爱意，从以此减轻他的担忧中获得乐趣。或许这一切可以在某种程度上满足她的虚荣。这可能是取得的一个胜利，表明她绝对控制着这个广受女性赞美的年轻军人。但是，尤金有着非常认真热情的性格，不愿受到嘲弄。他爱得十分热烈，不愿意满怀疑虑。他看见一些追求者围着安妮特转，极为生气。她在所有的乡村节日中成了无比快乐的人，显然在他最沮丧的时候她是最快乐的。除了他人人都看出她是任性，人人都明白实际上她很爱他，但只有尤金一人对她的真情产生怀疑。一段时间来，他心里既不耐烦又不信任地忍受着她的卖弄行为，变得越来越痛心烦躁，最后再也无法控制。两人产生了一点误解，随后是争吵。安妮特不习惯受到别人的反对和反驳，充满了青春丽人的傲慢无礼，表面装出轻蔑的样子。她拒绝向情人作任何解释，他俩气愤地分手了。

就在当天晚上，尤金看见她欢天喜地的样子，与他的一个情敌跳舞。她瞥见他的目光，他正痛苦地盯着她，于是她闪现出比平时更快活的眼神。这对他的希望是个致命打击，那些希望已经被心里的疑虑极大地摧毁了。自尊和怨恨在他胸中抗争着，似乎要让他振作起来，恢复他惯常的力量。他离开了她，轻率地决定再也不见她。

一个女人在爱情问题上比男人更加体谅，因为爱情更是她生活中努力获得的东西和关心的事情。安妮特不久便后悔自己不够慎重，觉得自己对待情人太不厚道了。她感到自己把他真诚、宽容的感情视同儿戏——然后，在他们发生争吵他离开时他看起来是那么英俊——愤怒使得他那漂亮的容貌彰显出来。她本打算晚上跳舞时与他和好，可是难以如愿，因为他突然离去了。她此刻期待下次见面时彻底与他和解，用甜蜜的爱情充分回报他，从此再也不嘲弄他了！但是这样的许诺无法实现了。日子一天天过去，可尤金就是不出现。礼拜天晚上到了，通常这个时候村里所有的欢乐会汇聚到一起——但是尤金没有去。她向人打听他，他已离开了村子。她现在惊慌起来，忘了所有的矜持与假装的冷淡，去拜访尤金的母亲，想听她说明一下情况。她发现他母亲苦恼不堪，极其意外、震惊地获悉尤金已经出海当了水手。

他为她假装出来的轻蔑感到痛苦，内心时而愤怒、时而绝望，此时他突然接受了一个亲戚不断向他提出的邀请。这个亲戚正在装配一只船，准备驶离翁弗勒尔港，他希望尤金陪同他一起航行。尤金觉得似乎只有离开才能治愈自己不幸的感情。他一时非常激动，想到他俩之间隔着半个世界他有些满足。他必须很快出发，没有时间冷静思考，对于难过的母亲的反对意见他也充耳不闻。他匆忙赶到翁弗勒尔，刚好有点时间为航行做必要的准备。关于这个突然的决定，安妮特得到的第一个消息是他母亲交给她的一封信，将她爱情的信物退了回来，尤其是他长期珍爱的她的那一绺头发。他向她永别了，言语中更多的是充满哀愁与悲伤，而非责备。

这是安妮特所受到的第一个真正痛苦的打击，她简直受不了。她总是精神活泼，容易很快走向极端。一段时间她无法控制自己，苦恼、懊悔不已，在极度的悲痛中显示出了真正的强烈感情。她想到船可能还没有启航，于是热切地抓住这个希望，同父亲一起急忙赶到翁弗勒尔。但是船就在那天上午出发了。她站在城镇的高处，看见它越来越小，变成汪洋大海中的一个小点，傍晚前白帆便从她视线中消失了。她满怀痛苦地回到附近的恩典圣母堂，扑倒在过道上，泪流满面地祈求情人安全返回。

回到家后她再也欢快不起来了。她带着懊悔和自责回顾自己过去的任性。她厌恶追求者们的讨好奉承，对村里的娱乐活动不再感兴趣。

她带着耻辱与羞怯找到尤金做寡妇的母亲，不过她无比欢喜地接待了安妮特，因为她只有从安妮特身上才看到后者同情她对儿子所怀有的巨大的爱。安妮特整天坐在他母亲身边，仔细看看她有什么需求，陪她消磨让人沉重的时光，让她得到一个女儿温柔亲切的爱，如果可能的话，就尽量替代她儿子——安妮特责备自己赶走了他——她以这样的行为，似乎能减轻一些自己的懊悔。

与此同时，船一帆风顺驶向前往的港口。尤金的母亲收到儿子一封信，信中他悔恨自己仓促离开。航行使他有了时间冷静地思考。如果说安妮特对他无情，他也不应该忘记对母亲应有的责任，她现在已经年迈了。他责备自己自私，只让自己受到无视别人的愤怒情绪的摆布。他保证随船返回，决意接受所遭遇的挫折，一心想着让母亲快乐。"他回来后，"安妮特说，狂喜地紧紧握着双手，"再离开就不是我的错了。"

船返回的时间临近。她每天都期待着，天气变得极其狂暴。一天接一天带来船只沉没或在岸边搁浅的消息，海岸上散布着失事船的残骸。人们得到消息说，有人看见那只期待中的船在一场暴风雨里折断了桅杆，大家为它的安全担忧不已。

安妮特从没离开尤金的母亲身边。她痛苦、焦虑地看着他母亲表情的每一个变化，极力用一个个希望让她高兴起来，而她自己心里却让忧愁折磨着。她努力显得快乐的样子，但那是勉强的，不自然的：母亲的一声叹息会彻底将它打消。当再也控制不住涌出的泪水时，她会匆匆离开，独自去一边发泄痛苦。每当门打开，或者某个陌生的面孔出现，他母亲就会露出渴望的表情或提出焦虑的询问，它们无不像箭一样刺着她的心。她认为每一次失望都让自己受到惩罚，深感剧痛，母亲的目光里那种忧心忡忡的表情使她难过极了。最后，这样的悬念再也无法忍受。她离开村子赶到翁弗勒尔，希望每时每刻得到情人的什么消息。她在码头上踱来踱去，不断向港口的水手打听，让他们厌烦了。她每天去恩典圣母堂，把一只只还愿花环挂在墙上，在数小时里要么跪在圣坛前面，要么从山丘的悬崖边上望着狂怒的大海。

终于传来消息说，大家期待已久的船出现了。有人看见它停泊在塞纳河口，破损不堪，成了一堆残骸，留下遭受过重撞的痕迹。它的返回让大家感到高兴。在小小的翁弗勒尔港，谁的目光也不如安妮特的欢快，谁的心情也不如她的轻松。船在河里抛锚，不久一只小艇放下来并往岸边驶去。众人拥挤着跑向码头外端，迎接它的到来。安妮特红着脸站在那儿，她面带微笑，浑身颤动，眼里涌出泪水，因为想到就要同情人见面和好，她悲喜交加，感慨万端。

她心里颤动着，似乎要尽情地倾诉，为自己犯下的所有错误向情人赎罪。她一时站在显眼的地方，希望在那儿可以一眼看见他，并迎上去欢迎他，让他吃惊。但随后她内心掠过一丝疑惑，于是退缩到人群当中。她浑身战栗，缺乏勇气，激动不安地喘息着。小艇越靠近她越焦急，最后让她痛苦不堪，当发现情人并没在小艇里时她几乎感到安慰。她推测大概什么偶然的事情把他留在了船上，感到延迟见面可以使她更加沉着镇静。小艇靠岸后人们询问了很多情况，都得到了简单的回答。

最后，安妮特听见有人询问她的情人。她的心怦怦直跳，有一片刻停止了跳动，因为回答虽然简单但却是可怕的。原来在一个暴风雨之夜，她的情人和两个船员被从甲板上冲走了，船上的人无法援救他们。人群中发出尖叫声，安妮特差点掉进水里。

在有了短暂的幸福时光后，这突如其来的剧变简直使她不断遭到打击的身心无法承受。她失去了意识，被抬回家里。一段时间她对生活绝望了，几个月后身体才恢复过来，但精神根本没有完全恢复：情人的命运仍然不能确定。"这个问题，"告诉我情况的人继续说，"从未在她旁边提及。不过她有时会自己说起，好像她头脑里隐隐有些印象，其中希望与恐惧奇特地融合在一起——既有关于情人的失事船只支离破碎的记忆，又有她对归来的期待。

"父母想尽办法使她开心，极力把那些令人忧郁的意象从她头脑中赶走。他们让年轻的伙伴陪在她身边，同他们在一起她总是高兴。他们像往常一样干活、聊天、唱歌和欢笑，可是她会静静地坐在他们中间，有时正当他们高兴时她会哭泣，同她说话她也不回答，而是抬起泪汪汪的眼睛，唱出一首她在什么地方学到的、关于海难的忧伤小调。见她这样谁都痛心，因为她以前总是村里最快乐的人。

"她大部分时间都与尤金的母亲在一起，只有安妮特陪在身边他的母亲才感到安慰，她也像母亲一般十分疼爱安妮特。只有她才能对安妮特的种种情绪产生很好影响。可怜的姑娘仿佛像以前那样，陪伴她的时候极力显得高兴，但有时会带着极其怜悯的表情看着她，然后吻一下她那灰白的头发，伏在她的脖子上哭泣。

"然而，她并非总是悲哀的，偶尔也会一连高兴、欢快几天。不过在这一阵阵的欢快中伴随着某种狂乱，使得她的朋友们无法感到满意。这样的时候她会整理屋子，屋里到处是船只的图片和圣人的传说。她会编一只白色的花环，准备婚礼饰物，好像是为了一个婚礼。她会焦急地在门口倾听，经常望着窗外，似乎在等待某人到来。人们认为这个时候她正期盼着情人返回。但由于没人触及这个话题，也没人在她面前提到他的名字，所以她有什么思绪仅仅是推测。她不时会去恩典圣母堂，在圣坛上祈祷数小时，用自己编的花环装饰那些画像。或者在平台上如你们看见的那样挥动手绢，好像远处有什么船似的。"

他告诉我，过了一年多，这种精神错乱的奇特现象也没从她头脑中消除，不过朋友们仍然希望她能渐渐好转。有一段时间他们把她带到某个遥远地方，希望离开与往事有联系的场面会有益她的健康。可是当她周期性的忧郁又发作时，她会变得更加不安、难受，悄悄步行离开朋友们前往圣母堂，虽然她并不认识道路。

这个小故事完全把我从节日的欢乐场面中吸引过去，让我一心注意起美丽的安妮特来。正当她站在平台上时，附近的圣母堂响起晚祷的钟声。她倾听片刻，然后从胸前取出一小串念珠，朝那个方向走去。有几个农民默默地跟在后面。我颇感兴趣，也跟了上去。

如上所说，圣母堂在一片树林里，位于高高的海角之上。里面挂满船的小模型，描绘失事船只、海难和天佑的原始画面——它们是获救船长与水手们奉献的。安妮特进入圣母堂时，在一幅圣母画像前停留片刻，我注意到它最近被装饰上一只新制作的花环。她来到圣母堂中间时跪下，后面的人也隔着一点距离不自觉地跟着做。夕阳温和地透过斑驳的树林照进窗内。圣母堂里十分宁静，在远方的音乐声和从集市上传来的欢乐声的衬托下，这种宁静给人的印象更加深刻。我的视线无法离开那个可怜的祈祷者，她祷告时嘴唇嚅动着，默默吐露出她的祈求。也许那只是由这一情景引起的幻想，当她抬眼望着上天时，我心想，她的眼睛确实犹如天使一般。而我也容易被女性之美感动，在她这种融合着爱情、忠诚与并非全然是精神错乱的举动中，包含着某种无法形容的动人之处。

可怜的姑娘离开圣母堂后，显露出愉快、安静的表情。我得知她会回到家里，很可能平静开心几天甚至几周。在此期间，人们推测在她有了问题的精神中希望占了上风。当她头脑中阴暗的一面——正如朋友们所说——将要出现时，大家便会知道，因为她会忽略干活用的绕线板或花边，唱着哀伤的歌，默默地哭泣。

她离开圣母堂往前走着，并没注意到外面的节庆活动，但经过许多人时面带微笑，还同他们说话。她靠在父亲的胳膊上，沿着弯曲的道路向下方的翁弗勒尔走去，我一直目送着她。"上天，"我想，"总是为受伤的心灵储备丰富的抚慰之物，最终会将破碎的花朵扶起，让这座山谷再次为之骄傲和高兴。甚至可怜的姑娘行走时所置身的幻觉，也可能是上天在她思想里仁慈地驱散的一片迷雾，因为它们充满了太多的悲伤。那片遮挡她心中视野的东西渐渐消失，使她得以稳定地、平静地思考眼前可悲的事，先前出于同情它们没让她看见。"

大约一年后我从巴黎返回时，在鲁昂偏离了人们常走的路线，重访了下诺曼底一些最引人注目的场景。我穿越那片可爱的佩斯奥格，在一个晴朗的下午到达翁弗勒尔，打算次日上午前往勒阿弗尔并乘船回英国。因为没有更好的方式度过晚上，我便漫步爬上山丘，从恩典圣母堂那里享受眼前的美景。在那儿时，我想打听一下可怜的安妮特·德拉伯尔的命运。曾给我讲述她的故事的那位牧师正主持晚祷，结束后我上去和他搭话，从他那里得知了后来的情况。他告诉我自从上次我在圣母堂看见她后，她的身体突然每况愈下，健康迅速下降。她快乐的间隙时间越来越短、越来越少，而且她还变得越来越语无伦次。她在忧伤中变得呆滞沉默，郁郁寡欢。她的身体消瘦下去，面容苍白哀伤，人们担心她再也恢复不过来。她对一切欢乐的声音无法容忍，只有尤金的母亲在身边时她才最安心。善良的女人怀着不无耐心与渴望的焦虑照顾她。为了减少安妮特的忧伤，她几乎把自己都忘了。有时她坐在那儿看着安妮特苍白的面容，眼里充满泪水，安妮特发觉后会焦虑地给她擦掉，告诉她不要难过，尤金不久就会回来。然后安妮特像先前一样假装高兴，哼一支欢快的曲调。可是她会突然回忆起什么，一下哭起来，搂着可怜母亲的脖子，恳求她不要诅咒自己毁了她的儿子。

让每个人惊讶的是，就在这时传来尤金的消息，他似乎还活着。在快要淹死的时候，他有幸抓住一根从甲板上冲下去的帆桅。他发现自己几乎精疲力竭了，于是把自己紧紧系在上面，漂浮了一天一夜，直到完全丧失意识。待苏醒过来后，他发现自己在一艘驶往印度的船上，不过他病得很重，无法动弹。在整个航行过程中他的身体一直处于危险中。到达印度后他经历了许多无常的变化，被从一艘船转移到另一艘船，从一家医院转移到另一家医院。他的体质使他能够度过一切艰难。目前他在某个遥远的港口，只是等待着一艘回国的船启航。

在将这些消息告诉他母亲时有必要十分谨慎，即便如此她也因为狂喜而无法承受。但如何将消息告诉安妮特，却是个更加让人为难的问题。她的心境如此糟糕，她已经遭受了如此剧烈的变化，引起她精神错乱的原因如此令人悲痛欲绝，所以朋友们总是克制着不去伤害她的感情。他们甚至从不暗示让她悲伤的话题，在她提及时也不鼓励去谈论，希望时间会渐渐把一切迹象从她记忆中抹去，或者至少让它们不那么使人痛苦。他们现在不知所措，即使在她痛苦时也不知如何告诉她真相，唯恐突如其来的幸福会让她失去理智，或者彻底摧毁她柔弱的身躯。然而，他们冒险探查着先前不敢触及的创伤，因为现在有了治疗的膏药。他们把谈话引到一直避而不谈的话题上，极力弄清她处在各种情绪当中时曾让他们困惑的思绪。然而，他们发现她的思想甚至比想象的更糟糕。她那些愉快欢乐的情绪——它们变得越来越少了——都是精神错乱带来的影响。在这样的时候她根本不记得情人遇到过危险，而只是期待着他到来。"当冬天过去，"她说，"树木开出花儿，燕子飞越大海回来的时候，他就会返回的。"在她垂头丧气之际，即使让她想到自己快乐时说过的话，向她保证尤金确实不久会回来，也无济于事。她继续默默地哭泣，好像对他们的话毫无知觉。偶尔她变得焦虑不安，这时她会责怪自己把尤金从他母亲身边赶走，让满头白发的母亲充满忧伤。她心里每次只能容纳一个重要的念头，任何东西都无法将它转移或抹去。如果他们竟然得以打断她幻想的思绪，那么它只会变得更加不连贯，加剧折磨着她身心的狂躁。朋友为她感到更加惊慌，他们害怕她的意识再也无法恢复，她的身体会被彻底摧毁。

与此同时尤金回到了村里，听到安妮特的故事他深受感动。他怀着痛苦的心责怪自己轻率鲁莽、昏头昏脑，匆忙离开了她。他责怪自己给她造成了一切悲哀。母亲向他描述可怜的安妮特遭遇的所有痛苦与悔恨，以及安妮特对自己的温柔体贴，说安妮特甚至精神错乱时也为她失去儿子极力给予安慰。她还说安妮特即使在思想最无条理、散乱不堪时，也表现出令人感动的温情。最后尤金变得苦恼不已，恳求母亲不要再说了。大家至此还不敢把他带到安妮特眼前，不过允许他在她睡着时去看她。他注视遭受悲痛和疾病摧毁的安妮特，泪水从被晒得黑黑的面颊上流下来。他看见系在她脖子上的那绺头发，她曾经将它作为表示少女情感的标志送给他，而他却在愤怒中还给了她，此时他的心都膨胀得快要破裂了。

最后，为她治病的医生决定冒险做个试验，在她产生希望、心情愉快的某个时候，仿佛努力将现实嫁接到她的幻想中一样。她愉快的心情现在变得非常少有了，因为她不断受到精神疾病的困扰，生理机能越来越下降，反应的本能也日益衰弱。大家千方百计让她有个愉快的时刻。几个她特别喜欢的同伴一直陪着她，他们高兴地聊天、欢笑、唱歌和跳舞，但安妮特只是斜靠在那里，虚弱无力、目光茫然，根本不与他们一起欢乐。终于冬天过去，树木长出了叶子，燕子开始在屋檐下筑巢，知更鸟和鹪鹩整日在窗下鸣叫。安妮特的精神渐渐恢复。她开始异常小心地打扮自己，她拿来一篮子人造花，要编织一只新娘戴的白玫瑰花冠。同伴们问她为何要准备花冠。"什么！"她微笑着说，"你们没注意到树木穿上了鲜花做的婚礼服吗？燕子不是飞越大海回来了吗？你们不知道该是尤金返回的时间了吗？不知道他明天到家，礼拜天我们就要结婚了吗？"

有人把她的话向医生重复了一遍，他立即抓住这个机会。他吩咐说应该鼓励她有那样的想法，并照着她的想法去做。于是，她的话在房子里得到回应。人人都谈论尤金要回来，把这当作是理所当然的事。他们祝贺她即将获得幸福，帮助她作好准备。次日上午大家又谈起同样的话题。她被打扮起来，以便迎接自己的情人。每个人的心中都焦虑不安。一辆轻便马车驶进村里。"尤金到啦！"人们高喊。她看见他从车门下来，尖叫着冲过去投入他的怀抱。

朋友为这个危险的试验担忧。不过她并没有因此倒下，因为，她的想象已经让自己为他的返回作好准备。她犹如一个梦中的人，某种突如其来的好运虽然会使头脑清醒的人不知所措，但对于她似乎不过是自然正常的情况。然而，她的谈话表明她是神思恍惚的。她完全忘记了往日的悲伤，表现出极度兴奋的狂喜，以致有时语无伦次。

次日早上她醒来时萎靡不振，前一天发生的事她全部忘记，好像它们只是曾经出现在她的幻觉中。她起床时仍忧郁悲哀，神思恍惚，穿衣服的时候有人听见她唱一支忧伤的情歌。她进入客厅时眼睛都哭肿了。她听见外面传来尤金的声音，吃了一惊。她摸摸额头，站在那儿思考，好像极力回忆某个梦似的。尤金进入屋子，朝她走去。她带着热切、搜寻的表情看着他，咕哝着什么含糊不清的话语，没等他走近她倒在了地板上。

她陷入狂乱不安的精神状态。不过，既然第一次打击已过去，医生便吩咐尤金一直待在她眼前。有时她不认识他，有时她同他谈话，好像他就要去当水手似的，她恳求他不要愤怒地离开自己。他不在身边时她会说起他，好像他已葬身大海，她会紧握双手坐在那儿，盯着地上，一副绝望的样子。待她不那么烦乱不安时，她的身体会从受到的打击中恢复过来，她也变得更加平静正常一些。尤金与她几乎寸步不离。他构成了真实的个体，她散乱的思想再次聚集在这个个体周围，它也再次将它们与生活的现实连接起来。不过，她那种容易变化的身心失调状态现在似乎有了新的动向。她变得倦怠、呆滞，会数小时静静地坐着，几乎处于死气沉沉的状态。假如她被从这种恍惚麻木中惊醒，那也好像她心中在极力追寻某个思绪，但很快就变得困惑不解了。她总是用焦虑询问的目光盯着每个走近的人，一次次失望。有时，当情人坐着握住她的手时，她会忧郁地看着他的脸，一言不语，直到他再也忍受不下去。在精神情绪上经过这些短暂的发作后，她又会变得呆滞起来。

渐渐地，这种恍惚麻木的状态越来越严重，她似乎陷入显得呆滞、几乎如死亡般的平静。她大部分时间眼睛闭着，面容差不多像死尸一样冷漠、僵化。她不再注意周围的人和物。在这样的平静中有一种可怕的东西，让朋友们充满忧虑。医生吩咐说要让她绝对安静，或者，假如她表现出任何不安，就用一支她最喜欢的曲子轻轻让她像小孩一样平静下来。

她数小时处于这种状况，看起来几乎没有呼吸，似乎长眠了。她的房间里完全寂静无声。照顾她的人轻轻地在外面走动，大家都通过手势和耳语进行交流。她的情人坐在她身边，痛苦焦虑地看着她，害怕从她苍白的嘴唇呼出的每一口气会是最后一口了。

她终于深深地叹口气。她身子有点抽搐，由此看来是什么打扰了她睡觉。她越来越烦乱不安，同时发出模糊不清的呻吟。有个同伴记起医生的吩咐，低声哼出一支安妮特非常喜欢的温柔小调，让她平静下去。或许小调在她头脑中与她的经历有些联系，因为每个温柔的姑娘都会唱某支类似的小调，它在她的思维里与包含着喜和忧的往事联系在一起。

安妮特在同伴唱歌时不那么烦乱不安了。她的脸颊有了淡淡的红晕，她的眼里涌出了泪水，只见眼泪颤动片刻，然后悄然流下苍白的面颊。待唱完后，她睁开眼睛环顾四周，就像一个在陌生地方醒来的人。

"啊，尤金！尤金！"她说，"好像我做了一个又长又让人忧郁的梦。发生了什么事？我遇到什么麻烦了吗？"这些问题使人为难，没等回答隔壁的医生走进屋里。安妮特抓住他的手，望着他的脸，提出同样的问题。他闪烁其词地回答她，把她引到一边。"不！不！"她叫道，"我知道自己生病了，一直做着怪梦。我想到尤金离开了我——他当水手去了——然后——然后他淹死了！——不过他确实当水手去了！"她不断地说着，好像忽然回想起什么认真补充道："他遇到了海难——我们都很难过——然后在一个明媚的上午他又回来了——然后——啊！"她说，把一只手按在额头上，露出病态的笑容，"我明白是怎么回事。这儿一切都不正常：我开始回忆起来——不过都过去了——尤金在这儿！——他的母亲是高兴的——我们将永远——永远不分离——对吧，尤金？"

她精疲力竭地坐回到椅子上，泪流满面。同伴们在她身边犹豫不定，对于她在理性上突然出现的曙光不知如何是好。她的情人大声啜泣。她又睁开眼睛，用最为可爱的感激神态看着他们。"大家对我太好啦！"她微弱地说。

医生把她父亲拉到一边。"你女儿的精神恢复了，"他说，"她意识到自己曾经精神错乱，越来越明白过去和现在的事。目前唯一要做的是让她平静、安宁，直到康复，然后看在上帝分儿上让她结婚！"

"不久以后，"善良的牧师继续说，"举行了婚礼。蜜月期间他们来这里参加了一个节庆，他俩在那边的树下跳舞，像他们那样漂亮幸福的夫妻还从未见过呢。那个小伙子、他妻子和母亲如今住在蓬莱韦克的一座美丽的农场里。你看见的那只船的模型——它周围有一些白色花环——是安妮特为表示感谢献给'恩典圣母'的，因为圣母听取了她的祈祷，在危险时刻保护了她的情人。"……

上尉读完故事后，大家沉默了片刻。心肠软的莉莉克拉夫特夫人本来记得这个故事，她带头哭泣起来，的确经常在不该流泪时就先涌出了泪水。

提到婚礼筹备那部分时，美丽的朱莉娅有点不安，不过在场最受感动的是天真单纯的菲比·威尔金斯。她渐渐把手中的刺绣品放到膝盖上，在故事的整个后半部分都坐在那儿啜泣，直到结尾。在这个时候，使人幸福的大逆转几乎让人看到又一个万分激动的场面。"快去，把这个盒子拿回我的房间，孩子，"莉莉克拉夫特夫人温和地说，"别哭得那么厉害。"

"如果我能忍住，我是不会哭的，对吧，夫人。不过我很高兴他们又和好了，并且结了婚。"

顺便说一下，这个害相思病的姑娘开始在一家人当中引起一些谈论，尤其是在某些十几岁的小姐当中，她和她们成了知己。她们都非常喜欢她，特别是在她把自己爱情的秘密透露给她们以后。她们怀着强烈的热情与巨大的同情深入了解她所关心的事，而寄宿学校的小姐们正是怀着这样的心情参与到种种爱情事件当中。

我注意到她们经常围在她身边私下交谈，或者在我窗下的花园平台上来回走着，倾听关于她那些苦恼的又长又忧伤的故事。我偶尔能听到"他说"和"她说"这两个不断重复的言语。

我偶然打断了她们这样一次小小的商讨会，此时她们都挤在一棵树下，似乎认真考虑着某个有趣的事件。我走近时她们显得不安，表明她们在讨论什么秘密。我注意到，郁郁寡欢的菲比把一封情书或往日的情人节礼物揣进胸口里，并擦去脸颊上的泪水。

菲比是个好姑娘，有着温柔的性格，对于情人的残酷行为只用眼泪和沮丧表情表示自己的忧虑。但是对于先前赞成拥护她的小姐们，这件事却引发了她们的怒火：礼拜天在教堂里我曾注意到，她们多次把眼睛瞟向小"现付杰克"的座位那边，那目光足以把他夹克上的银扣熔化。

# 旅行

一个公民为了娱乐消遣，

旅行十多英里或更多一点，

他要去看看别的地方。

两个月前他就与朋友告别，

大家彼此握手，为健康把酒干，

仿佛他已去了新发现的景观。

——《欢乐的博士》，1609[1]

乡绅于"掌权"期间最近又受到一次打击，他几乎被那个好管闲事、不知疲倦的邻居凡迪先生剥夺席位，后者经常怀有同样的热情骑着自己那匹一路慢跑的小马。凡迪先生一心要对附近地方进行完善和改革，以致乡绅有一段时间觉得简直不值得生活在这儿。这个制造商采取了一个极不道德的行为，使我可敬的主人感到不安，即他试图组建一支马车队，队伍将不会沿着老路行进，而是从邻近的村子穿过去。

我相信自己曾提到庄园位于乡下一个僻静的地方，那儿离任何大马路都有相当距离。所以某个旅行者到来，总是容易让每个人从窗口

---

1　英国作家萨穆尔·罗兰兹（1573—1630）写的一部作品。

张望，在小客栈那些喝啤酒的人当中时常会引起一番议论。而一项显然十分便利有益的措施竟会让乡绅气愤，我对此不知如何解释，直到我发现旅行的种种便利倒成了他最大的抱怨之一。

事实上，他时常会对公共马车、驿站马车和收费公路进行指责，说它们严重败坏了乡村的风俗习惯。他说，它们给每个无聊的公民提供了便利，让他带着家人在王国里四处奔跑，并通过一车车游客，将城市的蠢行和时尚迅速带到这个岛国最远的地方。他说，整个乡村都让满载着人和物的车辆飞快地穿来穿去。每一条偏僻的小路，都有来自齐普赛街和家禽街[1]的勇于冒险的旅行者探寻，每个绅士的庭园和草坪都有来自伦敦画素描的男男女女闯入，他们个个带着便携式椅子和画夹。

他对此觉得悲哀，因为他们让幽居的魅力遭到破坏，打断了乡村的宁静生活。尤其是他们让农民的纯朴受到影响，使其头脑里充满半城市化的观念。他说，一家大马车客栈足以毁掉整个村庄的风俗习惯，滋生出一大群酒鬼和游手好闲者，把普通民众变成打呵欠、两眼凝视和传播流言蜚语的人，还把乡巴佬变成精明的家伙。

乡绅多少有种古老的中世纪情怀。他不无惋惜地回首"美好的往日"，那时只是骑马旅行，由于道路不好、住宿条件差，并且还有拦路强盗，所以旅行相当困难，因此每个村庄都似乎与世隔绝。那时，庄园主在周围的小小王国里成为某种君主。他在父辈留下的厅堂里临朝听政，几乎像国王一样让人怀着忠诚与尊重并受到敬仰。每个邻里之间都是一个小小世界，有其本地的风俗习惯、历史和观念。居民们

---

1　伦敦的两条街名。

更喜欢自己的家园，较少想到四处漫游。如果外出至看不见教区尖塔的地方，就被看作是一次远行。一个到过伦敦的人整个余生都成了村里的圣人。

那时和现今的旅行方式多么截然不同！那个时候，一位绅士在前往远方之际，会像个去办一件大事的侠客似的出发。而每一个家庭的远行也是一次盛会。那样一支家庭队伍一定很壮观、稀奇，美丽的夫人们骑在披着华丽马衣的驯马上，它们佩戴着饰以刺绣的马具，全都发出银铃般的叮当声。队伍由一些服饰富贵、骑着高头大马的骑士护送，后面跟着听差和男侍，正如我们看见的昔日挂毯上描绘的那样！在那些日子，贵族们旅行时犹如一幅幅移动的画面。他们让普通民众赏心悦目，予以赞美，就像一个个更高级的人从面前经过。他们确实如此。这种具有骑马风格的旅行使他们显得十分高贵，这与他们在勇敢与健康方面得到锻炼不无关系。

乡绅喜欢古老的旅行方式，所以大多骑马旅行，虽然他哀叹如今旅行途中缺乏偶然的事情——因为没有同行的旅伴。他也哀叹如今的旅行过于急速，大家都坐着四轮大马车和驿站马车一路飞奔。相反，在"美好的往日"，一位骑士骑着马一路颠簸穿过沼泽和泥潭，穿过一座座城镇和村庄，与传道士、乡绅和路上遇到的所有萍水相逢的人聊天。他们用旅行者的故事消磨途中的时光，那些故事在当时的确是美妙的，因为邻里以外的一切都充满了奇迹与浪漫。他们晚上会在某家廉价的旅社投宿，门上的招牌表明那儿有好酒，或者某个漂亮的老板娘会让拙劣的酒变得美味可口。他们晚饭时与旅行者相聚在一起，或者倾听老板唱歌，讲述让人开心的故事——老板通常是个好伙伴，他负责为大家把膳食弄好。因为，老塔瑟的《客栈老板的诗》这样写道：

> 吃饭时我的朋友来这儿用餐了，
>
> 他与客栈老板坐在一起，
>
> 确信能够吃上更好的佳肴，
>
> 离开时也花费不了那么多钱币。

乡绅也喜欢逗留在这样的客栈里：它们处处可在用木料和灰泥修建的古老房屋中见到，或者如古物研究者所称的"卡拉曼科房"，这些房子有深深的门廊、金刚石镶嵌的弓形窗，安装有护壁板的房间，以及大壁炉。他更喜欢它们，而非那些更加宽敞现代的客栈。他会乐意忍受不好的酒菜和住宿，以满足自己的兴致。他说，这些客栈让他感受到往日的时光，以至他几乎期待着黄昏时刻看见某些疲劳的旅行者骑马来到门口，他们穿戴着羽饰、披风、宽松短罩裤[1]和大靴子，佩戴着长剑。

可敬的乡绅的一番话，让我想到有一次去"塔巴德客栈"的情景，它因为是乔叟[2]写的朝圣者们前往坎特伯雷的聚集地而闻名。客栈位于萨瑟克自治区，离伦敦桥不远，如今叫塔尔伯特。遗憾的是，自从乔叟那个年代之后它不再显赫了，仅仅成为前往肯特[3]的大马车汇集和包装货物的地方。庭院以往是朝圣者们出发前的集合点，如今堆满一辆辆大货车。装有城乡种种好货的板条箱、小木箱和篮子四处堆放着。母鸡则在稻草和垃圾当中抓刨，发出咯咯的叫声，后面跟着一群

---

1 16 世纪末至 17 世纪初与紧身衣裤一起穿的一种裤子。

2 乔叟（1343—1400），英国著名作家，以《坎特伯雷故事集》闻名。

3 英国东南部州名。

饿饿的小鸡。我看见的只是一群轮流享受一壶啤酒的车夫和小马倌，而不是乔叟笔下那些各色各样、显得壮观的人们。一只身子长长的狗蹲在旁边，它的头偏向一侧，耳朵竖起，渴望地注视着，好像等着轮到自己喝酒似的。

然而，尽管出现了这种可悲的衰败，我满意地发觉如今住在这里的人，并非没意识到此房屋有着富于诗意的声望。门口上方的题字，表明这就是乔叟的朝圣者们出发前夜投宿的客栈。在庭院末端有一块很不错的标记，表明他们正要启程。我也高兴地注意到，虽然眼前的客栈比较现代，但昔日客栈的形体还是保存下来了。像往日一样，庭院周围有一些廊台，客人的房间朝向它们。古物研究者认为，我们的剧院如今的形状正是源于那些古老的客栈。最初戏在内庭里演出。客人们把身子俯过廊台，它们就像现代的楼厅前座。挑剔的民众聚集在庭院里，而不是"正厅后排"。一群群从阁楼窗口注视的人，则代表了昔日廉价的顶层楼座的观众。所以当戏剧变得越来越重要，足可以拥有自身的房子时，建筑师们便从古老旅社的庭院获得了建筑的启发。

我满怀喜悦地发现乔叟和他的诗留给人们的回忆，因此把餐订在塔尔伯特的小厅。趁客栈为我准备餐食时，我坐在窗旁思考，一边凝视庭院，一边回忆起诗人用如此可爱的色彩描绘的场面，直到一只只箱子和篮子、一捆捆东西，以及男孩、车夫和狗从眼前消失，在我的想象中这地方全是各种各样的坎特伯雷的朝圣者。廊台内再次挤满闲散的看客，他们穿着乔叟时代的富贵衣服，整个队伍仿佛从我眼前过去。那个威武的骑士骑着庄严的骏马，他曾奔驰在基督王国和异教徒的领地，"在特拉米森为信仰而战"[1]。他的儿子是个年轻乡绅，也是一个恋人，一个精力充沛的单身汉，他长一头卷发，佩戴鲜艳的刺绣饰物。还有那个勇敢的骑手、舞者和诗人，他整天唱歌吹笛，"像5月一样充满活力"。还有那个"脑子有问题的"仆人，他是个勇敢大胆的护林人，穿一身绿色衣服，带上喇叭、肩带和匕首，手里拿着一支大弓，皮带下面露出一束孔雀箭头。还有那个腼腆、微笑、单纯的修女，她长着灰色的眼睛、小小的红嘴和白皙的额头，秀美的她穿着整洁的宽大外衣，戴着"紧缩的头巾"。她的手上戴着念珠，金胸针上刻着爱情箴言和圣埃利吉乌斯[2]美丽的誓言。还有那个商人，他讲话严肃，高高地骑在马上，蓄着叉状胡须，戴着"弗劳德里斯海狸帽"。还有那个精力充沛的僧侣，他"身体肥壮，状况良好"，他骑一匹棕褐色的驯马，头巾用金针固定，打着同心结，他光光的脑袋像玻璃似的闪耀，面容发亮，好像涂了油似的。还有那个瘦瘦的牛津大学的职员，此人逻辑性强，语言简练。还有那个酒量不小的法院传票员，他长着红红的如小天使般的面容，整个脸上都有痘痘，他吃大蒜和洋葱，喝"像血一般红的烈酒"，醉了时拿一块蛋糕当圆盾，"孩子们非常害怕"他那张发黄的脸。还有那个体态丰满的巴思夫人[3]，她是个寡妇，曾有五个丈夫。她骑着行走缓慢的老马，帽子宽大得像个圆盾，她穿着红色的长袜，佩带尖利的马刺。还有诺福克的那个身材苗条、性情暴躁的城镇长官，他骑一头优良的灰公牛，他的胡子刮得光光的，头发也剪

---

1　引自乔叟的《坎特伯雷故事集》。后面的引证和描述的情景也源自本书。

2　圣埃利吉乌斯（588—660），守护神。

3　"巴斯夫人"被描述成一位新兴大资产阶级的夫人，维护着自己的独立地位。巴思是英国的一座城市。

得短短的，腿长得像小牛似的，身旁佩着一把生锈的剑。还有那个显得快活、职责范围受到限制的修士，他口齿不清，目光闪烁，深受乡绅和家庭主妇们喜爱，他极大地促成了青年女子们的婚姻。他在每个城镇酒吧都为人知晓，每个"投宿者和酒保"无不认识他。总之，没等我从虽然较少诗意、但更为实在的烟熏牛排的幻影所产生的想象中惊醒过来，我已看见整个队伍从客栈门口出发，那个身强力壮、关节灵活、头发红红的磨坊主在前面吹着风笛，塔巴德客栈年老的主人向他们告别，祈求上帝保佑他们顺利到达坎特伯雷。

　　我告诉乡绅古老的塔巴德客栈有这样一个真正的后人时，他无疑闪现出喜悦的目光。他决定第一次去游览伦敦就要找到它，并在那里吃一顿饭，喝一杯店主最好的酒，以便纪念老乔叟。将军碰巧也在场，他立即请求加入，因为他喜欢惠顾那些历史悠久的店家，它们常常备有陈年美酒。

# 民间迷信

如今善良的主妇们会说，
告别了，报偿与仙女们 [1]；
因为现在乳牛场的愚蠢荡妇，
也像仙女过得一样美好；
虽然主妇打扫灶台的次数，
并不比女仆当年更少，
但是近来有谁在清洁的时候，
从鞋子里发现过 6 便士呢？

——科比特主教 [2]

　　我曾提及乡绅喜欢奇迹般的惊人之事，以及他对传奇和浪漫故事的偏爱。他的藏书室收集了一些稀奇的旧书，它们上面有他经常阅读的明显标志。他十分喜爱一切古老的东西，所以也很信奉民间迷信，极其认真地倾听每个传说，无论它多么奇异。因此，在他的支持下，家里所有人——确实还有整个邻里——都有许多美妙的故事。假如谁

---

1　英国作家罗德亚德·吉卜林（1865—1936）写有一本名为《报偿与仙女们》的书。
2　科比特（1512—1566），英国土地所有者和政客，著有《理查德·科比特诗集》。

对某个故事表示怀疑，讲故事的人则通常会说："乡绅认为其中有些东西是值得重视的。"

庄园里当然也有迷信，平民百姓总是倾向于认为，这种历史悠久的宅第内居住着超自然生物。此类古老家宅的一条条阴暗走廊，用奇异雕刻与褐色绘画装饰的、庄严堂皇的房间，隐隐约约回响周围的声音：萧萧的风声，白嘴鸦与乌鸦从树上和烟囱顶发出的鸣叫。所有这些让人有了一种心境，易于产生出由迷信引起的种种想象。

在庄园的一间屋子里，就在一扇朝向阴暗通道的门对面，有一幅身穿盔甲的武士全身像。我忽然转入这条通道时瞧见了这幅像，它悬挂在黑暗的护壁板上面，十分醒目，让我不止一次感到吃惊，仿佛那是一个人的身影正向我走来。

容易产生迷信的人，事先知道一些与家族画像有关的奇特、可悲的故事，所以在有月光的夜晚，或者在一只摇曳的烛光旁边，他只需展开一点想象，就可以让墙上那些旧画里的人物动起来，他们好像穿着长袍和裙子在走廊里四处走动。

说实话，乡绅承认他年轻时常喜欢传播不可思议的故事，将它们与附近偏僻奇特的地方联系起来。任何时候读到某个惊人的传说，他就极力予以移植，使其留在自己小时候的各种本地场景中。许多故事在这里生了根，他说自己常为一个个奇怪的形象感到有趣，它们在农民当中流传多年，并且经过了简单粗糙的增添与修改，然后又以那样的形象回到某个老妇人讲述的故事里。我在有关圣诞拜访的记述中提及过的十字军战士的幽灵，[1] 这个故事无疑包括在其中。还有关于昔日

---

1　作者在《见闻札记》的《圣诞日》一文中有过描述。

马不离身的乡绅的故事，以及家中老猎人的故事，在有暴风的冬夜，有人时而听见后者带着猎犬和号角飞奔在离庄园几英里远的荒凉沼地上。我认为这源于荒野猎人的著名故事，即那个德国传说中讨人喜欢的小鬼。不过顺便说一下，不久前某个晚上我同西蒙大人在黑暗的通道里谈这个话题时，他暗示说他本人有一两次夜里听到过怪异的声音，很像是一群狗在叫。有一次，正当他用过狩猎餐很晚才回来时，他看见有个奇特的身影沿着同样的沼地飞跑。但是他当时骑着马跑得很快，因急于赶回家里，所以没停下来查明那是什么。

由于知识广泛传播，全国各地交往频繁，因此民间迷信在英国正迅速消失。但它们仍然有自己的堡垒和挥之不去的地方，像庄园这样的邻近之处是易于成为那样一个地方的。牧师告诉我，他在平民当中经常遇到传统的观念和认知，在与他们亲切交谈时他能够听到，尽管他们面对陌生人时颇有顾虑不会承认。尤其是在面对"上流社会人士"时，那些人易于嘲笑他们。他说，有几个老教区居民记得何时村里有过猛犬山妖[1]或猛犬幽灵——它被视为城镇或村庄的一种精灵，以午夜发出尖叫或嗥叫来预示即将发生的不幸。上次听见它的叫声，正好在布雷斯布里奇先生的父亲去世之前，他在整个附近一带深受人们喜爱。虽然，并不缺少一些固执的、不相信的人，他们坚持认为那不过是看家狗嗥叫罢了。然而，我很高兴遇见了最喜欢的好人罗宾的某些踪迹，尽管与我至此听到的任何名字不同。牧师确切地对我说，许多农民相信称为杜比的家庭精灵，它们像往日的好人罗宾那样居住在特定的农场和房子周围。有时它们出没于谷仓和外屋，偶尔也给予农夫

---

1　相传此妖出现预示死亡或厄运。

奇妙的帮助，一个晚上就把他的所有干草或谷物都收割完了。不过它们通常更乐意住在屋里，喜欢留在大壁炉周围，晚上在一家人都睡觉以后去温和的余火旁取暖。它们的住所暖洋洋的，女仆又把房子收拾得干净整洁，让它们特别心情愉快，这时它们便会克服天生的懒惰，赶在天亮前做了不少家务。它们搅拌奶酪，酿制啤酒，或者把善良的夫人所有的亚麻都纺织了。这一切恰好是好人罗宾有过的行为，密尔顿对此做了迷人的描述：

> 为了正当地获得一碗乳酪，
>
> 苦干的精灵讲述它如何辛勤工作，
>
> 在一个晚上，曙光出现之前，
>
> 它那朦胧的连枷已将谷物打完，
>
> 人们即使用十天也弄不停当；
>
> 然后这个粗笨的家伙躺在地上，
>
> 它把身子伸得笔直如烟囱，
>
> 于炉火边让毛茸的身体变得暖融融，
>
> 在第一只公鸡早晨啼叫的时候，
>
> 它吃得饱饱地飞快从门口溜走。[1]

除这些称为杜比的家庭精灵外，另有其他更加阴郁、更不合群的精灵，它们出没在偏僻的谷仓或废墟、老桥附近，那里离任何住所都有相当距离。这些精灵相当淘气，常常恶作剧，喜欢拿赶夜路的旅行

---

[1] 原诗出自英国著名诗人密尔顿的《拉勒葛利》。

者开玩笑。在老人当中有个故事，讲述某个精灵经常出没在一座荒废的磨坊厂，就在一座横跨小溪的桥边。故事里说，某天深夜有个旅行者骑马过桥时，杜比从他身后跳上去，紧紧勒住他的身子，使他无力反抗，只有等着被勒死。幸运的是他的双脚没有被控制，于是他用力踢马的两侧，那匹旅行者专用的马凭借惊人的本能径直将他带到了乡村客栈。假如客栈再远一点，他无疑就被勒死了。结果是，好心的人们用了很长时间才让他恢复意识，据说表明他苏醒的第一个迹象是他要求干一杯白兰地酒。

这些搞恶作剧的杜比，在性格与习惯上与海伍德 [1] 的《黑拉彻》中称为巴哥犬或妖怪的精灵十分相似：

> 它们的住处位于
> 人迹罕至的老房子的角落，
> 或者一堆堆木料下面，它们在那儿集合，
> 在食品室和牛奶场发出恐怖的杂音。
> 有些人将它们称为好人罗宾，有些人则称为精灵。
> 它们在孤寂的房间里发出噪音，
> 拍打着一扇扇门，把熟睡的人们吵醒，
> 似乎要强行把锁打开（假如它们不很牢固），
> 通宵为庆祝圣诞节欢呼雀跃。
> 盆子、杯子、木盘、餐具、嵌板和水壶都拿了出来。
> 它们好像在厨房里抛掷东西，

---

1　海伍德（1535—1598），英国教士、诗人。

但是到了早晨一切都回归原位。

另外还给有的人提供了这样的房间：

在里面曾经发生过谋杀事件。

有些人则在荒凉、毁坏和遗弃的房屋内，

找到可怕的住处。

　　我在讲述那次不幸的带鹰出猎时曾遇到某个精灵的事例，人们认为它经常出没于偏僻草地上的那座荒废的田庄，发出非同寻常的回音。牧师还告诉我此种看法一度十分流行，他说，有个家庭杜比一直待在杰克的老农舍里。他还说，人们早就传说有个温厚和善的精灵依附着杰克一家，并跟随他们迁移到此地。因为这些家庭精灵有一个特性，就是让自己与某些家庭的命运紧密相连，跟随它们迁移到任何地方。

　　在那座农舍里有个老式的大壁炉，它给喜欢躺在温暖处的、烟囱角的精灵提供了好住处，尤其是"现付杰克"在冬天里总要让炉火一直燃着。村中的老人回忆起关于这个小精灵的许多故事，那些故事在他们年轻时很流行。据说小精灵给这个家庭带来了好运，正因如此，与邻里相比杰克一家在这个世上总是事事优先，他们的农场总是更加优良，干草收割得更加迅速，谷物也堆放得更加完善。眼前这位杰克夫人在被求爱的时候，从各种乡村传闻中听到不少这类故事。结婚后，她有点害怕住在听说有这样一个精灵出没的房子里。不过，始终对这故事不屑一顾的杰克向她保证说，他任何时候只需把棍棒一挥，就能够将房子附近的任何精灵打到红海[1]里去。但是在这个问题上，他妻

---

1　印度洋西北的长形内海，在亚洲阿拉伯半岛同非洲东北部之间。

子从来没有彻底打消心中的念头，而是将一只马蹄铁钉在门口，把一束带有红浆果的花楸悬挂在客厅的一根大梁上——以确保不会遭到一切精灵的侵害。

　　然而如前所说，这些故事正在迅速消失，再过一两代或许会被完全忘记。不过在乡村迷信中，有的东西想象起来是颇令人开心的，特别是与性情不错的家庭精灵有关的迷信——确实还有与整个美丽神话有关的迷信。英国人将迷信与任何本质上最舒适自在、令人可喜的事联系起来，以此赋予了迷信难以形容的魅力。我不知还有什么种类的生灵比这些虚构的小精灵更迷人，它们经常出没于小山、大山的南面，潜伏在花儿里和水源周围，通过钥匙孔溜进古老的宅第，关注着农舍和奶场，借着夏日的月光在绿草地上跳舞，冬天则在厨房的炉火边起舞。它们似乎与英国家庭和英国场景的特性彼此协调。美丽古老的英国宅第有宽敞的厅堂和厨房。而在历史悠久的农舍里，则有颇多炉火边的舒适感受和令人愉快的家务，每当看见这样的建筑，我心里总会想到它们。英国人喜欢整洁，其中包含某种民族性格。他们对厨房的管理和如何发挥仆人的作用十分精细，在鞋子中放入六便士银币，慷慨地奖励整洁的女仆。但是对于邋遢的女工，却会在半夜对其又打又捏，以此发泄可怕的愤怒。英国的女仆们至今大多怀有一种责任，即在睡觉前要把厨房收拾得井井有条，我想我能从小精灵于家务古老的管理中，看出所产生的良好效果。

　　我也曾经说过，这些关于小精灵的迷信在我看来与英国景色的特性相符。它们与一片片小小的风景彼此协调，那些风景被忍冬树篱分隔成掩蔽的田块和草地，其中绿草与雏菊、毛茛和风信子混合在一起。我最初发现自己置身于英国的景色时，不断想到那些可爱的田园风光，它们使其神话出类拔萃。当人们第一次向我指出草地中的某个圆圈，说那是他们过去举行月光狂欢的地方之一，我似乎一时觉得仙境已不再是虚构的寓言。布朗[1]在他的《不列颠田园诗》中，对我提及的那种风景作了描绘：

> 这是一片草地，令人喜欢，
> 精灵们经常在此踏起舞步；
> 舞步在草地中踏出绿色的圆圈，
> 仿佛草地被戴上了花环。
> 在其中一个圆圈里可以见到
> 有个升起的山丘，精灵女王
> 常常于黄昏坐在那上面。

在献给本·琼森[2]的一首诗中，另有一幅同样的画面。

> 在绿草地中的源泉和小溪边，
> 我们每夜穿着盛装跳舞，
> 还向精灵国王和王后，
> 吟唱起我们的月光歌谣。

的确，我觉得老一辈英国诗人对使其变得杰出的大自然怀有真正

---

1　威廉·布朗（1590—1645），英国田园诗人。
2　本·琼森（1572—1637），英国剧作家、诗人、评论家。

的情感，他们在民间迷信中发现了纯朴、亲切的意向，并与之紧密联系在一起。他们因此在神话中经常提到农舍、牛奶场、绿草地和源泉，让我们的头脑中充满乡村生活令人愉快的联想。人们不无好奇地注意到，那些极其美妙的故事源自粗鲁无知的人当中。每一主题都曾经被赋予了愚昧无知的妄想，其中包含无法形容的魅力。昏暗朦胧的自然观，常常比任何开明的哲学之光所揭示的更加迷人。因此，最有造诣和最富有诗意的人，乐于回到所谓野蛮时代的偶然产生的观念中进行搜寻，从中得到最好的意向和情节。假如仔细审视一下最受赞美的诗人，我们便会发现他们的头脑已经受到民间幻想的浸染，而那些取得最大成功的诗人，则始终紧密地保持着其纯朴、原始的东西。莎士比亚在他的《仲夏夜之梦》中即如此，它详细描述了精灵们的活动与乐趣，体现了所有与之有关、在平民百姓中流行的观念。因此，英国的诗歌回应着每个纯朴的音调，变成柔和完美的旋律。它将其迷人之处展现于日常生活，什么也没取代，而是对事物如实地吸收，只不过让它们染上了自身富有魔力的色彩，直到每一座青山、每一口源泉、每一片清新的草地和每一朵卑微的花儿，都充满了欢歌与故事。

也许，我就一个陈腐的话题讲述得太久。但是它让我对童年的快乐时光产生了许多美好的回忆，那时我所获得的知识还不完全，尚不足以使我明白事理，一个童话在我看来就是真正的历史。这些回忆带来的乐趣常使我狂喜，以至于我几乎希望出生在诗中的故事被信以为真的时代。即便现在，我看待那些想象出来的、不无愚昧和轻信的事物时，还总是隐隐后悔它们都不复存在了。早期的经验告诉我，正是它们给我们带来了巨大的乐趣。我有时质疑：一个能够解析田野中的鲜花的博物学家，是否从凝视它们当中获得乐趣？

虽然我确信让人的真正乐趣和可靠幸福得以增加来自对真理的推动，但我也禁不住对令人愉快的谬误感到悲哀——真理在前进中将它们踩在脚下。农牧神、气仙、家庭精灵、月光狂欢、奥伯龙[1]、仙后麦布[2]和仙境中非常有趣的王国，全都在真正的哲学之光面前消失。可是有的时候，谁没有厌恶地背离早晨冷冷的现实，转而力求回忆夜晚那些美妙的幻象呢？

---

1　民间传说的仙王。
2　英国民间传说中司掌人类做梦的仙女。

# 罪犯

将诚实正直的家族，

从火、水与一切错误中救出。

——《寡妇》

　　这时发生一件非常重大的事，突然打破了庄园的宁静。这天早上只见一群村民沿着大道走来，一些男孩先发出了喊叫声。待人群走近时，我们发觉"现付杰克"大步向前，一只手挥舞着棍棒，另一只抓住某个高大家伙的衣领。等他们走得更近一些，我们认出那就是让人敬畏的吉卜赛英雄"星光汤姆"。不过他此时被彻底吓住了，垂头丧气的样子，在勇猛的杰克牢牢控制下他似乎胆怯了。

　　整个一大群吉卜赛女人和孩子缓缓跟在后面。有的人哭着，有的人在老"现付杰克"耳边大声叫喊，但是后者默默地带着捕获的猎物走着，对他们的谩骂毫不理睬，就像一只鹰扑向谷仓门口的某个英雄，对于其后宫整个有羽毛的同类的种种抗议叫声毫不理睬一样。他一路穿过村子走向庄园，在那个极容易兴奋的地方无疑引起很大轰动，在那里每一事件都会让人关注，引起议论。"星光汤姆"被拘留了，这个消息像野火似的飞快传到各处。喝啤酒的人马上离开酒吧。斯林斯比的学校放学了，老师和孩子们加入潮水般的人群中，他们涌动着跟随在老"现付杰克"和他的俘虏后面。

队伍越靠近庄园喧闹声越大。所有驻守的狗和庄园的食客都被惊动了。大獒在狗窝里叫起来，狩鹿猎犬、灰狗和西班牙猎犬从大厅门口发出吠叫，莉莉克拉夫特夫人的小狗们则在客厅的窗口狂跳乱撞。然而，我注意到吉卜赛人的狗对所有这些威胁和侮辱根本不作回应，而是悄然紧紧跟着队伍，带着内疚、偷猎的神态环顾周围，不时抬头半信半疑地瞥一眼主子。这表明道德尊严——即便是狗——也会因为糟糕的同伴而被毁掉！

人群到达宅第前面时，由老克里斯蒂、猎场看守和两三个仆人组成的某种前卫让队伍停下来，是嘈杂的声音把他们引出来的。村里那些民众不无敬意地后退一些。男孩们被克里斯蒂及其同伴往后推去。而"现付杰克"则待在原地不动，他抓住俘虏、裁缝、男教师和村里其他几个显要人物，还有一群吵吵闹闹、既不安静又不被吓倒的吉卜赛人将他团团围住。

这个时候，宅第里的所有人走到各个门口和窗口，乡绅则来到了大门口。"现付杰克"要求接见，原来罪犯在他的地方偷窃羊时被捉了个现行，现在他把罪犯带到身为治安官的乡绅面前接受审讯。

于是，立即在仆人厅举行了某种审判。那是一间石头地面的大屋，中间有一张长桌，在桌子的一端，就在一口大钟下面放着乡绅的审判椅，而西蒙大人则作为书记员坐在桌旁。老克里斯蒂试图阻止那群吉卜赛人进去，但是没用，他们和村里的知名人物连同宅第里的人把大厅占了一半。一大群人危险地闯进来，让老女管家和男管家感到惊慌。他们匆忙把近旁所有值钱的东西和轻便物品拿走，甚至凶狠地盯住吉卜赛人，唯恐他们带走宅第的钟或松木桌。

老克里斯蒂和他的忠实助手，即猎场看守，则充当警察看守罪犯，他们为终于将这个可怕的罪犯抓住感到欢喜得意。我确实认为，老人对曾在五朔节偶然发生的混战中受到吉卜赛人的粗暴对待而怀着某种令人气愤的回忆。

这时西蒙大人要求大家安静，但是很难让聚集在这里的一个如此杂乱的群体做到。狗们不断发出吠声，当某一角落的狗刚被平息下去，另一角落的狗又爆发出来。那些可怜的、吉卜赛人的杂种狗像犯下错误的小偷一样无法在一座讲求正直的房子里抬起头，它们受到宅第里那些绅士般的狗撕咬和侮辱，而不进行任何反抗。就连莉莉克拉夫特夫人的杂种狗都可以安然地欺负它们。

乡绅相当温和宽容地进行审讯，这是由于他本性仁慈，部分——我猜想——由于他对罪犯怀有同情，正如我前面所说后者颇受他的青睐，因为这个罪犯在箭术、莫里斯舞和其余过时的技艺方面，在不同的时间展现出非凡的本领。然而证据是确凿的，"现付杰克"直截了当、不受约束地讲述了情况，丝毫没有受到所面临的情景威吓。他的羊栏和家禽饲养场遭到过种种劫掠，他于是看守它们，终于把试图扛着一只羊逃跑的罪犯当场抓住。

杰克在提出证据时不断被罪犯的母亲打断，那是个凶猛的老恶婆，她那张嘴让人无法忍受，事实上她有几次拼命扑向杰克，好不容易才被挡住了。还有罪犯的老婆——我听说他每周都多次打她——用她的眼泪和恳求代替丈夫完全把莉莉克拉夫特夫人的注意力吸引过去。另外几个吉卜赛女人，则在后面的年轻女子和女仆当中引起强烈的同情。那个漂亮的黑眼睛吉卜赛姑娘，即我曾提到给将军算命的女巫，则用甜言蜜语让强悍的勇士对她们产生兴趣，甚至对她的老相识西蒙大人做出亲近表示。但是她遭到后者回绝，他带着应有的一切尊严，表现出切合时宜的严肃态度与自己的重要身份。

我发现诚实的男教师斯林斯比相当反对老朋友杰克，并且成了被告的某种支持者，这让我最初有点吃惊。他似乎同情"星光汤姆"不幸的命运，在从村子到这里的路上极力为汤姆辩护，但是毫无效果。在"现付杰克"审问过程中，斯林斯比犹如"身旁沮丧的皮提"[1]站在那儿，不时用温和的言辞缓解杰克的愤怒，或者使其减少任何严厉的表示。斯林斯比这时大胆地向乡绅表达意见，以便为罪犯的过错辩解。但可怜的斯林斯比说话更多地发自内心而非头脑，他那样做，显然只是因为对每个陷入困境的可怜人普遍怀有同情，对所有的流浪生活怀着极大的宽容。

那些大大小小的小姐们也怀着女性的仁慈、善良积极站在同情的立场上，努力向乡绅求情。犯人发现周围意外地出现了一些支持他的朋友，他再次雄势起来，一时表现出无辜受冤的样子。然而，尽管乡绅有仁慈之心，对犯人也隐隐怀有偏爱，可是他太认真尽责了，不会偏离严格遵从的正义之道。大量一致的证词、证据使得犯罪无可争议，因此对"星光汤姆"发出了拘捕令。小姐们现在对他更加同情，她们甚至试图缓和"现付杰克"的愤怒。但是"星光汤姆"的那帮强盗不断入侵他的领地，使这位刚毅的领主大为愤怒，他说他决心把"害虫们"从附近赶出去。为了避免再受到烦扰，一旦发出拘捕令后他就把腰束紧，大步回到自己的帝国权位。从中调解的朋友斯林斯比陪伴着他，后面跟随一帮吉卜赛人，他们紧追不放，用祷告和诅咒来攻击他。

---

1　引自英国诗人威廉·科林斯（1721—1759）的诗《音乐颂》。

现在的问题是如何处置罪犯——在平静的庄园里这可是一件重要的大事，在这儿，像"星光汤姆"如此让人敬畏的人物如同被关在鸽笼里的鹰。由于喧闹和审讯用了很长时间，所以这天要把他送到郡监狱去已经太晚，而村里那个监狱因为长期闲置已严重失修。老克里斯蒂对此事颇感兴趣，他提议这天晚上把罪犯押到外屋某种塔楼的阁楼上，由他和猎场看守看管。经过认真考虑后人们采纳了这个办法，并对所说的外屋做了仔细检查。为确保安全，克里斯蒂同自己可靠的伙伴充当哨兵，他们一人手持鸟枪，另一人手持老式大口径短枪，看守着这座城堡塔楼。

这便是刚发生的重大事件，在这个宁静的小世界这可是相当重大的，必然会把它搞得乱七八糟。人们放下了手里的活，整个晚上宅第陷入一片混乱。吉卜赛女人向它发起围攻，后面是她们的孩子，他们发出一阵阵悲哀的哭号、叫嚷。而有个做了母亲的老泼妇则在前面的草坪上来回走动，她摇着头，自个咕哝，或者不时勃然大怒，朝宅第挥舞着拳头，宣称"现付杰克"甚至乡绅本人会遭到噩运。

莉莉克拉夫特夫人在宅第门口不断听取罪犯的老婆哭诉，女仆们已悄悄溜出去，在树下与吉卜赛女人商讨。至于家里的小姐，她们无不对"现付杰克"大为愤怒，把他看作是童话里的残暴巨人。菲比·威尔金斯与她们通常的性格相反，她是这个事件中唯一没有同情的人。她认为杰克做得完全正确，认为吉卜赛人应该为自己劫掠杰克的羊受到严厉惩罚。

与此同时，家中的女人们表现出女性所有富于远见的仁慈之心，她们总是乐意安慰和救助困境中的人，无论是对还是错。莉莉克拉夫特夫人让人把一张垫子带到外屋，并将各种舒适的、好吃的东西带给囚犯。甚至小姑娘们都送去了自己的蛋糕和糖果。所以，我敢保证那个流浪者一生从没受到过这样好的待遇。的确，老克里斯蒂机警地注意着一切。他拿着老式大口径短枪走来走去，像个经验丰富的老兵，几乎不让人同他说话。吉卜赛女人不敢走到射程范围内，每个衣衫褴褛的男孩都被吓得离开了庭园。老人决意亲手把"星光汤姆"送去坐牢，他说，他希望看见用一个非法猎取的人来惩一儆百。

毕竟，在整个事件中，我想可敬的乡绅并不是最大的受害者。他那值得尊敬的责任感使他不得不严厉，可是他又有着无比仁慈的本性，这对他真是个令人痛苦的考验。

在自己的确具有族长性质的领地里，他还不习惯于让人要求他做出正义的审判。这可伤害了他的仁爱之心，在他感到无比幸福、快乐的时候，他却不得不给某个同胞带去痛苦。

他整个晚上都感到困惑、沮丧。睡觉时他叹息一声向家人道晚安，而不是像平常那样带着亲切、温和的语气，并且很可能远比他的囚犯更会失眠。确实，这不幸的事件让全家人觉得压抑，因为好像人们都认为那个不幸的罪犯将要被绞死。

次日早晨，头天晚上的阴云全部驱散了。乡绅的心里也没有了负担，每个人的脸上再次露出微笑。猎场看守一大早走出来，极其羞耻、垂头丧气的样子。"星光汤姆"夜里逃跑了，他是如何跑出阁楼的没人知道：大家认为一定是魔王帮助了他。老克里斯蒂羞愧得不愿露面，把自己关在他狗窝旁的堡垒里，不想和人说话。尤其让乡绅放心的是，几乎不可能再把罪犯抓住，因为他已作为魔王的最佳猎人之一远走高飞了。

# 家遇不幸

昨夜真是糟糕，在我们睡觉之处，

狂风把烟囱彻底刮倒。

——《麦克白》[1]

过去一两天来我们不断遭遇恶劣天气，它突然闯入这个晴朗多花的月份，一时间将美丽的风景大大摧毁。昨夜暴风雨最为厉害，雨水猛烈地击打在窗扉上，风带着冬日的狂暴在古老的宅第周围尖叫、咆哮。然而天亮时放晴了，一片平静。上天似乎刚洗过脸一般，太阳明媚地照耀着，空中没有一点雾气。头顶上没有留下任何刚有过暴风雨的迹象。不过我从窗口望去时，便注意到树丛和花儿遭到严重破坏。花园的路变成小小流水的通道，一棵棵树的树枝被刮断，一条蜿蜒穿过园林、从草坪底部流去的银色小溪已经涨大成了一片发黄的污水。

一座这样庞大、古老的建筑深受年久衰败之苦，并且还有许多附属房屋，它遇到暴风雨是一件非常严重的事，随之而来的便是各种各样的忧虑和灾难。

乡绅在宅第里用早餐时，不断被某个从自己地域内什么地方带来

---

1　莎士比亚的一部戏剧，引文出自该剧第二章第三场。

坏消息的人打断。我觉得他像一座围城里的司令官，在经过某种全面攻击后，正在总部听取关于各个地点遭受毁损的报告。有一次，女管家带来消息说某根烟囱被刮倒了，画廊上方的屋顶漏水相当严重，威胁着要将自己所有的祖先毁灭。然后，男管家带着可悲的消息走进来，说林地也遭到破坏。而猎场看守则叹息说他失去了一只最好的公鹿，有人看见它那发胀的尸体漂浮在高涨的河流上。

乡绅从屋里出去时，患过中风的老花匠在门前走上前来对他说话，后者带着一脸的烦恼，我推测他在报告花圃和篱壁果树结的果实遭到毁坏的情况。不过我注意到，他的消息不仅让乡绅和西蒙大人显得特别担忧，而且让碰巧在场的美丽的朱莉娅和莉莉克拉夫特夫人也如此。根据传到我耳里的寥寥数语，我发现人们讲述此次事件中某个家庭遇到的灾难，有个不幸的家庭被这场暴风雨弄得无家可归了。女人们说出许多同情的话语，我听见有人几次说"可怜、无助的人啊"，以及"不幸的小家伙们"。对此老花匠极其忧郁地摇摇头，作为回答。

我非常关心，忍不住在花匠离开时叫住他，询问遭受如此严重损失的不幸家庭情况如何。老人轻轻触碰一下帽子，看了我片刻，好像不明白我的问题。"家庭！"他回答，"这无关家庭的事，阁下。只是那片白嘴鸦栖息的地方给彻底毁啦！"

前一天，我注意到高处刮起的疾风使那些空中的住户大为不安，它们的巢里全是小崽，在树上震动的摇篮中面临被倾倒出去的危险。的确，那些老鸟自己都好像很不容易立住脚，有的在空中不断徘徊，呱呱地叫着。或者，假如它们冒险飞落到树上，也不得不紧紧抓住，拍打翅膀，展开尾巴，在顶端的树枝上摇摇晃晃。

然而晚上的时候，在这个最审慎精明的群落里发生了可怕的灾难。

有一棵这片林里最高的大树，它先前犹如都市里某种宫廷的尽头，那里挤满了西蒙大人视为大小贵族的住处。猛烈的风暴已将这棵树朽坏的树枝刮断，它带着所有的空中城堡跌落下来。

我们应该很清楚可敬的乡绅及其家人的性情，从而明白大家对这场灾难所表示的担忧。在这个乡村帝国里，这可完全是一场大家的灾难，所有人似乎都同情可怜的白嘴鸦，就像同情处于困境中的同胞一样。

地上落满了羽毛未丰的白嘴鸦，女仆和家里的小姐们此时将它们抱在围裙和胸口里。这是一种天性，是女人对遭受苦难的后代所怀有的同情，也是她们对做母亲的鸟儿感到焦虑所怀有的同情，我为此感到欣慰。

在这整个羽毛群体中，似乎普遍存在烦乱和悲哀的情绪，它们有产生此种情绪的共同原因。所有的白嘴鸦不停地盘旋、振翼和悲叫，目睹这些真是让人伤心。面对小鸟们遭受的任何不幸，某根同情的纽带把整个羽毛族类联结起来。在繁殖季节，一只受伤的鸟发出的叫声会使整片林子处在烦躁惊慌中。确实，我为何把这局限于羽毛族类呢？我觉得大自然似乎就此植入了巨大的同情，再将同情延伸至所有其余创造之物。女人的心有一种恒久不变的特性，它会为幼小动物无助的叫声发软，对于母鸟及其幼鸟的不幸有天生的关切。就目前情况而论，家中的女人们充满了同情和怜悯。当将军说小鸟可以吃很好的咖喱或特别不错的鸦肉馅饼时，我永远忘不了莉莉克拉夫特夫人露出的表情。

# 情人们的烦恼

可怜的人坐在无花果树旁歌唱，

她一直歌唱青青的杨柳；

她的手放在胸口，头搁在膝上，

她歌唱杨柳，杨柳，杨柳，

歌唱一定用青青的杨柳为我做个花环。

——古歌

那次带鹰出猎遇到的不幸，使美丽的朱莉娅蒙受惊吓，现在她差不多恢复过来，于是大家开始想到该是确定婚礼日子的时候了。在这样一个值得尊敬的贵族家庭中，每个家庭事件都是一个重大的事情，因此确定这一重要的日子当然引起了很多商议与争论。由于在这座庄园里不乏奇异的念头，所以最近出现一些小小的困难和异议。这样，对于婚礼是否不该推迟到下月的问题，我便偶然听到莉莉克拉夫特夫人、牧师和西蒙大人之间有过非常严肃的讨论。

我发现，虽然鲜花盛开的5月无比迷人，但作为一个结婚的月份人们却对它有着古老的偏见。有个古谚说："5月结婚结贫穷。"瞧，莉莉克拉夫特夫人很习惯相信幸运的和不幸的时间与季节，在所有与爱情相关的问题上的确相当迷信，所以这个古谚似乎对她颇有影响。

就她所知，她回忆起两三个在这月结婚并证明是很不幸的例子。确实，她有个在五朔节结婚的表妹，在与丈夫幸福地生活二十年后失去了他，他是从马上跌下去摔死了。

牧师似乎为夫人的异议提出了有力证据，他确认不仅现代存在这种偏见，而且在古人中同样流行。为了予以证实，他引用了一段奥维德[1]的话，这对莉莉克拉夫特夫人产生了很大影响，尽管她并不懂引文的语言。甚至西蒙都感到吃惊，他带着茫然的神态倾听，然后摇摇头，说奥维德无疑是个相当明智的人。

从这一审慎的商讨中，我还收集到其他几个与婚礼有关的情况：假如两个婚礼同一天在同一教堂举行，那么第一个婚姻将是幸福的，第二个将是不幸的；又假定去教堂时参加婚礼的队伍遇见某个女人的葬礼，那么便预示着新娘将会先死，而假如遇见的是某个男人的葬礼，那么便预示着新郎将会先死；假如新婚夫妻在婚礼日上一起跳舞，那么妻子将从此当家。此外，还有其他许多性质相同、奇特无疑的事实，它们无不让我更多地思考将这幸福的生活包围的种种危险，以及普通人对自己冒险闯入的可怕危险表现出的轻率无知。然而，我克制住不要把这个话题扩大，因为并不想让单身汉们变得越来越多。

尽管乡绅对传统谚语和古人观点给予了应有的重视，但我高兴地发现他对可爱的5月坚信不疑，并用很多权威的诗歌予以佐证。我揣测，所有这些，就一对对年轻男女而言都具有决定性意义，就我所知他们很愿意在5月结婚，无论结果如何都认了。因此，婚礼将在几天后举行，庄园里事先已经热闹起来。女管家从早忙到晚，一脸显得有

---

1　奥维德（公元前43—17?），古罗马诗人。

正事、要事要办的样子，因为她有很多事要安排。乡绅打算这个时候要随时欢迎款待来客。至于女仆们，你无论看见任何一个人的面容，那个淘气的人都会脸红起来，现出傻笑的样子。

然而，家中这一首要的爱情事件却平平静静的，这与浪漫的规律相当不符，我也不能说其中的插曲同样顺利。将军和莉莉克拉夫特夫人之间"爱的蓓蕾"在这宜人的季节似乎有过某种枯萎。他在上尉讲述故事当中睡着了，我并不认为他后来又恢复了先前的有利条件。的确，西蒙大人觉得他的情形完全令人绝望，夫人已断定他相当缺乏感情。

对于害相思病的菲比·威尔金斯而言，这个季节同样不顺。我经常提到这种地位卑微的人的恋情，担心会让读者不耐烦。不过我承认，我对这个阶层中那些天真姑娘在爱情上遇到的烦恼颇感兴趣。很少有人想到，这些可怜的年轻女人在应对恋爱问题上有无数的忧虑与困惑。

我们谈论、书写爱情，给它染上一切关于情感与浪漫的色彩，在上流社会的高雅生活中展现出它所带来的影响。但毕竟来说，在更加卑微的女人当中，我对爱情是否会产生更加绝对的影响表示怀疑。只要我们深入观察人的内心，就会发现感情强烈地跳动在贫穷侍女的心中，而不是在她极力打扮以便赢得男人之爱的某个光彩照人的美人心中，后者很可能让花花公子、舞厅和枝形吊灯的烛光给弄得眼花缭乱。

对于这些卑微的人，爱情是一件真诚坦率、专心致志的事。她们根本没有赠予财产、固定收入、设施装备和零花钱这些概念。感情——感情便是她们头等重要的东西，可怜的人！她们几乎人人都有自己爱情的忧虑与秘密。她们的疑惑、希望和担忧并不比任何浪漫的女英雄少，而且远更真诚。然后，她们还保存着爱情的信物——破碎的六便士硬币、镀金的胸针、一绺头发、涂写得难以理解的情书，它们都被珍藏在装礼拜服饰的盒子里，以便于自己去观看思考。

某个目光锐利的夫人，或者某个如修女般保守古板的主妇，无论面临多少的挫折和考验，前者都会严厉警觉地监视她们的贞操，将她们的情人拒之门外！然后，在相隔长久的节日里会出现一些小小的爱情场面，她们是多么甜蜜。在随后许许多多漫长的日子里，她们关在家里干家务活时，会乐滋滋地详细讲述起种种情景！如果在乡下，那么便会在集市或守护神节上跳舞，做完礼拜后在教堂院子会面，或者晚上在青葱的小路上散步。如果在城里，那么也许只是在某地的栅栏间偷取片刻令人喜悦的谈话，害怕随时被人发现。之后，天真的人干活时便会整天唱起欢乐的歌儿来！

可怜的人啊！在她们有过各种挫折和困难之后，在她们结婚之后，她们除了从相对舒适安逸的生活转为辛苦操劳、并不确定的生活外，还有什么呢？也有可能，那个情人——她们由于天生温柔多情，为了情人她们将自己交给了反复无常的命运——到头来是个毫无可取的男人，是个放荡无情、生活卑鄙的丈夫，他们喜欢老去酒馆，把她们留在没有欢乐的家里，让她们干活、受穷，让她们生孩子。

我看见可怜的菲比目光低垂，走来走去，她的头"完全向一边"耷拉着，这时我不禁想起苔丝狄蒙娜[1]描绘的那个令人感伤的小情景：

> 我母亲有个侍女，名叫芭芭拉。
>
> 她恋爱了。她爱的人结果疯狂愚蠢，

---

1　莎士比亚悲剧《奥赛罗》中的女主人公。

> 他将她抛弃。她唱着一首杨柳之歌，
>
> 那是一首老歌，不过表现了她的命运，
>
> 她在歌唱中死去。

不过，我希望菲比·威尔金斯将有更好的命运，希望她在蒂贝茨古老的家庭帝国中"当家"！她不适宜与冷酷无情的人或岁月抗争。我听说她曾是可怜的母亲的宠儿，母亲为漂亮的孩子自豪，在把她带大的过程中所给予的温柔比任何一个乡村姑娘通常得到的还多。自从她成了孤儿，庄园里善良的女士们更是对她极尽温柔和宠爱了。

最近，我注意到她在教堂院子里，或在村子附近的一条小径上，经常与学校教师斯林斯比久久地谈论着。最初我以为教师或许染上了多情的毛病，因为近来在此地这是很普遍的事，不过我错怪了他。诚实的斯林斯比好像是她已故父亲——那个教区执事——的朋友和知己，他与蒂贝茨一家关系密切。因此，由于他对所有人都怀有善意，又由于他或许私下受到爱管闲事的蒂贝茨夫人怂恿，所以他试图就此问题与菲比谈论一下。不过她并没给他什么满意的回答。斯林斯比对于老"现付杰克"的那种贵族感觉有着可怕的看法，他认为假如菲比即使与他儿子和好，她也会发现做父亲的会大为反对这桩婚姻。因而，可怜的姑娘差不多绝望了。斯林斯比太善良，必然同情她的苦恼，他建议她根本不要再去想小杰克，并向她提出另外考虑自己有学问的助手，即往日的那个浪荡子。他甚至满怀感情地主动提出把校舍让给他俩，虽然这会使他再次在这个广阔的世界上居无定所。

# 史学家

> 埃尔米奥娜：请坐在我们旁边吧，给我们讲个故事。
>
> 马米鲁斯：欢快的还是悲伤的呢？
>
> 埃尔米奥娜：尽可能欢快些吧。
>
> 马米鲁斯：冬天最适合讲悲伤的故事。我讲个关于精灵和小妖的故事。
>
> 埃尔米奥娜：就讲这个故事吧，先生。
>
> ——《冬天的故事》[1]

这是一个讲述故事的时代，所以我时而禁不住要从庄园晚餐上所讲的许多故事中挑一个讲给读者听。我的确本可以讲出一系列来，就数量而论与《天方夜谭》的也差不多，不过有些故事太平庸单调了，其他的故事我又感到没有理由讲出来予以发表。还有很多是老将军讲述的，主要是关于猎虎、骑大象和塞林伽巴丹的故事，而提普苏丹的奇妙行为和少校彭德格斯特极好的笑话，又使其充满了生气。

我一直静静地待在餐桌一角，在这儿得以随心所欲，不受任何打扰：故事相当不错时就专心倾听，故事单调乏味、我认为需要听的人

---

1　莎士比亚写的一部戏剧。

补充完善时，就打一会儿瞌睡。

不久前某个晚上，在将军讲述一个历史故事的过程中我变得有点恍惚起来，这时乡绅突然叫我，说该我提供什么类似的娱乐了，因此把我惊醒。我对别人的故事听得那么认真，良心上怎能拒绝呢。不过无论凭记忆还是编造，我都无法很快马上满足如此突如其来的要求，于是我请求允许读一下我的同胞、已故迪德里希·尼克博克先生[1]手稿中的一个故事，他是纽约的史学家。由于这位往日的史学家在读者中还不如庄园知名，所以在读他的手稿前，有必要对他简单介绍一下。

迪德里希·尼克博克是纽约本地人，他是某个古老的荷兰家族的后裔，那些家族最初定居在本省，直至1664年此地被英国人占领。这些荷兰家族的后代，至今仍然留在本地各处的乡村和邻近地方，他们异常固执地保持着祖先的服饰、习惯甚至语言，在美国各种各样的人中非同一般，颇有特色。在一座村庄[2]——从纽约可看见它的尖塔升起在哈得孙河对岸的山头上——很多老人甚至至今讲英语都带有口音，牧师也用荷兰语布道。他们仍然完全保持祖先对宁静生活的热爱，以致在某座沉寂的村子里，在炎热的夏日中午，一只肥胖的红头丽蝇嗡嗡的声音会从村子一端传到另一端。

怀着对这些可敬的人如此保持值得赞赏的世袭情感，尼克博克先生着手写了一部关于自己出生城市的史书[3]，它包含三位荷兰总督管辖

---

1　实际是欧文本人，他常用此笔名写作。

2　应指塔里敦——欧文的故乡，在纽约郊区。译者刘荣跃2015年4月曾专程前往那里追寻作者的足迹。

3　指欧文的成名作《纽约外史》，此书2015年12月由清华大学出版社收入"美国文学之父·欧文作品系列"第一辑出版，刘荣跃译。

当地的情况，那时，纽约尚在荷兰人的控制之下。为完成这一创作计划，这位小小的荷兰人做了深入研究，他充分意识到这个题材值得尊重。然而他的书不太被人理解，有人说它只是一部幽默作品，讽刺了那个时代在政治和道德上的种种愚蠢行为，对人性发表了一些奇异的意见而已。

即便如此，他在后来的出版物中留下了几个更加轻松的故事，显然是从他深入研究历史时搜集而来并进行创作的。他似乎忽略了它们，将其搁在一边，认为不值得出版。有的故事意外落到我手里，什么意外现在不必提及。就在这些故事当中，有一个序言是尼克博克写的，我将读读它，以此偿还我对庄园里其他讲故事的人所欠下的债。为了我那些喜欢听故事的读者，我将它附加在此。[1]

---

1　我发现《见闻札记》中的《瑞普·凡·温克尔》这篇故事被杂志上的各种作家认为是基于某个德国的小传说，此事被向世人揭露出来，仿佛一件剽窃的卑鄙事例出奇地大白于天下。我在那篇故事的注解中，提到它所基于的某个迷信，我想只需提及一下足够了，因为那个传说非常有名，几乎收入了每一部德国的传说。我自己就在三部传说里见到过。因此我简直无法指望，如今在幽灵鬼怪故事的一切原始素材被搜遍之后，其源头不会被人发现。事实上，我以为类似的民间传说是小说家们写作依据的很好基础，因此便利用了所说的一个。然而，此事我无意争辩，并且确实认为，我由于微不足道的工作而从公众那里得到了充分的报答，因而我甘愿让人在事后的想法中做出任何他们认为合适的推论。——原注

# 鬼屋

## 出自已故迪德里希·尼克博克的手稿

以前，几乎每个地方都有一座这样的房子。假如一座房子位于某个让人忧郁的地方，或者以某种富于传奇的古老方式修建而成，或者它发生过什么奇异的事情，比如谋杀、猝死等等，那么它无疑留下了一个印记，后来便被视为某个幽灵的住所。

——伯恩[1] 著《古风》

在古老的曼哈托斯[2] 市附近，不久前有一座古宅，我在小时候人们称它为鬼屋。早期的荷兰殖民者遗留下的建筑寥寥无几，它是其中之一，在修建的时候一定颇为重要。它由一个中心区、两座耳房和一些山墙组成，山墙的形状犹如梯子。房子一部分用木料建成，一部分用荷兰小砖，砖块由可敬的殖民者们从荷兰运去，那时他们尚未发现砖块可以在其他地方生产。房子远离大路，位于一大片田野中央，一条由古老的洋槐形成的林荫道通向它，有几棵树被闪电劈破，两三棵

---

1　伯恩（1694—1733），英国历史学家。

2　原文为 Manhattoes，是人们对曼哈顿最初的一种叫法。在《纽约外史》中，其他叫法还有蒙哈托斯（Monhattoes）和芒哈托斯（Munhatos）。

被劈倒。另有几棵桉树四散在田野里。此外还有一座果菜园留下的痕迹。不过栅栏已经毁坏，蔬菜没有了，或者荒芜了，变得与野草差不多，这儿那儿长着一片杂乱的灌木，或者一棵高高的向日葵从荆棘中凸显，悲哀地低垂着它的头，好像在注视周围一片荒芜的景象。这座古老房子的部分屋顶已坍塌，窗户破损，门板裂开并用粗糙的木板补上。房子两端有两个生锈的风向标，旋转时发出巨大的叮当声和呼呼声，不过总是指错方向。整个地方即使在情况最佳时也显得寂寞荒凉，而在天气恶劣的时候，狂风则在这座怪异的古宅四周呼啸，风向标发出一声声尖叫，几扇松动的窗户一次次剧烈地碰撞，这一切多么疯狂而凄凉，使得附近的人对这里深感敬畏，称它是妖怪们的会集地。这座古建筑我记得很清楚，因为我回忆起自己还是个懒散不幸的顽童时，在假日下午经常与一些粗野的同伴潜行于它附近，像强盗似的在果园里搜寻。鬼屋旁边有一棵树，上面结着极其漂亮诱人的果实。不过那是在中魔的地盘上，因为一些可怕的故事让那里具有了魔力，我们不敢接近它。有时我们几个人冒险一起去，走到那棵赫斯帕里德[1]之树旁边，密切注意那座古宅，害怕地瞥一眼破碎的窗户。忽然，就在我们快要夺取到战利品时，我们这伙人中有一个发出惊叫，或者意外弄出了声响，使得大家陷入恐慌，我们仓皇而逃，直至跑到大路上才停下。然后，必定还传说着许多恐怖的奇闻，什么怪异的叫声和呻吟，或者突然从某扇窗户显露出来的可怕面孔。渐渐地我们不再冒险进入那片寂寞的地方，而是站在远处朝那座房子扔石头。石头在房顶上咔嗒咔嗒地响动，或者有时把窗户的玻璃片打得叮当响，那声音既有趣又让人害怕。

---

1　希腊神话中守卫金苹果树的女仙。

　　此地早期在强大的荷兰议会政府统治之下，这时期处于朦胧状态，而鬼屋的起源情况便消失在那样的朦胧里面。有人传说它曾是威廉·凯夫特的乡村宅第，人们通常称他为"暴躁者"，他是新阿姆斯特丹的荷兰总督之一。另有人说屋子是由范·特龙普手下的一名海军司令修建的，此人为晋升的事感到失望，不满地退役了，他因无比怨恨而成为一名术士，将自己的所有财产弄到这里，以便随心所欲地生活，从而鄙视这个世界。关于鬼屋衰败的原因，同样众说纷纭。有人说它陷入诉讼案之中，其诉讼费已经超出了本身的价值。不过最流行的说法——当然也是最可能的——是它有鬼魂出没，谁也无法安安静静地住在里面。事实上，最后这个情况几乎是毫无疑问的，有许多故事可以证明——周围任何一个老太婆至少都能提供20个。附近就住着一个脾气不好、头发灰白的黑人，他可以讲一大堆故事，不少都发生在他自己身上。我记得自己有很多次暂住在同学家里，让他讲一些给我们听。这个老人住在一间小屋里，它位于一小块土豆和玉米地中央，那是主人让他获得自由时送给他的。他来到我们中间，手里拿着锄头。在夏日傍晚温和的薄暮里，我们像一排燕子一样蹲在围栏旁，这时他会给我们讲一些可怕的故事，同时让人敬畏地转动着白眼，弄得我们随后在黑暗中返回时，几乎对自己的脚步声害怕起来。

　　可怜的老庞培！他已去世很多年，与他如此喜欢谈论的鬼魂作伴去了。他被埋在自己那一小块土豆地的一角。犁不久从他的坟墓上面犁过去，把它给犁平了，谁也不再去想那个头发灰白的黑人。几年以后我长成了一个小伙子，由于某个异常偶然的机会我去那儿附近散步，发现人们对一个刚被犁出来的头盖骨有不少传闻。他们当然断定那是某个被谋杀的人的遗骨，他们还重新提起关于鬼屋的某些传说。我立即知道那是可怜的庞培的遗骨，不过我没有说出来，因为我对别人的乐趣考虑得很周到，从来不会去破坏一个幽灵或谋杀故事。然而，我注意到人们把老朋友的遗骨埋葬在另一个地方，在那儿他不可能受到打扰。我坐在草地上看人们埋葬时，与附近一位名叫约翰·乔斯·范德莫尔的老绅长谈了一下，他是个讨人喜欢、乐于闲聊的人，一生都在听取和讲述本地的消息。他记得老庞培，以及后者那些关于鬼屋的故事。不过他向我保证，他能给我讲一个比庞培的任何故事都更奇特的。我表示非常好奇，想听一听，于是他在我身旁的草地上坐下来，讲述了下面的故事。以前我曾尽可能照他的话讲述过，但是现在已经过去许多年，我也老了，记忆不太好，我不能为所用的语言作保证，不过我对于事实是一丝不苟的。

# 道尔夫·海利格

我以居住的康科德市为例，
整个吉尔本的人都可以证明：
我是否生来腼腆害羞。
谁能把一只狗带到我面前，
说我把它打得动弹不得；
或者带来一只凭《圣经》发誓的猫，
说我竟至于把它的尾巴点燃。
果真如此我会拿一个克朗来补偿。

——《木桶的故事》[1]

早期时候，纽约地区的人曾抱怨英国总督科恩伯雷勋爵的暴政，他对荷兰居民采取恶毒行为，甚至不让教师用他们的语言，除非得到特别许可。大约此时，在曼哈顿这座古老而欢快的小城里住着一位如母亲般仁慈的妇人，人称海利格夫人。她是一个荷兰船长的遗孀，该船长在所有居民陷入恐慌时，为使本地不受法国的某个小型私掠船船长侵犯而极力设防，他因过度劳累和暴饮暴食，突然死于热病。他只

---

1　出自英国戏剧家本·琼生（1572—1673）的作品。

给妻子留下很少钱，和几个孩子中唯一幸存的婴儿。善良的女人需要妥善持家，才能量入为出过得像个样子。然而，由于她丈夫热心于公众安全并为之献身，所以大家一致同意"应该为这个寡妇做点什么事情"。她凭借所指望的"什么事情"过了几年还算不错的生活。同时人人都同情她，替她说话，这也有所帮助。

她住在称为花街的一座小房子里，花街的名字很可能来源于曾在那儿兴旺过的某座花园。由于她的困境一年年加剧，而公众关于"为她做点什么"的谈话也越来越少，因此她不得不想方设法为自己做点什么，以便摆脱收入微薄的状况而维持自己的独立——她比较顽强地坚持着这一点。

身居商业城镇，她也沾染上了某些商业气息，决心在商业的大机遇中冒点风险。所以突然之间，她的窗旁出现了一排排壮观的姜饼国王与王后，让街上的人大为吃惊——它们两手叉腰，无不举止高贵。还有几只破裂的口杯，有的装满小糖果，有的装满弹球。此外有各种蛋糕、麦芽糖、荷兰玩偶和木马、封面多处有些镀金的图画书，时而还会悬挂出一串或一磅蜡烛。房子门旁坐着善良老妇的猫，它显得严肃而端庄，似乎审视着每个经过的人，对他们的衣着加以批评。它不时伸长脖子，忽然好奇地往外看，要瞧瞧街另一端出现的情况。但如果某只无所事事的流浪狗偶然走过，显得无礼粗野、装腔作势的样子，它便毛发直立发出嗥叫和呜呜声，并且猛扑过去！假如某个无耻的放荡家伙靠近，它会像个丑陋的老处女一样发怒。

不过，虽然善良的女人不得不屈尊于卑微的物质生活，但她仍然保持着家族的自豪感，因为她祖先属于荷兰首都阿姆斯特丹的范德·斯皮格尔家族。她把家族的徽章描画、装框，挂在壁炉上方。确实，本地所有更贫穷的人都很尊敬她。她的房子成了附近所有老妇们的常去地。她们会在某个冬日下午登门拜访，此时她坐在壁炉一边打毛线，猫则在另一边喵喵地叫，茶壶在它前面鸣响。她们和她一直聊到深夜。有一把扶手椅总给"了不起的彼得"留着，有时他被称为"长腿彼得"，有时又被称为"彼得长腿"。他是路德小教堂的文书和执事，是她的密友，的确也是她家中的神使。彼得本人也时而去串门，谈谈她的精神状况，喝一杯她特制的樱桃白兰地美酒。确实，新年这天他必然会拜访，祝愿她新年快乐。善良的女人在某些方面有点虚荣，总是对给他一块不比城里任何蛋糕小的蛋糕感到自豪。

我说过她有个儿子。她晚年才有了他，但几乎不能说她从中获得了安慰——在所有不幸的顽童中，道尔夫·海利格是最为淘气的。倒不是说这个妄自尊大的小人物确实恶毒，他总是很爱寻欢作乐，富有胆量，善于嬉戏，这在富人的孩子身上会受到赞美，而在穷人的孩子身上则会受到咒骂。他不断惹上麻烦：总有人向他母亲抱怨他犯下的恶作剧，让她烦恼。一扇扇窗子被他打破，一份份账单送到她手里。一句话，他没到十四岁就被附近所有人称为"恶狗，街上最恶的狗！"不仅如此，有一位老绅——他穿着深紫红的外套，瘦瘦的脸红红的，眼睛如雪貂的一般——甚至深信不疑地对海利格夫人说，他儿子有一天会被送上绞架！

但是，尽管有这一切事情，可怜的老人仍然爱儿子，似乎他越表现不好她越爱他。而他越受到她宠爱，世人就越不喜欢他。母亲，都是些愚蠢溺爱的人，根本无法说服她们别溺爱孩子。的确，这个可怜的妇人的孩子是世上唯一还爱着她的人。所以我们一定不要认为，她对好朋友（他们极力向她证明道尔夫会被绞死）的话充耳不闻是冷漠无情的。

我们也要对这个恶棍说句公道话，他非常依恋自己的母亲。无论如何他都不愿意让她痛苦。每当做错了事，他就会瞥见可怜的母亲的目光忧愁悲哀地盯住他，让他心里充满痛苦和悔恨。可他是个粗心大意的少年，不管怎样也阻挡不了任何寻欢作乐、顽皮捣蛋的新的诱惑。虽然只要用功就能很快学到东西，但他总是容易被无所事事的伙伴们带走，逃学去搜寻鸟巢、偷窃果园，或者去哈得孙河游泳。

他就这样长成一个高大粗笨的男孩。母亲深感困惑起来，不知拿他怎么办，或者如何让他在某种程度上自立。因为他得到一个如此不幸的名声，似乎没人愿意雇他。

她多次咨询身为教堂文书和执事的了不起的彼得，他是她的首要顾问。彼得像她一样不知所措，因为他对这个孩子没有好感，认为他绝不会有好结果。有一次他建议她把孩子送去当水手，在多数令人绝望的情况下人们才会提出这一建议。但海利格夫人不愿听从这个意见，她无法想到让道尔夫离开自己的视野。一天她极其困惑地坐在炉边打毛线，忽然执事走进屋，显得异常轻快活泼的样子。他刚参加完一个葬礼。死者是个和道尔夫一般大的男孩，他曾给一位著名的德国医生当学徒，死于肺痨。确实有个谣传，说死者是因生前成为医生的实验对象才丧命的，医生爱用实验对象测试新化合物或镇静剂的效果。然而，这很可能只是一个诽谤。无论如何了不起的彼得并不认为值得一提。虽然，假如我们有时间进行理性探讨，便会发现这是一个思考起来让人好奇的问题：为什么医生的家人易于变得如此瘦小苍白，而屠夫的家人则如此快活红润？

如前所说，彼得异常轻快地走进海利格夫人的房子。他满怀在葬礼上突然产生的好点子，在把泥土铲进医生的徒弟的墓坑时他曾为之窃笑。他想到死者在医生那里的位子空了，它正适合道尔夫。这孩子有本事，能够用杵捣东西，和城里的任何男孩一起跑腿——此外还指望一个学生什么呢？明智的彼得提出的建议，使做母亲的产生了光辉的想象。她仿佛看见道尔夫拿着一只紧靠着身子的手杖，门上挂着门环，名字后面加上了"医学博士"——成为城里得到确认的显要人物之一。

此事一旦着手，不久就有了效果。执事对医生有些影响，他们在各自的行业中彼此打过不少交道。就在次日早上他来拜访并带走玩童，孩子身穿盛装要去接受卡尔·洛多威克·克尼佩霍森医生的面试。

他们发现医生坐在书房或实验室一角的扶手椅里，面前有一本德文版的大书。他是个矮胖的男人，一张方脸黑黑的，由于戴着黑天鹅绒帽脸色显得更黑。他长着圆圆的小鼻子，并非像黑桃 A 的模样，一副眼镜在暗淡的面容两边闪闪发光，像一对凸窗似的。

道尔夫来到这位学者面前感到一阵敬畏。他带着孩子般的惊讶，注视这间知识之屋的设备，它在他看来几乎像魔法师的房间。房间当中放着一张脚呈爪形的桌子，上面有杵和研钵、小药瓶和药罐、一台铮亮的小天平。一端有个笨重的衣橱，它被用来装药和化合物。医生的帽子和外衣挂在上面，一只金头手杖靠着它，顶端有个龇牙咧嘴的人头骨。壁炉架上有一些玻璃容器，里面装着用酒精保存的蛇、蜥蜴和人胎。有个壁橱的门被取掉，里面放了整整三架子书，有些也是大开本的——像这样的收藏道尔夫从未见过。不过藏书并没把所有的壁橱占去，医生那个节俭的女管家在其余地方放上一罐罐咸菜和蜜饯。她还置身于屋内可怕的医疗器具当中四处挂上红辣椒和胖胖的黄瓜，它们被用作种子小心保藏起来。

医生极其严肃、庄重地接待了了不起的彼得和受其关照的人，他是个相当聪明、高贵的矮小男人，从不微笑。他透过眼镜从头到脚打量道尔夫。就在两块大片玻璃像满月一样投射到可怜的少年身上时，他感到畏缩。了不起的彼得不得不替年轻的候选人说好话，医生听完后用舌尖舔湿拇指，开始不慌不忙地一页页翻着面前的黑体字大书。他不断发出嗯嗯呃呃的声音，抚摸着下巴，表现出犹豫思考的样子——聪明人就是这样进行一开始就打算要做的事——医生终于同意把男孩收为学徒，给他提供床铺、膳食和衣物，教他学习医术。作为回报，他要干到 21 岁。

那么请注意，我们的主人公从在街上疯跑的不幸玩童突然转变成一个医学学徒，他在博学的克尼佩霍森医生指导下勤劳地用杵捣着药物，对于宠爱他的老母亲而言，这是个令人愉快的转变。她高兴地想到自己养育的儿子配得上祖先，期望某天他会像住在对面大房子里的律师或者执事本人一样，高昂着头。

克尼佩霍森医生是德国普法尔茨的本地人，由于受到宗教迫害，他与许多同胞一起从那儿逃往英国避难。他是近三千名普法尔茨人中的一员，于 1710 年从英国来到此地，受到亨特总督的保护。医生是在哪里学习的、如何获得了医学知识、在哪里得到文凭，这些目前都难说，当时无人知道。不过，他高深的技能和渊博的知识成为远近民众谈论的话题，使他们感到惊讶，这倒是确定无疑的。

他行医与其余任何医生都截然不同。这在于只有他本人才知道的神秘配方，据说在准备和施予这些配方时，他总要向星星求教。人们对他的医术评价很高，尤其是德国和荷兰的居民，他们遇到让人绝望的病例时总会向他求助。他是个绝对可靠的医生，总是在所有的一般医生放弃治疗时，令人意外、惊讶地把病人治愈。除非如人们敏锐地注意到的，病案在耽搁得太久之后才送到他们手中。医生的藏书室成为附近——我几乎可以说整个城镇——谈论的对象，使人吃惊。善良的人们不无崇敬地看着读了满满三架子书的男人，它们有的像家庭《圣经》那么大。对于医生和执事谁更聪明的问题，在路德小教堂里有不少争论。他的一些崇拜者甚至说，他比总督本人懂得的都多————句话，大家认为他的知识没有尽头！道尔夫一旦被接纳到医生家，他就占用了前任住的房间。这是一座荷兰房子的阁楼间，房顶陡峭，遇到暴风雨天气雨水啪嗒啪嗒打在木瓦上，电光闪耀，风呼呼地穿过裂缝。饥饿的老鼠像顿河哥萨克人似的成群结队东奔西窜，全不把老鼠夹和杀鼠药放在眼里。

不久他便深陷于医疗学习之中，早上、中午和晚上都在实验室一角辗轧药丸、过滤药酒，或者研磨什么东西。而医生没别的事做或者等待客人时，就坐在另一角，他身穿晨衣头戴天鹅绒帽，仔细读着某本对开本的书。的确，道尔夫有规律的捣磨声，或者夏虫令人昏昏欲睡的嗡嗡声，会不时把矮小的男人催睡。不过他的眼镜仿佛总是大睁着的眼，极力盯住书本一般。

然而这座房子里还有一个人，道尔夫不得不忠诚于她。医生虽然是个单身汉，而且是一位如此高贵、重要的男人，可他也像许多聪明的男人一样屈从于女人当权。他完全受到自己的女管家支配，她是个瘦小忙碌、使人烦恼的家庭主妇，戴一顶缝制得又小又圆的德国帽，特别低的腰部的腰带上挂一大串叮当响的钥匙，她就是伊尔丝夫人。伊尔丝夫人伴随他迁往各地，从德国到英国，又从英国到此地。她照看着他的房子和他本人：确实一边对他温和礼貌，但另一边却对其余所有人高傲威严。她是如何获得这种权势的，我不敢枉自断言。大家的确在谈论，不过自从有了这个世界后人们不是就爱谈论了吗？谁能告诉女人通常是如何试图占上风的？不错，一个丈夫偶尔会成为自己房子的主人，但谁知道有哪个单身汉不是由他的女管家支配的呢？

确实，伊尔丝夫人的权力并不局限于医生家。她是个爱打听、爱说闲话的人，比每个人都更知道他们自己的事。她那无所不见的眼睛、无所不说的舌头在周围一带让人害怕。

在这座小镇散布流言蜚语的世界里，任何大小事伊尔丝夫人都清楚。她有一帮密友，她们不断带着某条珍贵的新闻赶往她的小屋。而且她有时仿佛会谈论起一整部秘史，此刻她会半开着临街的门，在12月刺骨的强风中与某个喋喋不休的密友一起闲谈。

道尔夫夹在医生和女管家之间，不难推测他的生活多么忙碌。由于伊尔丝夫人掌管着钥匙，成为实际的当家人，所以冒犯她就会挨饿。不过他发现，研究她的脾性甚至比研究药物的脾性更令人困惑。他在实验室没啥可做时，她就不断让他替自己四处跑差事。礼拜天他不得不陪同她往返于教堂，替她拿《圣经》。许多次这个可怜的侍从站在教堂院子里哆嗦，用呼出的热气吹手指，或者捂着冻伤的鼻子。而伊尔丝则和密友们挤在一块，她们摇头摆脑，把某个不幸者的名声彻底摧毁。

然而，尽管有这一切长处，但道尔夫在技能上取得的进步却很慢。这当然不是医生的错，他不知疲倦地尽力帮助这个少年，总是让他研磨药物，或者一次次带着药瓶、药盒去城里。假如他的行当干得不好——这是很容易出现的事——医生会勃然大怒，问他是否想把医术学好，而这必须要更加经常待在实验室才行。事实上，道尔夫仍然像小时候一样特别喜欢野外活动和恶作剧。这一习惯确实随着年岁的增长不断巩固，由于受到阻碍和限制而增强。他日益变得难以管教，在医生和女管家眼里失去了好感。

与此同时医生不断发展，变得更加富裕有名。他以处理书中没有的病例所具有的本领而著称。他曾治愈几个中了妖术的老妇和姑娘，当时那是一种可怕的疾病，它在本地差不多像现今的狂犬病一样流行。他甚至让一个身材高大的乡下姑娘完全康复，她呕吐出一些弯曲的大头针和其他针来，这被视为是不治之症。人们还耳语说他拥有配制爱粉的技术，因此有许多相思苦恋的男女向他求助。不过所有这些病例构成了他行医的神秘部分，按照行话就是"秘密和声誉可以信赖"[1]。所以，只要有这样的会诊道尔夫就不得不离开实验室，据说他从钥匙孔中了解到的医术秘密，比通过所有其余的学习掌握得都多。

医生感到，一个地主所有的尊贵在他心中产生。他那副神气有点德国人占领某片地域时所怀有的骄傲，他几乎把自己看作是某个公国的主子。他开始抱怨行医如何劳累，喜欢骑马出去"看看自己的地盘"。他只要去地盘内小小出游一下，大家就列队送行，十分热闹，在邻近引起不小轰动。他那匹白星眼的马在房前站了整整一小时，它边跺脚边把一只只苍蝇拂开。然后有人将医生的鞍囊拿来安放好，片刻后有人把他的大衣卷起来捆在马鞍上，接着他的雨伞被扣在大衣上面。同时，有一群衣衫褴褛的男孩——他们是一类机敏的人——聚集在门前。最后，医生出发了。他穿着长至膝盖以上的长筒靴，头戴前面垂下来

---

1　意指医生应该保护病人的秘密和声誉。

的三角帽，他矮小肥胖，好不容易才跨上马鞍，此刻他用了一些时间把马鞍和马镫调整好，并欣赏着一群玩童惊讶赞美的样子。即使离开后，他也要在街中间停留一下，或者骑着马小跑回去两三次，向人们做些离别时的吩咐。女管家从门口回应他，或者道尔夫从实验室、黑人厨子从酒馆、女仆从顶楼窗回应他。就在他转过街角时，通常还有人向他大声说些临别的话语。

整个附近都因为这装腔作势的场面骚动起来。补鞋匠放下鞋楦，理发师一下伸出头发卷曲、别着梳子的头，一群人聚集在杂货店门口。人们从街尾到街头发出嗡嗡的声音，说："医生骑着马到乡间别墅去了。"

这可是道尔夫的黄金时刻。医生刚一离开视线他就把杵和研钵抛开，将实验室搁在一边，跑到外面去大肆嬉闹。

确实得承认，这家伙在他长大的过程中，似乎很有可能像穿深紫红外套的老绅预言的那样：他是一切假日游戏和午夜嬉闹的首要分子，随时会干出各种恶作剧和轻率的冒险来。

最使人烦恼的莫过于某个小地方——或者更确切地说——某座小镇的英雄人物。道尔夫不久就让所有管理家务、昏昏欲睡的老市民厌烦，他们痛恨杂音，不喜欢开玩笑。善良的妇人们也认为他比恶棍好不了多少，只要他一接近，她们就把女儿护住,指着他警告自己的儿子。除了本地的野小子——他举止坦率大胆，让他们着迷——和总把每个无所事事、游手好闲的年轻人看作某种绅士的黑人，好像没人尊重他。即便是了不起的彼得——他自认为是这孩子的某种保护人——也开始对道尔夫失望了。他听着女管家久久抱怨时，疑惑地摇摇头，同时啜着一杯树莓白兰地酒。

虽然孩子如此任性，但母亲对他的爱仍然不减。尽管好友们不断述说他如何行为不端，但她仍然不灰心、不丧气。的确，她几乎没有富人们享受到的乐趣，总是听见他们的孩子受到赞扬。不过她把这一切敌意看作是儿子遭到的某种迫害，并因此更加喜欢他。她看见他长成一个高大英俊的青年，心里怀着一个母亲的自豪看着他。她很希望道尔夫能像一位绅士，凡是能够存下来的钱她都放进了他的衣袋和衣柜。他穿上盛装出门时她会从窗口目送他，高兴地充满向往。有一次，在一个明媚的星期天上午，彼得为道尔夫漂亮的外表所触动，他说："瞧，毕竟道尔夫长成一个标致的小伙子！"母亲的眼里顿时涌出自豪的泪水，她喊道："啊，邻居呀！邻居呀！他们说啥都没关系。可怜的道尔夫仍然会跟他们最强的人一样昂起头来。"

道尔夫·海利格现在快到 21 岁了，他学医的期限就要结束了。可是必须承认，他对这个行业所了解的知识并不比当初跨进医生的门时强多少。但这并非由于他缺少机敏，他在掌握其他只能偶尔学习的知识方面显示出惊人的才能。比如，他是个百发百中的神枪手，在圣诞节赢走所有的鹅和火鸡；他是个勇敢的骑手，以善于跳跃和格斗而闻名；他小提琴也拉得不错；还能够像鱼一样游泳；在玩墙手球[1]或九柱戏方面是整个当地最好的。

可是这一切技能都没让他受到医生的青睐，学徒期越接近医生越暴躁难忍。伊尔丝夫人也总是找到某个理由在他耳边刮起风暴，在房子里遇见他时大多会喋喋不休一阵子。所以最后她走近时，道尔夫一听到她的钥匙的叮当声，就觉得像剧场里提词员的铃声，它预告着将

---

1　以手对墙击球的一种球类运动。

出现戏剧性的风暴。唯有这个并不在意的青年因具有无限好的脾性，才忍受着这一切家庭暴政而没有公开反抗。显然，医生和女管家正准备一旦学徒期结束就把可怜的青年扫地出门，这是医生对待无用门徒的简短方式。

确实，这个矮小的男人最近比通常更加暴躁易怒，因为他的乡间别墅给他带来了种种焦虑和烦恼。那些关于老宅的谣言和传说不断使医生受到困扰，他甚至发现难以说服乡下人和他的家人免费住在那里。每次他骑马来到乡下，就会让某种新的抱怨缠扰，人们说住在房子里的人夜里不得安宁，出现了奇怪的声音和可怕的景象。医生回家时变得恼怒烦躁，对家里所有人都发火。这的确是一件让人非常不满的事，对他的自尊和钱袋都有影响。他面临财产利益受到彻底损失的威胁，作为一个鬼屋的主人，他在当地的重要地位将受到怎样的打击！

可是尽管有这一切烦恼，但人们注意到医生从不提出自己在那座房子里睡觉。而且，天黑后根本说服不了他待在这里，一旦蝙蝠开始在黄昏里飞行他就极力返回城里。事实上医生暗自相信有幽灵，早年他曾在一处幽灵特别多的乡下度过。有人还传说，他小时候在德国的哈兹山上见过魔鬼。

最后，医生这方面的烦恼使他陷入危机。一天上午，正当他坐在书房里捧着一本书打瞌睡时，女管家叫嚷着闯进来把他突然惊醒。

"这下可好啦！"她进屋时叫道，"克劳斯·霍珀带着所有行李从乡下来了，他发誓与那座房子再也没有关系。他们全家人被吓得惊慌失措。那座老房子发出不小的杂乱声音，好像有人在翻找什么，使他们无法睡得安宁！"

"天打雷劈的！"[1]医生不耐烦地叫道，"他们从来不会在那座房子里唠唠叨叨吗？真是一伙傻瓜，让几只大小老鼠从好好的住处吓跑了！"

"不，不只是那样。"女管家说，故意摇摇头，为一个不错的幽灵故事受到怀疑觉得生气，"不只是大小老鼠的问题。所有邻居都在议论那座房子，然后又出现了那样的情景！彼得告诉我，卖给你房子并去了荷兰的那家人，无意中对此有些奇怪的暗示，说'希望你们喜欢自己廉价买到的东西'。你本人也清楚难以让任何人家住到里面。"

"彼得是个笨蛋———一个挑剔胆小的人。"医生暴躁地说，"我敢打赌，他一直就给这些人的头脑里塞满种种故事。就像他胡说幽灵出没在教堂的钟楼一样，为的是在赫曼努斯·布林克霍夫的房子着火的那个寒夜，找借口不去鸣钟。"

克劳斯·霍珀这时出现了。他是个头脑简单的乡下粗人，发现自己正好来到克尼佩霍森医生的书房时内心充满敬畏，又因卷入许多使他惊恐的事情而深感不安。他站在那儿时而一手转动帽子，时而踮一只脚站立时而换一只脚。他偶尔瞥一眼医生，不时偷看一下骷髅，它似乎正从衣橱顶端向他抛媚眼呢。医生千方百计说服他回到乡下，但一切徒劳，他在这个问题上固执而坚决。在医生每次争论或请求之后，他都会做出同样简短固执的回答："我不去，先生。"[2]医生是"壶小易热"[3]，由他的房子引来的无尽烦恼使他没有了耐心。克劳斯固执的拒绝在他看来像是断然的反抗。他突然发怒了，克劳斯乐于赶紧逃离，

---

1 原文为德语。

2 原文中包含有德语和荷兰语。

3 谚语，指要求不高容易满足，或量小易怒。

以免被烫伤。

这个乡巴佬来到女管家的屋子时，发现了不起的彼得和其他几个忠实信徒也在这儿，他们正准备欢迎他。他在书房里受到压制，于是为得到补偿，公开了一大堆关于鬼屋的故事，所有的听众都很吃惊。女管家完全相信它们——如果说这只是为了恶意对待医生，因为他对她提供的情况如此无礼。彼得讲述的事也不逊色：有关于荷兰王朝的许多奇妙的传说、魔鬼的踏脚石；绞刑岛上被绞死的海盗，在绞刑架被拆掉很久后他夜里继续在那里摆动；不幸的莱瑟勒尔总督的幽灵，他因叛国罪被绞死，经常出没于古老的城堡和政府大楼。这一伙闲聊的人最后散了，每个人心里都装着可怕的传说。教堂执事就在当天举行的教区会议上把它们传了出去，那个黑厨子离开厨房，在街上的抽水机旁度过半天，那是仆人们闲聊的地点。她把消息讲述给所有来弄水的人听。不久，关于鬼屋的故事便在整座城镇传开。有人说克劳斯见过魔鬼，而另外的人则暗示被医生治死的某些病人的幽灵出没于那里，这也是他自己不冒险住在里面的原因。

这一切让医生陷入可怕的烦恼。任何挑起大众偏见使自己财产价值受到影响的人，他都威胁要报复。他大声抱怨，说在某种程度上让纯粹的怪物剥夺了属于自己的地盘，不过他暗自决定请执事为房子驱邪。因此，当陷入困惑之中道尔夫站出来驻守鬼屋时，他感到了莫大安慰。小伙子一直听着克劳斯和了不起的彼得的所有故事：他喜欢冒险和让人惊奇的东西，而那些神奇的传说极大地激发了他的想象。此外他在医生家过得很不舒服，每天不得不早起，受到无法忍受的约束，因而他高兴地期待着有自己住的房子，即使那是一座鬼屋。他的提议被热切地接受了，并决定他当晚就上岗。他唯一的条件是这件冒险的事要对母亲保密。假如她知道儿子正向黑暗势力开战，他明白可怜的母亲根本睡不着觉。

夜幕降临，他出发前去执行危险任务。年老的黑厨子——他在这个家唯一的朋友——给他准备了一点晚上吃的东西和一支灯芯草蜡烛。她在他脖子上挂了一只护身符，那是有个非洲巫师用作抗击恶魔的东西送给她的。医生和彼得护送他，他们同意一直把他陪伴到房子，并看见他安全住下。夜晚阴暗，他们到达那座房子附近的地段时天很黑。教堂执事拿着提灯引路。他们沿洋槐道向前走去时，灯光断断续续从一片片灌木丛和树林反射过来，让刚强的彼得也受到惊吓，他退向跟在后面的人。医生则更紧地抓住道尔夫的胳膊，他注意到地面非常滑，极不平坦。有一次他们几乎被一只蝙蝠彻底击溃，它在提灯的上空飞来飞去。树上的昆虫和邻近池塘里的青蛙发出各种声音，组成了一支最为阴沉催眠的协奏曲。

宅子的前门打开了，发出刺耳的声音，医生的脸变得苍白。他们走进一间很大的厅堂，它常见于美国的乡间宅第，天气暖和时用作起居室。他们由此爬上一段宽敞的楼梯，一路发出嘎吱嘎吱声，每一步都有特别的音调，像大键琴上的键一般。他们来到二楼另一间厅堂，由此进入道尔夫睡的屋子。它大大的，没什么家具。百叶窗关着，但是破损严重，所以空气流通。这似乎就是那间神圣的屋子，荷兰主妇们都知道它叫作"最佳卧室"，在宅子中布置得最好，但几乎不让任何人在里面睡觉。然而，它这样的辉煌已不复存在。屋里有少数几件破损家具，中间放着一张沉重的松木桌和一把大扶手椅，它们看上去都与这座宅子属于同一时代。壁炉宽大，表面饰以荷兰饰砖，表现出《圣经》里的故事。不过有的已经脱落，掉在炉子周围。教堂执事点燃了蜡烛。医生胆怯地环顾屋内，正当他告诫道尔夫不要懊丧，要鼓起勇气时，烟囱里突然传来声响，像是说话和打斗的声音，教堂执事顿时惊慌起来。他拿起提灯就跑，医生紧跟在后面。他俩匆忙跑下去时楼梯又发出嘎吱嘎吱声，使他们更加慌乱不安，跑得更加迅猛。前门砰地在身后关上。道尔夫听见他们沿街匆忙跑掉，直到脚步声消失在远处。他没有一起迅速逃离，也许由于他比同伴们更有胆量一点，或者因为他瞥见使他们惊慌的原因——有一窝家燕正滚落到壁炉中。

现在只留下道尔夫一人，他牢牢地把前门闩上。他看见其他入口都关好了，便回到自己孤寂的屋内。他取出好心的老厨子为他准备在篮子里的晚饭吃了，然后把房间的门锁上，躺到角落的一张床垫上休息。夜晚平静，没有任何东西打破这无比的安宁，只是从远处屋子的烟囱里某只蟋蟀传来孤独的鸣叫。松木桌中间的蜡烛发出微弱黄光，暗淡地照亮房间。道尔夫把衣服抛在椅子上，因此墙上便映出了各种形状和影子。

尽管他十分大胆，但在这荒凉的地点存在着某种令人压抑的东西。他躺在硬硬的床上，注视屋子各处，精神不振。他反复思考着自己无所事事的习惯、让人疑虑的前途，想到可怜的老母亲便不时发出沉重的叹息，因为只有夜晚的沉默与寂寞才会使最明亮的心胸笼罩上阴影。不久，他心想自己听见了某种声音，仿佛有谁在楼下走动。他倾听着，清楚听见从宽大的楼梯上传来脚步声。它沉着而缓慢地靠近，一步步发出沉闷的声响！显然是某个体重不轻的人踏出的步子，可此人是怎么悄无声息进入房子的呢？他检查过所有门锁，确定每个入口都是安全的。脚步声还在一步步向前！显然那个靠近的人不会是强盗——脚步声太大，也很从容，而一个强盗要么鬼鬼祟祟，要么突如其来。此刻脚步声已经上了楼梯，正慢慢沿过道向前，在寂静空荡的房间里发出回响。连蟋蟀都停止了让人忧愁的鸣叫，没有任何东西打破可怕、清晰的脚步声。里面上了锁的门缓缓打开，好像在自行移动。脚步声进入房间，但看不见任何人影。可以听见它缓慢沉重地穿过屋子，就是看不见发出声音的东西。道尔夫揉揉眼睛，凝视四周。他能够看见昏暗屋子的各处，完全空无一人。可他仍然听到神秘的脚步声在屋里沉着地走动。然后它停止了，一切如死一般寂静。这个无形的访客呈现出的某种东西，比出现在人眼前的一切都更令人震惊，相当模糊不清。道尔夫感到心跳得很厉害，额头上冒出冷汗。他极度烦乱不安地躺了片刻。然而，并没发生什么使他更加惊慌的事。蜡烛渐渐燃到座子里，他睡着了。醒来时天已大亮。太阳从百叶窗的裂缝中照射进来，鸟儿欢快地在房子周围鸣叫。明亮欢快的一天不久让头天晚上的恐惧统统逃之夭夭。道尔夫对发生的一切发笑，或者试图发笑，他极力说服自己那只是由听到的传说而产生的奇怪幻想。可他有点迷惑，因为发现房间的门从里面锁着，尽管脚步声进来时他肯定看见门打开了。他大惑不解地回到城里。不过他决定对此保持沉默，直到疑惑要么得到证实，要么再守一个晚上打消它。对于聚集在医生家的那些爱说长道短的人，他的沉默真是太让人失望了。他们本来心里已准备好听见可怖的故事，当确信他没什么可说时他们几乎感到愤怒。

于是，次日晚上道尔夫继续守夜，现在他进入房子时有些恐惧。他特别检查了所有房门的锁和插销之类，把它们都关好、锁好。他把自己卧室的门锁上，又放了一把椅子抵住，然后匆匆吃完晚饭，一下躺到床垫上极力入睡。但一切徒劳——无数的奇思怪想涌来，使他无法入眠。时间缓慢过去，仿佛一分钟拖长至一小时那么漫长。夜越深他越紧张不安，几乎要从床垫上惊起来，这时他忽然听见楼梯上又传来神秘的脚步声。它像先前那样一步步爬上来，沉着而缓慢。它沿过道靠近，门又打开了，仿佛既没有锁又没有抵挡物，有个样子怪异的人影大步走进房间。是个上了年纪的男人，高大健壮，身穿佛兰芒[1]人的老式服饰。他身穿一件外套，腰扎一根皮带。他穿着大脚短裤，膝部有不小的褶片或饰片。他两腿叉得很开，脚上穿一双黄褐色靴子，其顶端颇大。他的帽子宽大、下垂，一只羽毛垂向一边，浓密的铁灰色头发披散在脖子上。他长着短短的灰白胡须。他慢慢地在屋里四处走动，仿佛在检查是否一切安全。然后他把帽子挂在门旁的一颗钉子上，在扶手椅里坐下，把肘部靠在桌子上面，两眼一动不动地死死盯住道尔夫。

道尔夫并非生来是个懦夫，不过他是在盲目相信幽灵鬼怪的环境中长大的。关于这座房子他听说过许许多多传说，现在它们都涌进他的头脑。他看着眼前这个怪异的人影——此人衣服粗陋，面容苍白，胡子发灰，像鱼眼一般的眼睛目不转睛地盯着他——这时他的牙齿开始打颤，头发直立，浑身冒出冷汗。他说不出自己这样有多久了，像个神魂颠倒的人似的。他的目光无法离开老头，而是全神贯注看着对方。老头仍然坐在桌子后面，既不动一下也没转动眼睛，总是死死盯住道尔夫。最后，谁的公鸡在附近的农家拍打起翅膀，传来响亮欢快的鸡叫，声音回荡在田野。听到鸡叫后老头慢慢起身，从钉子上取下帽子。门打开了，在他身后关闭。道尔夫听见他慢慢地一步步下楼的

---

1 佛兰芒，中世纪欧洲国家，包括现今比利时的东佛兰芒省和西佛兰芒省以及法国北部部分地区。

声音，等他到了楼梯底部后一切又变得寂静。道尔夫躺着认真倾听，数着每一个脚步。他就这样一直听着，看脚步是否会返回，直到他让守望和不安弄得疲惫不堪，在困惑中睡去。

阳光再次带来了新的勇气和自信。他本来乐意把发生的一切视为只是一场梦。可那儿放着椅子，陌生的来客就曾坐在里面。那儿是他靠过的桌子，那儿是他挂过帽子的钉子，那儿是门，完全像道尔夫自己锁好的那样，椅子还抵挡着它。他急忙下楼去检查一扇扇门窗，它们无不完全像他离开时的样子，根本不见任何人进来过、然后没留下某种痕迹离开的明显途径。"呸！"道尔夫心想，"这完全是一场梦。"可是不行，他越努力在心中摆脱那情景，它越纠缠着他。

虽然他对看见和听到的一切始终保持沉默，但其表情暴露出他度过了一个不安的夜晚。在这神秘的沉默之下显然隐藏着不同寻常的东西。医生把他带进书房，锁好门，试图私下和他进行一次充分的交谈，可是毫无所获。伊尔丝夫人把他带到一旁的餐具室，仍然没什么作用。彼得抓住他的纽扣在教堂院子里待了整整一小时——这正是了解幽灵故事底细的地方——但他出来时并不比其余人知道的多一点。然而事情总是这样：一个隐瞒的真相会产生出一打流行的谎言。这就像冻结在银行里的一块金币会有一打替代它的纸币。没等这天过去，邻近便充满了种种传言：有人说道尔夫在鬼屋里守夜时带着装上银弹的手枪；有人说他与一个无头幽灵进行了一番长谈；还有人说克尼佩霍森医生和教堂执事被一大群顾客沿着林荫道追去，一直追到城里。有些人摇摇头，心想医生竟然让道尔夫独自在那座阴郁的房子里过夜真可耻，他可能在那儿被拐到谁也不知道的地方。另外一些人则耸耸肩说，如果魔鬼带走了青年，那也只是带走了它自家的人罢了。

　　这些传言最后让善良的海利格夫人听到了，可以推想她惊恐不已。在她看来儿子面对现世的敌人带来的危险，根本不如他独自面对鬼屋的恐怖那么可怕。她急忙赶到医生家，用大半天时间极力说服道尔夫别再去守夜了。她给他讲了很多喜欢闲谈的朋友刚对她讲过的故事，说有些人在毁坏的老房子里独自守夜时被弄走了。但一切毫无作用，道尔夫的自豪与好奇被激发起来。他极力不让母亲担忧，使她相信她听到的所有传言根本不属实。她怀疑地看着他，摇摇头。不过发现他的决心不可动摇后，她给他带来一本小而厚的、有黄铜扣的荷兰语《圣经》，以此作为与黑暗势力搏斗的剑。女管家还把《海德堡教理问答》当作匕首送给他。

　　因此，次日晚上道尔夫第三次住进了老宅。不管是否是梦，同样的事又发生了。临近午夜，当万籁俱寂时同样的脚步声又回响在空荡的过道里。楼梯上又有谁往上爬，门再次打开，老头走进去，在屋子里转动，挂好帽子，然后在桌旁坐下。可怜的道尔夫又同样恐惧和战栗起来，虽然没那么厉害了。他同样一动不动、神魂颠倒地躺着，注视着那人影，他也像先前一样令人不寒而栗地死死盯住对方。他们就这样相对了很久，最后道尔夫渐渐恢复了勇气。不管那东西是死是活，他的来访必定有着某种目的。道尔夫想到自己听说过，只有在人对幽灵说话后它们才能够说话。于是他鼓起勇气下定决心，在让焦躁的舌头能活动起来前他试了两三次，然后用能想起的最庄重的恳请方式对幽灵说话，问他来访的目的是什么。

　　他刚一说完老头就站起身，取下帽子，门打开了，他走出去，在跨过门槛时回头看着道尔夫，好像希望他跟上。年轻人一刻也没迟疑，他拿起蜡烛，把《圣经》夹在胳膊下，接受了对方默然的邀请。蜡烛发出微弱摇曳的光，但他仍能够看见前面的人影慢慢从楼梯上下去。他战栗地跟在后面。人影到达楼梯底部时，转身穿过厅堂走向宅子的后门。道尔夫把蜡烛举过栏杆，可他因急于看到陌生来客，使得微弱的烛光突然闪动一下后熄灭了。不过苍白的月光照过狭小窗户，仍然提供了足够的光线，让他隐约可以见到离门不远的人影。他于是下楼跟去，转向那个地点，可等他赶到时陌生来客已经消失。门仍然被牢固地闩上，没有任何出去的方式。但不管那是什么，反正消失了。道尔夫打开门看着外面的田野。这是一个朦胧的月夜，可以辨别出远处的东西。他觉得自己看见陌生来客走在从门口出去的小路上。他没有错，可那人是如何离开房子的？他没停下思考，而是紧跟上去。老头不紧不慢地走着，没有回头看他，脚步声从坚硬的地面发出回响。那人经过了房子附近的苹果园，总不离开小路。小路通向一口位于小山谷中的井，它给农家提供了水源。就是在这口井边道尔夫跟丢了对方。他揉揉眼再看一次，根本不见那人的踪影。他赶到井边，这儿没有任何人。整个周围开阔清晰，并没有灌木丛或藏身地。他往井下看去，看见很深处天空反射在平静的水中。他在这儿待了片刻，再没看见或听到那个神秘的引路者什么，便返回宅子，充满了敬畏和惊讶。他闩好门，摸索着回到床上，很久后才得以入睡。

他的梦奇特而混乱。他觉得自己正跟随老头沿着一条大河走去，直至他们来到一只正要启航的船边，引路者领着他上船并消失了。他记起了特塞尔船的船长，那是个矮小黝黑的男人，一头卷曲的黑发，独眼龙，一只脚跛着。不过他其余的梦都十分模糊，他时而在航行，时而在岸上，时而在大风暴雨中，时而静静地在陌生的街上闲逛。老头的身影奇怪地与梦中发生的事融合在一起，最后整个情景非常清楚。

他发现自己又上船返回了，还带了一大袋钱呢！

他醒来时，灰暗的、冷冷的曙光出现在地平线上，公鸡在整个乡村吹响了起床的号角。他起来时感到比先前更加疲倦困惑。他所看到和梦见的一切尤其使自己困惑，他开始怀疑是否自己的头脑受到影响，是否头脑中产生的一切并非仅仅是狂热的幻想。就他目前的心理状况而言，他不想马上回到医生家去接受一家人的盘问。于是，他用前一天晚上剩下的食物凑合吃了早饭，之后漫步到田野，思考着发生在自己身上的一切。他陷入沉思，四处游荡，渐渐靠近城里，直到大半个上午过去，这时他突然让周围匆匆忙忙的行人弄醒似的。他发现自己来到水边的一群人中间，他们正赶向码头，那儿有一只船准备起航。他不知不觉中被人群推向前去，发现那是一只单桅帆船，正要沿哈得孙河驶往奥尔巴尼。老妇和孩子们争相告别、亲吻，人们极力把一篮篮面包、饼和各种食物带到船上，尽管船尾挂着大块大块的肉。因为在那些日子，航行去奥尔巴尼是一次重大的旅行。船长四处奔忙，发出许多指示，但大家遵守得并不十分严格。有个男人忙着点燃烟斗，另一个则在磨短刀。

船长的容貌突然引起道尔夫注意。那是个矮小黝黑的男人，一头卷曲的黑发，独眼龙，一只脚跛着——正是他在梦中见到的船长！他感到惊讶激动，更加仔细地注意眼前的情景，进一步回想起梦中的迹象：船只、河流以及种种其他东西的模样，它们与模模糊糊出现在他记忆中的残缺画面是相符的。

他站在那儿对这些情景陷入沉思，这时船长忽然用荷兰语喊他："快上船，小伙子，不然要把你丢下啦！"喊声惊动了他，他看见船已解开缆绳，实际上正驶离码头。仿佛他被某种不可抗拒的力推动着。

他跳上甲板，随即船让风和潮水带走了。道尔夫的思想和感情一片混乱。最近发生在他身上的事使他深受影响，他不得不想到眼前的处境和头天晚上的梦有着某些联系。他觉得自己似乎受着超自然力的支配。他用特别喜欢的一句古老格言极力让自己确信：“不管怎样，万事终有好结局。”医生对他不辞而别的愤怒一时掠过他头脑，但是这并不重要。然后，他想到自己奇怪地消失让母亲多么难受，这念头使他忽然感到痛苦。他本来想恳求让自己上岸，可知道有这样的风和潮水，他的恳求是徒劳的。然后，他对于新奇事物和冒险所怀有的鼓舞人心的喜爱，像满潮一样涌入心头。他感到自己被奇怪地突然抛向世界，正全力去探索大河之上和朦胧的大山那边的奇异地区，他小时候它们就出现在他遥远的视野里。他掉进这思想的漩涡时，风把帆鼓得胀胀的。身后的海岸似乎匆匆离去。没等他完全恢复镇静，船已驶过尖峰魔和扬克斯[1]，曼哈顿最高的烟囱已经从他视线中消失。我说过，在那些日子沿哈得孙河航行是一件重大的事情。的确，人们看待它就像如今看待航行去欧洲一样。船常常有许多天在路上。刮强风时谨慎的领航员便收起船帆，夜里抛锚，停下来乘小艇去岸上弄牛奶或茶水——没有它们，那些值得尊敬的年老的女乘客就活不下去。人们大谈着塔潘泽河和高原地区的危险。总之，对于这样的航行一个审慎的荷兰市民会事先谈论几个月甚至几年，在没把事情安排妥当、留下遗嘱并让人在讲低地荷兰语[2]的教堂为他祈祷之前，他是绝不会踏上路的。

　　因此在这样的航行中，道尔夫高兴有足够时间思考，对于到达奥

---

1　扬克斯，现为美国纽约州东南部城市，纽约市的郊区。

2　低地荷兰语，荷兰移民在美国所使用的一种荷兰方言。

尔巴尼后他该怎么办也有足够时间作出决定。的确，独眼瘸腿的船长会让他想起奇怪的梦，让他一时感到困惑、丧气。不过，近来他的生活充满了梦想和现实，日夜不分，以致他似乎始终处在幻想里。然而一个在世上毫无所失的男人，总是有某种流浪汉一般的安慰。道尔夫即以此让自己获得安慰，他决心要好好享受眼前的乐趣。

　　航行次日他们到达了高原地区。时值一个平静闷热的后半日，他们在一座座坚定不移的大山之间随着潮水轻轻漂浮。在令人困倦的炎热夏季，大自然宁静无比。一只木板的转动，或者桨意外落到甲板上，会从山边和沿岸发出回响。假如船长偶然大声发出指令，那么每座悬崖也会从空中传来模仿他的声音。

　　道尔夫在默默的喜悦与惊讶中注视周围，看着大自然的这些壮丽景色：左面，邓德伯格山[1]高耸起树木葱茏的峭壁，一座高过一座，一片森林覆盖另一片森林，一直伸向深邃的夏日天空；右面，险峻的安东尼鼻[2]海岬大摇大摆地延伸出去，一只孤鹰在它周围盘旋，而在那面则山连着山，直到它们似乎用胳膊紧紧相拥在一起，把这条大河抱在怀里。在悬崖峭壁中处处有些宽阔的绿色凹地，看着它们时会感到一种宁静的享受。或者看着高处的林地时也同样如此，它们仿佛在某座突出的绝壁上频频点头，树叶在黄色的阳光里非常显眼。

　　这一切让道尔夫十分赞赏，他注意到其中有一团鲜明雪白的云仿佛在西边的高空窥探。它的后面是又一团云，然后又是一团，每一团云好像推动着前者，它们在深蓝色的高空中白得耀眼。这时从大山后

---

1　即"雷山"，因其回音得名。——原注

2　"安东尼鼻"，位于高地一处像鼻子的岬。

面隐约传来隆隆的雷声。这之前平静透明、映照天地的河水，此刻当微风悄然吹过时从远处荡起黯淡的涟漪。鱼鹰在空中盘旋、尖叫，寻找着它们高高的枯树上的巢。乌鸦叫嚷着向岩石缝飞去，万物似乎意识到伴有大风的雷暴雨正在来临。

云块现在一团团地卷过山顶，其顶端仍然鲜明雪白，但下端漆黑。雨开始散乱地啪嗒啪嗒下起来。风力增强，卷起一波波海浪。最后，仿佛隆起的云块被山顶撕开，大雨顿时哗哗哗地倾盆而下。闪电从一块云飞奔到另一块云，颤抖着照射到岩石上，将一座座极其顽强的森林撕裂。雷轰地发出巨响，隆隆的雷声在山中回荡，重重撞击着邓德伯格山，并卷向高地上长长的峡谷，使每一座岬发出新的回荡，直到古老的公牛山似乎吼叫着将暴风雨挡回来。

一时间，疾驰的云、雾和一片片雨几乎让人看不清眼前的景象。天色阴暗得可怕，而雨水中的一道道闪电把它照射得更可怕。道尔夫从没见过这样的狂风暴雨：好像它正撕裂着穿越山中的狭道，让所有雷电暴发出来。

船被越来越大的风迅速朝前卷去，直至来到河水突然转弯的地点——这是它在整个壮观的奔流中唯一的转弯处[1]。正当他们在这里转向时，一阵强风从山沟里席卷下来，一路把森林刮得伏倒下去，顷刻间将河水卷起白浪。船长看到危险，大喊着下帆。大家还没来得及照办狂风已席卷到船上，使它几乎倾覆。所有人陷入惊恐与混乱中：船帆剧烈拍动，狂风呼啸，船长和船员大声叫喊，乘客们发出尖叫，这

---

1　一定是在西点的转弯处。——原注（西点，位于纽约州东南部，现为著名的军事要塞。）

一切与隆隆的雷声交织在一起。在这样的骚动中船恢复了平稳。同时主帆改变了位置，桅杆一下扫过后甲板，正在毫无防备地盯住云块的道尔夫随即发现自己在河中挣扎。

他有一些本领闲置着，其中之一有生以来第一次用上了。以前他经常逃学去哈得孙河游泳，成了一个游泳高手，不过凭借自己所有的力气和技能，他发现要到达岸边非常困难。船员们没注意到他从甲板上消失，他们都忙着应对自己面临的危险。帆船被飞快地卷向前去，相当艰难地经过东岸的一座长岬，河水即绕过它流去——它把道尔夫彻底挡在视线以外。

他在西岸的某个地点上了岸，爬上一块块岩石，精疲力竭地扑倒在一棵树下。伴有大风的雷暴雨渐渐过去。云块卷向东边，如羽毛般堆积在那儿，被染上了玫瑰色的余晖。在远处阴暗的地方可看见闪电，时时可听见微弱的雷声。道尔夫站起身在周围寻找着，看是否岸上有一条小路，但一切都原始荒凉，无路可寻。岩石层层叠叠。巨大的树干乱七八糟地倒在地上，它们要么被吹过大山的强风刮倒，要么很久以前就倒在那里。岩石上也长满野葡萄藤和荆棘，它们死死纠缠在一起，根本无法进入。他每移动一下都要从湿淋淋的叶子上抖落不少雨水。他想极力攀爬上一个几乎垂直的高处，可是尽管他强壮敏捷，仍然发现颇费力气：他常常只是由一些突出的碎岩支撑着，有时紧紧抓住树根和树枝，差不多悬浮在空中，斑尾林鸽从他身边呼啸而过，老鹰在悬崖边上发出尖叫。他就这样攀登着，正要抓住灌木往上爬时树叶里什么东西忽然沙沙作响，他看见一条蛇几乎从手下一闪而过。然后它立即盘绕成一团，做出防守的姿势，头部放平，下颌鼓起，舌头快速摆动，在嘴里像小小的火焰一般。道尔夫给吓住了，差点松手跌下悬崖。蛇只有片刻时间防守着，那是一种本能的行为，它发现并没有被进攻后钻进一个岩石缝里。道尔夫恐惧地紧紧盯住它，一眼瞥见附近有一窝蝰蛇，它们缠结在一起，扭动着身子，在深坑里发出嘶嘶声。他赶紧迅速逃离如此可怕的地方，充满了新的恐怖想象，仿佛看见每一根卷曲的葡萄藤都是一条蝰蛇，听见每一片沙沙响的枯叶都像响尾蛇的尾巴发出的声音。

最后，他爬上一座悬崖顶，但是这里森林茂密。凡在他能从树林间看出去的地点，他都发现海岸全是不断上升的高处和悬崖，直到巍峨的大山把一切挡住。没有任何表明有人居住的耕种迹象，树林中也没有烟雾袅袅升起。眼前完全是一片原始荒凉的景色。他站在一处悬崖边，从这儿俯瞰着边缘树林密布的深谷。这时他把一大块岩石踩垮了，它跌落下去，猛烈撞过一棵棵树顶，跌入谷中。从谷底传来一声大喊，或者说是吼叫，随即枪响了。一颗子弹呼啸着飞过他头顶，打断树枝击落树叶，深深钻进一棵栗子树里。道尔夫没等对方开第二枪就急忙撤退，随时担心有人追上来。不过他安然回到岸边，决心不再往荒野里如此危险的地方钻了。

他浑身湿淋淋的，忧愁地坐在一块潮湿的石头上。接下来怎么办？他去哪里躲避？睡觉的时间到了。鸟儿在寻找自己的巢，蝙蝠开始在黄昏里飞来飞去，夜鹰在高空翱翔，似乎呼唤着星星。夜色渐渐逼近，将一切笼罩起来。尽管时值夏末，但悄然吹过河流和湿淋淋的森林的微风仍然寒冷刺骨，尤其是对于一个被淹得半死的人。

他在这令人难受的环境中垂头丧气地坐着时，透过树林注意到离岸不远闪烁出一点光，那儿弯曲的河流形成一个深水湾。他高兴起来，希望这儿会有人居住，让他能够得到什么东西使咕咕大叫的肚子平息下去。并且他还可以有舒适的地方过夜，在他遇到船难的处境里这也同样是有必要的。他万分艰难地朝那道光移去，从突出的岩石上爬过，很危险从那儿滑到河里。他又爬过一根根倒下的大树干，它们有的在不久前的风暴中被刮倒，密集地堆在一起，他不得不挣扎着从树枝中间穿过。最后，他来到一块悬垂在小谷地上方的岩石顶部，光即从那儿射出。原来是由一棵大树的脚下发出的火光，就在岩石当中的一片草地中间。红红的火光投射到灰暗的峭壁和悬空的树上，消失在极其阴暗的深坑里，它们犹如洞穴的入口。一条小溪在附近发出潺潺声，隐约显现在摇曳的火光中。火旁有两个人影在移动，其余的蹲着。人影处在道尔夫与火光之间，所以完全显露出来。但有一个人影偶然移动到对面，借助明亮地照耀在描画过的面容、在一些银饰上闪烁的火光，道尔夫吃惊地发现那是个印第安人。他看得更加仔细，注意到有些枪靠着一棵树，地上有一具尸体。

道尔夫开始怀疑眼前的处境更加糟糕。这儿正是那个从山谷里向他开枪的敌人。他极力悄悄离开，不想把自己交给如此荒凉偏僻地方的半人半兽的家伙。但为时已晚，那个像鹰的目光一般敏锐——这在印第安种族里是相当有名的——的人，发觉岩石上的灌木丛中有什么东西在动。他抓起靠在树上的一支枪。如果再多耽搁片刻，道尔夫对于冒险的酷爱就会让一颗子弹彻底消除了。他像印第安人友好地问候那样大喊一声：所有人一跃而起，他们也向他发出问候，并且邀请这个流落的人加入他们当中。

走近时，他不无安慰地发现这些人中既有印第安人又有白人。有个人显然是首领或头儿，他坐在火堆前的一根树干上。他高大结实，有点上了年纪，不过精力充沛。他的面容呈青铜色，几乎像印第安人一样。他有着十分鲜明、相当快活的面部特征，鹰钩般的鼻子，嘴巴像獒的一般。一顶宽大的帽子把他的脸半遮掩着，帽上有一只鹿尾。脖子上长着短短的灰毛。他穿一身狩猎服，扎着印第安人的裹腿，穿着鹿皮鞋，一把战斧别在腰间宽大的贝壳串珠皮带上。道尔夫清楚地看见他的身体和容貌时，有什么东西让他想到鬼屋的那个老人。不过，眼前这个男人的衣着和年龄都不同。他也显得更加快活，很难说清什么地方隐约相似——但相似是肯定的。道尔夫靠近他时有所敬畏，可是对方坦然真诚地欢迎他，打消了他的疑虑。他又环顾四周，进一步受到鼓舞，因为发觉那具使他十分惊恐的尸体是一只鹿。有一只罐用钩杆悬挂在火堆上，从里面冒出一股股香气，他看出罐里煮着部分晚饭吃的鹿肉，感到大为高兴。

他现在发现自己遇上一队四处打猎的人，那时在沿河的殖民者当中这是常有的事。猎人总是热情友好，而最让人友善随和的莫过于在荒野相遇。队长倒了点令人欢喜振奋的酒，高兴地作个媚眼递给他，暖暖他的心。然后队长干巴巴地吩咐一个队员去停泊在附近小湾里的舢板上拿些衣服来，我们这位英雄穿着的湿淋淋的衣服则可拿去烤干。

道尔夫发现正如他所怀疑的，他在悬崖上时那颗从谷中射出、差点要了他的命的子弹就来自眼前这伙人。他踩落的一块岩石也差点把他们中的某人击倒。是这个开心快活、戴着鹿尾大帽的老猎人朝看见的灌木丛移动的地方开了枪，以为那是什么野兽。他为犯下这一大错哈哈大笑。这在猎人当中被看作是个极好的笑话。"不过确实，小伙子，"他说，"假如我瞥见到你并瞄准的话，你就跟着那块石头栽下来啦。人们知道安东尼·范德·海顿很少有打不中的。"最后这句话立即引起道尔夫的好奇，他问了几个问题后，对眼前这个男人及其游荡于林中的猎人的特点有了全面了解。这个头戴大帽、身穿猎服的队长正是奥尔巴尼的安东尼·范德·海顿先生，道尔夫多次听说过他。事实上他是许多故事中的英雄。他是个特别想入非非的男人，习惯异常，这可是让那些平静少言的荷兰朋友吃惊的事。由于他又是个有产者，从父亲那里继承了大片荒地，有一桶桶装得满满的贝壳念珠[1]，所以他可以毫无克制地纵容自己的种种念头。他不是静静地待在家里，按时吃饭喝酒、坐在门前的凳子上抽烟自乐、晚上钻到舒适的床上，而是乐于各种野性狂热的探险。他在野外同大伙一起打猎，睡在树下或树皮棚里，沿河流或在某个林中的湖上巡游，打渔狩猎，过着上帝知道的生活方式，只有这样他才是最为快乐的。

他是印第安人非常好的朋友，像他们那样生活着，他认为这才是真正天然的自由和男人的享受。在家时他总有几个印第安食客，他们在他的房子周围游荡，像猎犬一样睡在阳光里，或者为某次新的出征准备猎具和渔具，或者用弓箭射靶。

安东尼完全控制着这些流浪者，就像猎人控制猎犬一般，尽管他们对于邻近规规矩矩的人是些相当讨厌的家伙。由于有钱他想做什么都行，没人阻止。他确实显得精神饱满，充满快乐，这使他广受欢迎。他在街上行走时会放声高唱荷兰歌曲，向每个很远的人打招呼。走进一座房子时他会亲切地拍某个好男人的背，当着对方的面吻他的老婆和女儿们——总之，安东尼先生身上既无傲气又无恶意。

除印第安食客外，他在白人中还有三四个谦逊的朋友，他们把他

---

1　贝壳念珠，北美印第安人过去作货币用。

当作保护人来敬重，随意使用他的厨房，还时而受宠跟随他外出探险。眼前他正是与这些侍从混在一起，乘坐一只供他本人消遣的舢板沿哈德孙河岸巡游。随行的有两个白人，他们穿着鹿皮鞋和狩猎衫，服饰有些像印第安人的风格。其余队员有四个是他特别喜欢的印第安人，他们一直在河流附近游荡搜寻，在发现自己来到高地前并无任何确切的目标。他们在这里度过了两三天，猎取仍然留在山中的鹿。

"你碰巧今天被撞到河里，真是幸运，小伙子，"安东尼说，"要是明天上午我们就早早回去了，在这些大山中你或许找不到吃的——不过好啦，伙计们，动起来吧！动起来吧！看看晚饭吃啥。罐里的东西已经煮了很久，我的肚子在咕咕喊饿呢。我保证咱们的客人可没有心情捣弄他的盘子。"[1]

这个小小的营地现在忙碌起来。有个人拿走火上的罐子，把部分食物倒进一只大木碗。另一人用一块平平的岩石做餐桌。第三个人从停泊在附近的舢板上拿来各种餐具。安东尼先生则从他的私箱里拿来一两瓶宝贵的酒——他太了解自己的好伙伴们了，不敢把钥匙交给任何一个人。

一顿粗糙但丰盛的美餐很快摆放好了，有从罐里冒着热气的鹿肉，还有冷腌肉、煮熟的印第安玉米、大块褐色美味的家常面包。道尔夫从未吃过这么可口的饭。他从安东尼先生的瓶里喝了两三口酒，狼吞虎咽地吃着，感到令人惬意的酒使他浑身热乎乎的，仿佛心散发出光热一般。这时他是不会与人交换位置的，即使本省的总督也不行。

安东尼先生也叽叽喳喳地说着，十分高兴。他讲述了好几个丰富

---

1　意即很想马上吃到肚里。

多彩的故事，让白人随从哈哈大笑，而印第安人也像通常那样保持着无法征服的庄严。

"这才是你真正的生活，小伙子！"他说，拍着道尔夫的肩膀，"男人需要经受风吹雨打，游荡于森林和荒野，睡在一棵树下，以椴树叶为生，只有在这以后他才算是一个男人！"然后他会唱出一两句荷兰酒歌，手里晃动一只粗短的荷兰酒瓶。忠实的随从们会跟着唱起来，直到林中又发出回响，正如这首优美的古歌所唱的：

> 他们一旦把事情办完，
> 就齐声高呼让大自然发出回响；
> 他们怀着真心的喜悦享用盛宴，
> 把可口的烈酒喝得多么欢畅。

不过安东尼高兴时也仍然是慎重的。尽管他毫无保留地把一瓶酒推给道尔夫，但他总是留意亲自招待随从们，了解他所面对的人。他特别留意让印第安人吃喝到适当的东西。现在饭已吃完，印第安人喝了酒抽了烟把自己裹在毯子里，脚朝向火堆躺在地上，不久便像许多困倦的猎犬睡着了。其余的人则待在火前闲聊——由于刚有过暴风雨，森林十分阴暗，空气非常潮湿，火便极其宜人舒适。谈话渐渐没有晚饭时那么充满狂喜了，并且转向打猎的冒险经历，以及在荒野里有过的壮举和危险。许多故事奇特无比，不可思议，我无意贸然在此重述，以免让人对安东尼及其随从的诚实产生怀疑。他们还讲了不少关于哈得孙河与沿岸殖民地的传说，对于那类颇有价值的传说安东尼相当精通。这位健壮的森林探索者坐在一棵树扭曲的根上面——他把它当成某种扶手椅——讲述着野性的故事，让火光映照在他具有显著特征的面容上，此刻，道尔夫再次为某个让他想起鬼屋幽灵的东西弄得迷惑不解。是什么无法固定在任何确切面容上隐约相似的地方，它普遍存在于他那副面容和身躯的模样之中。

大家再次谈论起道尔夫落水的事，进而讲到降临于这条大河上的航行者身上的各种灾难和异常不幸，尤其在殖民史初期。安东尼刻意把多数事件归因于超自然因素。道尔夫对这一看法感到吃惊。但老先生肯定地告诉他，就在当下，居住于沿岸的人都相信这些高地受到超自然的捣蛋生灵控制，它们似乎对殖民初期的荷兰殖民者满怀愤怒。因此，它们从那时起就特别喜欢对一个个荷兰船长大发脾气，用狂风、顶头风、逆流和种种障碍困扰他们。荷兰的航行者不得不始终高度谨慎小心，只要他看见山顶上空卷过大块乌云，傍晚时他就抛锚停船，或者把帆收起来。总之，他要采取许多防范措施，经常艰难地沿河航行，所花费的时间让人难以置信。

他说，有人认为凭空出现的这些捣蛋力量，是本省初期的印第安巫师用魔法变出的恶魔，意在向剥夺了他们的故土的外人报复。他们甚至认为，正是巫师的魔咒让灾难降临到著名的亨德里克·哈得孙头上——为了探寻一条西北通道他曾非常勇敢地沿河而上。老先生还认为使哈得孙的船搁浅的也是那些魔咒了。人们断言正是相同的巫师发出的魔咒，阻止了哈得孙由这个方向前往中国。

不过安东尼先生指出，伴随河流产生的所有异常情况，以及让航行于河流之上的船长们困惑不解的事件，大多源自经常出没于"虚幻岬"的"风暴船"的古老传说。安东尼发现道尔夫对这个传说一无所知，吃惊地盯了他片刻，很想了解他是在哪里生活的，竟然不知道如此重要的历史阶段。因此为了消磨这晚剩下的时间，他尽量根据自己的记忆，完全按照新荷兰早期的诗人塞尔恩先生的话准备讲述。他拨动一下火，让火光像小火山一样在林中冒起来。然后他在一棵树的根上面舒舒服服地躺下去，把头往后一靠，闭了一会儿眼睛，唤起记忆，接着便讲起了后面的传说。

# 风暴船

时值新荷兰省的黄金岁月，当时它在沃特·范·特威勒的管辖下——此人又被称为"怀疑者"——就在大约夏至时节一个闷热的下午，一阵雷电交加的强烈风暴让曼哈顿的人惊慌起来。瓢泼大雨倾盆而下，在地面上溅起水花，雾蒙蒙一片。雷声仿佛隆隆地滚动在房顶上。人们看见闪电在圣尼古拉斯教堂周围闪烁，三次都未能将风向标摧毁。加勒特·范·霍恩新建的烟囱几乎被彻底劈开。多弗·米尔登伯格正要骑着脸上有白斑的母马去镇上时，让雷电击得哑口无言。一句话，这是一场前所未有的风暴，在这位可敬的人的记忆里只发生过一次，他以"最老居民"的称呼闻名于所有城镇。

曼哈顿一个个善良的老妇惊恐不已。她们把孩子召集到一块，躲在地下室里——这之前先在每根床柱的铁头上挂了一只鞋，以免被闪电击中。最后风暴减弱了，逐渐变成呜呜的声音。落日仿佛从饰有流苏的云块边缘挣脱出来，使得宽阔的海湾像一大片融化的金子似的闪耀着。

从要塞传来消息说，有一艘船停泊在海湾。消息口口相传，街街相传，不久使得小小的首府喧闹起来。在殖民初期，一艘船的到来对于居民们而言可是一件相当重要的大事。它从旧世界，从他们出生的地方带来了消息——他们已与那里彻底隔绝了。他们还渴望从这艘一

359

年一度到达的船获得奢侈品、装饰品、舒适品和几乎是必需品的东西。船没有到达时，女人们就得不到新帽子、新衣服。画家等待着运来自己的工具，市镇长官等待着烟斗和荷兰日用品，小学男生等待着陀螺和弹球，高贵的地主等待着修建新宅第的砖块。因此，每个人无论贫富和地位高低，都盼望船的到来。这是新阿姆斯特丹每年的大事。一年到头，人们不断谈论的话题总是船——船——船。所以，从要塞传来的消息会将民众统统吸引到炮台，他们要看看期盼中的情景。现在并不完全是指望船到达的时候，只是某种推测而已。已有许多人群聚集在炮台周围。在那儿可见到一位市镇长官，他不慌不忙、自负庄严的样子，非常自信地在向一群老妇和闲散的男人表明自己的观点。另一处有一小群饱经风霜的老人，他们年轻时曾经是水手或渔夫，在这样的场合个个都是大权威。他们发表不同看法，在几个追随者当中引起不小争论。但众人最尊敬、听从和观望的是汉斯·范·佩尔特，他是一名退休的荷兰老船长，是本地航海方面的圣贤。他用一只缠着黑色帆布的古式望远镜侦察那艘船。他又自个哼出一支荷兰曲子，什么也没说。然而从佩尔特嘴里哼出的曲子，在公众看来总是比另一个人说的话更有分量。

与此同时，用肉眼看船越来越清楚：它是一艘荷兰人建造的大船，十分牢固，船首和船尾高高的，上面悬挂着荷兰旗。它漂过起伏的巨浪，夕阳给它鼓起的船帆镀上了金色。哨兵已经报告船到来，他断言自己第一眼看见它时，它在海湾中央突然出现在他视野里，正如从阴暗的雷雨云当中钻出来似的。旁观的人瞧着佩尔特，看他对这一报告会说什么。只见他把嘴闭得更紧，一言不语，于是有的人摇摇头，有的人耸耸肩。

这时打招呼的信号不断向船发去，可得不到任何回应，它经过了要塞，停泊在哈得孙河上游。有人拿来一支枪，佩尔特费力地装上子弹对着它射击，因为驻守的人并不擅长枪炮[1]。子弹似乎正好从船中穿过，在另一边掠过水面，但却没有引起任何注意！奇怪的是它收起了所有的帆，完全逆风逆流而行，风和海潮则顺河而下。为此，也是港务长的佩尔特命令弄来自己的船，要前去登上它，但划了两三小时后他无功而返。有时他离它一百或两百码[2]远，然后眨眼间它又远至半英里了。有人说都是因为他的划手，他们非常肥胖，气喘吁吁，不时停下来喘气，在手上吐口水。不过这很可能只是谣言。然而他已近得看见了那些船员，他们都穿着荷兰服，长官们穿着紧身上衣，头戴饰有羽毛的大礼帽；船上的人都闭口不言。他们像许多雕像一动不动，似乎让船任其自流。它就这样逆流而上，在晚霞中越来越小，直到从视线中消失，犹如一小片白云融化在夏日的天空里。这艘船的出现，使总督陷入执政以来最大的困惑之中。他为沿河这片早期的殖民地的安全担忧，唯恐那是经过伪装、被派来占领的敌船。他一次次召集委员会成员，以便从他们的推测中得到帮助。他坐在尊贵的椅子里——它用来自海牙神圣森林的木料做成。他抽着长长的淡黄色烟斗，听着委员会成员对于毫无所知的问题讲的一切。可是，尽管最为贤明、年老的人做了那一切推测，总督仍然感到疑虑。

信使们被派往沿河各个地方，但他们并没带回任何消息——船没有在任何港口停靠。一天天、一周周过去了，可它根本没有沿哈得孙

---

1 欧文的作品里时常有对殖民者的讽刺。

2 码，英制中丈量长度单位，1 码 =3 英尺或 36 英寸，1 码 =0.9144 米。

河回来。然而，就在委员会成员渴望得到情报时，情报大量传来了。那些单桅船的船长到达时少有没带回报告的，他们说在沿河各处看见了那艘奇怪的船。有时它在帕里莎多斯附近，有时在远离克罗顿岬的地点，有时在高地以内——不过从没人报告看见它在高地上方。的确，单桅船的船员们对于出现的这些怪异现象通常各说不一，而这可能因为他们看见它处于并不确定的状况所致。有时是雷暴中的闪电照亮了漆黑的夜晚，让人瞥见它迅速驶过塔潘泽河或者宽阔的哈弗斯特劳湾。有一时刻它看起来在靠近他们，好像会把他们撞翻，让他们大为骚乱惊慌。但随后的闪电让人看到它又离得远远的了，总是逆风而行。有时，在有月光的夜晚它会出现在高地某座断崖下，完全笼罩在浓影里，只是上桅帆闪现在月光里。可等到船员们到达那里时，却全不见了它的踪影。他们往前行驶一段距离再往回一看，天哪！它又扬起上桅帆出现在月光里！它的出现，总是正好在狂暴的天气之后、之前或之中。哈得孙河上的所有船长和船员都知道它叫"风暴船"。

这些报告让总督和委员会成员更加困惑，对于这个话题，人们将无休无止地重复一个个推测和看法。有人引用一些恰当的例子，说在新英格兰沿海出现过由女巫和妖怪驾驶的船。不止一次去过好望角的荷兰殖民地的老佩尔特，坚持说那一定是长期出没于桌湾[1]的"飞翔的荷兰人"[2]，但它由于无法靠岸，已在寻找另一个港口。另外的人则提出，假如它的确是个超常的神奇现象——对此有充分自然的理由相信——那么可能就是亨德里克·哈得孙及其半月湾的船员。众所周知，有一

---

1　桌湾，南非西南部，又译作塔布尔。

2　"飞翔的荷兰人"，荷兰人的一个传说，船长驾驶的幽灵船直到审判日都无法靠岸。

次他寻找通往中国的西北航线时在河的上端搁了浅。这个看法对总督
没多少影响，但却传了出去。因为确实已有报告说亨德里克·哈得孙
和他的船员经常出现在卡茨基尔山，所以作出如下假设似乎是相当合
情合理的：他的船出现于这条河流，其冒险计划在此受挫；或者，也
许它将那些船员送到山里去，参加定期举行的狂欢活动。

这时出现一些其他事情，引起贤明的沃特及其委员会成员的思考
和疑惑，风暴船不再是委员会考虑的问题。然而在荷兰人管辖的整个
时期，尤其是在新阿姆斯特丹被英国舰队夺取、征服之前，民间一直
相信，它成为了一件奇闻逸事。大约那时风暴船不断出现在塔潘泽河
和威霍克附近，甚至远至霍博肯。它的出现被认为是不祥之兆，预示
着公共事务中风暴来临，荷兰人的统治即将崩溃。

自从那时以来，关于这艘船我们毫无可信的报道，虽然据说它仍
然出没在高地，航行于"虚幻岬"一带。居住在沿河的人坚持说，他
们有时看见船出现于夏季的月光里。在万籁俱寂的午夜他们听见远处
传来船员单调的声音，好像他们在抛测深锤。不过在多山的海岸，以
及这条大河宽阔的河湾和长长的河段，各种景象、声音很有欺骗性，
我承认自己对此颇为怀疑。

尽管如此，风暴中的那些高地确实出现过奇怪现象，这被视为与
那艘船古老的故事有关。河船的船长们谈论着屁股滚圆的荷兰妖怪：
他身穿大脚短裤，头戴锥形帽，手里拿着喇叭。他们说，他至今待在
邓德伯格山一带。他们声称在狂风暴雨的天气里，听见过他用低地荷
兰语发布再次刮起狂风的命令，或者又要响起霹雳。时而，有人看见
一群穿着宽大马裤和矮小紧身上衣的小顽童围住他，在行云和薄雾中
翻着大筋斗，在空中做上千次雀跃，或者像一群苍蝇在安东尼的鼻子

周围嗡嗡地飞。在这样的时候，风暴总是最为强烈。一次，有只单桅船经过邓德伯格山时遇上伴有大风的雷暴雨，暴雨迅速包围大山，似乎就要向船猛扑过去。尽管船上牢牢地装着压舱物，但它仍然相当费力地保持平稳，最后水终于涌过舱缘。当发现桅顶上有一顶白色的小锥形帽时，所有船员都感到惊讶，大家立即知道它是邓德伯格山的那位先生的。可是，没人敢爬上桅顶取掉可怕的帽子。船继续吃力地行驶、摇晃着，好像随时会把桅杆颠簸到船外。它似乎不断处于要么倾覆，要么在岸上搁浅的危险。它就这样穿过高地，直到经过波罗波尔岛，据说，邓德伯格山的当权者所管辖的地方即在这儿终止。船刚一过界，那顶小帽就像陀螺一样突然旋转到空中，把所有的云卷成大旋涡，很快将它们带到邓德伯格山顶上。船这时变得平稳起来，仿佛在水池里一样平静地行驶。只因为在桅杆上有幸钉上了一只马蹄铁，才使它免于彻底摧毁——那是防止妖魔鬼怪的明智措施，后来，航行于这条鬼魂出没的河流的所有荷兰船长都这样做。

关于这个恶劣天气里的妖怪，"鱼山"的丹尼尔·欧斯勒蒂克船长讲述了另一个故事，大家知道他从不撒谎。他声称在一场猛烈的风暴中，他看见妖怪跨坐在船首斜桅上，要让单桅船向岸上驶去，以便彻底撞在安东尼的鼻子上面。碰巧，船上的伊索珀斯的范·吉桑牧师对妖怪进行了驱邪，他唱起圣尼古拉斯圣歌。因此妖怪像球一样升向空中，旋转着离开，随身带走了牧师妻子的睡帽。在下一个礼拜天上午，睡帽被发现挂在伊索珀斯教堂尖塔的风向标上，那儿至少有四十英里远！在发生了几次这类事件后，经常行驶在这条河上的船长们长期以来出于对山里那位先生的尊敬，经过邓德伯格山时都必须把斜桁尖头放低。人们说，所有这样表示敬意的人都会顺顺利利地通过。[1]

"关于这艘风暴船,"安东尼·范德·海顿说,"诗人塞尔恩写了几个这样的故事。他断言,它将淘气的妖怪从欧洲某个幽灵充斥的地方带到了本省。如果有必要,我还能给你讲述许多。因为高地里的那艘河船经常遇到意外,据说都是邓德伯格山的妖怪玩的把戏。不过我看见你的头一点一点的了,咱们睡觉去吧。"

月亮的银角刚升起在老牛山的圆脊上,照着灰暗的岩石和参差不齐的森林,在荡起波浪的宽阔河面闪烁。此时下起夜露,刚才还是阴暗的大山开始变得柔和,在有露水的夜色里呈现出灰暗、虚幻的色彩。猎人们拨弄一下火,又加了些燃料,让夜里的空气不那么潮湿。然后,他们在一块突出的岩石下面用树枝和干叶为道尔夫准备了一张床。而安东尼则裹在一件用动物皮做的大衣里,在火堆前躺下。但是,一段时间道尔夫都没合眼。他躺在那儿注视眼前的奇怪景象:周围荒凉的

---

1 在殖民初期流行于殖民地的迷信当中,关于幽灵船似乎有个迷信很奇特。人们那些由迷信引起的想象,总是易于针对与其日常活动有关的东西。孤独的船只——它一年又一年像乌鸦一样出现在茫茫大海,将生活舒适品从把殖民地居民阻隔的世界给他们运来——易于出现在梦想中,无论他们是睡着还是醒来。在那些至今仍然寂寞的海域,从岸边偶然看见滑过地平线的船帆易于成为人们极力谈论、思考的话题。早期新英格兰的一位作家曾提到一艘由女巫驾驶的船,主桅旁边站着一匹大马。我在某地听到另一故事,说有一艘船在晴朗、明媚、平静的天气沿岸航行,它所有的帆都扬起来,船舱里摆放了一张桌子,好像在款待许多客人,但是甲板上没有一个人。这些幽灵船总是在风眼里航行,或者以飞快的速度破浪前进,让平静的海面在船首前面泛起海泡,这个时候一丝风也没有。

穆尔将这些海上传奇之一很好地编写成一个小故事,它在较小程度上包含了这类超常故事的实质。我指的是他那艘前往"死人岛"的《幽灵船》。——原注

树林和岩石——火光一阵阵照射到睡着的土著人和安东尼先生的脸上，他们非常奇特而朦胧地让他想起那次夜访鬼屋的事。他不时听见森林里传来某只动物的叫声，或者是猫头鹰的呱呱声，或者是三声夜鹰的声音——在这些荒僻的地方它们似乎很多——或者是鲟鱼的溅水声，它们跃出河水，又长伸着身子落到平静的水面。他将这一切与自己在医生宅第那间阁楼所习惯的窝比较。在那儿，他夜晚只能听到教堂报时的钟声，更夫懒洋洋、慢吞吞地报告平安无事的声音，医生粗大的鼻子从楼下传来重重的鼾声，或者某只木鼠在护壁板里小心地咬啮的声音。然后他的思想漫游到可怜的老母：她对他神秘的消失会怎么想？什么样的焦虑和痛苦会让她受不了呢？这个想法不断闯进他心里，打消了他眼前的欢乐。它让他感到痛苦和内疚，眼里含着泪水睡去。

假如这只是想象的故事，那么此处是个好机会，可把这些荒凉大山和游动猎人奇特的冒险编写进去。在让主人公陷入各种危险和困境之后，通过某种奇迹般的办法将他救出来。但由于这是个绝对真实的故事，所以我必须忠实于简单的事实，信守可能发生的事。

次日一早，在饱餐一顿早饭后拆除了营地，冒险者们登上安东尼的小船。没有风无法扬帆，于是和着一个白人哼出的某种节拍，印第安人轻轻向前划去。这天晴朗而美丽，河上没有波浪。船在明净的水面上破浪前进，留下波状的长长水痕。先前嗅到猎人们的盛宴的乌鸦，已经聚集在空中盘旋，就在那儿一柱淡淡的蓝烟从树林中升起，表明那儿是他们头天晚上的营地。他们沿山脚行驶时，安东尼先生向道尔夫指着一只秃头鹰说，它是这片地区的君主，正栖息在突出于河面的枯树上。它眼睛向上，似乎陶醉在朝阳的光辉里。他们的到来扰乱了这位君主的沉思。它先张开一边翅膀，再张开另一边，平衡了一下身子，然后庄严、沉着地飞离栖木，在他们头顶上徐徐盘旋。道尔夫抓起一支枪，嗖地向它射去一颗子弹，打掉了它翅膀上的一些羽毛。枪声迅速传遍岩石，发出上千个回音。但是那位空中的君主平静地翱翔着，飞得越来越高，盘旋的范围也十分宽广。它飞上了茂盛碧绿的大山，直到消失在一处突出的悬崖顶部。它这种不无骄傲的沉着表现，让道尔夫在某种程度上觉得受到谴责，他几乎为如此放肆地对那只高贵的鸟无礼而自责。安东尼先生笑着让他记住，他还在邓德伯格的君主的领地以内。一个老印第安人摇摇头，说杀死一只鹰会遭遇厄运——猎人反而总应该把自己的一部分猎物留给它。

然而，他们航行途中并没受到任何干扰。他们愉快地穿过一片片壮观寂静的景色，直至像漂浮的凉亭一般，到达了高地终端的波罗波尔岛。他们在此登岸，要等到高温退去，或者吹起微风，这样就不用费力划桨了。有的人准备午饭，其余的则于夏日十分舒适的悠闲中在树荫下休息，懒洋洋地看着眼前的美景：一边是高地，它广阔崎岖，森林一直覆盖到顶部，高地将阴影投到脚下泛起涟漪、光亮明净的水面上；另一边是开阔的河流，它像巨大的湖一样，有长长的河段和绿色的陆岬；远处连绵起伏的沙威泥根山出现在清晰的地平线上，或者羊毛似的白云投下影子。

但是我要克制一下，不对他们在河上航行的细节详加叙述。他们过着漂泊的两栖生活，穿行于银波荡漾的水上；沿着林地河岸行驶；在一处处阴凉的岬地上美餐，头顶上覆盖着树林，河水将白白的泡沫卷到某人脚旁，卷到远处的大山、岩石和树木那儿；雪白的云和深蓝的天，无不融合在面前夏日的美景里——所有这些虽然始终让人欢乐，不过讲述起来就单调乏味了。

在河边扎营时，有些人会去林子里打猎，其他人去捕鱼。有时他们打靶、跳跃、奔跑和摔跤，以此自娱。道尔夫在所有这些活动中都颇有技能，十分机敏，他因此很受安东尼青睐。安东尼将这些视为男人的最高本领。

他们就这样只选择在令人舒适的时间里快乐地沿岸行驶，有时在凉爽的清晨，有时在暗淡的黄昏。月光闪烁在泛起微波的水面，水沿着小船的边缘发出低语。道尔夫从未这么充分地感受到适得其所，此种充满野性、偶然随意的生活完全合他的胃口，这样的事他还从未遇到过。安东尼喜欢四处漫游，在这点上道尔夫正与他一致，因此不断获得他的好感。这位生活在丛林中的老者喜欢眼前的这个年轻人，后者似乎像自己一样成长。航行快要结束时，他忍不住询问了一点年轻人的生活经历。道尔夫坦然告诉他，讲了自己艰苦的医学学习、所掌握的小小本领，以及十分模糊的前途。安东尼先生很吃惊地发现，如此让人惊讶的才能和技艺将会被限制、埋没在一个医生的头脑里。他对医术极其蔑视，从没请过医生，只是找过屠夫。自从小时候因为一本难懂的书被鞭打后，他就对各种学习满怀抱怨。可是想到一个像道尔夫这样的小伙子，有着如此奇妙的才能，能够射击、捕鱼、奔跑、跳跃、骑马和摔跤，为了谋生竟然不得不辗药丸、配药水，真是可怕！他让道尔夫决不要绝望，而是"将药品拿去喂狗吧"[1]，因为有他这种非凡才能的小伙子一定会成功的。"既然你在奥尔巴尼没有熟人，"安东尼先生说，"你跟我回去吧，留在我家里，直到你能够全面考虑时为止。同时咱们可以偶尔比拼一下射击和捕鱼，这样的才能闲着不用

---

1　引自莎士比亚的戏剧《麦克白》。

真可惜。"

道尔夫是个任凭机遇支配的人，不难说服。的确，在对事情反复考虑后——他考虑得相当明智谨慎——他不禁想到安东尼"不知怎的"与那座鬼屋的故事有关。在高地遇到的不幸——它们如此奇怪地汇聚到一起——"不知怎的"结果都多少不错：总之，最便利的莫过于"不知怎的"这种随遇而安的处事方式。这是像道尔夫那种行动漫不经心、分析缓慢迟钝的人的支柱。他能够以散漫随意的方式，将过去的坏事与期待的好事连接起来，拥有一个几乎与点金石不相上下的幸福秘密。

他们到达奥尔巴尼后，道尔夫同伴的出现似乎让所有人高兴。许多人在河边打招呼，在街上致意。一条条狗在他前面蹦跳，他经过时男孩们发出叫喊。好像人人都认识安东尼。道尔夫默默跟在他后面，欣赏这座值得赞扬的城镇多么整洁。当时奥尔巴尼处于全盛时期，差不多只居住着最初的荷兰殖民者的后代，因为它尚未被不安分的新英格兰人发现，被殖民。一切都安静有序，事事都做得沉着、悠闲，没有匆忙和喧闹，没有为了生存你争我夺。杂草生长在未铺砌的街道上，其清新的碧绿悦人眼目；高大的美国梧桐或垂柳给一座座房子带来阴凉，毛毛虫从树枝上吊着长丝晃来晃去，或者飞蛾像鸡冠花一样四处飞舞，为自己艳丽的变形而高兴；修建的房子属于古老的荷兰风格，山墙面向街上。节俭的家庭主妇坐在门前的凳子上，头戴紧闭的折边帽，身穿鲜艳的花外衣，腰上系着白围裙，忙着编织东西，丈夫在对面的凳子上抽烟斗，受宠的黑人小姑娘坐在女主人脚旁的台阶上，努力地做针线活，燕子在屋檐附近嬉戏，或者沿街飞过，为它们吵闹的小燕带回丰富的食物；操持家务的小鹡鸰从一座小人国房子飞进飞出；一顶古旧的帽子挂在墙上；一群母牛回来了，它们沿街发出哞哞声，将要在主人的家门前让人挤奶；假如遇见一些闲荡的人，某个黑人小顽童就会拿着赶牲口的长刺棒，温和地催促他们回去。

道尔夫的同伴向前走去时，市民默默向他点一下头，他们的妻子都会对他说一句友好的话。大家亲切地叫他安东尼，因为在这个家长制的大本营——在这里大家从小一起长大——人们习惯叫每个人的教名。安东尼先生没有停下来像平常那样同他们开玩笑，他急于赶回家。最后，两人到达了他的家宅。房子很大，呈荷兰风格，山墙上有一些不小的铁塑像，上面标明房子修建的日期，表明它建造于殖民之初。

全家人预先就知道了安东尼先生将到达的消息，他们个个恭候着。一群大大小小的黑人聚集在房前迎接他。那些一生侍候他已变成白发苍苍的老人高兴地露齿而笑，不断笨拙地鞠躬，做怪相，小孩子们则围着他的膝头跳来跳去。不过家中最高兴的是那个丰满圆胖、如鲜花般盛开的少女，她是安东尼的独女，是他心中的宝贝。她从家里一蹦一跳跑出来，可是看见有个陌生男子同父亲在一起，她顿时流露出一个家中长大的少女所有的羞怯来。道尔夫又惊又喜地盯着她。他想，自己还从没见过如此标致的女性呢。她身上的服饰有着十分古老的荷兰品位，胸衣长长的，衬裙短小而完美，极好地显示、衬托出女性的身材。她把头发卷起来，戴着一顶小圆帽，显露出白皙的额头。她长有一双笑眯眯的、美丽的蓝眼睛，腰部匀称苗条，胸部软软地突起——总之，她是个荷兰小女神。在新的冲动之下从未半途停止的道尔夫深深地爱上了她。

道尔夫受到热情欢迎，他被领进房内。里面有各种各样的东西，显示出了安东尼先生的品位与习惯，以及前辈们如何富裕。一间间屋摆放着非常古老的红木家具，碗橱和饮食柜因饰有银器和彩色瓷器闪闪发光。像通常那样，客厅壁炉的上方是家族徽章，它经过着色后装在框里。再上面是一支长长的鸟枪，侧面是印第安人的烟草袋和火药筒。屋里装饰着许多印第安人的物品，例如和平烟斗[1]、战斧、头皮刀、狩猎弹药袋和贝壳念珠。角落处还有种渔具和两三支鸟枪。在某种程度上，这个家的事都是按照主人的趣味办理的，或许做女儿的悄然加入了一点她的想法，其中包含有家族中一定的天真，以及让人惬意的纵容。黑人没等让人叫就来到屋里，他们只是想看看主人，听听他的冒险经历。他们会站在门口，一直听主人讲完故事，然后咧嘴而笑走了，去厨房里又把故事讲一遍。几个受宠的黑人孩子在地板上和几只狗玩耍，同它们分享自己涂有黄油的面包。家里所有的人看起来都开心快乐。晚餐摆上了桌子，有很多种家庭的精美食物，这证明安东尼先生慷慨豪爽，也证明他的女儿颇善持家。

晚上有几位本地的知名人物来串门，他们是范·伦塞纳尔、甘斯沃尔特、罗斯伯姆和安东尼的其他密友，他们前来听他讲述自己远行的情况。因为他是奥尔巴尼的辛巴达[2]，其英勇事迹和冒险行为是当地居民最喜欢谈论的话题。这些人坐在大厅门口周围闲聊，在黄昏时讲着长长的故事，此刻道尔夫舒适地坐在那儿，在窗台上把安东尼的女儿逗得很开心。他已经同她关系密切起来，因为那不是假装含蓄、徒劳无益讲求礼节的时候。此外，在令人愉快的、长长的夏日黄昏，是相当有利于一个情人求婚的。它使得最为胆怯的舌头也有了说话的勇气，并且将腼腆的人的羞愧隐藏起来。只有星星明亮地闪烁着，时而

---

1　北美印第安人在媾和时用一个烟斗轮流吸烟，表示和平、友善与亲善。

2　《天方夜谭》中的巴格达富商，曾七次冒险航海。

一只萤火虫的亮光在窗前闪现一下，或者飘忽进屋里，在天花板上四处移动。

道尔夫在那个长长的夏日傍晚对她耳语了什么，是无法确定的：他说话声音很低，模糊不清，那位史学家根本听不到。然而很可能那些话说得中肯，因为他有一种取悦女性的天赋，只要同某个女性待上一会儿就能对她适当地做出求爱的表示。这时客人们一个个告辞。安东尼讲完了，默默地坐在门旁的椅子上自个打盹，忽然他被一声精神饱满的招呼惊醒——道尔夫以此让人毫不留神地结束了他的某句华丽的语言，那声音像枪声一样回响在静静的房间里。安东尼先生吃了一惊，他揉揉眼睛，叫人点上蜡烛，说该睡觉了。不过分别时他用力捏一下道尔夫的手，和蔼地看着他的脸，会意地摇摇头，因为先生颇记得他自己年轻时有过的经历。

我们的主人公住的房间很宽大，装有橡木护壁板。里面安放着衣橱和大五斗柜，它们被很好地上过蜡，上面的黄铜饰物十分光亮。这些橱柜里有不少家里的亚麻制品，因为荷兰主妇们总是向外人炫耀家中的珍贵物品，并因此怀着可嘉的骄傲。

然而，道尔夫满脑子想着别的，对周围的东西无法引起特别注意。不过他还是忍不住拿这座房子具有的自由坦然的快乐，与克尼佩霍森医生家那种让人挨饿、肮脏无趣的家务管理作比较。另外还有什么东西破坏着他的这种喜悦——他想到自己必须告别热情的男主人和漂亮的女主人，再次漂泊于世。一直逗留在此是愚蠢的，他只会更深地陷入爱情之中。对于一个像他这样的可怜家伙，竟然想要得到了不起的安东尼先生的女儿——想到这样的事真是疯狂！正是考虑到那姑娘对他显得亲切的样子，他才迫使自己抓紧离开。主人对他坦然友好，他却让主人女儿的心卷入并不明智的恋情中，这对主人的回报是很糟糕的。总之，道尔夫也像许多其他年轻而有理性的人一样，他们有着极其善良的心胸和迷糊的头脑，他们在行动之后思考，然后根据思考采取不同的行动。他们夜里做出很好的决定，次日早上便忘了去遵守。

"的确，我旅行的结果是不错的，"他说，差不多把自己埋在铺着豪华羽毛褥垫的床里，把又新又白的床单拉至下巴，"我并没弄到一袋钱带回家去，而是来到一个陌生地方，兜里几乎一块钱币也有。更糟糕的是，我还来到这岸上，深深陷入爱情当中。不过，"他在床上伸展、转动一下身子，稍停片刻后补充说，"至少我目前的处境还好。所以我会享受眼前，其余的就顺其自然了。我敢说，不管怎样一切会好起来的。"

他一边说着这些话，一边伸手去灭蜡烛，此时他突然感到惊慌，心想自己看到了鬼屋的幽灵正从房间的暗处盯住他。再一看他才放心了，他发觉自己误以为的幽灵实际上只是一幅佛兰芒人的肖像，它就挂在一个衣橱后面的暗角里。然而，正是它扮演着他夜里的访客：同样的宽大外衣和扎了皮带的短上衣，同样灰白的胡须和固定的眼神，同样宽大的宽边软帽，一支羽毛垂向一侧。道尔夫这时想起，他经常注意到在主人和鬼屋的那个老人之间有些相似。他完全相信他俩在某种程度上有联系，什么特殊的命运主导着他的航程。他躺在床上注视那幅肖像，几乎像他注视幽灵般的原型时一样敬畏，直到房子里的钟传来刺耳的声音提醒他时间不早了。他将蜡烛灭掉，不过还久久地反复想着那些奇异的情况与巧合，最后才睡去。他做了一些梦，它们与他醒着时所想的差不多。他想象自己仍然躺在床上注视那幅画，直到它渐渐活动起来；那个人影从墙上下来，走出房间；他跟在它后面，发现自己来到井边，老人指着井，朝他微笑，然后消失了。

早晨道尔夫醒来时，发现主人站在自己床边，向他致以亲切的问候，问他睡得怎样。道尔夫高兴地回答他，并乘机询问挂在墙上的那幅肖像的情况。"哦，"安东尼先生说，"那是老基利安·范德·斯皮格尔的肖像，他曾经是阿姆斯特丹的市长，由于某些普遍的麻烦而放弃了荷兰，在彼得·斯特伊弗桑特[1]执政期间来到此地。他是我母亲一方的祖先，是个老吝啬鬼。英国人1664年占领新阿姆斯特丹时，他退避到了乡下。他陷入忧郁之中，担心自己的财产会被夺走，会沦为乞丐。他将所有的财产都变成现金，总是把它藏起来。有一两年他隐匿于各地，想象着被英国人抓住，自己的财产被全部没收。他还想象着，最终有一天早晨他被发现死在床上，任何人都无法发现他将大部分钱藏到哪里去了。"

主人离开屋子后，道尔夫有一会儿仍然陷入沉思。他满脑子装着听到的情况。范德·斯皮格尔是安东尼母亲一方的姓氏，他回想起曾听母亲说过，那位基利安·范德·斯皮格尔正是她的一个祖先。他还听母亲说，她父亲是基利安的合法继承人，只是老人死时没留下任何可继承的东西。现在看来安东尼先生同样是那个富人的后代，或许也是一个继承人。因此道尔夫的家族和安东尼的家族彼此是远亲。"什么，"他想，"毕竟说来，假如这是对我的梦的诠释，那么我会借着此次到达奥尔巴尼之行发财吗？我会找到老人藏在井底的钱财吗？不过这样传递信息多么奇特、曲折啊！该死，那个老妖怪为何不马上告诉我那口井的事，而不须让我一路赶到奥尔巴尼听取一个故事呢？——

---

1  彼得·斯特伊弗桑特（1592—1672），曾是荷兰在美洲的殖民总督。

它使得我又要一路赶回去。"

他穿衣服时头脑里掠过这些想法。他满怀困惑地走下楼梯，突然看见玛丽·范德·斯皮格尔朝他露出微笑，似乎就所有的秘密在给他暗示。"毕竟，"他想，"那个老妖怪是对的。如果我将得到他的财产，那么他便意欲让我娶他漂亮的后代，这样两边的家族就会再次联结起来，让财产通过恰当渠道传下去。"

他一旦产生这个想法就深信不疑。现在他急不可待地要赶回去弄到那些钱财，毫无疑问这些钱财就藏在井底，他担心随时会被别人发现。"谁知道，"他想，"鬼屋那个夜游的老妖怪没有尾随每个游客的习惯？它会向某个比我精明的家伙暗示什么，那人会抄更近的路到达井旁，而不是从奥尔巴尼去。"他无数次希望那个咿咿呀呀的老妖怪和它那幅到处乱跑的肖像被埋葬在红海。他心急火燎地想离开。两三天后他才有了机会沿河返回，但道尔夫觉得时间太漫长了，尽管有漂亮的玛丽常常对他微笑，他也一天比一天更迷恋她。

终于，那只他曾从上面被撞到水里的帆船准备起航了。道尔夫为自己突然离开的事笨拙地向主人道歉。安东尼大吃一惊，他已经商议好多次深入荒野的计划，实际上他那些印第安人正准备去某湖泊做一次大探险。他把道尔夫拉到一边，极力说服后者放弃所有做其他事的想法，留在他身边，可是没用。最后他不再试图说服道尔夫，说道："这么一个优秀的小伙子竟然把自己给放弃了，真是可惜。"不过，安东尼先生分别时热情地同他握握手，送给他一支很喜欢的鸟枪，并邀请他随时重游奥尔巴尼时去他家。漂亮的小玛丽什么也没说，但是他向她吻别的时候，她那有酒窝的脸颊变白了，眼里含着泪水。

道尔夫轻轻跳到船上。然后船扬帆起航，此时是顺风。不久奥尔巴尼、它那些青山和树林覆盖的岛屿便消失在视野中。大家欢快地驶过卡茨基尔山，其优美的山顶晴朗明媚。他们顺利穿过了高地，不会再受到邓德伯格山的鬼怪及其同伙的困扰。船又驶过了哈弗斯特劳湾，经过克罗顿岬和塔潘泽河，到达帕里莎多斯下方，直到第三天下午他们看见了霍博肯岬，它像一块云似的悬挂在空中。不久，曼哈顿的一座座房顶仿佛从水中冒出来一般。

道尔夫首先想到去母亲住的房子，因为他始终觉得她一定为他感到不安。他边走边绞尽脑汁，思考着如何解释自己离开了，但同时又不泄露鬼屋的秘密。他这样想着时走进母亲的房子所在的街道，很惊讶地发现它成了一堆废墟。

显然曾发生过一场大火，有几座大房子被烧毁，可怜的海利格夫人简陋的住处没能幸免。墙体尚未完全毁坏，道尔夫还能够辨别出他小时候的种种痕迹。那台壁炉还在——他经常在它旁边玩耍——它是用荷兰瓷砖装饰的，上面有一段段插图的《圣经》故事，他曾许多次不无赞赏地凝视它们。废墟里面搁着善良的夫人那把烧坏的扶手椅，她曾坐在上面给他讲很多有益的箴言。椅子旁边是那本有黄铜扣子的家庭《圣经》，唉！现在它几乎成了灰烬！

这凄凉的景象一时让道尔夫深受打击，他非常担心母亲被大火烧死。不过他终于消除了可怕的恐惧，有个邻居碰巧路过，这人说他的母亲还活着。

这场意外的灾难确实让善良的女人失去了一切，因为大家一心去救出富裕邻居们的精美家具，所以可怜的海利格夫人的小租房和所有小东西被不断烧毁。若不是老朋友彼得勇敢相助，善良的夫人和她的猫或许也逃脱不了自己的住处。

事实上她深受惊吓和痛苦，卧病在床，心里难受。不过大家向她表现出了通常的仁慈。她那些富裕邻居的家具被尽可能从火中救出来，由于他们的财产遭受损失，所以有人按时有礼节地去看望他们并给予安慰，他们家里的女人也因焦虑不安而让人同情。最后，公众开始想起可怜的海利格夫人。她立即再次成为大家关心的对象，每个人都比以前更加同情她。假如同情能够铸成现金——老天爷！她将变得多么富裕啊！

现在，大家极其认真地决定应该马上为她做点什么。因此牧师礼拜天特意为她举行祈祷，所有会众都非常热诚地参加了，甚至市议员康巴士·格罗斯贝克和荷兰大商人米勒多拉先生也从座位上站起来，在这个时候高声祈祷。人们认为这些大人物的祈祷必然会产生应有的影响。克尼佩霍森医生也很专业地探望了她，免费给她很多忠告，并且由于自己的慈善行为而广受赞美。至于她的老朋友彼得，因他是个穷人，他的同情、祈祷和忠告也没多大益处，因此他就力所能及地帮助她——为她提供了住处。

于是，道尔夫转身朝彼得的简陋住处走去。一路上他回想起心地纯朴的母亲所有的疼爱和仁慈，她对他的错误如何纵容，对他的过失如何并不放在眼里。然后他想到自己懒散冒失的生活。"我是个糟糕的饭桶，"道尔夫说，悔恨地摇摇头，"我是个十足的废物，的确如此！——不过，"他很快补充道，紧握双手，"只要她活着——只要她活着——我就会证明我确实是个好儿子！"

道尔夫走近那座房子，遇见彼得从里面出来。老人惊骇地退回去，怀疑站在面前的是否是幽灵。然而现在是大白天，所以彼得鼓起勇气，相信在这样明媚光亮的时候没有任何幽灵敢露面。现在道尔夫从可敬的教堂执事那里得知，自己神秘消失曾引起了怎样的惊愕和传言。大家普遍认为，他被出没于鬼屋的妖怪们拐走了。住在三哩石边那棵大梧桐树旁的老亚伯拉罕·万多泽尔断言他深夜回家时曾听到空中传来可怕的声音，就像一群大雁从头顶上往北飞去似的。所以人们对鬼屋又敬畏了十倍，无论如何谁也不敢去里面过夜，甚至医生白天也不再冒险去那里探访了。

在让道尔夫的母亲知道他回来前需要作些准备，因为可怜的人认为已失去了儿子，并为他悲哀。再说每天都有许多人来安慰她，给她讲些幽灵和被魔鬼带走的人的故事，以便让她开心，因此大大消耗了她的精神。他发现母亲躺在床上，旁边是家里的另一个成员，即善良的夫人的猫。它发出喵喵的叫声，不过身上的毛烧焦不少，完全没有了让它的脸显得光彩的胡须。可怜的女人这时一下抱住道尔夫的脖子，说："我的儿子！我的儿子！你还活着吗？"她为他回来感到高兴，一时好像忘了所有的损失和烦恼。甚至那只精明的老猫也为小伙子回来表现出无可置疑的欢喜。它也许明白这是一个被遗弃的破败家庭，有点感觉到只有难兄难弟才懂得的那种亲切。

善良的夫人看见身边有只生物为她儿子回来高兴时，两眼有了光彩。"蒂布认识你！不会说话的可怜家伙！"她边说边抚摸着宠物斑驳的皮毛。然后她想起什么，悲伤地摇摇头。"唉，不幸的道尔夫！"她大声说，"妈再也帮不了你啦！我自己都没办法呀！你以后会遭遇什么呢，可怜的孩子！"

"妈，"道尔夫说，"快别用那种口气说话。你这么长时间照顾我，现在你年纪已大，该我照顾你了。好啦！高兴起来吧！你、我和蒂布生活会好起来的。你瞧，我年轻、健康、精力充沛，所以我们别失望呀。我敢说不管怎样情况都会好起来的！"

就在海利格家出现这一幕时，克尼佩霍森医生听说了自己徒弟安全返回的消息。这位小医生简直不知道是为这消息高兴呢还是遗憾。他为关于自己的乡村住所流传的坏话被反驳而开心，但是，他又为徒弟这样游荡回来成为自己沉重的负担苦恼，因为他自以为已彻底摆脱了这个徒弟。他在这两种感情之间权衡时，伊尔丝夫人的告诫让他作出了决定，她建议医生利用年轻人逃离这件事，永远把道尔夫拒之门外。

因此在该睡觉的时候，他们假定不忠的学徒会找到老地方来，于是为接待他做好了充分的准备。道尔夫同母亲一直谈到她安静下来，然后找到师傅的住所，迟疑地提起门环。然而他刚犹豫地轻轻敲一下，医生戴着红睡帽的脑袋就从一扇窗口伸出来，而女管家戴着白睡帽的脑袋则从另一扇窗口伸出。他俩用难听的名字和凶狠的语言连珠炮似的向道尔夫发起攻击，还给他提出一些珍贵无比的告诫——除了对一位患难中的朋友或受审的犯人外，人们是很少提出这种告诫的。片刻后，街道上所有的窗口都冒出了各自特别的睡帽，那些人倾听着伊尔丝夫人尖厉的声音，以及克尼佩霍森医生嘶哑的喉音。消息从一扇扇窗口传过去："啊！道尔夫·海利格回来了，他又要胡闹啦。"总之，可怜的道尔夫发现，除了善意的告诫他不可能从医生那里得到什么——那是一种如此丰富的东西，甚至可以从窗口抛出来。所以他不得不撤退，在可靠的彼得家低矮的屋檐下过夜。

次日一大早，道尔夫便来到鬼屋。一切看起来同他离开时没有两样。田地里长满了乱蓬蓬的杂草，好像自从他离开后就没人从上面走过。他急忙来到那口井旁，心怦怦地跳着。他往里面看去，发现很深，底部有水。他准备了一根结实的绳子，就是纽芬兰海岸的渔夫用的那种。绳子顶端有一块很沉的坠子和一只很大的鱼钩，他开始用它探测井底，在水里挪动着。他发现水有点深，好像还有不少垃圾，还有从上面掉下去的石头。他的钩子几次被缠住，差点把绳子拉断。他也不时地仅仅拉起来一些什么废物，例如，马的头盖骨、铁箍和箍着铁圈的破桶。这时他已忙了几个小时，而并没有发现任何东西可以让他的辛劳得到回报，或者鼓舞他继续干下去。他开始想到自己是个大傻瓜，仅仅让所做的梦骗来干这种劳而无功的事。他要把绳子抛进井里，不想再继续钩东西了。

"再捞一次吧，"他说，"这是最后一次了。"就在探测的时候，他觉得坠子滑进一些松散石头的间隙中。他把绳子拉回来，感觉钩子钩住了什么重重的东西。他挪动绳子时必须非常小心，以免拉断。渐渐地，附在钩住的东西上的废物掉下去了。他把它拉到水面，看见某种像银器一样的东西在绳子顶端闪闪发光，他因此狂喜不已！他着急得几乎喘不过气来，把东西拉到了井口，为它如此沉重感到吃惊，担心钩子随时会掉下去，那样自己的战利品又会落入井底。他终于把东西安全地搁到井边。那是一只形状古老的大银钵，上面饰有丰富的浮雕，侧面刻有徽章，与他母亲壁炉上方的徽章相似。

盖子用金属线紧紧缠了几圈。道尔夫用一只发抖的手把线松开，揭开盖子。瞧啊！容器里装满了大金块，那样的铸造他从未见过！显然他发现了基利安·范德·斯皮格尔隐藏财宝的地方。

他担心被某个流浪汉看见，小心翼翼地离开了，将如此多的财宝埋在某个隐秘地点。现在他到处讲一些关于鬼屋的可怕故事，以免任何人接近它，而他却在有暴风雨的日子经常去那里，此时附近田野里根本没有人的动静。不过说实话，他自己并不在乎暗中冒险去鬼屋。他一生就这次勤勉积极，坚持不懈、十分成功地从事着自己打捞的新行业，不久他便钩取到很多财宝，足以让他在人们过着普通日子的时候，终身成为一名富裕的市民。

再详细讲述余下的故事是乏味的——比如说，他如何逐步设法使用自己的财产而没有让人惊奇和查询；对于保留那些财产的问题他如何打消一切顾虑，同时又满足了自己的感情——娶到漂亮的玛丽·范德·斯皮格尔；他和安东尼先生如何经常快乐地一起四处漫游。

然而我一定要说，道尔夫把母亲带回家同他一起生活，在她的晚年很好地照顾着她。善良的夫人也感到满意，因为她的儿子不再成为人们指责的对象，相反他日益受到大家尊敬。人人都说他和他的酒不错，从来没听说那位最高贵的市长拒绝他请吃饭的事。道尔夫经常在自家的餐桌上，讲述曾经让这个镇痛恨的恶作剧，不过它们现在被看作是极好的笑话，即使最严肃的高官听着时也乐意站在他一边。而对于道尔夫越来越多的优点，最受震动的莫过于他的老师父，即那位医生。道尔夫是非常宽容的，实际上他请医生做了自己的家庭医生，只是留意总要将医生的处方抛出窗外。他的母亲经常有一些老朋友组成的小团伙在她舒适的小客厅里惬意地喝上一杯茶。彼得坐在炉火旁时，膝盖上坐着她的一个孙子，他多次为她的儿子成为一个如此大的人物表示祝贺。对此老人得意地摇摇头，大声说："哈，邻居，邻居呀！我不是说过道尔夫会有抬头的时候，不比任何人差吗？"

道尔夫·海利格就这样过着富裕开心的生活，他年岁越大越明智，也变得更加快活了，完全证明古谚"从魔鬼身上得来的钱财不利"是错误的，因为他很好地利用了自己的财富，成为一名杰出的公民和社区可贵的成员。他大力提倡建立公共机构，例如，牛排协会和捕猎俱乐部；他主持所有的公共宴会；第一个从西印度群岛引进海龟，他改进赛马和斗鸡的品种；对于具有适当长处的人给予大力赞助，任何人只要能唱一支好歌或讲一个好故事，必然会在他的餐桌上有个席位。

他也是市政当局的一位成员，对猎物和牡蛎制定了几项保护法，并且将一只装潘趣酒的大银杯赠送给了委员会——那只杯子即用上述同一银钵做成，它至今属于市政当局。

最后，他在气色不错的老年时，在一次市政当局的宴会上死于中风，被隆重地埋葬在花园街荷兰小教堂的墓园里。其墓碑至今可见，上面是当地优秀的老诗人、他的朋友贾斯特斯·本森先生用荷兰语写的朴实无华的碑文。

上面的故事比大多这类故事更具权威性，是我直接从道尔夫·海利格先生本人嘴里听到的。他直至晚年才在自己的餐桌上，一边喝着特大杯的潘趣酒，一边极其私密地讲给了几个特别的密友听（他相当谨慎）。虽然这故事有关鬼怪的部分显得离奇，但是任何一个客人对此都未表示怀疑。在结束之前，再说说如下情况或许并非不对：道尔夫·海利格除了具有其他技能外，在当地整个地方还因为是个最会拉长弓的人而闻名呢。

# 婚礼

高尚的新郎和可爱的新娘
将要获得至高无上的荣光；
他们所有以后的日子会让人看见，
每一天都犹如婚礼日一般。

——布雷斯韦特[1]

尽管莉莉克拉夫特夫人有些疑虑和异议，大家也严肃提出了所有在5月举行婚礼的反对意见，但是婚礼最终还是快快乐乐地举行了。地点设在村教堂，有很多亲戚朋友和佃农参加。乡绅一定要在这个场合举行某种古老的仪式。于是，在教堂院门口安排了几个村里的小姑娘，她们身穿洁白的服装，手里拿着花篮，将花儿撒在新娘前面。男管家则在她前面手持新娘杯，那是一只饰有浮雕的大银杯，系从大酒量的祖先那时传下来的一件家族遗物。按照古老习俗，杯里斟满了浓酒，并饰以一支迷迭香，还系着鲜艳的缎带。

"阳光照耀的新娘是幸福的。"古谚说。那正是一个再阳光明媚、幸运吉利不过的早上。新娘看起来美丽得非同一般。不过实际上，哪

---

1　布雷斯韦特（1588—1673），英国诗人。

个女人婚礼这天看起来不有趣呢？一个年轻羞怯的新娘，穿着洁白的婚纱，颤抖着被领上圣坛，就我所知这样的情景最为迷人和感人了。我就这样看着一个可爱的姑娘，她年纪轻轻时就离开祖辈留下的房子和她小时候的家。她怀着女人毫无保留的信任以及讨人喜欢的自我纵情，为了自己选定的男人而放弃世上一切。婚礼仪式上也用了这句极其古老的语言："无论好坏贫富，无论健康生病，都要相爱相依，彼此尊重，直到死亡把我们分开。"我听见她在这时把自己交给了他，此刻我想起路德完美动人的献身之举："你往哪里去，我也往那里去。你在哪里住宿，我也在那里住宿。你的国就是我的国，你的神就是我的神。"[1]

在这个并不好受的场合，莉莉克拉夫特夫人支持美丽的朱莉娅——在一切爱情与婚姻的事情上，前者的心都充满了惯有的同情。新娘走近圣坛时，她的脸先是发红，接着变得非常苍白。她好像差不多情愿从女伴们当中消失似的。

婚礼通常被视为欢庆、喜悦的时刻，可我不明白是什么让每个人显得严肃的样子，也可以说是敬畏吧。就在举行仪式时，我注意到那些乡村姑娘中一张张红润的面容发白了，在整个教堂里我没看见一副笑容。从庄园里去的小姐们几乎都被吓住了，仿佛那是她们自己的婚礼，她们一次次同情地偷看颤抖的同伴。多愁善感的莉莉克拉夫特夫人的眼里含着泪水。至于在场的菲比·威尔金斯，她完全放声哭泣、呜咽起来。但是有一半时候，很难说出这些多情的傻瓜们在哭什么。

---

1　引自《圣经·旧约·路得记》第 1 章第 16 节。

上尉虽然天生快乐，无忧无虑，但在这一场合也相当激动。他试图把戒指给新娘戴上时，戒指掉到地板上。后来莉莉克拉夫特夫人确信地告诉我那是个很幸运的征兆。甚至西蒙大人也没有了平常的欢快、活泼，而是显露出一副相当古怪、严肃的面容，他在所有仪式上都易于如此。他与牧师和教区执事耳语了很多话，因为在这样的场合他总是一个忙人。他应和着执事祈祷结束时说出的"阿门"，那种庄严与虔诚感染着所有在场的人。

然而，仪式一结束，那种变化真是富有魔力。按照古老的惯例，新娘杯里的酒被轮流传下去，以便大家为这幸福的婚姻喝酒庆祝。每个人的感情似乎从抑制中迸发出来。西蒙大人讲了许多关于单身汉的玩笑。至于殷勤的将军，他在莉莉克拉夫特夫人面前又是鞠躬又是柔声细气地说话，就像一只大雄鸽在雌鸽面前的举动一样。

村民们聚集在教堂院落里，在一对幸福的新人离开教堂时向他们欢呼。喜欢音乐的裁缝组织起自己的乐队，在脸色发红、面带微笑的新娘穿过由真诚的农民们形成的通道时，吹奏出十分悦耳的音乐。孩子们呼喊起来，把帽子抛向空中。教堂的钟敲响欢快持久的声音，使得乌鸦和白嘴鸦在空中飞翔起来呱呱地大叫，威胁着要将古塔上的墙垛推倒。从附近各处不断传来生锈的燧发枪砰砰的枪声。

往日那个浪荡子在这场合大显身手，他在校舍顶端竖起一面旗子，从日出时又是敲锣又是吹奏横笛和牧羊管，让全村人一直处在热闹之中。他有几个学生对几种类型的音乐相当熟练。不过，他虽然满怀热情却差点弄出麻烦。在从教堂返回时，新娘马车的马因一排老式炮管发出的声响突然受惊——先前，他在学校前面布置了一支炮队，以便上尉经过时向他行军礼。

白天在纯朴的巨大欢乐中过去。在庭园的树林下摆放起一张张餐桌，主人用烤牛肉、李子布丁和大量啤酒款待邻近所有的农民。"现付杰克"主管一张餐桌，他变得欢喜无比，从通常的严肃中松弛下来，唱出一首完全跑调的歌，哈哈大笑了两三声，就像许多个雷声一样几乎让邻居们震惊。男教师和药剂师一边喝酒一边比赛，看谁演讲得好。村乐队不时合唱和演奏，他们一定把园林里每个半人半羊的农牧神和森林女神吓住了。即使老克里斯蒂——他穿着一身新衣，那鲜色的皮裤，帽子上很大的婚礼饰物，让他极尽光彩——也忘了自己平常的固执，在美酒的激发下，简直就在一张餐桌上跳起了角笛舞，挂在铁丝上的木偶侏儒的一切优雅与敏捷他应有尽有。

房子里有着同样的欢乐气氛，在这儿很多朋友受到款待。人人都笑着自己讲的笑话，而并不在意身边人的笑话。新娘糕被大量分发出去。小姐们都忙着将新娘糕一点点穿过结婚戒指，以此许愿。我自己也帮助几个寄宿学校的小女孩替同伴弄了不少——我毫不怀疑，这会让学校里所有的小孩子至少欢喜一周。

晚宴后所有的人，无论大小、贵贱，都纵情地跳起舞来：不是那种优雅庄重的现代四对方舞蹈，而是社交性的欢快、古老的土风舞[1]。正如乡绅所说，对于婚礼而言这才是真正适合的舞，它让所有人都成双成对、手拉手地跳起来，让每一双眼和每一颗心都伴随着音乐欢快起舞。按照坦然、古老的习惯，庄园里出身高贵的人要与农民们跳上一曲，后者已搭起一个大帐篷作为舞厅。我想，西蒙大人作为仪式的主持人，我从未看见他在自己的乡村仰慕者当中跳得那么自在。他带

---

[1]　尤指舞伴面对面排成二列者。

着既保护又献殷勤的神态，领出先前的"五朔节女王"，她为自己获得显著的殊荣脸变得通红。

晚上整个村子都照亮起来，只有那个激进分子除外，他在欢庆期间没有露面。先前的浪荡子在学校里燃起了烟花爆竹，差点把房子烧着。乡绅为最后提到这个知名人物立下的大功颇为高兴，谈到把他雇用到自己可贵的家臣中，在庄园里将他提升到某个重要位置，或许是驯鹰者吧——假如鹰能受到恰当的训练。

有一则著名的古谚说："一个婚礼催生多个婚礼。"就眼前的情况而论，如果这话成立我并不奇怪。有些年轻人因为这个婚礼聚到一起，我看见他们当中有的彼此卖弄风情。在古老花园一条条僻静的道路和绽放的灌木林中，有不少青年成对地散步。如果树林的确喜欢倾听人们的窃窃私语——正如诗人乐意让我们相信的那样——那么，天知道这座庄严的宅第周围那些显得严肃的古树会向世人泄漏些什么爱情故事。

在莉莉克拉夫特夫人快要离开的最后几天里，将军也变得非常热情、积极起来。我注意到，婚宴中在更换一道道菜的时候，他多次温柔地看着她，尽管他在自己的爱慕中总易于让新送上来的美味佳肴打断。事实上，将军已达到了人生的某个阶段，此时心和胃有些势均力敌，而且男人在漂亮女人和用块菌烹调的火鸡之间感情上容易陷入困惑。在整个第一道菜中，有一盘红烧鲤鱼无疑能与夫人匹敌。他曾向她瞥去一眼，显然是要直接射向她那颗心的——假如不是一块诱人的羔羊胸肉不幸将他的目光引开（大家立即对肉大肆切割起来），那么他那一瞥多半会取得实际的突破。这位不可靠的将军就这样持续下去，整个婚宴上他都在卖弄风情，同时每一盘新上的菜又让他表现出不忠。

最后，他的注意力完全让鱼、禽和其他肉以及点心、果冻、奶油和奶冻吸引过去，以致他似乎简直忘乎所以了。他的眼睛在眼皮下面转动，其火一样的热情也大大减少，他射出的目光再也到达不了桌子对面。总之，在这个难忘的婚宴上，我担心将军吃得极不雅观，就像我曾看见他先前有一次睡得极不雅观一样。

另外，我听说这婚礼让在场的年轻的约翰·杰克大为感动，可怜的菲比·威尔金斯的那种多愁善感把他深深迷住了，她的眼泪无疑使她更加好看。因此就在当天婚宴之后，在庭园的一片树林里他与她和好了，晚上还同她跳舞，让蒂贝茨夫人的一切家政管理彻底乱了套。我遇见他俩在庭园里散步，那一定是他们刚刚和好之后。年轻的杰克表现得既快乐又有男子气概，不过我走近时菲比低着头，脸色发红。然而，就在她经过我身边并行屈膝礼时，我瞥见她帽子下面露出的羞涩目光，但马上她又低下头去。仅仅从她那一闪的目光中，以及她红润的嘴唇旁带着自然微笑的酒窝上，我已看到了不少东西，为那个姑娘的心又快活起来感到高兴。

更有甚者，在所有这类有关柔情蜜意的事情上，通常显得仁慈、热情的莉莉克拉夫特夫人一听说两个情人和好了，就承担起把这事透露给老"现付杰克"的关键任务。她想再没有眼前这样的机会了，于是当晚就在庭园里向固执的老自耕农发起进攻，此时他也因为乡绅快乐、开心而高兴起来。老杰克被夫人拉到一边有点意外，但并未因为这样的殊荣觉得不安：让他更加意外的倒是她把消息告诉他的方式，以及就发生在自己眼皮底下的、关于某个爱情事件的头号消息。不过，在夫人描述这桩婚事的长处、姑娘具有的优点以及她最近遭受的痛苦时，他像平常那样严肃、认真地听着。最后他的目光亮起来，一只手玩弄着自己的一只棒头。莉莉克拉夫特夫人看到自己讲述的情况中哪点不对，急忙让他升起的怒气平息下去，反复说着温柔的菲比的优点、她的忠诚和她有过的巨大不幸。这时老"现付杰克"突然打断她，大声说如果小杰克不娶那个乡下姑娘，他会打断那小子的每根骨头！因此这桩婚事就被视为定了：蒂贝茨夫人与女管家成了朋友，她们一起喝茶；菲比又变得面容好看、精神抖擞了，像一只百灵鸟似的从早唱到晚。

但是丘比特那种极其古怪任性的表现，我几乎不敢提及——假如我不知道，自己正为对这位相当淘气的爱神的任性表现颇有经验的读者写作。所以，就在婚礼后的早上，当莉莉克拉夫特夫人准备离开时，她最为完美的贴身女仆，即汉娜夫人要求见她。汉娜夫人嗷着嘴做出一本正经、十分谨慎犹豫的样子，要求留下来，以便莉莉克拉夫特夫人另外请个仆人。夫人感到吃惊，说："什么！你和我生活了这么久，却要离开我！"

"唉，实在没办法呀，一个人迟早会安定下来的。"

可敬的夫人仍然感到惊讶。终于，这个秘密从未婚淑女干燥的嘴唇里喘息着说出来："一段时间来我一直想改变自己的处境，最后，昨天晚上我答应了猎人克里斯蒂先生的求婚。"

这个奇异的求婚是如何进行的，或什么时候，或什么地方，我不得而知。她有着尖酸的脾性，是怎样把铁石心肠的老猎人软化的，我也不知道。不过情况就是这样，让每个人都意外。尽管夫人颇喜欢说媒提亲，但是许门[1]的火把冒出的烟雾太让她受不了啦。她极力劝说

---

1　婚姻之神。

汉娜夫人，可是没用，后者决心已定，任何一点反对意见她都不能容忍。莉莉克拉夫特夫人请求乡绅干预，说："没有了汉娜夫人我不知如何是好，这么久以来我已习惯有她在身边了。"

与此相反，乡绅为这桩婚事高兴，因为可以让可敬的夫人从某种梳妆打扮的"暴君"那里解脱出来，她已在这位"暴君"左右下忍受多年了。所以，他不仅没有阻止这事，反而全力支持，声称他会让这对新婚夫妇安居在庄园里某座最好的村舍。接着，家中所有人也赞同乡绅的意见，他们都说，假如天下真有配对成婚的事，那么这便是其中之一。老克里斯蒂和汉娜夫人显然是配成一对的，他俩就像放在一起的胡椒盒和醋瓶一样。

一旦这事得以安排，莉莉克拉夫特夫人就向庄园的家人告别，她带着上尉及其娇羞的新娘，他们将同她一起度蜜月。西蒙大人骑着马陪伴他们，确实打算赶到前面去做些准备。将军正寻机让夫人请去坐到马车上，但是徒劳，他重重地叹口气把她扶到车上。对此，他那位正在上马的知己西蒙大人对我心照不宣地使个眼色，做个可怕的怪相，从马鞍上俯身在我耳边发出不小的低语声："不会的！"然后他策马向前，一路慢跑着离开了。马车沿林荫道使去，将军站在那里朝它挥了一会儿帽子，直到他打起喷嚏来，因为头在凉风里露着。我注意到他颇若有所思地回到宅第，轻轻吹着口哨，双手背在背上，显露出极其疑惑的神态。

现在大家差不多都已各自告别。我决定次日早上也离开，希望读者不会认为我在庄园逗留得太久。不过，我是受到吸引才逗留在这儿的，我觉得自己偶然遇见了一个僻静的地方，在这里尚可见到古老的英国习俗的某些踪迹。不久以后，所有这些很可能会消失——老"现付杰克"将同他的祖先们长眠在一起；可敬的乡绅连同他那一切特性，都将被埋葬在附近的教堂里；古老的庄园会被现代化变成一座时髦的乡村别墅，或者也可能是一座工厂；园林将被分割成小农场和菜园。每日往返的公共马车将穿过村子，它会像所有其他普通的村子一样聚集着马车夫、邮差、酒鬼和政客；圣诞节、五朔节和所有其他"美好的往日"那些热情友好的欢庆活动，都将被人遗忘。

# 作者告别的话

现在已没有了其他事情，

我想该是握手告别的时候了。

——《哈姆雷特》

告别庄园和居住在此的人们，我参观、访问的经历就差不多结束了，似乎除了鞠躬告辞外我已无事可做。然而，在写作本书的过程中我与读者产生了友情，这是我的毛病，它确实在告别读者时让我有些难受。我意欲握住读者的手，在最后这卷结束时说几句告别的话。

回过头看我刚写完的拙著时，我不得不意识到它一定充满错误和瑕疵：的确，怎么可能不是这样呢？因为作为一名异乡客，我对于所写的题材和场景并非全面了解。对于我可能犯下的极其明显的大错，很多人无疑会找到笑话我的理由，也许还有很多人为他们觉得带有偏见的描写而不快。有些人会认为我对于适合他们特殊口味的题材说得太多，而其他人则认为我全然不去管某某题材才更加明智。

有些人大概也会说，我是用带有偏爱的眼光看待英国的。或许吧，因为我永远不能忘记那是"我祖先的土地"。然而，我观察英国时所处的环境，绝非那种被视为可以产生有利印象的地方。我住在庄园的大部分时间里，几乎过着不知其他情况也不为人知的生活。我既没去寻找别人的好感、欢心，又没得到什么，成了那片土地上的异乡客和旅居者，有着异乡客共同的命运——受到所有的冷淡与忽视。

我考虑到这些情况，回忆起自己拿起笔时经常感到局促不安，精神十分沮丧消沉，这时我不禁会想到：自己不可能犯下对所见情景给予偏爱的错误。我对英国人的特性所表明的看法，来自我非常冷静、不带感情的各种观察。它是一种并非匆忙中能够仔细观察到的特性，因为在一个异乡客看来，那种特性总是显得冷淡、排斥，有失礼貌。那么，让指责我的描写过于偏爱的人，像我一样密切从容地观察这个民族，那时他们大概就会改变看法。无论如何，有一件事我是肯定的，即我按照自己头脑所确信的和内心所告诫的，真诚、由衷地讲述出来。最初我出版先前写的东西时，根本没有希望得到英国人的青睐，因为我几乎没想到它们在美国以外能流行起来，假如我只是为了在同胞中寻求流行，我就应该采取某种更加直接明显的方式，满足而非指责当时对于英国普遍怀有的愤怒情绪。

在此，对于我某个微不足道、苦心写成的东西所产生的效果，我承认自己不无兴奋和感激。我指《见闻札记》中那篇关于英、美间文学之争的文章。[1] 对于我的那些言论，大西洋两边的人们表示了意想不到的赞同和认可，我由衷的喜悦真是无法形容。我这样说，并非出于得到满足的虚荣所带来的卑微情感，因为我并不把那样的效果归功于我写得如何好。所说的文章简短随意，它表达的观点也简单明显。"这便是原因，这便是唯一的原因。"[2] 就我的读者而言，他们有一种倾向，就是容易受到善意的影响。在心里，同胞们回应着我以其名义所表明

---

1　指《见闻札记》中的《英国作家论美国》。

2　引自莎士比亚戏剧《奥赛罗》第五幕第二场。

的、对母国的孝敬情感。而每个英国人的心中，对于一个孤独的人则有着宽宏大量的同情之心——在异国他乡，这个人高声地为其受到伤害的民族性进行辩护。有些理由非常神圣，它们对于每个心胸善良的人具有不可抗拒的感染力，让维护妻子、母亲或国家的荣誉的人不需什么口才也能取得胜利。

因此，我为那篇短文取得的成功而欢呼，它说明，一句友善、诚挚的话无论多么微弱，只要说的时机恰当便可能产生很大的效果；说明每个国家彼此之间，实际上存在着深深潜藏的良好感情，它只需一丁点儿火花就能燃起欢快的火焰；事实上，也说明了我始终相信和主张的，即两国可以做到共同尊重、彼此友好——只要那些爱管闲事、心怀恶意的人扔掉有害的笔，让一颗颗同宗的心回到天生的友善中去。

我再次断言——我是怀着对事实越来越确信作出这一断言的——在我的大多数同胞中，对于英国存在着一种有益的情感。我重申这个断言，因为我认为这是再怎么重申都不为过的事实，也因为它遇到了某些反驳。在我所有自由开明的同胞当中，在所有最终对于民族的主张起到促进作用的人当中，存在着一种保持礼貌友好关系的诚恳的渴望。但同时就在那些人的头脑中，对于英国的友善也存在着不信任。英国媒体对他们本国的攻击，使之并不正常地敏感起来。他们在此问题上偶尔产生的烦躁情绪让人误解，继而转化成确定不变、违反常情的敌意。

就我而言，我认为这种带有妒忌的敏感属于慷慨大方的性质。假如他们只是温顺地忍受侮辱与无礼，我会认为自己的同胞真正堕落了，失去了独立精神（这是他们与生俱来的）和自豪的品性（与生具有民族自豪感）中堕落了。的确，正是他们对于媒体的误传所表现出的烦躁，证明他们是尊重英国人的意见的，表明他们渴望得到英国人的友善。

这样说并不难：所有那些攻击都是卑微的小文人们在发泄情绪，英国对此保持沉默，不屑一顾。可是，唉！小文人们的诽谤传到了国外，英国的沉默与不屑只在国内才为人所知。那么，对于英国，正如我先前所断言的，依然需要提倡一种彼此友好、和睦的精神。它只需使用友好、尊敬的语言，每个美国人必然就会表现出自己的善意来。

在表达这些情感时，我决不会讲出任何有损同胞固有的精神的东西。我们并不寻求英国的恩赐，不要求任何恩惠。英国的友好并非必需的，它的敌意也不会对我们的幸福构成危险。凡是不能报答的东西，我们都不会要求从国外得到。但是对于英国，我们怀有一种温暖的、同宗的情感，这情感仍然流淌在我们的血液中。我们可以撇开利益，忘记过去的分歧，伸出往日的友好关系之手。我们只要求别彼此疏远，别破坏古老的血缘纽带，别让嘲笑者和诽谤者把一个同宗的国家赶走。我们乐意做朋友，不要迫使我们成为敌人。

对于两国间的友好关系，最好的结合点莫过于一位杰出的英国作家所提出的："我们之间存在血缘和语言上的神圣联系，任何情况下都无法打破它。我们的文学一定总是他们的文学。虽然他们的法律不再与我们的相同，但双方有同样的《圣经》，也向神父做同样的祈祷。国家太容易承认它们有天然的敌人，为什么它们更不愿相信自己有天然的朋友呢？"[1]

---

1　引自发表于《评论季刊》的一篇文章（据说是罗伯特·骚塞先生所写）。让人遗憾的是，那份出版物经常忘掉这里所引的慷慨大方的文字。——原注
　　罗伯特·骚塞（1774—1843），英国诗人，散文家。

我们一定要依靠两国中心地高尚的人，让这种自然的感情联系充分发挥作用。我将促进民族友好关系事业的崇高任务留给比我更有能力的作家。我向本国智慧、开明的人提出告别时的愿望，我请求他们表明自己不屑于无知卑微者渺小的攻击，而是仍然以冷静、达观的眼光，把英国的道德品性看作是我们日益强大的智慧源头。同时，我呼吁每个心胸开阔的英国人抵制诽谤，它们让媒体丢脸，让明白事理的人受到侮辱，还让本国的高尚大度遭到玷污。我邀请他看看美国，犹如看待一个配得上自己出身的同宗国家，在它健康活泼的成长中对其母国血统作出最佳评论；并在它的名望显得越来越光彩时，将英国荣耀的道德之光从中反射出来。

我相信这样的请求不会是徒劳的。确实，在过去一段时间，我注意到英国人对美国的态度发生了质的变化。在议会这个公众舆论的源头，似乎在使用礼貌、友好的语言方面两院开展着竞争。在良好的社交界，同样的风气变得越来越普遍。英国人对于美国日益感到好奇，渴望得到正确的信息，这必然会让双方获得有益的理解。我相信嘲笑者已到了强弩之末，诽谤者的时期已经过去。粗鄙的玩笑、陈腐的言论——在美国成为谈论的话题时它们一度流传很久——现在被驱逐到了无知、庸俗的人那里，或者只是被媒体的雇用文人和传统小丑保留着。如今明智、高尚的人自豪于将美国作为研究的对象。

但无论我的感情在大西洋两岸得到怎样的理解或报答，我都毫无保留地将其表露出来，因为我总发现说实话是安全可靠的。我并非乐观地认为，两个国家通过任何浪漫的感情纽带就能紧密相连；不过，假如每个心怀善意的人不时说一句朴实、友好的话，我相信对于保持双方亲切友好的情感会起到不小作用。假如我借助自己写的东西确实产生了如此效果，那么这对于我而言，想起来不无安慰，因为在我十分随意的人生经历中，这一次我派上了用场。这一次我通过随心所欲的写作——它通常无利可图——在祖先的土地与我出生的那片可爱土地之间，唤起了一种心灵的共鸣。

　　现在我即怀着这样的情感，告别祖先的土地。我带着焦虑的目光，注意到疑惑与分歧的阴云笼罩着它的上空，我真诚地希望所有那些阴云会散去，从而变得晴朗平静，始终阳光明媚。在作最后告别之时，我心里充满了既欢喜又忧郁的感情。我仍然依依不舍，仍然像个要离开祖先悠久古老的住所的孩子，转身低语着表示孝敬的祝福："愿你城中平安，啊，英格兰！愿你宫内兴旺！因我弟兄和同伴的缘故，我要说：'愿平安在你中间！'"[1]

（完）

---

[1]　语出《圣经·旧约·诗篇》第 122 章第 7、8 节，其中"啊，英格兰"系作者添加。